Melissa Foster

Nächte in Seaside

DIE AUTORIN

Melissa Foster ist eine preisgekrönte *New-York-Times-* und *USA-Today*-Bestsellerautorin. Ihre Bücher werden vom *USA-Today-Bücherblog*, vom *Hagerstown Magazin*, von *The Patriot* und vielen anderen Printmedien empfohlen. Melissa hat mehrere Wandgemälde für das *Hospital for Sick Children*, eine Kinderklinik in Washington, D. C., gemalt.

Besuchen Sie Melissa auf ihrer Website oder chatten Sie mit ihr in den sozialen Netzwerken. Sie diskutiert gern mit Lesezirkeln und Bücherclubs über ihre Romane und freut sich über Einladungen. Melissas Bücher sind bei den meisten Online-Buchhändlern als Taschenbuch und E-Book erhältlich.

www.MelissaFoster.com

Melissa Foster

Nächte in Seaside

Seaside Summers

LOVE IN BLOOM – HERZEN IM AUFBRUCH

Aus dem Amerikanischen von Janet König

Die Originalausgabe erschien erstmals 2015 unter dem Titel
»Seaside Nights« bei World Literary Press, MD, USA.

Deutsche Erstveröffentlichung
2023 bei World Literary Press, MD, USA
© 2015 der Originalausgabe: Melissa Foster
© 2023 der deutschsprachigen Ausgabe: Melissa Foster
Lektorat: Judith Zimmer, Hamburg
Umschlaggestaltung: Elizabeth Mackey Designs

ISBN: 978-1-948004-36-7

Vorwort

Wenn dies Ihr erstes Buch aus der Reihe »Love in Bloom – Herzen im Aufbruch« ist, dann sollten Sie wissen, dass alle meine Liebesgeschichten sowohl eigenständig als auch als Teil der Reihe gelesen werden können. Also tauchen Sie gleich ein und genießen Sie das unterhaltsame und romantischeAbenteuer!

Diejenigen unter Ihnen, die die Serie *Seaside Summers* schon kennen, wissen, dass Sky eine kreative, unkonventionelle junge Frau ist, die an die Fügung durch das Universum glaubt und die sich sicher ist, dass die Liebe sie eines Tages einfach finden wird – zumindest falls sie es schaffen sollte, sich jemals lange genug von ihren allzu beschützenden Brüdern zu befreien. Sie ist ebenso stark wie sensibel, wie könnte ich sie da nicht mit Sawyer Bass verkuppeln, dem Profiboxer, der so unverschämt sexy ist und der zu einem ganz privaten emotionalen Kampf antreten muss? Das leidenschaftliche Feuer, das vom ersten Moment an zwischen den beiden lodert, lässt sich nicht ignorieren. Sie mussten sich einfach begegnen! Gemeinsam entdecken sie, was Hoffnung, Rettung und Liebe wirklich bedeuten. Ich hoffe, Sie haben ebenso viel Spaß an ihrer Geschichte wie ich.

Die Reihe »Love in Bloom – Herzen im Aufbruch«

Seaside Summers ist nur eine der vielen Serien aus der weitverzweigten Reihe »Love in Bloom – Herzen im Aufbruch«. Sie werden den Figuren aus jeder Geschichte immer wieder begegnen, sodass Sie keine Verlobung, Hochzeit oder Geburt verpassen. Eine vollständige Liste aller Serientitel sowie eine Vorschau auf den nächsten Band finden Sie am Ende dieses Buches und auf meiner Website:
www.MelissaFoster.com/Herzen-im-Aufbruch

Besuchen Sie auch meine Seite mit »Reader Goodies«! Dort finden Sie Serienübersichten, Checklisten, Stammbäume und mehr:
www.MelissaFoster.com/Checklisten_und_Stammbaume

Um sich über Neuerscheinungen und exklusive Inhalte auf dem Laufenden zu halten, abonnieren Sie am besten meinen Newsletter.
www.MelissaFoster.com/Newsletter_German

Eins

»Ich kann es kaum glauben, dass die Wohnung und das Tattoo-Studio schon in wenigen Wochen fertig sein werden. Blue, du bist der Wahnsinn!« Sky Lacroux verstaute ihren Lieblingsgedichtband in der Patchworktasche und schloss die Eingangstür zu ihrem Studio ab. Sie ließ ein paar Leute vorbeigehen, bevor sie auf den belebten Gehsteig trat und ihren Laden bewunderte. Die Fassade wollte sie noch streichen und das Schild über der Tür musste noch fertiggestellt werden, ebenso wie sie die Renovierung im Inneren noch abwarten musste, aber dennoch: Als sie das schmale Gebäude betrachtete, dessen Eigentümerin sie nun war, schwoll ihre Brust vor Stolz an.

Ihr Tattoo-Studio »Inky Skies« befand sich an der Commercial Street, der lebhaften Hauptstraße des Künstlerstädtchens Provincetown, und lag zwischen dem Blumenladen ihrer Freundin Lizzie Barber namens »P-Town Petals«, vor dessen hellblauer Fassade sich Blumen und Grünpflanzen um Säulen rankten, und dem knalllila Spieleshop »Puzzle Me This«. Sky hatte vor, die Fassade ihres Studios hellgelb zu streichen. Als Blue Ryder, einer ihrer besten Freunde, den Arm um sie legte und sie vom Laden wegzog, hatte sie das Gefühl, auf Wolken zu gehen. Wenn sich doch jetzt nur noch das Universum auf zauberhafte Weise einmischen und den perfekten Mann für sie finden würde, mit dem sie ihre Freude teilen konnte.

Ja, klar. Als wenn das in der großen Regenbogen-Community hier einfach so passieren würde, vor allem wenn sie die ganze Zeit arbeitete. *Eher unwahrscheinlich.* Ihr Bruder Hunter ging im Gleichschritt an ihrer anderen Seite. *Vollkommen unwahrscheinlich, wenn diese beiden hier mich besser bewachen als Fort Knox.*

»Planst du immer noch eine große Eröffnungsfeier, obwohl das Studio ja schon geöffnet ist, seit du es gekauft hast?«, wollte Blue wissen. Sky hatte sich mit ihm angefreundet, als sie vor drei Jahren von New York zurück ans Cape gezogen war, um den Baumarkt ihres Vaters zu leiten, während er in einer Entziehungskur gegen seine Alkoholsucht angekämpft hatte. Zum Glück war ihr Vater auch nach der Kur trocken geblieben und kümmerte sich wieder selbst um sein Geschäft, sodass Sky hatte ausziehen und ihren Traum von einem eigenen Tattoo-Studio verwirklichen können. Vor zwei Monaten hatte sie den Laden gekauft, in dem sie bereits in Teilzeit gearbeitet hatte, und Blue, der ein am ganzen Cape begehrter Bauhandwerker war, renovierte sowohl den Laden als auch die Wohnung darüber für sie.

»Und ob! Es spielt keine Rolle, dass es während der Renovierungsarbeiten schon geöffnet war. Ich muss doch Inky Skies feiern, meinen Traum, meine Leidenschaft, mein …«

Blue stöhnte auf, und Sky lachte und knuffte ihm in die Seite, während sie an der Ecke über die Straße gingen, um ihre Freunde zu treffen.

»Und ihr beide werdet kommen, ob es euch nun gefällt oder nicht.«

»Um nichts auf der Welt würde ich das verpassen. Ich bin

stolz auf dich, Schwesterherz.« Hunter legte eine Hand auf Skys Unterarm, als sie an einen Bordstein kamen und ein Fahrradfahrer an ihnen vorbeisauste.

»Hunter, ich weiß, dass man am Bordstein anhält, vielen Dank auch.« Sie verdrehte die Augen angesichts des beschützenden Verhaltens ihres Bruders.

Sie war es gewohnt, dass man auf sie aufpasste, schließlich hatte sie vier ältere Brüder. Und ihr leicht überfürsorglicher Freund Blue tat es ihnen in den letzten Jahren gleich. Aber im Alter von sechsundzwanzig Jahren, mit einem neuen Geschäft und einer neuen Wohnung, war sie bereit, auf eigenen Füßen zu stehen.

»Hey, ich will ja nur, dass dir nichts passiert.« Hunters dunkle Haare waren raspelkurz geschnitten, und mit seinen dunklen Augen und den kräftigen Muskeln konnte er ziemlich Furcht einflößend wirken, aber das verschmitzte Grinsen in seinem Gesicht offenbarte den Bruder mit dem großen Herzen, den Sky so liebte.

»Hallo, meine Süße!« Freudig winkte eine Dragqueen, die tagsüber als Marcus unterwegs war, und wenn sie auftrat als Maxine, über die Straße herüber. Marcus hatte seinen Partner Howie vor ein paar Jahren an Krebs verloren, und so sehr Sky sich für ihn wünschte, dass er sich wieder verliebte, so sah sie doch – sobald er von Howie sprach – in seinen Augen, dass diese beiden eine Liebe verbunden hatte, die man nur einmal im Leben erfuhr. Und seit vier ihrer Freundinnen im vergangenen Sommer geheiratet hatten, sehnte sie sich danach, diese Art von Liebe auch zu erleben.

»Hallo, Marcus«, rief Sky. »Keine Show heute Abend?«

Tagsüber tummelten sich Familien in dem Ort, um zu shoppen und die Straßenkünstler zu bewundern, aber abends wurde Provincetown zu einem bunten Universum aus Drag-queens, Tanzclubs und Standup-Comedy-Shows.

»Hab heute Abend frei.« Marcus sagte etwas, das den Mann an seiner Seite zum Lachen brachte. Dann rief er: »Wie ich sehe, hast du deine Bodyguards wieder bei dir. Hey, Blue! Hallo, Hunter! Wenn ihr keine Lust mehr habt, auf Sky aufzupassen, kümmert euch doch mal um mich.«

Blue lachte. »Du wärst mit mir überfordert, Bro.«

»Käme auf einen Versuch an.«

Blue war hetero durch und durch, doch Marcus ärgerte ihn zu gern. Als Sky im Tattoo-Studio angefangen hatte, waren ihr die Leute hier schnell ans Herz gewachsen. In einer schwul-lesbischen Hochburg zu leben, war zwar ihrem Wunsch, einen Mann zu finden, nicht gerade zuträglich – es war eine Ewigkeit her, dass sie einem Typen auf solche Art begegnet war –, aber sie liebte die Diversität und die Warmherzigkeit der Menschen. Provincetown war jetzt ihr Zuhause.

Sie schlängelten sich durch die Menschenmassen, die sich draußen vor dem Governor Bradford's drängten, einem Restaurant mit Bar, das Blue vor einem Jahr renoviert hatte. So groß, breit und gut aussehend, wie Hunter und Blue waren, war es für sie ein Leichtes, den Weg durch die Menge freizumachen und Sky hineinzuleiten. Das Governor Bradford's war heimelig beleuchtet, hatte links eine Theke, gegenüber vom Eingang eine kleine Bühne und eine Tanzfläche. Der Restaurantbereich lag rechts von der Bühne. Der Duft von Gebratenem und Salbei hing in der Luft.

Sky folgte Blue um die Tanzfläche herum, hielt an einem Tisch mit bärtigen Kerlen an, die sich früher am Tag bei ihr im Studio Tattoos hatten stechen lassen, und umarmte einen von ihnen. Die meisten ihrer Kunden lernte Sky gut kennen, während sie sie tätowierte.

»Hallo, Jungs. Ich hoffe, ihr werdet heute Abend beim Open Mic auch etwas zum Besten geben.«

»Glaub mir, du willst uns nicht singen hören«, erwiderte der Korpulenteste von ihnen lachend.

»Angsthase«, rief Sky ihm noch zu, während Blue sie schon zum anderen Ende der Tanzfläche zog, wo ihre Schwägerin Jenna und ihre Freundinnen Bella Grand und Amy Black auf sie warteten.

»Endlich.« Jenna stand auf, um Sky zu umarmen. Sie war nur etwa eins fünfzig groß, hatte Kurven, die mit Marilyn Monroes hätten mithalten können, und da sie im fünften Monat schwanger war, sah sie noch sinnlicher aus als sonst.

»Wie ich sehe, haben deine Bodyguards dich sicher hierherbegleitet.«

Sky lachte. »Deine neue Frisur ist toll!« Jenna hatte sich ein paar Zentimeter von ihren langen braunen Haaren abschneiden lassen. Sie reichten ihr jetzt gerade bis über die Schultern.

»Danke! Das ist meine Sommerfrisur.« Jenna strich sich über die Haare.

Sky schlang die Arme um Bellas ausladenden Bauch, um sie zu umarmen, und begrüßte dann Amy auf die gleiche Weise. »Ihr beide habt die schönsten Bowlingkugelbäuche! Kaum zu glauben, dass ihr beide schon im achten Monat seid – und dass eure Männer euch noch immer zum Open-Mic-Abend gehen lassen.«

»Sie wissen einfach, dass wir unsere P-Town-Abende brauchen. Außerdem sind sie alle bei eurem Dad auf dem Boot.« Bella schaute Hunter und Blue an. »Warum seid ihr nicht dort?«

Hunter war gerade damit beschäftigt, bei einer Kellnerin

mit pechschwarzen Haaren Getränke zu bestellen.

»Ich hatte noch mit den Renovierungsarbeiten bei Sky zu tun.« Blue zog einen Stuhl für Sky herbei.

»Tut mir leid«, sagte Sky, während sie ihm auf den Rücken klopfte und sich neben ihn setzte. »Aber ich bin dir wirklich dankbar dafür, dass du dich so reinhängst, und ich habe sogar versucht, Lizzie dazu zu bringen, sich heute Abend mit uns zu treffen.« Sie zuckte vielsagend mit den Augenbrauen. »Ich habe mir alle Mühe gegeben, euch zu verkuppeln. So, wie du und Duke Lizzie auf der Hochzeit angeschmachtet habt, hätte ich gedacht, dass du sie schon längst um ein Date gebeten hast.«

»Sie ist heiß.« Hunters Blick war auf eine Gruppe blonder Frauen am anderen Ende der Theke gerichtet.

Blue fuhr sich durch die vollen dunklen Haare und zuckte mit den Schultern. »War ziemlich beschäftigt.«

»Ein ganzes Jahr lang?«, hakte Bella nach.

»Sie ist im letzten Jahr ein paar Mal mit uns unterwegs gewesen«, konterte er und legte den Arm auf Skys Stuhllehne.

»Ja, mit *uns*. Ich sagte, *du* solltest sie mal einladen.« Sky schüttelte den Kopf, und als die Kellnerin ihre Getränke brachte, schoss ihr ein beunruhigender Gedanke durch den Kopf. »Oh Gott, Blue! Glaubst du, wir haben zu viel Zeit miteinander verbracht? Nehme ich dich zu sehr in Anspruch? Habe ich dir die Tour vermasselt und verhindert, dass du sie flachlegen kannst?«

»Hey, Schwesterherz!« Hunter hielt eine Hand hoch, damit sie nicht weitersprach.

»Was? Männer dürfen das sagen, aber Frauen nicht?«, wollte Bella wissen. Ergeben hob Hunter nun beide Hände. Bella konnte knallhart sein, aber auch sanft wie eine Sommerbrise. In diesem Moment ließ ihr Blick auf irgendetwas dazwischen schließen.

»Nein, du hast mir nicht die Tour vermasselt«, meinte Blue lachend. »Ich dir vielleicht?«

»Nein«, antwortete sie erleichtert. »Ich habe nur gerade beschlossen, dass der nächste Typ, den ich date, jemand sein muss, der wirklich gefühlvoll ist und mich total umhaut, und hier in der Gegend ist die Auswahl ziemlich dürftig.«

Grinsend hob Blue sein Bier. »Männer sind nicht gerade für ihr gefühlvolles Wesen bekannt.«

»Was du nicht sagst«, meinte Hunter.

»Ach, kommt schon. Überall gibt es gefühlvolle Menschen. Man muss nur richtig nach ihnen Ausschau halten.« Jenna sah sich an der Theke um. »Ich bin auf der Jagd nach einem Mann für Sky.«

»Okay, Schluss mit dem Ein-Mann-für-meine-Schwester-Gerede«, sagte Hunter. »Ich habe einen Blick auf die Open-Mic-Liste geworfen. Da haben sich tolle Leute für heute Abend eingetragen. Comedians, Karaoke-Sänger … und seht ihr den Typen da drüben?« Er zeigte auf einen Mann, der allein an der Theke saß und eine Gitarre zu seinen Füßen stehen hatte. Sein dunkles Hemd lag eng an seinem muskulösen Oberkörper. Ein starker Arm lag lässig auf der Lehne des Hockers, mit der anderen Hand hielt er den Hals der Gitarre fest. Seine Haare waren schwarz wie die Nacht und ein Dreitagebart zierte seinen markanten Kiefer. Mit zusammengezogenen Augenbrauen schaute er zu einer Gruppe auf der anderen Seite des Raumes, als würde er sie genau betrachten. Oder als wäre er in Gedanken versunken. Was von beidem zutraf, konnte Sky nicht sagen.

»Er hat hier vor etwa zwei Monaten schon mal gespielt und er ist großartig.« Hunter schaute zu seiner Schwester. »Du wirst ihn mögen, Sky.«

»Hallo, ist der heiß!« Jenna packte Bella am Arm. »Wo kommt der denn auf einmal her?«

»Du bist verheiratet«, erinnerte Amy sie.

»Und schwanger.« Bella tätschelte Jennas Bauch. »Pete würde ihm ordentlich zusetzen, wenn der Typ dich nur ansehen würde.« Skys Bruder neigte dazu, seine Frau etwas zu sehr zu beschützen.

»Mein Interesse wurde von diesem gut aussehenden Wesen jedenfalls bereits geweckt«, sagte Sky mehr zu sich selbst.

»Das will ich gar nicht hören. Ich dachte nur, dir würde seine Musik wahrscheinlich gefallen.« Hunter beäugte den Mann. »Sieht eher tough aus, Sky. So gar nicht wie der erdverbundene Hippie-Typ, auf den du sonst so stehst.«

Sky ignorierte die Einschätzung ihres Bruders. Ja, sie hatte eher einen erdigen Stil und glaubte an Schicksal, Vorsehung und magische Fügungen, aber das hieß noch lange nicht, dass sie nicht einen heißen Typen in Augenschein nehmen konnte, der nicht ihrem üblichen Geschmack entsprach.

Während Bella, Amy und Jenna über ihre Babypläne sprachen und Blue und Hunter sich über Arbeit und Frauen unterhielten, betrachtete Sky weiter diesen Mann mit den dunklen Augen, der sich bisher kein bisschen gerührt hatte.

Der Moderator kündigte die nächste Karaoke-Sängerin an und sie ließen eine piepsige Version von Madonnas »Like a Virgin« über sich ergehen. Das Publikum tanzte und sang, während einige weitere mäßig begabte Sänger ihre Lieder zum Besten gaben. Sky wollte gerade ihren Gedichtband hervorholen, der wesentlich interessanter war als das Geschehen auf der Bühne, als der Moderator »Sawyer Bass« aufrief und der Typ mit der Gitarre sich erhob und sich reckte, sodass Sky sehen konnte, wie heiß er wirklich war. In seinen schwarzen Motorradstiefeln schritt er über die Tanzfläche. Der Gitarrengurt lag lässig über einer Schulter, so als trüge er einfach ein Stück Holz.

Blue stieß sie mit dem Ellbogen an und reichte ihr eine Serviette.

»Was soll ich damit?«, fragte sie, ohne den Blick von Sawyer Bass abzuwenden. *Sogar sein Name ist heiß.*

»Den Sabber abwischen.«

Sie riss ihm die Serviette aus der Hand und konnte den Blick noch immer nicht von Sawyer abwenden, der sich in der Mitte der Bühne auf einen Hocker setzte – welcher für einen Mann seiner Größe viel zu klein aussah. Er wirkte vollkommen cool, Schultern und Kiefer entspannt, den Blick auf den Boden gerichtet, als würde er jeden Abend vor einem gut gefüllten Raum sitzen. Er straffte die breiten Schultern und dehnte den Hals in beide Richtungen, was ihn aus irgendeinem Grund noch attraktiver wirken ließ.

Sawyer sah in die Menge, nahm alles in Augenschein und wirkte doch irgendwie so, als sehe er überhaupt nichts. Sein Blick glitt über Sky, und kurz stockte ihr der Atem, doch er schaute rasch weiter, und ob sie es wollte oder nicht … sie war enttäuscht.

»Der Typ hat eine Wahnsinnsausstrahlung.« Bella schaute sich um. »Die Hälfte aller Frauen ist hin und weg. Selbst die meisten Kerle starren ihn an.«

Sky nippte an ihrem Drink und wandte den Blick von dem Mann ab, der die Aufmerksamkeit aller erregte. Aus ihrer Handtasche holte sie den Gedichtband von C. J. Moon. Lieber wollte sie sich auf etwas konzentrieren, das sie wirklich genoss, als einen Kerl anzustarren, den alle wollten. Wahrscheinlich war er sowieso nicht so gelassen. Bestimmt gab er sich nur so cool, wie manche Typen es eben taten, wenn sie wussten, dass sie heiß waren.

»Du wirst doch jetzt wohl nicht etwa lesen, oder?« Blue legte den Arm wieder über ihre Rückenlehne und zog sie näher an sich.

»Sie ist nun mal *mondsüchtig*«, meinte Jenna belustigt. »Blue, nimm ihr das weg. Sie wird nie einen Kerl abkriegen, wenn sie immer ihrer *Mondsucht* nachgibt.« Jenna machte sich gerne über sie lustig, wenn sie die Nase in den Gedichtband von C. J. Moon steckte.

Blue lehnte sich zu Sky herüber. »Du scheinst irgendwie nicht gut drauf zu sein. Liegt es an der Renovierung? Lange dauert das sicher nicht mehr.«

Sky hatte ein Ferienhaus in der Seaside-Siedlung gemietet, in der auch Bella, Jenna und Amy wohnten. Vor ein paar Wochen hatte Blue einen Rohrbruch in ihrer Wohnung über dem Tattoo-Studio entdeckt, da war es einfacher, wenn sie sich etwas mietete, anstatt ihm täglich im Weg zu sein. Sie war gern in Seaside, und sie fand es wunderbar von Blue, dass er sich Gedanken machte.

»Du bist wirklich ein großartiger Freund, Blue. Daran liegt es nicht. Du machst deine Arbeit super. Ich habe keine Ahnung, woran es liegt.«

Sky vertiefte sich wieder in das Buch und las ihr Lieblingsgedicht.

Wenig später erfüllte eine dunkle, leidenschaftliche Stimme den Raum und ließ Sky zu dem Mann aufschauen, dem diese Stimme gehörte. Sawyer saß auf dem Hocker, die Augen geschlossen, spielte auf der Gitarre und sang mit einer verführerischen Intensität, die den ganzen Raum erfüllte. Sky beobachtete, wie souverän seine Finger über die Saiten glitten. Bei den längeren Tönen zog er die Augenbrauen zusammen, er senkte den Kopf, wenn die Worte von Traurigkeit erfüllt waren, und die Muskeln an seinem Hals traten hervor. Leidenschaft lag in jedem seiner Verse.

»Was ist das für ein Lied?«, fragte Sky. Der Songtext gab ihr ein Gefühl von schmerzhafter Einsamkeit. *Dunkelheit ist nicht genug. Meilen sind zu nah. Nichts löscht dich aus, nichts tilgt den Schmerz, den du hinterlässt.*

»Keine Ahnung«, antwortete Blue.

»Noch nie gehört.« Hunter konnte den Blick nicht von einer Blondine losreißen, die auf der anderen Seite des Raumes stand.

Sky schaute wieder zu Sawyer. Seine Stimme wurde sanfter, als er zum Ende des Liedes kam, und mit jedem Ton geriet sie tiefer in seinen Sog.

Der letzte Ton hallte in Sawyers Lunge nach, lag schwer auf seinem Herzen und in seinen Gedanken. Er wollte nicht aufhören, die Finger über die Saiten gleiten zu lassen, und er wollte auch die Augen nicht öffnen. Er brauchte dieses Ventil, einfach inmitten dieser schummerigen Bar zu sitzen, als gäbe es nichts anderes auf der Welt, umgeben von Menschen, die ihn nicht kannten und die nicht wussten, was ihn dorthin geführt hatte. Doch nachdem er den letzten Ton gesungen hatte, blieb ihm keine andere Wahl, als das Lied zu beenden und unter lautem Applaus die Augen wieder zu öffnen. In Gedanken noch immer bei der Bedeutung der Worte sah er an den Tischen vorbei durch das Fenster hinaus auf die Commercial Street. Draußen gingen die Leute vorbei, ohne die leiseste Ahnung von dem Sturm zu haben, der in ihm tobte – wie alle anderen in dieser verdammten Bar.

Er hatte nach Antworten gesucht – verstärkt in den letzten Monaten, in denen die Krankheit seines Vaters vorangeschritten war. Und in diesem Augenblick, als die Menge applaudierte, hatte er das Gesicht seines Vaters vor Augen, so wie er es noch aus seiner Kindheit kannte, bevor sich die Folgen des Krieges bemerkbar gemacht hatten. Er spürte, wie sich bei der Erinnerung an die freundlich strahlenden Augen seines Vaters ein Lächeln auf seinen Lippen ausbreitete – und genau das war es, was er noch immer nicht akzeptieren konnte. Nie wieder würde er seinen Vater lächeln sehen. Parkinson hatte seinem Vater so viele Fähigkeiten geraubt, dass er nicht mehr der Mann war, der er einst gewesen war, und Sawyer erschien es immer noch unwirklich. Obwohl die Krankheit sich schon einige Jahre zuvor eingenistet hatte, war der Verlust dieser Teile seines Vaters, die er so lange für selbstverständlich gehalten hatte, für Sawyer eine tägliche Heimsuchung. Und wenn er nun seinen Vater ansah, kam es ihm vor, als schaute er in einen Spiegel und würde erblicken, was die Zukunft vielleicht für ihn in petto hielt. Vor dieser Wahrheit rannte er davon, versuchte, ihr wie einer Kugel auszuweichen, denn ihm würde nicht Agent Orange die Sinne rauben wie ein Dieb in der Nacht. Für Sawyers Schicksal würde nicht das Land verantwortlich sein, dem er gedient hatte. Sawyers Angstgegner war ausgerechnet die eine Sache, für die er lebte und atmete, seit er dreizehn Jahre alt gewesen war. Sein gewählter Beruf.

Seit er achtzehn Jahre war, trat Sawyer bei Boxmeisterschaften an. Er war ein herausragender Wettkämpfer, ein Monster im Ring, und das Boxen war das perfekte Ventil für die Wut auf diese Krankheit, die mit jedem Tag mehr von dem Mann nahm, den er über alles liebte. Das Boxen war nicht nur bei unzähligen Gelegenheiten seine emotionale Rettung gewesen, jetzt würde es auch die finanzielle Rettung für seine Eltern bedeuten. Sawyer forderte den aktuellen Champion der Northeast Boxing Association heraus, und der Kampf war mit einem Preisgeld von siebenhunderttausend Dollar dotiert. Der Gewinn des Titels würde reichen, um die häusliche Pflege seines Vaters für die nächsten dreißig Jahre zu bezahlen. Mit diesem Ziel vor Augen trainierte Sawyer härter als je zuvor, und seine Entschlossenheit zu gewinnen war stärker denn je.

Nach einer überaus strapaziösen Trainingseinheit für den anstehenden Titelkampf war er zu seinem vierteljährlichen Check-up bei seinem Arzt, Dr. Malen, gewesen. Diese verdammten Ärzte. Immer versuchten sie, sich abzusichern, und warnten vor den schlimmstmöglichen Folgen. *Gehirne sind nicht dafür gemacht, verprügelt zu werden*, hatte der Arzt zu ihm gesagt. Er hatte ihm das übelste aller Szenarien dargelegt: Noch ein oder zwei Kopftreffer und Sawyer würde möglicherweise permanente Hirnschäden davontragen. Klar, er hatte einige Gehirnerschütterungen erlitten, aber hatte das nicht jeder Boxer? Die gleiche Warnung hatte er schon gehört, seit er Teenager gewesen war, und von seinen Boxkumpels wusste er, dass sie ähnliche mahnende Worte mit auf den Weg bekommen hatten. Doch dieses Mal hatte der Arzt etwas von sich gegeben, das er noch nie gesagt hatte: *Denken Sie darüber nach. Es geht um Ihre Zukunft. Sie haben nur die eine.*

Wie konnte eine Äußerung heftiger einschlagen als ein Kinnhaken?

Selbst wenn der Arzt recht hatte, wie sollte Sawyer zwischen der finanziellen Absicherung und dem Wohlergehen seines Vaters auf der einen Seite und seiner eigenen Gesundheit auf der anderen entscheiden?

Während der Applaus abebbte, schob Sawyer diese quälenden Gedanken beiseite. Er war unbesiegbar. Ein zu guter Boxer, als dass er eine Kopfverletzung davontragen würde. Er schaute in die Menge und hob dankend die Hand, als er aufstand. Sein Blick fiel auf die dunkelhaarige Schönheit, die weiter hinten links saß. Er hatte vorhin gesehen, dass sie zu ihm geschaut hatte, und nun lag ihr Blick wieder auf ihm, obwohl der Kerl neben ihr den Arm um sie gelegt hatte. Sawyer mochte Menschen nicht, die sich ihren Liebsten gegenüber respektlos verhielten, und dass sie das in aller Öffentlichkeit tat, stieß ihm übel auf. Aber irgendetwas an der Art, mit der sie ihn ansah, machte es ihm unmöglich, den Blick abzuwenden.

Die exotisch aussehende Frau mit ihrem olivfarbenen Teint und den langen, dunklen, wie vom Wind zerzausten Haaren faszinierte ihn. So sehr, dass ihm Worte im Kopf herumschwirrten – *entspannt, friedvoll, verletzt.* Worte waren für Sawyer ebenso ein Ventil wie das Boxen. Er ließ seine Emotionen in Songs fließen und kritzelte Worte auf alles, was er in die Finger bekam, wenn er von einem Gefühl gepackt wurde. Und jetzt, als er ihre nicht zueinander passenden Ketten wahrnahm, erklang das Wort *bezaubernd* in seinem Kopf. Sie hatte das Aussehen und die Ausstrahlung einer Person, die sich in ihrer Haut wohlfühlte, und davon hatte sich Sawyer schon immer angezogen gefühlt. Er registrierte ihre mandelförmigen Augen, die Stupsnase und ihre sanft geschwungenen Lippen. Es konnte nur einige Sekunden lang gedauert haben, doch es kam ihm vor, als hätte er sie minutenlang beobachtet. Und nun war ihr Blick auf ein Buch gerichtet, was ihn nur noch neugieriger machte. Wer las denn während einer Open-Mic-Night in einem Buch?

Sawyer spürte seine Muse, die ihn anstupste, neckte, um

seine Aufmerksamkeit buhlte, und der Songwriter in ihm begann, ein Lied über diese Frau zu ersinnen.

Er war heute Abend in die Bar gekommen, weil das Leben ihm zu schaffen machte und er unbedingt einen klaren Kopf bekommen musste. Das Lied, das er gerade gespielt hatte, war ihm nur kurz zuvor quasi aus den Fingerspitzen geschossen, und je länger er es in seinem Haus in den Dünen gespielt hatte, umso schlimmer war der Schmerz geworden, der es begleitet hatte. Er war nach draußen gegangen, doch selbst die Geräusche der Bucht, die für gewöhnlich das Chaos in seinem Kopf linderten, kamen nicht gegen die Warnung des Arztes und die anderen Stürme an, die in ihm tobten.

Heute Abend unterwegs zu sein, hätte seine Gedanken beruhigen sollen, stattdessen rasten sie wieder unkontrolliert in seinem Kopf herum. Nur dass dieses Mal kleine Teile des fiktionalen Lebens dieser wunderschönen Frau zu Versen wurden, die er niederschreiben *musste*.

Er nahm seine Gitarre und ging in Richtung Theke, während der Moderator schon den nächsten Gast ankündigte. Sawyer zog einen Stift aus der Brusttasche seines Hemds, schnappte sich einen Stapel Servietten und setzte sich auf einen Barhocker, um die Worte fließen zu lassen.

Zwei

Sky konzentrierte sich auf das Tattoo in Frakturschrift, das sich die junge Frau, die gerade auf ihrer Liege lag, ausgesucht hatte. Sie hatte eine auf einen Zettel gekritzelte Textzeile gefunden und wollte sie *unbedingt* auf der Haut tragen. *In deinen Augen fand ich mich.* In den vergangenen Jahren hatte Sky alle möglichen Tattoos gestochen, und einige der schönsten waren Textzeilen, die die Leute irgendwo in Provincetown gefunden hatten, wie auch diese hier. Offensichtlich ging jemand nicht besonders sorgsam mit seinen Gedichten um und ließ ständig irgendwo im Ort Teile davon herumliegen. Die Kunden kamen mit poetischen Versen zu ihr, die auf Servietten oder zerknüllte Rechnungen geschrieben waren, und eine Frau hatte sogar ein Foto von etwas gehabt, das in den Sand geschrieben worden war. Von all den Tattoos, die Sky gestochen hatte, berührten diese bedeutungsvollen Zeilen sie am meisten.

Sie dachte an das Lied, das Sawyer Bass am Abend zuvor gesungen hatte, und an die Leidenschaft in seiner Stimme. Jedes Wort hatte geklungen, als stammte es aus den Tiefen seiner Seele. *Dunkelheit ist nicht genug. Meilen sind zu nah. Nichts löscht dich aus, nichts tilgt den Schmerz, den du hinterlässt.* So wie er die Augen während des gesamten Liedes geschlossen hatte, fragte sie sich, ob er hoffte, dass die Worte seine Erinnerungen auslöschen oder die Person zurückbringen würde, über die er sang. Eine Frau, nahm sie an.

Sie hatte ihn beobachtet, bevor er die Bühne verlassen hatte. Er hatte nicht darauf geachtet, wer ihm zusah, und er versuchte auch nicht, die Blicke der hübschesten Frauen aufzufangen. Einen kurzen Moment lang wirkte er sogar eher so, als sähe er gar nichts. Dann hatte er sich ihr zugewendet und sie hatte rasch wieder auf ihren Gedichtband geschaut. Sie fragte sich, was er wohl in ihr gesehen hatte. Sky war ein Freigeist, und sie hatte im Laufe der Jahre gelernt, sich so zu lieben, wie sie war, anstatt sich mit anderen zu vergleichen. Nur selten kümmerte sie sich darum, was andere von ihr denken mochten, aber etwas an seiner Stimme, seinen Augen und seinem Lied hatte sie angesprochen, und sie fragte sich … Hatte er gesehen, was sie fühlte? Dass die junge Frau, die immer gern zu Open-Mic-Nights gegangen war und Spaß daran gehabt hatte, zu singen und mit jedem, der sie aufforderte, zu tanzen, dass diese Frau im Laufe des vergangenen Jahres eine seltsame Veränderung durchgemacht hatte und nun auf der Suche nach mehr war? Oder sah er die Frau, die sie gewesen war? Oder eine ganz andere Person? Sie hatte sich in den letzten Monaten so sehr verändert, hatte endlich ihre Flügel ausgebreitet, war bei ihren Brüdern ausgezogen, wo sie gewohnt hatte, um Geld zu sparen, während sie den Baumarkt ihres Vaters geführt hatte, und sie hatte endlich ihren eigenen Laden gekauft. Ihr waren noch andere Veränderungen an sich selbst aufgefallen, eine Art Unruhe. Einsamkeit? Eigentlich nicht, aber vielleicht doch. Zu sehen, wie ihre besten Freunde sich verliebten, heirateten und nun Familien gründeten, hatte mit Sicherheit eine Wirkung auf sie gehabt.

Wie konnte jemand mit so vielen Freunden einsam sein?

Sie schob den Gedanken beiseite, um sich wieder auf das Tattoo zu konzentrieren, und ließ das tröstliche Surren der Tätowiermaschine und die Schönheit jedes Strichs, den sie zog, auf sich wirken. Als sie fertig war, säuberte sie die frisch tätowierte Haut der Kundin und half der jungen Frau mit den pechschwarzen Haaren von der Liege.

»Ich glaube, ich habe dich gestern Abend gesehen. Arbeitest du im Governor Bradford's?«

»Ja, abends. Habe ich dich bedient? Normalerweise erinnere ich mich an meine Gäste, aber du kommst mir nicht bekannt vor.«

»Ja, aber ich habe auch nicht bestellt. Das hat mein Bruder erledigt – während er dich übrigens gründlich in Augenschein genommen hat.«

»Echt? Also, wenn er so heiß ist, wie du hübsch bist, dann sollte ich nächstes Mal wohl Ausschau nach ihm halten.« Sie lachte. »Vielen Dank, dass du mich so kurzfristig dazwischenschieben konntest. Ich heiße übrigens Cree. Na ja, eigentlich Lucretia, aber alle nennen mich Cree. Ich komme bestimmt wieder.« Sie folgte Sky zur Kasse. »Kann ich das bei dir in den Müll werfen?«

»Klar. Ich bin übrigens Sky.«

»Sky wie in Inky Skies. Finde ich klasse.« Sie gab Sky den Zettel, auf dem der Text des Tattoos geschrieben war.

Sky legte ihn in einen Korb, in dem sie all die Tattoos aufbewahrte, die sie berührt hatten, seit sie hier angefangen hatte, damals noch für den früheren Besitzer des Studios. Sie hatte Zeilen, die auf abgerissene Zettel, Quittungen und Servietten geschrieben worden waren, aufbewahrt. Wer immer sie geschrieben hatte, war für sie mittlerweile der *P-Town-Poet*.

Sollte jemand, der solche Verse schreibt, nicht sorgfältiger mit seinen Gedichten umgehen? War dieser Dichter irgendeine Art Künstler, der mit Absicht überall im Ort ein paar Zeilen hinterließ? Es waren nie ganze Gedichte, immer nur Bruchstücke, die an den verschiedensten Orten wie Restaurants, Bars und in einem Fall im Sand gefunden worden waren.

»Das macht genau siebzig«, sagte sie zu Cree.

Sie schob gerade ihren Gedichtband auf die andere Seite der Kasse, als Lizzie an der Eingangstür erschien. In dem rosa Minirock und dem weißen Tanktop sah sie richtig süß aus. Ihre Haare hatte sie zu einem hohen Pferdeschwanz zurückgebunden. »Hey, Sky! Mittagessen?«

Sie schaute von der Kasse auf. »Tut mir leid, kann nicht. Ich muss noch ein bisschen streichen und Ordnung in das Hinterzimmer bringen.«

»Okay, kein Problem.« Lizzie winkte kurz und Sky gab Cree ihr Wechselgeld.

Nachdem Cree gegangen war, säuberte Sky ihren Arbeitsbereich und dachte an die Feier zur Geschäftseröffnung. Es war bis dahin noch ein paar Wochen Zeit, aber sie hatte eine lange Liste abzuarbeiten, denn sie hatte ein großes Fest mit Musik und jeder Menge Ballons im Sinn.

»Entschuldigung?«

Ein Schauer lief ihr über den Rücken, als sie die vertraute tiefe Stimme vernahm, die sie in der vergangenen Nacht in ihren Träumen gehört hatte. Sie drehte sich um und entdeckte Sawyer Bass an der Eingangstür. Er trug ausgewaschene Jeans und ein weißes T-Shirt und sah darin noch umwerfender – *markanter, männlicher* – aus als am Abend zuvor. Sie versuchte, Hunters Beschreibung – *tough* – in dem Mann zu entdecken, aber er hatte ein herzliches und freundliches Lächeln, das seine

Augen leuchten ließ und ihm all die harten Züge nahm. Kein Wunder, dass diese Augen ihr Interesse geweckt hatten. Sie glänzten dunkel wie ein schwarzer Edelstein und waren von Wimpern umrandet, die so voll und perfekt waren, dass sie ihm etwas Geheimnisvolles verliehen. Er kam näher, während Sky versuchte, ihre Stimme wiederzufinden.

»Hallo«, sagte er ungezwungen. Dann machte er ein überraschtes Gesicht. »Ich habe dich gestern Abend im Governor Bradford's gesehen, oder? Mit deinem Freund? Du hast gelesen.«

Sky legte das Tuch weg, mit dem sie gerade die Liege abwischte, und versuchte, ihre rasenden Gedanken zu beruhigen. *Bei Tageslicht bist du sogar noch heißer. Guck dir nur mal diese Bauchmuskeln an, die sich unter deinem T-Shirt abzeichnen. Was hast du gefragt? Ach so, ja, das Governor Bradford's.*

»Ja. Nein. Also doch, ich war da, aber nicht mit meinem Freund. Ich habe keinen Freund.« *Was fasele ich da nur?* Ihr Hirn weigerte sich, richtig zu funktionieren, was ziemlich albern war, denn sie sah ja jeden Tag gut aussehende Leute im Studio. Dieser Typ dürfte sie eigentlich nicht so aus der Bahn werfen. Warum brachte sie keinen vernünftigen Satz zustande? Aber er wirkte selbst auch ein wenig nervös, wodurch sie sich etwas besser fühlte.

Was wiederum auch albern war.

»Hab ich mich wohl vertan. So wie ihr da gesessen habt, nahm ich nur an …« Er schaute sich im Studio um.

»Der Fluch meines Daseins. Überbehütet zu sein.« Vielleicht vermasselten Blue und Hunter ihr doch die Tour.

»Tut mir leid. Das geht mich ja überhaupt nichts an.« Er sah sie forschend an und das interessierte Funkeln in seinem Blick war eindeutig. »Ich würde mir gern ein Tattoo stechen lassen.«

»Klar. Komm mit nach hinten. Was schwebt dir vor?« Sie führte ihn zu ihrem Arbeitsbereich und hoffte, dass er ein Tattoo auf seinem Unterarm haben wollte, denn wenn er irgendeinen anderen Körperteil tätowiert bekommen wollte, wäre sie nicht imstande, sich zu konzentrieren.

Er schaute sich um. Inky Skies war klein und noch etwas unfertig, da die Renovierung ja noch im Gange war. Sky hatte versucht, etwas Farbe hineinzubringen, indem sie die abgeschrammten Stellen an der Wand hinter Tüchern und Bildern versteckte, und sie hatte Paravents aufgestellt, um die noch im Bau befindlichen Regale an der hinteren Wand verschwinden zu lassen. Sie hatte sogar einige ihrer bunten Schals über die schwarzen Paravents geworfen, um so den Bereich wie ein improvisiertes Ankleidezimmer wirken zu lassen, wie sie es in dem Himalaya-Laden um die Ecke gesehen hatte. Ihr gefiel die gemütliche Atmosphäre, die dadurch entstand, auch wenn der Raum noch nicht perfekt war.

Sawyer schaute sie wieder an und ihr Puls raste. Er gab ihr einen Zettel, dann zog er sich das T-Shirt aus. Sky blieb die Spucke weg, als sie seine muskulösen Arme, das Sixpack und diese unglaublich verführerischen Muskeln sah, die ein perfektes V bildeten und in seiner Hose verschwanden. Sie liebte es, Tattoos zu kreieren, aber die Vorstellung, diesem prächtigen Körper eine Tätowierung zu verpassen, bescherte ihr fast ebenso weiche Knie wie die Vorstellung, ihn mit ihren Händen oder ihrem Mund zu berühren.

»Das hätte ich gern.« Er deutete auf den Zettel in ihrer Hand und dann auf den Stuhl hinter sich. »Soll ich mich da hinsetzen?«

Sie blinzelte ihre Benommenheit fort. »Ja. Wo möchtest du

das Tattoo haben?«

»Auf meinem Rücken, wo auch immer du es am besten platzieren kannst.«

Sky faltete den Zettel auseinander, um sich den Entwurf anzusehen. Es war aber gar keine Zeichnung, sondern Worte. *Wasser zu Staub, erschüttert, doch nicht gebrochen.* Was hatte dieser Ort nur an sich, dass all diese ungewöhnlichen Sprüche in ihrem Studio landeten? Sie hörte, dass er sich niederließ, und schaute auf. Er saß rittlings auf dem Stuhl und hatte die Arme auf der Lehne gekreuzt. Sein Rücken war mit Worten bedeckt, von den Schultern bis zum Bund seiner Jeans. Es war das Schönste, was sie je gesehen hatte – solch eine Leidenschaft in die wohlgeformten Konturen seiner geschmeidigen Haut tätowiert. Worte verliefen über seine Schulterblätter und dehnten sich bis über seine Flanken aus. Sky hatte bereits alle möglichen Körperteile tätowiert und dabei Tattoos gesehen, die die ganze Bandbreite von süß bis grauenhaft abdeckten. Jeder, wie er mag, war immer ihr Motto gewesen. Aber das hier …

Diese Mischung aus harten und zärtlichen Worten auf so einem starken Mann raubte ihr kurzzeitig die Fähigkeit, normal zu funktionieren.

Unwillkürlich streckte sie die Hand aus und berührte seine Haut. Sie war warm und glatt. Rein, bis auf die Tattoos. Langsam glitt ihr Blick über die Worte: *Fließend wie der Wind, fest wie Stein. Bedingungslos. Gestohlen. Transparent.* Was bedeuteten diese Worte für ihn? Seine Wirbelsäule hinunter waren Worte wie eine Leiter miteinander verbunden, wobei die größeren Buchstaben die darüber berührten. *Lügen, Wut, Zärtlichkeit, allein, ewig, zerbrechlich –*

Er schaute über die Schulter, mit schweren Lidern, als wäre er müde, und einem Lächeln auf den Lippen, das die markanten

Konturen seines von dunklen Stoppeln bedeckten Kinns weicher machte.

»Egal wohin, wo es passt. Ich bin nicht wählerisch.«

Sie schaute auf den Zettel, den er ihr gegeben hatte, und las die Worte noch einmal. »Woher hast du das?« Sie musste wissen, ob er derjenige war, der diese Dinger überall in Provincetown liegenließ.

Er zuckte mit den Schultern, sah wieder weg und sagte mit nun kalter Stimme: »Hab ich irgendwo aufgesammelt.«

Es überraschte sie, dass sie von Enttäuschung gepackt wurde. Nachdem sie ihn singen gehört, seinen Rücken gesehen und diesen für den P-Town-Poet typischen Zettel gesehen hatte, dachte sie, dass sie das Rätsel vielleicht gelöst hatte. Sie zog ihren Hocker herbei, sah sich seinen Rücken genauer an und bemerkte die unterschiedlichen Schriftgrößen und -arten. Nach den ersten Momenten der Ehrfurcht erkannte sie, dass es jede Menge Platz gab, um diesen Spruch – und noch viele andere Worte, wenn er es denn wollte – unterzubringen.

»Hast du nur auf deinem Rücken Tattoos?«

Er drehte sich wieder um und seine Augen, die nun dunkler, sinnlicher waren, jagten eine überraschende Hitzewelle durch ihren Körper. »Das herauszufinden, ist nur manchen möglich.«

Ja, bitte! »Oh … tut mir leid.« Sie griff nach ihrer Tätowiermaschine, um sich auf etwas anderes als *das* zu konzentrieren. »Hast du an eine bestimmte Schriftart gedacht?«

»Wähl du eine aus.« Er zog die dichten Augenbrauen zusammen. Dann wandte er sich wieder um, legte die Wange auf den Unterarm und schloss die Augen, als hätte er sie nicht gerade abwechselnd ins Schwitzen und Stammeln gebracht.

Sie war daran gewöhnt, dass Kunden sie die Schriftart und manchmal sogar die Abbildung aussuchen ließen, aber sie hatte noch so viele Fragen an ihn. Sie schob sie beiseite und brachte sich stattdessen in Position, sodass sich seine Hüfte zwischen ihren Beinen befand und sie sich so vorbeugen konnte, dass ihre Hand ruhig blieb.

»Musst du die Worte nicht irgendwie kopieren oder so, um sie dann auf meinen Rücken zu übertragen?«

»Ich arbeite freihändig. Es sei denn, du möchtest, dass ich eine Vorlage benutze?«

»Nein, freihändig ist sogar besser.« Er drehte sich noch einmal zu ihr um und musterte sie von oben bis unten. »Du bist sicher sehr geschickt mit deinen Händen.«

Möchtest du das mal herausfinden? Meine Güte!

»Ich denke schon.« Normalerweise dachte sie bei Kerlen, die sie nicht kannte, nicht ans Anfassen und *Herausfinden.* Sawyer ließ ihre Gedanken in alle möglichen Sphären driften, und sie sollte sich wohl besser unter Kontrolle bringen, bevor sich ihre sündhaften Fantasien in Worte verwandelten und aus ihr herausplatzten.

Sie war dankbar, als er den Kopf wieder auf den Armen ablegte und die Augen schloss, sodass sich ihr rasanter Herzschlag beruhigen konnte. Auf der Suche nach dem perfekten Platz für das Tattoo betrachtete sie seinen Rücken und zwang sich wieder in den Künstlerinnen-Modus. *Er ist wie eine Leinwand. Eine sehr köstlich aussehende Leinwand.*

»Zwischen den Schulterblättern, wäre das okay? In einer weichen, handschriftartigen Schrift? Das würde die Worte etwas milder wirken lassen. Es sei denn, du möchtest das Gegenteil. Blockbuchstaben, Frakturschrift?«

»Weicher ist gut, und wie gesagt, entscheide du, wohin es passt.«

Sie desinfizierte den Bereich zwischen seinen Schulterblättern. »Ich habe dich hier in der Gegend noch nicht gesehen. Wo hast du dir die anderen Tattoos stechen lassen?«

»Unterschiedlich ... New York, Boston, Hyannis ...«

Sie widerstand dem Drang, ihn zu fragen, ob er viel reiste, denn sie wollte sich nicht noch mehr ablenken lassen, als sie es ohnehin schon war.

»Ich fange an, in Ordnung?« Sein Rücken hob sich, als er langsam einatmete, und mit dem Ausatmen entspannten sich all seine Muskeln.

»In Ordnung«, sagte er leise. »Wie lange tätowierst du schon?«

Sie konzentrierte sich auf das Tattoo, während sie antwortete. »Mehrere Jahre. Ich liebe Kunst, besonders alle darstellenden Künste. Musik übrigens auch. Das Lied, das du gestern Abend gesungen hast, hat mir wirklich gefallen. Hast du es geschrieben?«

Er schwieg so lange, dass sie sich fragte, ob er überhaupt antworten würde. Schließlich sagte er: »Ja.«

»Es war schön. Bist du ein Songwriter?« *So viel dazu, dass sie sich nicht ablenken lassen wollte.*

»Nein.«

Für einen Mann mit so vielen Worten auf dem Rücken redete er sehr wenig.

Sie arbeitete schweigend und genoss es, seine straffen Muskeln unter ihrer Hand zu spüren. Natürlich fragte sie ihre Kunden nicht danach, warum sie welche Tattoos haben wollten, aber sie hätte unglaublich gern mehr über seine Faszination für Worte erfahren. Sie kam der ihren sehr nah und das machte ihn noch anziehender. Nach dem dritten Wort lehnte sie sich zurück und machte eine kurze Pause.

»Musik hat immer eine beruhigende Wirkung in meinem

Leben gehabt. Schreibst du oft Lieder, so als Hobby oder …?«

»Wenn mich die Inspiration überkommt. Und du? Hast du irgendwelche Hobbys?«

Sie dachte darüber nach, während sie weiter an dem Tattoo arbeitete. Poesie. Musik. Ihre Freunde. Waren das Hobbys?

»Alles, was ich so tue, sind wohl meine Hobbys.« Sie wusste nicht, ob das Sinn ergab, aber es fühlte sich wahr an. »Ich sehe mich selbst irgendwie gar nicht als berufstätig, also sogar das hier ist irgendwie ein Hobby. Ich werde es machen, bis es mir keinen Spaß mehr macht, denke ich. Auch wenn ich das Gefühl habe, dass das sehr lange nicht passieren wird.«

»Das macht dich noch interessanter. Du folgst deinem Herzen. Und das mache ich auch.«

Sky schmolz auf ihrem Hocker ein wenig dahin – neben Sawyer Bass mit seiner sanften Stimme, dem heißen Body und dem wortgewaltigen Rücken. Zum Glück dachte sie noch daran, ihm mit dem Handspiegel das Tattoo zu zeigen, als sie fertig war. Sie stand auf und streckte die Hand nach seiner aus. Sie hatte keine Ahnung, warum sie das tat, und war gleich noch überraschter, als er ihre Hand ergriff, sich auf seinen Lippen wieder dieses unbefangene Lächeln zeigte und er ihr zu dem körpergroßen Spiegel im hinteren Bereich des Raumes folgte. Er drehte sich um und betrachtete das Tattoo mit dem Handspiegel.

»Du bist wirklich sehr geschickt mit deinen Händen«, sagte er mit einem verschmitzten Grinsen.

»Dann sind wir quitt, da du gut mit Worten umgehen kannst, Sawyer.«

Wieder zog er die Augenbrauen zusammen. »Du weißt, wie ich heiße?«

»Gestern Abend. Du wurdest mit deinem Namen angekündigt, schon vergessen?«

»Ah, stimmt. Tja, da bin ich entschieden im Nachteil, denn ich weiß nicht, wie du heißt.«

»Sky. Sky Lacroux.« Sie blickten einander an, und was immer ihren Bruder am Abend zuvor so skeptisch gemacht hatte, verflüchtigte sich. Alles an Sawyer Bass machte sie neugierig – von dem geheimnisvollen Ausdruck in seinen Augen bis hin zu den Worten, die auf seinem Rücken verewigt waren. Und falls er wirklich tough war, wie Hunter es genannt hatte, dann wollte sie das am eigenen Leib erfahren.

»Das ist ein schöner Name.« Als er ihr den Spiegel zurückgab, streiften sich ihre Finger, und ein Schauer erfasste sie.

Er folgte ihr zurück zu ihrem Tätowierstuhl, wo er sein T-Shirt gelassen hatte, und zog es wieder an. Augenblicklich vermisste Sky den Anblick seiner Haut. An der Kasse nahm er ihren Gedichtband in die Hand, und dann trafen sich ihre Blicke wieder, als er seine Kreditkarte herausholte.

»Bist du ein Fan von C. J. Moon?«

»Ich liebe C. J. Moon«, antwortete sie lachend.

»Wirklich?«

»Ja.« Sie steckte seine Kreditkarte in das Gerät. »Meine Freunde finden, ich sollte mir professionelle Hilfe suchen, denn wenn ich mehr Informationen über ihn finden könnte, würde ich ihm wahrscheinlich wie ein krankhaftes Groupie-Mädel auflauern.«

Er hob eine Augenbraue. »Ach, du gehört also zu denen, die andere stalken?«

»Sie ist eine der schlimmsten«, sagte Blue, der gerade zur Tür hereinkam. »Außerdem leidet sie an einer ernsthaften Eis-Sucht.« Er streckte die Hand aus. »Sawyer Bass, stimmt's? Wir haben dich gestern Abend gehört. Hat sie dich gestalkt und hierhergelockt? Oder stalkst du sie? Ich habe nur das Ende vom Satz gehört, als ich hereingekommen bin.«

Sky verdrehte die Augen.

»Freut mich, dich kennenzulernen, Blue. Und du bist nicht ihr Freund, stimmt's?« Mit einem Lächeln ergriff Sawyer die Hand.

»Wie ich sehe, haben wir unseren Beziehungsstatus schon geklärt.« Blue warf Sky einen Blick zu, der eindeutig besagte *Ich wusste doch, dass du heiß auf ihn warst.* »Freundschaft ohne Vorzüge – abgesehen von einem Platz zum Übernachten. Ach ja, und mit Katzen-Lieferservice. Merlin ist oben.«

»Danke, Blue. Du bist mein Retter.« Sie beantwortete Sawyers fragend hochgezogene Augenbrauen mit der Erklärung: »Merlin ist mein Kater. Er war heute Nachmittag beim Friseur und Blue hat ihn für mich abgeholt.«

»Echt nett«, sagte Sawyer. »Wenn du wirklich daran interessiert bist, mehr über C. J. Moon herauszufinden, würde es mir eine Freude machen, dich an einen der Orte zu entführen, über die er geschrieben hat. Bis wann arbeitest du heute Abend?«

Heute Abend?

Zwei der attraktivsten Typen in Provincetown sahen sie an. Der eine verschlang sie mit den Augen und der andere hatte ein Hab-ich-doch-gesagt-Grinsen im Gesicht. Gott steh ihr bei, denn am liebsten hätte sie Blue umarmt und *Du hattest recht!* gesagt, um dann Sawyer in die Arme zu fallen und ihm zu zeigen, wie lecker sie wirklich war. Vielleicht hatte sie gerade irgendeine Art von Hormonschub, denn eigentlich war sie keine, die einfach so durch die Betten hüpfte. Sie hatte keine Ahnung, warum ihr Körper sich so elektrisiert anfühlte und in ihrem Magen ein Schwarm Wespen sein Unwesen zu treiben schien – es musste sich um pure unverfälschte Lust handeln.

Und es war schon viel zu lange her, dass sie etwas Derartiges gefühlt hatte.

»Ich kann los, sobald alle Termine von heute erledigt sind.« Sie blätterte in ihrem Kalender.

»Du kennst Moon?«, fragte Blue.

»Ich habe eine Schwäche für Gedichte«, sagte Sawyer. »Und was ist mit dir? Bist du ein Fan von ihm?«

Blue hob die Hände und schüttelte den Kopf. »Nein, ich hab nie was von ihm gelesen. Aber ich habe das Vergnügen, Sky fast jeden Tag dabei zu beobachten, wie sie die Nase in seine Bücher steckt.«

»Wenn nicht noch unverhofft der große Andrang kommt«, warf Sky ein, »kann ich wohl gegen sieben den Laden schließen.«

»Großartig. Dann komm ich um die Zeit vorbei?«

Sky wusste, dass sie von einem Ohr bis zum anderen grinste, und es war ihr egal. »Klingt super.«

»Tja, so viel zum Lagerfeuer heute Abend«, sagte Blue.

»Tut mir leid, Blue«, sagte Sky, auch wenn es ihr überhaupt nicht leidtat, einem Date mit Sawyer zugestimmt zu haben. »Bist du deshalb vorbeigekommen?«

»Ja, aber kein Ding. Amüsiert euch gut, ihr beiden.«

»Warum fragst du nicht Lizzie?«, schlug sie hoffnungsvoll vor.

Blue schüttelte den Kopf. »Ich rufe dich später an.« An Sawyer gewandt sagte er: »War nett, dich kennenzulernen. Viel Spaß bei der Suche nach Moons Muse, und pass gut auf mein Mädchen auf.«

»*Dein* Mädchen?« Sky blieb fast die Spucke weg. So was hatte Blue noch nie gesagt.

Blue grinste. »Meine *gute Freundin*. Du weißt schon, was

ich meine.«

Er ging, warf aber noch einen letzten Blick über die Schulter, bevor er zur Tür hinaustrat, wo ihm eine Gruppe Zwanzigjähriger entgegenkam. Sie lachten und unterhielten sich, während sie sich die Mustertattoos an den Wänden anschauten.

»Sicher, dass da nichts zwischen euch läuft?«, fragte Sawyer. »Ich will mich nicht zwischen euch drängen. Ihr scheint euch sehr nahezustehen.«

»Ganz sicher. Wir sind Freunde. Er ist nur seltsam beschützend drauf.« Und sie hatte keine Ahnung, warum.

»Ich bin bei den Schwestern meiner Freunde wohl ähnlich drauf. Das verstehe ich schon.«

»Da bin ich froh, denn ich könnte nicht mit einem Mann losziehen, der meine Beziehung zu Blue nicht versteht. Er ist ein guter Freund und das würde ich nie aufs Spiel setzen wollen.« Sie lächelte die Kunden an, die in dem Empfangsbereich umherschlenderten. »Kann ich euch behilflich sein?«

»Wir wollen uns Tattoos stechen lassen, aber wir müssen uns noch entscheiden, wer was bekommt«, sagte ein großer blonder Typ in gelben Boardshorts, einem engen Tanktop und einer Schulter voller bunter Tattoos.

»Alles klar, sagt einfach Bescheid, wenn ihr so weit seid.«

Sawyer hielt den Zettel hoch, den er mitgebracht hatte. »Müll?«

Sie nahm ihm den Zettel ab und legte ihn in den Korb zu den anderen.

»Behältst du alle Sprüche, die du stichst?«

»Nur die, die mich ansprechen. Abgesehen von C. J. Moon und Eis bin ich wohl auch ein wenig von der Macht der Worte besessen«, gab sie zu.

Der sinnliche Ausdruck war in seine Augen zurückgekehrt. »Das macht dich noch anziehender. Soll ich dich hier abholen?«

»Klar«, sagte sie, oder zumindest glaubte sie, dass sie das sagte. Nach seinem Kompliment hatte sie leichte Probleme, klar zu denken.

Drei

Eine Zeit lang hatte Sawyer dank Sky die Warnung seines Arztes vergessen können, doch als er wieder nach Hause gekommen war und die Renovierungsarbeiten gesehen hatte, die er in Angriff genommen hatte, um seinem Vater mit dem Stock – und eines Tages mit dem Rollstuhl – den Zugang zu erleichtern, brach alles wieder über ihn herein. Er hatte sich an seinem Boxsack abreagiert, und als auch das den Sturm in seinem Kopf nicht beruhigte, war er an den Strand gegangen, um dort Yoga zu machen. Er hatte keine Zeit für Stürme oder ärztliche Warnungen. Er würde diesen Titelkampf gewinnen. Die Zukunft seines Vaters hing davon ab.

Die Kombination von Training und Yoga half. Zwei Stunden später fuhr Sawyer nach Provincetown hinein und dachte nur noch an Sky. Ehrlichkeit stand für ihn gleichauf mit Loyalität, und er täuschte sie und ihren Freund Blue nur ungern bezüglich C. J. Moon, aber sein Vater hatte sein Pseudonym seit der ersten Veröffentlichung geheim gehalten, und es stand Sawyer nicht zu, seine wahre Identität preiszugeben. *Nicht einmal für die schöne Sky Lacroux.*

Noch nie hatte er eine Frau gedatet, die sich für Gedichte oder Songwriting interessierte. Keines der beiden Themen kam auf, wenn er beim Boxen war, oder in den seltenen Momenten, die er in einer Bar verbrachte – *es sei denn, man heißt Sky und liest in einer Kneipe an einem Open-Mic-Abend Gedichte.*

Er lächelte, als das Bild der lesenden Sky in der Bar vor seinem geistigen Auge auftauchte. Sie hatte so entspannt gewirkt, während alle um sie herum in Gespräche verwickelt gewesen waren. Er wollte sie besser kennenlernen und herausfinden, was in diesem schönen Kopf vor sich ging.

Er stellte das Auto am Hafen ab und ging durch die Ortsmitte zu Skys Studio. Er hatte nicht gewusst, dass sie im Inky Skies arbeitete, als er nach einem Tattoostudio gesucht hatte. Er hatte einfach nur den Drang verspürt, die Worte auf sich verewigen zu lassen, und Inky Skies war in der Nähe gewesen. Und er war verdammt froh, dass er in dieses Studio hineingegangen war, nachdem die Gedanken an Sky ihn die ganze Nacht wachgehalten und zu einem Lied inspiriert hatten. Ein Vers nach dem anderen hatte in seinem Kopf Gestalt angenommen, und seine Finger hatten gezuckt, bis er letztendlich aus dem Bett gestiegen war und sich in das Zimmer im zweiten Geschoss geschleppt hatte, von dem aus er einen Blick über die Bucht hatte, um das Lied weiterzuschreiben, das er in der Bar angefangen hatte und das ihm nun nicht mehr aus dem Kopf ging.

Sie bewegte sich wie der Wind. Jede Böe eine Melodie. Umbrabraune Augen, goldenes Herz. Eine kleine verlorene Seele. Und jetzt hatte das Lied einen Namen: »Sweet Summer Sky«.

Wie bei vielen Läden auf der Commercial Street stand die Tür von Inky Skies offen. Doch während man von den anderen Geschäften mit Patschuli- und Salbeidüften erschlagen wurde, begrüßte ihn am Eingang von Skys Studio der Duft von Jasmin und Kokosnuss. Er war so überrascht gewesen, Sky zu sehen, dass er alles andere nur wie durch einen Schleier wahrgenommen hatte. Jetzt nahm er sich einen Augenblick Zeit, um sich umzuschauen. Der Empfangsbereich war gemütlich gestaltet, mit einer Antikledercouch, zwei dick gepolsterten Sesseln und einem Couchtisch, als ob sie dort nette Zusammenkünfte veranstaltete und nicht Kunden tätowierte. Die Wände hingen voll mit Tattoos und wenigen Aquarellbildern, auf denen er Orte rund um Provincetown wiedererkannte. Er fragte sich, ob Sky sie wohl gemalt hatte. An den Wänden hingen auch bunte Schals und einige Ketten, darüber ein Schild: *Frag Sky nach mir!*

Er stand an der Kasse und strich mit dem Finger leicht über Skys Gedichtband, als er in den hinteren Bereich rief: »Hallo?«

Er ging ans Ende des Empfangstisches und rief noch einmal, bevor er das gusseiserne Geländer rechter Hand bewunderte, das perfekt an die Veranda eines Hauses aus den 1970ern gepasst hätte. Woanders hätte es vielleicht fehl am Platze gewirkt, aber mit den Glasperlen und den kleinen Lichtern, die ihm einen festlichen Glanz verliehen, passte es ganz genau zu dem vielschichtigen kleinen Studio. Die Wände im Arbeitsbereich waren in zartem Pfirsichton gestrichen und durch weinrote Zierleisten ergänzt. Sie waren ausgeblichen, als wären sie seit Jahrzehnten nicht aufgefrischt worden.

Er war vorhin so darauf konzentriert gewesen, nicht Skys volle Lippen und anziehende Augen anzustarren, dass er die unglaublich detaillierte Skulptur gar nicht bemerkt hatte, die auf einer Arbeitsfläche stand. Eine massive Stahlskulptur von Mond und Sternen, mit einer Ranke aus Metall, die um den Mond verlief und hinauf zu den Sternen führte. Diese einzigartige Arbeit erinnerte ihn an Sky. Sie war ätherisch und wunderschön.

Von der Decke hingen verschiedene Windspiele aus Glas

und Holz. Auch die kunstvollen Raumteiler im hinteren Bereich, über die Schals drapiert waren, hatte er irgendwie übersehen. Er fragte sich, wie viele Leute sich wohl für ihre Tattoos auszogen – das wiederum führte ihn zu der Frage, welche Körperteile Sky schon tätowiert hatte. Bei der Vorstellung, dass sie ausgezogene Männer sah und sie an intimen Stellen tätowierte, zog sich ihm der Magen zusammen.

Er tippte ein gläsernes Windspiel an und ließ eine leise Melodie durch das Studio klingen, als sich ein Perlenvorhang hinten links im Geschäft teilte und Sky erschien. Sie zeigte ihm ihr hinreißendes Lächeln. Ihm stockte der Atem, als er sie in ihrem grünen Oversize-Hemd sah, unter dem sie ein cremefarbenes Top trug, das eng um ihre Kurven lag und kurz vor ihren Shorts aufhörte, sodass ein schmaler Streifen Haut frei lag, der Sawyer das Wasser im Mund zusammenlaufen ließ. Ihre dicke Bernsteinkette passte farblich zu den kniehohen Wildlederstiefeln. Und als wäre dieses Outfit noch nicht genug, um seinen Körper in einen Rausch zu versetzen, hatte sie ihre verführerischen Augen mit Eyeliner betont, sodass sie geheimnisvoll und unschuldig zugleich wirkte. Er musste all seine Willensstärke aufbringen, um sie nicht in seine Arme zu ziehen und die Unschuld gleich an Ort und Stelle aus ihr herauszuküssen.

Er hatte schon seine Erfahrungen gemacht, aber noch nie hatte der bloße Anblick einer Frau seinen Körper fast an den Siedepunkt gebracht.

»Hallo!« Sie stellte sich neben ihn. »Tut mir leid, ich habe gerade die Hintertür abgeschlossen.«

Er küsste sie auf die Wange. »Hallo. Du siehst umwerfend aus.«

Sie schaute auf ihr Outfit hinab und kräuselte dabei auf entzückende Weise die Nase. »Wirklich?«

»Umwerfend beschreibt nicht einmal annähernd, was ich wirklich sagen wollte. Aber ich bin mir ziemlich sicher, wenn ich dir sagen würde, dass deine Beine in diesen Stiefeln verführerisch lang aussehen und diese dürftigen kurzen Shorts alle möglichen prickelnden Gedanken in mein Hirn zaubern, wäre das für unser erstes Date sicher nicht angemessen.«

Woher zum Teufel kam das denn?

Die Röte schoss ihr ins Gesicht und ein süßes Lachen platzte aus ihr heraus. »Meine Güte, Sawyer. Komm bloß nicht auf den Gedanken, Zurückhaltung an den Tag zu legen oder so.«

Er fuhr sich übers Gesicht und hoffte, dass er nicht gerade ihr Date vermasselt hatte.

»Tut mir leid, Sky. Ich sage so etwas nie, und ich habe keine Ahnung, wo das herkam. Ich bin wirklich nicht so unverschämt. Ehrlich. Ich hab nur ... Du bist ...« Er riss den Blick von ihr los und fühlte sich wieder wie ein Sechzehnjähriger, der nur Unsinn von sich gab. Um sein Gesicht zu wahren, blieb ihm nur eines: Er musste die Wahrheit sagen.

»Was ich gesagt habe, ist wahr, aber keine Sorge, ich werde mich benehmen.«

»Auch eine Art, die Hoffnungen einer Frau zunichtezumachen.« Der verspielte Ausdruck in ihren Augen verriet ihm, dass sie nur zum Teil scherzte.

Er nahm ihre Hand. »Wir sollten gehen, bevor ich noch kribbeliger werde und mein Mundwerk mich weiter in den Schlamassel reitet.«

»Irgendwie gefällt mir dein kribbeliges Mundwerk«, sagte sie, als sie nach draußen gingen. Sie schloss die Tür hinter sich ab und steckte den Schlüssel in ihre Tasche.

»Ich habe so das Gefühl, das bringt mich in deiner Gegenwart noch in Schwierigkeiten. Ich bin wirklich nicht so einer, der ständig an Sex denkt.«

»Alle Männer denken ständig nur an Sex«, sagte sie beiläufig.

Er lachte. »Die Bemerkung lasse ich mal so stehen. Sonst bringe ich mich wirklich in Schwierigkeiten.« Er verschränkte seine Finger mit ihren und sie gingen über die Commercial Street zur Seebrücke. Ihre Hand zu halten, fühlte sich ebenso natürlich an, wie seine unangemessenen Gedanken von sich zu geben, und das verriet Sawyer, dass sich Sky Lacroux in der Tat sehr von allen Frauen unterschied, die er je gedatet hatte.

Er konnte von Glück sagen, dass sie ihm keine gescheuert oder ihr Date sofort abgesagt hatte.

Sky winkte einer Gruppe von Männern und Frauen zu, die am Eingang zu einem Nachtclub standen, als sie vorbeigingen.

»Hallo, Süße. Viel Spaß«, sagte ein Mann mit langen dunklen Haaren, der ihr auch einen Luftkuss zuwarf.

»Werden wir haben«, rief sie über die Schulter und wandte sich dann wieder Sawyer zu. »Das ist Marcus, ein Freund von mir.«

Gut zu wissen. »Ich hätte dich bei dir zu Hause abholen können«, sagte er, als sie einer Gruppe um die Ecke folgten, dann an einer Pizzeria vorbei und über die Straße hin zum Parkplatz gingen. Der Duft des Meeres wehte über den Pier.

»Hast du in gewisser Weise«, sagte sie, während er seinen alten Land Rover aufschloss.

»Wohnst du im Studio?« Sawyer erinnerte sich daran, dass Blue erwähnt hatte, ihr Kater wäre oben.

»Meine Wohnung ist über dem Laden, aber während Blue die renoviert und noch ein paar letzte Arbeiten im Studio erledigt, miete ich das Ferienhäuschen von Amy in der Seaside-Siedlung in Wellfleet.« Sie stieg in den Pick-up.

Er setzte sich hinters Steuer und fuhr vom Parkplatz. »Es hätte mir nichts ausgemacht, dich in Wellfleet abzuholen. Wir fahren auf dem Weg nach Brewster direkt dort vorbei.«

»Das ist schon in Ordnung. Ich war nicht sicher, ob kurzfristig noch späte Kunden kommen. Und um ehrlich zu sein: Ich habe das Studio erst vor zwei Monaten gekauft, also ist es immer noch aufregend dort zu sein und zu wissen, dass es mir gehört. Ich werde Merlin nach unserem Date abholen und mit nach Seaside nehmen.«

»Ach, du bist die Inhaberin.«

Sie lächelte und der Stolz war ihr anzusehen. »Ganz genau.«

»Das ist ziemlich cool. Und? Gefällt es dir, selbstständig zu sein?«

»Es ist ein wahrgewordener Traum. Ich weiß, es gibt noch einiges zu tun, aber du hättest das Studio mal sehen sollen, bevor ich dort Hand angelegt habe.«

Er versuchte lieber nicht, an ihre Hände zu denken.

»Es sieht richtig toll aus. Sehr kunstvoll gestaltet.« Er ließ den Blick über ihr Outfit gleiten, das sexy und doch lässig war. Sie hatte einen einzigartigen und anziehenden Stil. »Es sieht sehr nach dir aus.«

»Danke. Ich habe zwei Jahre lang dort gearbeitet, bevor ich es von dem vorherigen Besitzer Harlow Warren gekauft habe. Es wirkte ziemlich vernachlässigt, als ich es übernommen habe. Aber mit ein wenig Arbeit kann man eine Menge ausrichten.«

Während Sawyer die Route 6 entlangfuhr, Sky zuhörte und beobachten konnte, wie ihr Gesichtsausdruck sich von begeistert zu aufmerksam, dann zu nachdenklich und dann gleich wieder zu aufgeregt wandelte, gefiel sie ihm immer mehr. Sie war umgänglich und ganz und gar nicht so wie die Frauen, die er in der Vergangenheit gedatet hatte und die sich über jedes

Wort, das ihnen über die Lippen kam, so viele Gedanken machten, dass ihm die Gespräche wie aus einem Drehbuch vorkamen.

»Da wir uns beeilen müssen, um unser Ziel vor der Dunkelheit zu erreichen, und es noch eine Stunde dauern könnte, bis wir zu Abend essen können, sollten wir uns vielleicht vorher einen kleinen Snack besorgen. Was meinst du?«

Mit ihrer Eis-Sucht im Hinterkopf fuhr er auf den Parkplatz des Brewster Scoop.

»Zu Eis sage ich nie Nein«, erwiderte sie, als er den Motor abstellte.

Sie betraten die Eisdiele und bestellten sich Eiswaffeln. Das Brewster Scoop lag gleich hinter dem Brewster Store, einem kleinen Laden, in dem sich seit Sawyers Kindheit kaum etwas geändert hatte. Lose Bonbons und selbstgemachtes Fudge wurden dort noch immer verkauft.

»Was ist überhaupt unser Ziel?«, fragte sie, als sie sich mit dem Eis auf die Stufen vor dem Geschäft setzten.

»Könnte ich dir erzählen, aber dann wäre es keine Überraschung mehr.«

»Ich liebe Überraschungen, und bisher bist du voll davon.«

Sawyer verdiente sich Pluspunkte, indem er Skys Nervosität milderte. Sie hatte keine Ahnung gehabt, dass ihre knappen Shorts ihr gut aussehendes Date zu Bemerkungen verleiten könnte, die sie erröten und an all die Dinge denken lassen würden, die *sie* gerne mit *ihm* anstellen würde. Als wenn es nicht schon gereicht hätte, dass sie den ganzen Nachmittag an ihn hatte denken müssen. Als Jenna angerufen hatte, um sie zu einem weiteren Lagerfeuer einzuladen – bei ihrem Strandhaus morgen Abend –, war die Neuigkeit über ihr bevorstehendes Date nur so aus Sky herausgeplatzt. Natürlich hatte Jenna so laut gekreischt, dass Sky das Telefon von ihrem Ohr weghalten und dann versprechen musste, dass sie *mit* ihm zum Lagerfeuer kommen würde, wenn das Date gut lief.

»Ach, ich bin also voller Überraschungen?« Mit einem heißen Blick hielt Sawyer ihr sein Eis vor den Mund. »Mal probieren?«

Wenn er nur wüsste, wie gern sie *ihn* probieren würde und dass er die herrlichste Überraschung überhaupt war. Nie hätte sie gedacht, dass sie den nächsten Abend mit dem Mann verbringen würde, dessen Gesang sie gelauscht hatte, während sie ihr Lieblingsgedicht gelesen hatte.

Sie beugte sich vor und leckte an seinem Eis. Seine Augen verdunkelten sich.

»Danke.« Sie leckte sich die süße Creme von den Lippen.

Er ließ ihren Mund nicht aus den Augen und ihr Puls raste.

»Willst du meins auch mal probieren?« Sie hielt ihm ihre Waffel hin.

Er beugte sich nah zu ihr und schaute ihr in die Augen. »Was hast du bloß an dir, dass ich mir vorkomme wie ein Schuljunge, der durchs Schlüsselloch der Umkleidekabine guckt?«

»Wahrscheinlich dasselbe, was dafür sorgt, dass ich genau das möchte.«

Ein schalkhaftes Lächeln trat in sein Gesicht und beide lehnten sich vor. Sky war sich sicher, dass er sie küssen würde – und sie wollte diesen Kuss. Sie wollte seinen sinnlichen Mund kosten und wissen, wie sich seine Bartstoppeln an ihrer Wange anfühlten.

Doch ihre Lippen berührten sich nicht. Er legte die Hand über ihre, die die Eiswaffel hielt. Seine Hand war warm und stark, und als er die Zunge über die cremige Spitze gleiten ließ, leckte sie in Gedanken gleichzeitig mit ihm daran.

»Süß«, sagte er nur, während sein Blick in ihrem versank.

Mit zittrigem Finger wischte Sky einen Klecks Eis von seiner Lippe. Er führte ihren Finger in seinen Mund, kreiste mit der Zunge darum und lutschte das Eis ab. Sie konnte nicht atmen. Nicht denken. Er hielt noch immer ihre Hand, als das schmelzende Eis auf ihre Fingerknöchel tropfte. Sein Blick war glutvoll, und sie wusste, dass er überlegte, ob er das Eis auch von dort ablecken sollte, doch wenn er das tat... Wenn sie diesen heißen Mund noch einmal irgendwo anders als auf ihren Lippen spürte, würde sie den Verstand verlieren.

Sie leckte sich das Eis selbst von der Hand und sein Blick schien noch mehr zu glühen.

Eine spürbare Welle von Leidenschaft erfasste sie beide, zog ihre Körper noch mehr zueinander hin. Sie spürte seinen Atem an ihrem Mund. »Sky ...«

Ihre Gedanken lösten sich auf. Als er eine Hand in ihren Nacken schob und ihr tief in die Augen schaute, um sich wortlos ihrer Zustimmung zu vergewissern, beantwortete sie seine Frage, indem sie ihre Lippen auf seine legte. Seine Lippen waren weicher als alle, die sie je geküsst hatte – sie waren samten und einladend. Die erste Berührung ihrer Zungen war kalt, köstlich süß und jagte Schauer durch ihren Körper, noch während ihr Kuss heißer wurde. Ihre Zungen umspielten einander, suchten, schmeckten, forderten. Trotz ihrer äußerlichen Ruhe geriet ihr Inneres in Aufruhr, rasend, heiß und viel zu aufgewühlt für ein erstes Date.

Sie zwang sich, sich von ihm zu lösen, doch im Bruchteil einer Sekunde fanden ihre Lippen zu einem weiteren zärtlichen Kuss zueinander. Er war süß und sinnlich und zu unglaublich, um wieder aufzuhören. Das Eis fiel ihr aus der Hand, und ohne die Verbindung zu unterbrechen, legte sie die Hände auf seine Wangen und vertiefte den Kuss. Sein Mund war fordernd, seine Bartstoppeln kratzig und seine Lippen – *seine göttlich weichen Lippen* – lösten sich langsam von ihren.

Nein. Komm zurück.

Er küsste sie auf die Wange, ballte die Hand an ihrem Hinterkopf zu einer Faust und zog sie wieder näher an sich.

»Tut mir leid«, flüsterte er an ihren Lippen. »Ich hatte wirklich nicht vor –«

»Mhm.« Sie konnte einfach nicht anders, als ihre Lippen wieder auf seine zu drücken, doch genauso schnell zog sie sich, wenn auch zögerlich, wieder zurück. »Mein Fehler«, brachte sie mühsam hervor. Sie sollte so was wirklich nicht tun. Sie war es nicht gewohnt, so vorzupreschen, und doch fühlte sie sich nicht imstande, ihm zu widerstehen.

Sie rutschte von ihm weg, um ein paar Zentimeter Abstand zu gewinnen. »Mehr Platz. Wir brauchen … Wir sollten … Meine Güte, Sawyer. Ich küsse bei einem ersten Date nie so.«

Grinsend und wie aus der Pistole geschossen sagte er: »Ich Glückspilz.«

»Ja, aber …« *Ich will dich noch einmal küssen und noch einmal. Ob drei Wochen zu lange für einen Kuss sind?*

Eine Autotür wurde zugeschlagen und ein kleiner Junge rannte neben Sawyer die Stufen hinauf. »Guck mal, Mommy! Sie hat ihr Eis fallen gelassen!« Verlegen lächelnd schob die Mutter ihren Sohn in die Eisdiele.

Sawyer und Sky lachten, als sie die heruntergefallene Eiswaffel wegräumten und in den Müll warfen. Er nahm ihre Hand und sie gingen zurück zum Auto.

Fünfzehn Minuten – und eine Autofahrt voller verstohlener Blicke – später, als die Sonne hinter den Bäumen unterging und es kühler wurde, kamen sie in Stony Brook an und stellten das Auto gegenüber von der Getreidemühle ab. Sky war schon oft hier gewesen, da es nur wenige Minuten von dem Ort entfernt lag, in dem sie aufgewachsen war. Mit dem alten Mühlengebäude und dem plätschernden Bach war es schon immer einer ihrer Lieblingsorte gewesen. Es gab dort kunstvoll angelegte Gärten mit romantischen Pfaden um den Mühlenteich namens Stony Brook Pond herum, vorbei an der Mühle und über eine Holzbrücke, die über den Bach führte. Es war ein so malerischer Ort, und während ihr Herz noch heftig pochte, musste sie sich anstrengen, nicht mehr an ihre Küsse zu denken, sondern sich darauf zu konzentrieren, warum sie hier waren.

»Woher weißt du, dass C. J. Moon über diesen Bach geschrieben hat?«, wollte Sky wissen. Sie stiegen den rasenbewachsenen Hügel der Mühle gegenüber hinauf auf den plätschernden Bach zu.

Sawyers Blick wurde ernst, als würde er mit der Antwort ringen.

»Du musst es mir nicht erzählen, wenn es eine Art Geheimnis ist.« Sie wusste von Kurt Remington, einem Freund und Bestsellerautor, dass Schriftsteller mitunter ihre Privatsphäre sehr behüteten, und C. J. Moon legte offensichtlich sehr großen Wert darauf, seine Identität geheimzuhalten. Es faszinierte sie, dass Sawyer aus irgendeinem Grund mehr über Moons Gedichte zu wissen schien als das, was es im Internet zu lesen gab. Aber es faszinierte sie noch mehr, dass er anscheinend damit haderte, das Wie und Warum seines Wissens preiszugeben. Sie musste einen Mann respektieren, der Vertrauliches für sich behielt – es sei denn, er dachte sich das Ganze nur aus, und all das hier war nur eine große Show, um sie ins Bett zu kriegen.

»Ich kannte Moon vor langer Zeit, aber der Mann, den ich kannte ... er ist nicht mehr da«, sagte er schließlich, als sie oben auf dem Hügel ankamen. Unterhalb wand sich der Bach, an einem Ufer gesäumt von Kiefern, am anderen von einem steinigen Hang. Die Steine und Felsbrocken lagen so im Gras, dass sie wirkten, als hätte sie jemand absichtlich dort platziert.

Sky hörte eine Traurigkeit aus Sawyers Stimme heraus und verabschiedete sich sofort von dem Gedanken, dass er seine Bekanntschaft mit C. J. Moon erfunden haben könnte.

»Das tut mir leid. Zumindest hattest du das Glück, ihn kennengelernt zu haben. Er war ein so talentierter Mann. Er war doch ein Mann, oder? Im Internet wird von ihm als Mann gesprochen, aber ich weiß, dass das bei Pseudonymen manchmal nicht stimmt.«

Er nickte, und sein Blick wurde nachdenklich, als er sie den Hügel hinunter zum Bach führte. Das Geräusch des Baches, der über die Steine floss, und das Geflüster des Laubes im abendlichen Wind füllte die Stille zwischen ihnen.

»Ja, er war eindeutig ein Mann. Ein guter, ehrlicher und vor Leben nur so strotzender Mann.«

»Seine Werke lassen es mich spüren, dass er all das war, und auch, dass er sensibel war. Er hat so wunderschöne und kraftvolle Gedichte geschrieben.«

»Das war er, Sky.« Er machte einen großen Schritt von der Wiese hinunter auf einen Felsbrocken, wandte sich zu ihr und legte die Hände auf ihre Hüften, um ihr Halt zu geben, als sie herunterstieg. Seine Berührung war sanft und stark zugleich. Anscheinend hin- und hergerissen – und sie verstand nicht, aus welchem Grund – schaute er ihr in die Augen.

»Sky ... kennst du das Gedicht ›Das Rennen des Kieselsteins‹?«

»*Im Licht des Mondes änderte sich ihre Strömung.*« Sie hatte das Gedicht so oft gelesen, dass sie nun die Worte unweigerlich laut aussprach und ein Lächeln in sein Gesicht zauberte. »*Heller, dunkler, eng, seicht. Tanzend in ihrer Tiefe. Mitgerissen von ihrer Ekstase. Fallend, wirbelnd, außer Kontrolle* ... Es ist eines meiner Lieblingsgedichte, weil es auf so viele Dinge zutrifft.«

»Genau das sagte er, als er es schrieb. Ich war dabei. Ich war noch ein Kind, aber ich erinnere mich daran, als wäre es gestern gewesen.«

»Du warst dabei? Ich kann mir gar nicht vorstellen, wie toll das gewesen sein muss.«

Sawyer stand auf einem Felsen am Bach und schaute ins Wasser, das vorbeifloss. »Es hat mir viel bedeutet. Unsere ganze gemeinsame Zeit.« Er schwieg, und als er sie dann wieder anschaute, lag wieder dieser zerrissene Ausdruck in seinen Augen.

»Sky, C. J. Moon ist mein Vater.«

»Dein Vater?« Traurigkeit und Stolz zugleich zeigten sich auf seinem Gesicht, und sein Blick sprach von einer solchen Qual, dass sie seine Hand ergriff. »Ich verstehe nicht. Du meintest, er wäre nicht mehr da. Ist er gestorben?«

Er schüttelte den Kopf. »Nein, mein Vater lebt noch, und du bist die Erste, der ich offenbart habe, wer hinter dem Pseudonym steckt. Ich bin mir nicht einmal sicher, warum ich das getan habe, aber ich hatte das Gefühl, dich anzulügen. Ich weiß, es ist erst unser erstes Date, aber ich wollte dich nicht anlügen.«

»Sawyer.« Wie ein Flüstern kam ihr sein Name über die

Lippen. Sein Geständnis berührte sie so tief, aber die Traurigkeit in seiner Stimme war schmerzhaft für sie.

»Er hat Parkinson«, erklärte Sawyer. »Es ist sehr schwer und herzzerreißend, seinen gesundheitlichen Verfall mit anzusehen. Kurz nachdem er die Diagnose erhalten hat, hörte er auf zu schreiben.«

Die Arme um Sawyer zu schlingen, war einfach eine natürliche Reaktion, und auch wenn ein Teil in ihr befürchtete, dass der Trost einen so starken Mann in Verlegenheit bringen könnte, so konnte sie doch nicht anders. Lange verharrten sie so, während der Himmel über ihnen dunkler wurde. Sie spürte, wie sie sich dem Mann, den sie gerade erst kennenlernte, immer mehr öffnete.

Als sie sich schließlich voneinander lösten, trat ein dankbares Lächeln in sein Gesicht. Sie bohrte nicht nach, und als er sie fragte, ob sie von Cape Cod stamme, wusste sie, dass er das Thema wechseln wollte.

»Ja, ich bin in Brewster aufgewachsen. Und du?«

»In Hyannis. Wenn du aus Brewster bist, dann weißt du ja wahrscheinlich alles über die Heringswanderung von der Cape Cod Bay in den Paine's Creek, durch den Stony Brook und schließlich bis in den kleinen See Stony Brook Pond.«

Sie liefen weiter entlang der Felsen. Als sie stolperte, fing Sawyer sie auf. »Vorsicht.« Seine Hände schlossen sich fest um ihre Taille und sie näherte sich ihm. Nicht wegen des erneuten Aufflammens von Hitze zwischen ihnen, auch nicht wegen des Funkelns in seinen Augen. Sondern wegen dem, was sie wie in Wellen von ihm ausgehen spürte, etwas Sehnsuchtsvolles und Echtes, das sie erkannte, aber nicht benennen konnte.

»Mein Vater ist im Frühling immer mit uns hierhergekommen, um die Heringswanderung zu beobachten.«

Sie spürte, dass sie mehr über seine Kindheit erfahren und mehr von sich erzählen wollte. Doch das ging alles zu schnell. Oder? Wie konnte sie sich schon nach so wenigen Stunden in der Gesellschaft eines Mannes so wohlfühlen? Sie wusste nicht, was sie tun sollte, aber die heiße Spannung zwischen ihnen ließ ihre Hirnzellen nur so dahinschmelzen. Außerdem öffnete er sich ihr gegenüber, vertraute ihr die wahre Identität seines Vaters an, und das ließ gleichzeitig auch noch ihr Herz schmelzen. Schon bald hätte sie sich total verflüssigt und würde mit dem Bach davonplätschern.

Er verschränkte seine Hand mit ihrer und sie lächelte. Gemeinsam setzten sie ihren Weg fort.

»Ich bin wohl heute noch ebenso von der Wanderung der Fische flussaufwärts fasziniert wie als Kind. Ich habe sehr schöne Erinnerungen daran, wie ich mit meinen vier älteren Brüdern Pete, Matt, Hunter und Grayson am Bach entlanggerannt bin und die Fische beobachtet habe.«

Er riss die Augen auf, als er sich auf einen Felsen setzte und sie neben sich zog. »Du hast vier Brüder? Keine Schwestern?«

Sie schüttelte den Kopf.

»Dann bist du als einziges Mädchen bestimmt ordentlich verwöhnt worden, als ihr klein wart.«

»Vielleicht ein wenig, aber ich wollte immer mit ihnen mithalten. Zumindest bis ich etwa zwölf Jahre alt war und ich angefangen habe, mich wirklich fürs Malen und Zeichnen zu interessieren. Mein Dad hat mir dieses wundervolle Atelier im Garten gebaut. Eigentlich war es ein Schuppen, aber wenn du ein Kind bist und dein Vater deine Talente so ernst nimmt und unterstützt, dass er eigens für dich einen Raum ausbaut, dann fühlt es sich wie ein ganzes Anwesen an.«

Er legte die Hand auf ihre. »Klingt, als hättest du eine wunderbare Familie. Steht ihr euch alle noch nah?«

»Ja, vielleicht etwas zu nah.« Sie lachte. »Meine Brüder passen ziemlich gut auf mich auf.«

»So wie Blue?«

Sie lachte und schüttelte den Kopf. »Schlimmer als Blue. So wie Löwen, die ihre Grube beschützen.« Sie kniff die Augen etwas zusammen und überlegte kurz. »Ja, ziemlich genau so.«

»Oder wie große Brüder, die auf ihre einzige Schwester aufpassen?« Er küsste ihren Handrücken. Es gefiel ihr, dass er sich so liebevoll verhielt. »Das ist in Ordnung, ich kann das gut verstehen. Mein Freund Brock hat zwei jüngere Schwestern, und ich gebe mich bei ihnen wahrscheinlich ebenso als Beschützer wie Blue bei dir. Aber Brock ist anscheinend eher wie deine Brüder. Das bringt es wohl so mit sich, wenn man Geschwister hat.«

»Vielleicht. Ich habe sie alle unglaublich lieb, auch wenn sie so sehr auf mich aufpassen. Aber genug von mir. Was ist mit dir? Hast du Geschwister?«

»Nein, es gibt nur mich und meine Eltern. Aber ich stehe ihnen beiden sehr nah. Sie gehören zu den wenigen Paaren, die miteinander durch dick und dünn gegangen sind und es trotzdem geschafft haben, noch immer glücklich miteinander verheiratet zu sein. Ich sehe sie oft, und ich habe dir ja von der Krankheit meines Vaters erzählt, also bleibe ich meist hier in der Nähe. Was ist mit deinen Eltern? Seid ihr eng miteinander?«

Sie senkte den Blick, als sie ein vertraut schmerzhafter Stich durchfuhr. Von ihrem Gespräch über das Gedicht waren sie mittlerweile ganz schön weit abgekommen, aber es war so lange her, dass sie über anderes als Banalitäten gesprochen hatte, dass sie gar nicht aufhören wollte. Und nachdem sie mehr über seinen Vater erfahren hatte, hatte sie das Gefühl, dass sie sogar noch mehr Gemeinsamkeiten hatten, und auch das wollte sie ihm erzählen.

»Meine Mom ist vor ein paar Jahren gestorben.«

»Das tut mir leid.« Er drückte ihre Hand. »Habt ihr euch nahegestanden?«

»Sehr. Als ich am College war, haben wir wöchentlich miteinander gesprochen, und sie hat mir die witzigsten Karten geschickt und Kekse und …« Sie spürte den Kloß in ihrem Hals. »Mann, ich habe seit Ewigkeiten nicht mehr über mein Verhältnis zu ihr gesprochen. Es war so schwer für mich, als sie gestorben ist, aber ich dachte, ich wäre darüber hinweg. Mir war nicht klar, wie sehr es mich immer noch mitnimmt, dass ich sie verloren habe.«

Die meisten Männer hätten jetzt wahrscheinlich peinlich berührt herumgezappelt und das Thema gewechselt, doch Sawyer nahm sie einfach nur in den Arm. Er legte die Hand auf ihren Hinterkopf und sagte kein Wort. Genau das brauchte sie. Sie saugte den Trost seiner Umarmung und die Fürsorge seines Schweigens in sich auf.

»Danke für dein Verständnis«, sagte sie fast ein wenig schüchtern. »Es tut mir leid, dass ich so emotional reagiere.«

»Du musst dich für Gefühle nicht entschuldigen. Die Welt ist in diese beiden Sorten von Menschen geteilt – diejenigen, die Gefühle empfinden und dementsprechend reagieren, und diejenigen, die sich davor ducken.«

»Sawyer …« Sie wusste nicht, was sie sagen wollte, aber alles, was er sagte, berührte sie tief, als wäre er in ihren Kopf geklettert und hätte sich notiert, wie sie die Dinge sah.

»Tut mir leid. Ich weiß, dass ich seltsame Ansichten zu manchen Dingen habe.« Er legte die Hand auf ihr Bein und schaute zum Bach hinüber.

Sie ergriff seine Hand. »Wenn sie seltsam sind, dann bin ich auch seltsam, denn ich habe genau dieselben Ansichten. Ich hatte nur die Befürchtung, dass ich dich überfordere. Du weißt schon ...« Sie lächelte und zuckte mit den Schultern. »Zu viel an Informationen und so.«

»Seit ich mit der Krankheit meines Vaters zurechtkommen muss, habe ich gelernt, dass mich nicht vieles überfordern kann.« Er schaute ihr wieder tief in die Augen. »Und mit Sicherheit nichts, was mit Gefühlen zu tun hat.«

Erleichtert atmete sie auf. »Ich habe ein paar Männer gedatet, die mich nicht so richtig verstanden haben.« Sie fummelte am Saum ihres T-Shirts herum. »Von meiner Klamottenauswahl bis hin zu der Art, wie ich mein Leben lebe.«

»Inwiefern?«

»Irgendwie so wie in dem Gedicht deines Vaters, ›Das Rennen des Kieselsteins‹, nehme ich an. *Fließend rauschende Schönheit, kräuselnd. Bedürftig und ausufernd.* Ohne das mit der Schönheit, aber mit dem Gefühl, dass ich durch das Leben gleite und es so akzeptiere, wie es kommt, es einfach nur alles in mich aufsauge. Ich mache mir keinen Stress wegen dem, was sein könnte, und mache mir auch keinen Zehn-Jahres-Plan. Ich lebe das Leben im Jetzt, und wenn ich glücklich bin mit dem, was ich tue, und mit den Menschen, mit denen ich meine Zeit verbringe, dann ist das Leben gut. Wenn nicht, *dann* stelle ich es auf den Prüfstand.«

Er berührte ihre Wange. »Ich weiß genau, was du meinst, einschließlich dem mit der Schönheit.«

Er schaute sie lange an, und sie spürte, wie seine Wärme sie durchströmte. Und sie sehnte sich nach einem weiteren Kuss.

Als er den Blick wieder auf den Bach richtete, sagte er: »Weißt du, dass die Heringe richtig dick sind, wenn sie stromaufwärts wandern, und dass sie den Bach aufwühlen, wenn sie die Fischtreppe Richtung See hinaufspringen?«

Seine Stimme hatte etwas so Beruhigendes an sich, dass sie Skys Sehnsucht nach diesem Kuss stillte und etwas anderes in ihr ansprach – etwas, das sie nicht benennen konnte und von dem sie gar nicht geahnt hatte, dass es sich nach Berührung sehnte.

»Als mein Vater dieses Gedicht schrieb, sagte er zu mir, *Junge* – er nennt mich immer so und nie bei meinem Namen –, *sieh mehr, als andere sehen. Sei mehr, als andere sind. Du bist zu interessant, um einschichtig zu sein. Zu viele Menschen gehen durch das Leben und sehen nur das, was sie erwarten. Sie betrachten das Leben und warten darauf, gehört zu werden, anstatt zu hören und zu sehen, was anderen entgeht.*« Sawyers Blick ruhte nun warm auf ihr.

»Er hat mir beigebracht, alles zu akzeptieren, meine Bandbreite an Gefühlen ebenso wie unterschiedliche Lebensarten und Meinungen. Er sah über die wundersame Weise hinaus, mit der die Heringe es stromaufwärts schaffen, und hatte die Steine im Blick, die am Grund von den Bewegungen der Heringe herumgewirbelt wurden. Und er sprach von den Kieselsteinen, als wären sie lebendig. Ich glaube, er hat mir beigebracht, alles so zu sehen – als wäre es lebendig.«

Er schaute zu dem mit Sternen übersäten Himmel hinauf, und sie sah ihn schlucken, was auch immer es für Erinnerungen waren, die ihn verstummen ließen.

»Ich habe dir ein Abendessen versprochen. Wir sollten wahrscheinlich gehen.« Er zog sie wieder an sich.

Er war über einen Kopf größer als sie, und mit dem Mondschein im Rücken sah er noch besser aus als an dem Abend, als sie ihn das erste Mal im Governor Bradford's gesehen hatte. Sky wusste, es lag daran, dass er ihr so viel von sich erzählt hatte, dass sein Aussehen nun zweitrangig wurde und seine Gefühle den Raum zwischen ihnen füllten. Sie kannte keinen Mann, der sich so ungezwungen öffnete. Sie hatte immer gedacht, dass sie und Blue sich so nahestanden, wie es zwei Freunden nur möglich war, und doch hatte es einige Wochen gedauert, bis sie diese Art von persönlichen Gesprächen geführt hatten – und selbst dann schienen sie im Vergleich zu ihrem Gespräch mit Sawyer fast oberflächlich zu sein. Das Gefühl, ihn nach nur so wenigen Stunden so gut zu kennen, überwältigte sie ein wenig.

»Danke«, sagte er, als er ihr Kinn anhob und ihr tief in die Augen schaute.

»Wofür?«

»Dafür, dass du mich an einige der schönsten Augenblicke in meinem Leben erinnert hast. Ich hatte sie nicht vergessen, aber ich habe seit so langer Zeit nicht mehr daran gedacht, dass ich fast vergessen hatte, wie besonders diese Momente waren.«

Er hielt sie fest umschlungen. Sein Herzschlag war an ihrer Wange zu spüren, und auch wenn sie ihn wieder und wieder küssen wollte, schwelgte sie in diesem Moment der Nähe.

Vier

Sawyer und Sky holten sich Hummerbrötchen von einem Stand an der Seebrücke in Provincetown und aßen sie am Strand. Der Sand war kühl und vom Meer wehte eine frische Brise herüber, doch als Sawyer Skys Hand berührte, war ihre Haut warm. Sie unterhielten sich lang, und es stellte sich heraus, dass sie beide den gleichen Musikgeschmack hatten – die Top 40 gefielen ihnen ebenso wie Country und Jazz –, und beide konnten Sauerkraut, Senf und Meeräschen nicht leiden. Darüber lachten sie herzlich, während sie nebeneinander auf dem Sand lagen, Schulter an Schulter, und zu den Sternen aufschauten.

»Hast du dich jemals gefragt, wie anders dein Leben wäre, wenn nur ein Bestandteil verändert worden wäre?«, fragte Sky.

»Zum Beispiel, wenn ich nicht mit dem Boxen angefangen hätte?«

Mit großen Augen sah sie ihn an. »Du bist Boxer?«

»Habe ich das nicht erwähnt?« Es überraschte Sawyer nicht, dass sie ihn nicht erkannte. Nicht nur weil sie wahrscheinlich den Boxsport nicht verfolgte, sondern auch weil er nie irgendwelche Angebote von Sponsoren angenommen hatte. Die Vorstellung, mit seinem Gesicht auf Plakatwänden für Boxausrüstung zu werben oder den Verkauf von bestimmten

Klamottenmarken oder Energydrinks anzukurbeln, war ihm immer zuwider gewesen. Sponsorenverträge waren etwas für Typen, die Streicheleinheiten für ihr Ego brauchten. Die einzigen Streicheleinheiten, die Sawyers Ego brauchte, bekam es durch seinen eigenen Wettkampfgeist und den Willen, der Beste zu sein. Seine Boxkämpfe zu gewinnen, brachte ihm die Bekanntheit, die er brauchte – und wenn es dazu keinen Gürtel gegeben hätte, wäre ihm das egal gewesen. Er hätte ebenso hart trainiert, ebenso zäh gekämpft, einfach für die Gewissheit, dass er der beste Boxer in dieser Liga war. Und genau diese Entschlossenheit würde die finanzielle Zukunft seines Vaters sichern.

»Nein«, sagte Sky. »*Daran* hätte ich mich bestimmt erinnert.«

Die Abneigung, die aus ihrem Tonfall herauszuhören war, überraschte ihn. Normalerweise waren die Frauen von seinem Beruf immer fasziniert.

»Tut mir leid, wenn ich es nicht erwähnt habe.« Er stützte sich auf einen Ellbogen, um ihr in die wunderschönen, wenn auch skeptisch schauenden Augen sehen zu können.

»Du steigst tatsächlich in einen Boxring und schlägst auf andere Leute ein?«, fragte sie. »Und die schlagen auf dich ein?«

Diese Vereinfachung brachte ihn zum Lächeln. »Ja, aber es steckt schon noch mehr dahinter.«

»Klär mich auf«, sagte sie und stützte sich ebenfalls auf einem Ellbogen ab.

»Wie ich merke, bist du kein Fan?« Er streckte die Hand nach ihrer aus, wollte wissen, wie weit sie sich zurückzog, doch Gott sei Dank legte sie die Hand in seine.

»Ich mag es generell nicht, wenn man sich schlägt«, sagte sie. »Aber die Vorstellung, es absichtlich zu tun? Sagen wir mal, ich bin neugierig, aber ein Fan bin ich wirklich nicht, nein.«

»Als Kind habe ich Mannschaftssport gemacht ... Football, Fußball, Baseball. Aber als ich älter wurde, war ich frustriert, weil dabei Sieg oder Niederlage letztlich nicht in meiner Hand lagen. Ich wollte etwas, wo meine eigenen Fähigkeiten über Sieg oder Niederlage entschieden. Meine eigene Motivation und Entschlossenheit. Mein Dad war viel unterwegs, als ich jünger war, und meine Mom hatte auch viel zu tun, und ich hab mich auf die Suche gemacht ...«

»Auf die Suche?«

Wieder sah er sie an, und irgendetwas an der intensiven Art und Weise, mit der sie ihn ansah, als versuchte sie, in ihn hineinzuschauen, ließ die Wahrheit aus ihm hervorsprudeln.

»Ich fing an, mit diesen älteren Jungs abzuhängen. Irgendwie wusste ich, dass sie nichts taugten, aber sie waren krass drauf, und das hat mich fasziniert. Na ja, das hielt nicht lange an. Mein Vater kam an einem Wochenende nach Hause und hat mich dabei erwischt, wie ich einer Nachbarin gegenüber die Klappe etwas zu weit aufgerissen habe. Wenn ich jetzt daran denke, ist mir das peinlich, aber mit dreizehn, was wusste ich da schon? Jedenfalls hat mein Vater die Gabe, Menschen einfach direkt zu durchschauen, und er wusste genau, was ich brauchte. Er schleppte mich zu dem Boxclub bei uns im Ort und übergab mich an Roach.«

»Roach?«

»Manny Roach Regan. Er ist seit Ewigkeiten mein Trainer, aber so hat es nicht angefangen. Mein Vater hat mich in diesen Boxclub geschleift und Roach gesagt, er sollte mir zeigen, was Respekt bedeutet, dann ist er gegangen.«

»Er hat dich einfach dagelassen, in einem Boxclub?« Sie riss die Augen auf. »Als du dreizehn warst?« Ihre Finger krochen über den Sand und legten sich auf seine.

»Ja.« Er lächelte, denn rückblickend war ihm klar, dass sein Vater genau wusste, was er tat. »Dieser Nachmittag hat mein ganzes Leben beeinflusst. Roach ist ein Typ, der keinerlei Schwachsinn duldet. Er war Mitte zwanzig und ein Koloss. Er ließ mich den Müll rausbringen, die Trainingshalle sauber machen *und* mich am Boxsack austoben.«

»Warst du nicht sauer auf deinen Vater, dass er dich dort gelassen hat?« Sie setzte sich auf, und er konnte sehen, wie angespannt sie war. »Hattest du keine Angst?«

»Eine Höllenangst. Ich hielt mich für tough und dann baute sich plötzlich dieses Ungeheuer von Mann vor mir auf. Auf Erwachsene wirkt Roach schon einschüchternd, auf mich als Dreizehnjährigen …« Er schüttelte bei dem Gedanken daran den Kopf. »Glaub mir, nach zwei Minuten mit dem Kerl fühlte ich mich schon nicht mehr so tough. Aber ich lernte schnell, und irgendetwas an seiner unerbittlichen Art sprach mich an. Ich bin am nächsten Tag wieder hingegangen und am darauffolgenden auch. Und schließlich habe ich meinen Frust und Ärger auf meinen Vater, weil er mich einfach so Roach überlassen hat, überwunden, denn er hat mir damit echt das Leben gerettet.«

»Und jetzt boxt du.« Sie betrachtete sein Gesicht und schüttelte den Kopf, als ergäbe das, was sie sah, überhaupt keinen Sinn.

»Ja, ich bin Boxer. Damit weißt du, wer ich bin.« Er dachte kurz nach und korrigierte sich dann. »Eigentlich ist es nicht, wer ich bin, sondern, was ich tue. Und Roach wurde mein Mentor und einer meiner besten Kumpel. Er hat mir beigebracht, alles und jeden zu respektieren, und dazu gehört, zu wissen, wann es in Ordnung ist zu kämpfen. Wenn sich zwei Leute auf die

Regeln einigen und sich auf eine sichere Umgebung beschränken – nämlich den Ring –, dann ist das okay. Straßenkämpfe oder andere drangsalieren ist nicht okay.«

»Aber ...« Sie runzelte die Stirn. »Wie kannst du jemandem auf den Kopf schlagen? Ich schaue mir nie Boxkämpfe an, wie du dir denken kannst, aber ich habe im Fernsehen Ausschnitte gesehen. Das ist so gewalttätig.«

»So sehen es die meisten Leute. Viele Leute verbinden das Boxen mit Mike Tyson und dem katastrophalen Biss ins Ohr – mit diesem ganzen Quatsch und Rummel um ihn in den Jahren danach. Aber du hast gerade mehrere Stunden mit mir verbracht. Wirke ich wie ein aggressiver Typ auf dich, der auf Publicity aus ist?«

Sie schüttelte den Kopf, und ein aufrichtiges Lächeln trat in ihr Gesicht, als sie seine Wange berührte. Er lehnte den Kopf in ihre Hand.

»Nein. Ich kann mir nicht vorstellen, dass jemand in dieses Gesicht schlägt. Eigentlich kann ich die Vorstellung von dir als Boxer überhaupt nicht mit dem Mann in Einklang bringen, den ich gerade kennengelernt und den ich beim Open-Mic-Abend singen gehört habe. Entweder bist du ziemlich gut darin, jemanden zu spielen, der du nicht bist, oder du hast es geschafft, dein Inneres zu teilen und zu beherrschen.«

»Mein Inneres zu teilen und zu beherrschen? Besser kann man es nicht ausdrücken.« Ihre Hand glitt von seiner Wange. »Als ich jünger war, wollte meine Mutter nur, dass ich mir selbst treu blieb. Ich habe die Musik geliebt, also hat sie mir Gitarren- und Klavierunterricht besorgt. Um ehrlich zu sein, ist es überraschend, dass ich nicht Boxer und Berufsmusiker geworden bin.«

»Na ja, du schreibst immerhin Songs und singst sie in Bars.

Was hält deine Mutter davon, dass du boxt?«

Eine Brise wehte vom Meer herüber und sorgte für eine Gänsehaut auf Skys Armen. Sawyer zog sie an sich und genoss es, ihre Nähe zu spüren.

»Zu meinen Kämpfen kommt sie nicht, aber sie unterstützt mich. Als ich jünger war, hat sie sich ein paar Kämpfe angeschaut, aber sie konnte es nicht ertragen, zu sehen, wie ihr kleiner Junge boxt und geboxt wird.«

»Kann ich mir vorstellen.« Sky legte sich wieder auf den Rücken.

Er beugte sich über sie. »Ist dir das zu viel?«

Sie zuckte mit der Schulter, als wäre es keine große Sache, aber der Ausdruck in ihren Augen und ihre zusammengezogenen Brauen verrieten ihm, dass es eine sehr große Sache war. »Ich bin da wohl eher bei deiner Mom. Wahrscheinlich könnte ich dir nicht zusehen, aber das werde ich wohl erst wissen, wenn ich es irgendwann einmal versuche. Wann boxt du?«

»Also im Moment trainiere ich gerade für einen Titelkampf.«

»Ein Titelkampf? Ist das etwas Bedeutendes?«

Die Frage ließ ihn lächeln. »Richtig bedeutend. Ich bin der aktuelle Titelhalter der East Coast Boxing Federation im Cruisergewicht und stehe in der Northeast Boxing Association auf Rang drei.« Er konnte den Stolz in seiner Stimme nicht verbergen.

»Cruisergewicht? Titelkampf? Tut mir leid, aber ich kenne mich überhaupt nicht damit aus.«

»Cruisergewicht ist die Gewichtsklasse, die normalerweise zwischen 176 und 200 englischen Pfund, also etwa 80 bis 91 Kilo liegt. Ich bin konstant zwischen 89 und 91, und wenn man einen Titel hält, heißt das, man ist der Boxchampion in der

Gewichtsklasse in seinem Verband. Ein Titelkampf ist ein Kampf, um den Titel zu verteidigen oder um eben der Champion zu werden.«

»Also … man kämpft gegen den Besten im Verband und versucht, ihm den Titel abzunehmen?«

Er nickte, doch dann erinnerte er sich an die Warnung des Arztes und sein Lächeln schwand. »Ja, genau.«

»Machst du das gerne? Boxen, meine ich.«

Er legte sich wieder auf den Rücken und mied ihren Blick, während er über seine Antwort nachdachte.

Sky nahm seine Hand. »Du musst es mir nicht erzählen. Manchmal weiß man selbst nicht genau, was man fühlt.«

Da sah er sie an und fühlte sich noch mehr zu ihr hingezogen als den ganzen Abend ohnehin schon. Er wollte sich nicht zurückhalten, aber die Wahrheit zu sagen, würde wie eine offene Wunde brennen, und wenn sie erst einmal merkte, wie sehr er das Boxen liebte, würde sie vielleicht die Flucht ergreifen. Sie lächelte, und ihm wurde klar, wie schnell sich ihre Verbindung entwickelt hatte. Es war besser, es jetzt herauszufinden als erst, nachdem sie noch mehr Zeit miteinander verbracht hätten.

»In den ersten Jahren war das Boxen ein Ventil und eine Besessenheit. Der Adrenalinschub war ebenso toll wie das Wissen, dass ich das geschafft hatte, was ich mir vorgenommen hatte, nämlich zu gewinnen. Später wurde es meine Leidenschaft, mein Lebensinhalt. Als mein Vater dann krank wurde, bekam das Boxen eine neue Bedeutung. Abgesehen davon, dass ich den Sport liebe, muss ich jetzt auch erfolgreich sein, um seine Zukunft sicherzustellen.«

»Es tut mir leid, Sawyer, mir war nicht klar —«

Er drückte ihre Hand und stützte sich dann wieder auf

seinen Ellbogen, weil ihm die Nähe fehlte, die er verspürte, wenn er ihr in die Augen schaute.

»Er war im Vietnamkrieg, und wie so viele andere Veteranen auch wurde er Opfer der Spätfolgen von Agent Orange, der Chemikalie, die die Army eingesetzt hat. Die Parkinson-Krankheit wurde bei ihm vor ein paar Jahren diagnostiziert. Er ist im dritten Stadium, größtenteils noch funktionsfähig, hat aber Defizite in der Sprache, beim Gehen und in der Mimik, und ...« Sein Brustkorb schien sich zusammenzuziehen, während er aufzählte, welche Fähigkeiten seinem Vater bereits entglitten. Er atmete tief ein und verspürte plötzlich das Verlangen, sich zu bewegen. Herumzusitzen verstärkte das Gefühl von Hilflosigkeit, und das – so wurde ihm klar, als er aufstand und Sky die Hand entgegenstreckte – war nur eine der schmerzhaften Realitäten an der Krankheit seines Vaters. Es gab nichts, was er für seine Eltern tun konnte, außer ihnen finanziell zu helfen und emotionale Unterstützung zukommen zu lassen.

Sie gingen am Strand entlang, während Sawyer beschrieb, wie sich das Leben seiner Eltern verändert hatte – der langsame Gang seines Vaters, sein permanentes Zittern und auf andere angewiesen zu sein, was schwer zu akzeptieren war.

»Ich kann mir kaum vorstellen, wie groß der Verlust sein muss, den deine Familie empfindet. Der Tod meiner Mutter war ein Schock. Er kam unerwartet und heimtückisch, aber ich möchte mir nicht ausmalen, wie es gewesen wäre, wenn ich hätte zusehen müssen, wie sie wegen einer Krankheit abbaut.« Sie drückte seine Hand. »Was hat seine Gesundheit mit deiner Einstellung zum Boxen zu tun?«

»Ich habe immer auf regionaler Ebene geboxt, weil ich in der Nähe sein wollte, falls meine Eltern mich brauchten, aber dabei verdient man nicht so viel wie bei Kämpfen auf nationaler

Ebene. Aber dann habe ich meine Titel gewonnen und endlich gutes Geld verdient. So gut, dass ich vor vier Jahren ein Haus kaufen konnte, das über Generationen hinweg unserer Familie gehört hat, das meine Eltern aber vor fünfzehn Jahren aufgeben mussten, weil sie das Geld brauchten.«

»Das ist unglaublich großzügig und so bedeutungsvoll, die Vergangenheit der Familie zurück in euer Leben zu holen.«

Er blieb stehen und schaute zur Commercial Street hinüber, während er an die letzten Jahre dachte und überlegte, wie viel sich verändert hatte – und wie viel auch nicht. Die Gesundheit seines Vaters hatte sich verändert, und das hatte seinen beiden Eltern viel abverlangt. Er boxte auf einem höheren Level, und doch hatte er das Gefühl, auf der Stelle zu treten.

»Mein Vater hat dauernd von dem Haus gesprochen, und es wieder in Familienbesitz zu bringen, fühlte sich wie die größte Leistung in meinem Leben an. Sogar noch größer als die Titel, die ich gewonnen habe. Diesen Sommer renoviere ich es, baue Rollstuhlrampen ein und so etwas, damit er weiterhin dort bleiben kann, auch wenn die Krankheit fortschreitet. Du hast gefragt, was die Krankheit meines Vaters mit meinem Boxen zu tun hat. Je mehr ich über Parkinson gelernt habe, umso klarer wurde mir, was für eine Art Pflege er braucht, wenn die Krankheit voranschreitet, und wie viel diese Pflege kostet. Die Armee kommt für einen Großteil der Ausgaben auf, aber er würde niemals ganz in ein Pflegeheim gesteckt werden wollen, auch wenn irgendwann einmal der Zeitpunkt kommen wird, ab dem meine Mutter die Pflege nicht mehr alleine meistern kann.«

Mitfühlend sah Sky ihn an.

»Er ist der einzige Mann, den meine Mutter je geliebt hat, und sie sagt zwar, dass sie sich um ihn kümmern wird ...« Er schüttelte den Kopf. »Es wird zu viel für sie werden. Für jeden wäre es irgendwann zu viel. Ich habe es endlich so weit gebracht, dass der Gewinn eines Titelkampfes genug Geld einbringen würde, um für den Rest seines Lebens professionelle häusliche medizinische Pflege zu bezahlen.« *Und jetzt erzählt mir der Arzt, dass jeder weitere Schlag auf meinen Kopf für einen bleibenden Hirnschaden sorgen könnte.* Er schob diesen schrecklichen Gedanken ganz weit weg. »Ich werde diesen Titelkampf für ihn gewinnen, und dann denke ich darüber nach, ob ich meine Boxkarriere beende.«

»Sawyer.« Sie nahm auch seine andere Hand und hielt beide fest, während sie ihm in die Augen schaute, als sähe sie ihn zum ersten Mal. »Du boxt, um für deinen Vater aufzukommen? Das ist bewundernswert. Deine Eltern sind sicher sehr stolz auf dich.«

Das konnte er nicht so leicht bestätigen, wie es ihm lieb gewesen wäre, denn seine Eltern wussten nichts von der Warnung des Arztes – wenn sie es wüssten, würde sein Vater ihm sagen, dass er den Kampf nicht antreten sollte. Sawyer hatte eine letzte Chance, seinem Vater dafür zu danken, dass er genug in ihm gesehen hatte, ausreichend an ihn geglaubt hatte, um seinen Weg neu auszurichten. Sawyer hatte jahrelang Zeit gehabt, über diesen Tag nachzudenken, an dem sein Vater ihn an Roach übergeben hatte, und er hatte keinen Zweifel daran, dass sein Vater ihn davor bewahrt hatte, sich seine ganze Jugend über in Schwierigkeiten zu bringen. Was hätte er wohl angestellt oder wo wäre er gelandet? Sein Vater war vielleicht nicht oft da gewesen, aber er hatte sich gesorgt. Sawyer war ihm so wichtig gewesen, dass er es hingenommen hätte, wenn sein Sohn wochenlang stinksauer auf ihn gewesen wäre.

Komme, was wolle, Sawyer würde diesen Kampf gewinnen.

Er schaute auf den Sand hinab, dann zum Parkplatz, wo er ein paar Leute beobachtete, die lachend in Richtung der Lichter in der Commercial Street gingen.

»Er war sehr stolz auf mich.« Er brauchte einen gewissen Geräuschpegel, um das Chaos in seinem Kopf und den Schmerz in seiner Brust zu übertönen, der mit den Gedanken an seinen Vater und an die Warnung des Arztes einherging.

»War? Jetzt nicht mehr?«, fragte sie nach.

Jetzt ist es, als würde ich im Spiegel sehen, was mit mir passieren könnte, wenn ich noch einen Schlag auf den Kopf abbekomme. Jetzt höre ich seine verlangsamte Sprache, die mich ermahnt, das Boxen aufzugeben und meinem Herzen zu etwas anderem zu folgen. Jetzt sitze ich zwischen zwei Stühlen und spiele Russisch Roulette. Ein Stuhl steht für die Pflege meines Vaters und seine Lebensqualität. Der andere steht für etwas, dem ich bisher nicht viel Bedeutung beigemessen habe: mein eigenes Wohlergehen.

Und jetzt ist das passiert, womit ich niemals gerechnet hätte.

Jetzt bist du da. Und sorgst dafür, dass ich meine Entscheidungen auf eine vollkommen neue Art hinterfrage.

Nichts von all dem konnte er aussprechen. Nicht heute Abend. Nicht bei ihrem ersten Date.

Vielleicht nie.

»Jetzt sollten wir in einen Club gehen, Musik hören und herausfinden, ob du im Tanzen ebenso talentiert bist wie im Zuhören. Und im Küssen. Im Küssen bist du unglaublich talentiert.«

Fünf

Zwei Stunden später tanzten Sky und Sawyer im gedämpften Licht eines überfüllten Clubs eng aneinandergeschmiegt, umgeben von vielen Leuten, die sich zu der Musik einer Band austobten, von der Sky noch nie gehört hatte. Doch die Melodie spielte auch keine Rolle. Seit ihrem Eintreffen tanzten sie, und ihre Körper bewegten sich zu einem Rhythmus, den sicher nur sie beide hörten. Ihr ganz privater Rhythmus, schnell und langsam, heiß und sinnlich. Seine Hände lagen auf ihrem Rücken, strichen über ihre Hüften und dann an ihren Armen hinauf. Genügsam und besitzergreifend zugleich, als wäre sie schon seit Ewigkeiten die Seine.

Sky hielt sich nicht für verklemmt oder gehemmt, aber normalerweise verfügte sie über eine gewisse Selbstbeherrschung – doch die hatte sie über Bord geworfen, als ihre Körper diese langsame Verführung begonnen hatten und ihre Gedanken lustvoll und dunkel geworden waren. Es war lange her, dass sie sich in jemandem verloren hatte, und genau das geschah gerade. Sie konnte nicht anders, als ihre Gefühle für den Mann zuzulassen, der seinen Vater so sehr liebte, dass er für ihn boxte, für den Mann, der ihr zuhörte und sie tröstete. Den Mann, der ihre Offenheit hätte ausnutzen können, wenn er ein anderer

Mensch gewesen wäre. Den Mann, dessen Seele so mit seinem Wesen verbunden zu sein schien, wie es auch bei ihr war.

Ihre Hände glitten über die festen Konturen seines Brustkorbes, als ihre Hüften einander streiften und seine Erregung hart und verführerisch zu spüren war. Sie schloss die Augen, und als sich sein Mund zu einem begierigen, fordernden Kuss auf ihren senkte, wurde ihr schwindelig. Ein Verlangen nach mehr ließ ihre Haut kribbeln und schwirrende Gefühle erfassten sie. Er vertiefte den Kuss, presste den Mund auf ihren, während er gleichzeitig mit einer Hand über ihren Hintern fuhr und mit dem Daumen unter ihre Shorts und über den Saum ihres Slips strich.

Seine Lippen wanderten zu ihrem Mundwinkel, dann über ihre Wange, und er knurrte etwas, doch die Musik war zu laut, um es zu verstehen. Sie drängte sich noch enger an ihn, um seine Stimme in sich aufzusaugen. Sein Daumen streichelte langsam über ihre Haut, berührte dabei immer wieder ihren Slip und brachte so ihr Innerstes zum Glühen. Sie wollte so viel mehr von ihm. Um sie herum herrschte pure Sinnlichkeit. Männer rieben sich an Männern, Frauen tanzten mit Männern, Frauen küssten leidenschaftlich andere Frauen. Diese Atmosphäre voller elektrisierter Körper steigerte ihre Erregung noch mehr. Als Sawyer sie in seinen Armen herumdrehte und mit den Zähnen über ihre Ohrmuschel strich, legte sie den Kopf zur Seite, damit er ihr noch näherkommen konnte. Er küsste ihren Hals und drückte seine harte Länge an ihren Hintern.

Irgendwo in ihrem Hinterkopf ermahnte sie sich, dass dies ihr erstes Date war und dass sie es langsamer angehen sollte. Doch Sky lebte in der Überzeugung, dass das Universum sie in die richtige Richtung zog. Und hier, in diesem Moment, erlaubte sie sich, einfach nur zu genießen, wohin es sie brachte.

Jede Berührung, jeder Schlag seiner Zunge steigerte ihr Verlangen. Sie drehte sich zu ihm um und nahm seinen Mund mit einem nicht enden wollenden Kuss in Besitz. Hungrig erwiderte er ihr Streben, bis sein Atem zu ihrem wurde und die Grenzen zwischen ihnen verschwammen.

Sky wusste nicht, wie viel Zeit vergangen war, bis sie schließlich den Club verließen, aber es fühlte sich wie eine Ewigkeit an. Eine lange, sinnliche Ewigkeit, in der sie sich ihrer Sexualität äußerst bewusst geworden war.

Sein Arm lag schwer auf ihrer Schulter, sein Kiefer kratzte an ihrer Wange und sie genoss das alles. Seine Kraft, seine beschützende Art. Den Klang seiner rauen Stimme.

Aneinandergeschmiegt gingen sie in Richtung ihres Studios, wobei sich ihre Münder alle paar Schritte zu einem Kuss trafen. Sie packte seine Hüften, krallte sich an ihm fest, berührte ihn, wo es ihr nur möglich war. Sie vergaß sich, sie vergaß, dass sie auf einem überfüllten Gehweg waren. Es war ihr egal und wahrscheinlich allen anderen auch. Abends war Provincetown ein Gemenge aus Sinnlichkeit und Begierde, und heute Abend ließ sie sich hineinfallen. Sie ließ sich fallen in die Welt von Sawyer Bass.

Als sie in die dunkle Gasse neben dem Studio einbogen, lösten sich ihre Lippen gerade lang genug voneinander, dass sie sagen konnte: »Ich hatte dich so falsch eingeschätzt.« Sie atmete heftig und wünschte, sie hätte nichts gesagt, sodass er sich wieder über ihren Mund hermachen würde.

»Du meinst, als ich wegen des Tattoos zu dir kam und dich immerzu anstarren musste?« Er drängte sich an sie und drückte ihren Rücken gegen die kalte Steinmauer, als ihre Münder wieder zueinanderfanden.

»In der Bar«, sagte sie. »Als ich dich Gitarre spielen gehört habe. Ich dachte, du wärst ein vollkommen selbstverliebter Typ.«

»Ich war in die Gedanken an dich versunken. Ich hab dich lesen gesehen und konnte nicht aufhören, an dich zu denken.«

»Du musst mir keinen Honig ums Maul schmieren, du bekommst ja schon deinen Gutenachtkuss.«

»Wenn ich dir Honig ums Maul schmieren wollte, würde ich einen besseren Spruch bringen, zum Beispiel: *Wo bist du nur mein ganzes Leben lang gewesen* oder —«

»Wie kitschig!« Sie stieß ihn mit der Schulter an, während sie auf die Treppe zu ihrer Wohnung zustolperten, als wären sie beschwipst, dabei waren sie nur trunken voneinander.

Sie stiegen die schmalen Stufen hinauf. Seine Hand lag auf ihrem unteren Rücken und brannte sich heiß durch ihr T-Shirt. Oben angekommen raste Skys Herz noch schneller, denn sie musste eine Entscheidung treffen. Sie hatte so viel Spaß und fühlte sich so lebendig wie schon lange nicht mehr. *Erregenden Spaß.* Wenn sie ihn hineinbitten würde, war es sehr wahrscheinlich, dass sie miteinander im Bett landen würden, was im Moment eine sehr, sehr gute Idee zu sein schien. Aber sie gehörte nicht zu den Frauen, die beim ersten Date schon mit einem Mann schliefen, und sie hoffte aufrichtig auf ein zweites Date mit Sawyer – und auf ein drittes und viertes.

»Der Abend war wirklich sehr schön«, sagte sie schließlich.

Er hatte die Hände auf ihre Hüften gelegt, und sein selbstbewusster Griff ließ sie daran denken, wie es wohl wäre, nackt unter ihm zu liegen, sein Gewicht auf sich zu spüren, während ihrer beider Hüften sich im perfekten Einklang aneinander rieben.

»Möchtest du hineinkommen?« Die Einladung rutschte ihr heraus, noch bevor sie etwas dagegen unternehmen konnte.

»Ich möchte schon«, sagte er mit Augen dunkel wie die Nacht, »aber ich denke, ich wünsche dir jetzt lieber eine gute Nacht.«

Aus Sorge, dass *Dann hör auf zu denken* aus ihr herausplatzen könnte, nickte sie nur.

Er zog sie eng an sich und fühlte sich so gut an. Die Verbindung von Lust und etwas Tieferem, das sich irgendwann zwischen dem Eis und seinem Geständnis über seine Familie in ihr festgesetzt hatte, ließ sie auf die Zehenspitzen gehen und ihre Lippen auf seine drücken.

Seine Zunge glitt mit einem langsamen, süchtig machenden Kuss über ihre. Der Kuss zeugte von viel mehr Geschichte zwischen ihnen, als sie eigentlich gemeinsam erlebt hatten – und wie alles an Sawyer nahm er sie gefangen.

Eine Hand glitt in ihre Haare und legte sich um ihren Hinterkopf, während die andere sie an ihn drückte. Sky taumelte vor Begehren, und ihre Hände gingen auf Wanderschaft, strichen über seine Seiten, über die Rückenmuskeln und schließlich in die Gesäßtaschen seiner Jeans. Sie packte seinen festen Hintern und zog ihn – was fast unmöglich war – noch näher an sich. Die Intensität ihres Verlangens überraschte sie, und sie öffnete die Augen, als ihr klar wurde, wie stark der Drang wirklich war. Wie weit sie gewillt war zu gehen.

Ihre Lippen lösten sich voneinander, er küsste sie auf die Stirn und legte dann die Hände um ihr Gesicht. »Ich könnte dich den ganzen Abend lang küssen.«

»Okay.« Wieder rutschte ihr so etwas heraus. Sie war noch nicht bereit für mehr, egal wie sehr sie es wollte. Oder doch? Himmel… und wie sie ihn wollte. Er lächelte und drückte wieder die Lippen auf ihre, dieses Mal zärtlicher, und als er sich zurückzog, kribbelten ihre Lippen noch von ihrem leidenschaftlichen Kuss.

»Ich mag dich, Sky. Nach diesen wenigen Stunden mag ich dich viel zu sehr. Ich traue mir nicht und weiß nicht, ob ich nicht mehr tue, als deine entzückenden Lippen zu küssen, wenn wir hineingehen.«

Seine Ehrlichkeit ließ ihre Beine schwach werden. »Ich bin auch nicht sicher, ob ich mir trauen kann.«

»Siehst du, wie viele Gemeinsamkeiten wir haben?« Er hielt sie umschlungen, und sie atmete ihn ein, verinnerlichte seinen Duft, der sie durch die Nacht begleiten sollte. »Morgen Vormittag trainiere ich. Morgen Abend würde ich dich gern wiedersehen. Falls du nichts dagegen hast, Zeit mit einem Boxer zu verbringen.«

Ein Boxer. Wie hatte sie das so verdrängen können? Körperliche Auseinandersetzungen widersprachen allem, an was sie glaubte, doch nie waren ihre Ansichten so auf den Prüfstand gestellt worden. Ein Blick in seine dunklen Augen und schon schmiegte sie sich wieder an ihn.

»Um ehrlich zu sein, hatte ich noch keine Zeit, darüber nachzudenken, wie ich mit deinem Beruf umgehen werde. Aber ich weiß, dass ich mich dir näher fühle, als ich mich je jemandem nah gefühlt habe. Und das bedeutet mir etwas, daher würde ich gern mehr Zeit mit dir verbringen, bis wir uns über den Rest klar werden.«

»Mehr kann ich nicht verlangen«, sagte er lächelnd. »Also morgen?«

»Ach, Moment.« Sie erinnerte sich an das Versprechen, das sie Jenna gegeben hatte. »Mir ist gerade eingefallen, dass mein Bruder und unsere Freunde morgen Abend ein Lagerfeuer machen und ich versprochen habe zu kommen. Würdest du mit mir hingehen?«

»Sehr gern, falls ich dir nicht die Zeit mit deinen Freunden wegnehme.«

»Überhaupt nicht. Es sind nur ein paar meiner Freundinnen mit ihren Ehemännern.«

»Klingt super!« Er lächelte verführerisch. »Was soll ich mitbringen?«

»Mich.«

Sein Mund war nur einen Hauch entfernt, als er mit dem Daumen über ihre Unterlippe fuhr. »In der Sekunde vor einem Kuss hast du diesen begehrenden und ausnehmend weiblichen Ausdruck in den Augen – das ist das Sinnlichste, was ich je gesehen habe.«

Wie konnte sie irgendeinen Gedanken fassen, geschweige denn eine Antwort herausbringen, nachdem sie das gehört hatte? Er ließ sie quasi nach einem Kuss lechzen und hielt noch ihre Hand, als er die erste Stufe hinunter zur Straße ging und ihr dann einen Kuss auf den Handrücken gab. »Gute Nacht, meine Sweet Summer Sky.«

Sie sah ihm hinterher, bis er um die Ecke verschwand, bevor sie schließlich aus ihrer Starre erwachte und hineinging. In ihrer Wohnung war es dunkel, abgesehen von dem roten und gelben Licht, das vom Reklameschild des Geschäfts gegenüber durchs Fenster schimmerte. Merlin, ihre zwei Jahre alte Persische Langhaarkatze, strich um ihre Beine. Sie nahm den Kater auf den Arm, und er schnurrte wie verrückt, als sie ihr Kinn in seinem Fall vergrub.

»Wie geht's meinem Kleinen?« Sie legte ihre Tasche auf den Stuhl an der Tür und trug Merlin in die Küche, die Erinnerung an Sawyers Küsse noch kribbelnd auf ihren Lippen. Sie füllte frisches Wasser in einen Napf und setzte den Kater ab. Er sah mit diesem Blick zu ihr auf, der von permanenter Missbilligung zu zeugen schien.

»Ja, ich denke immer noch an ihn. Brauchst mich gar nicht so anzusehen.«

Merlin rieb sich an ihrem Bein und erinnerte sie daran, wie gut es sich angefühlt hatte, neben Sawyer im Sand zu liegen.

»Iss was, Süßer. Wir müssen nach Wellfleet fahren, wenn du deine Portion gefressen hast.«

Sie hörte eilige Schritte auf den Stufen vor ihrer Tür, gefolgt von einem hastigen Klopfen. Nach ihrem Kauf des Hauses hatte Blue ziemlich schnell eine Überwachungskamera und einen Spion installiert und auch noch für eine Reihe von Schlössern und anderen Sicherheitsmaßnahmen gesorgt, von denen sie überzeugt war, dass sie sie nie brauchen würde, doch er hatte darauf bestanden. Minuten nachdem ihre Brüder erfahren hatten, dass sie all diese Maßnahmen verhindern wollte, hatte sie sich mitten in einer Tirade per Handynachrichten von Hunter und Grayson wiedergefunden, während Matty ihr übers Telefon zugesetzt hatte. Pete war nicht annähernd so sanftmütig gewesen. Er war wütend auf ihrer Türschwelle aufgetaucht und hatte sich buchstäblich zwischen sie und Blue gestellt, um sie davon abzuhalten, Blues Arbeit zu torpedieren. Sie hatte die Schlacht verloren, den Krieg aber gewonnen. Den Laden ihres Vaters hatte sie hinter sich gelassen und war nun Herrin in ihrem eigenen Studio. Es war ein Schritt in die richtige Richtung.

Sie schaute auf den Bildschirm, der unter dem Küchenschrank angebracht war, und sah Sawyer, der auf dem Treppenabsatz hin- und hertigerte. Ihr Herzschlag setzte kurz aus und raste dann wie verrückt.

Sie legte die Hand auf den Türknauf und zögerte kurz, um sich zu beruhigen.

»Es tut mir leid«, sagte er, als sie die Tür öffnete. Eine Entschuldigung hatte noch nie so heiß ausgesehen. »Ich habe vergessen, dich nach deiner Nummer zu fragen.« Seine Wangen waren leicht gerötet.

»Bist du gerannt?«

»Nur von der Seebrücke hierher.« Er lächelte – ein niedliches, leicht verlegenes Lächeln. »Ich hatte Angst, du wärst vielleicht schon nach Wellfleet gefahren, und dann dachte ich, wenn du noch nicht losgefahren wärst, würde ich vielleicht das falsche Signal senden, indem ich hier wieder auftauche. Ich …« Er atmete hörbar aus. »Ich plapper hier nur Unsinn.«

»Schon, aber ich finde einen plappernden bärenstarken bösen Boxer total süß.«

»Süß ist nicht gerade das, was ein achtundzwanzig Jahre alter Mann hören möchte.« Er lachte und gab ihr einen kleinen Zettel. »Hier ist meine Nummer, falls einer von uns beiden morgen spät dran ist.«

Sie streckte die Hand aus und wackelte mit den Fingern. »Soll ich meine Nummer bei dir einspeichern?«

Er gab ihr sein Handy, und nachdem sie ihre Nummer unter seinem warmen und dankbaren Blick zu seinen Kontakten hinzugefügt hatte, gab sie ihm das Telefon zurück. Sie trat auf den Treppenabsatz hinaus und Sawyer schaute an ihr vorbei.

»Jemand sieht mich böse an.«

»Das ist der liebenswerte Blick von Merlin.« Sie hob ihren flauschigen grauen Kater hoch und streichelte ihn. Sawyer beugte sich hinunter und gab Merlin einen Kuss auf die Nasenspitze.

Meine Nase möchte auch geküsst werden.

»Ich hoffe, du hattest einen schönen Abend, Merlin«, sagte er und streichelte dem Kater über den Kopf.

»Süß. Eindeutig süß, im besten Sinne«, versicherte sie ihm.

Seine Augen wurden dunkel und verführerisch, als er die Arme um ihre Taille legte. »Danke für deine Nummer.«

»Süß«, flüsterte sie, nur um seine Reaktion zu sehen.

»Von wegen, du wirst schon noch sehen. Morgen spätestens um Mitternacht wirst du mich Hulk oder Herkules nennen.«

Sie ging auf Zehenspitzen und gab ihm einen Kuss auf sein kratziges Kinn. »In Ordnung, mein süßer Fratz.«

»Wenn du nicht deinen Kater auf dem Arm hättest, würde ich dir zeigen, wie süß ich wirklich bin.«

Sie konnte sich kaum schnell genug umdrehen und Merlin in der Wohnung absetzen. Damit der Kater nicht entkommen konnte, zog sie die Tür zu, und dann zeigte sie ihr herausforderndstes Lächeln, von dem sie hoffte, dass es auch ein kleines bisschen sexy war, und krallte sich dann an seinem T-Shirt fest.

»Zeig's mir.«

»Sky.« Als er ihren Namen sagte, machte er einen Schritt auf sie zu und drückte sie gegen die Tür. Seine Hände glitten über ihre Hüften und streichelten ihre nackten Oberschenkel. Sie konnte gar nicht anders, als sich ihm entgegenzudrängen.

»Sawyer.« Genüsslich glitt sein Name über ihre Lippen.

Seine kräftige Hand legte sich auf ihre Wange, und sein Daumen strich leicht über ihren Kiefer, was ihre freudige Anspannung nur noch erhöhte. »Meine Sweet Summer Sky. Was mache ich nur mit dir?« Sein Blick fiel auf ihren Mund, während seine andere Hand zu ihrem Hintern wanderte und unter ihre Shorts wie schon auf der Tanzfläche. Ein Hitzeschauer jagte durch sie hindurch.

Seine Berührung, seine glutvollen Augen und seine kraftvolle Männlichkeit … Ihr wurde beinahe schwindelig. Sie näherte sich seinem Mund.

»Ich versuche, mich wie ein Gentleman zu benehmen.« Er rieb seine beeindruckende Härte an ihr und nahm gleichzeitig ihren Mund mit einem Kuss in Beschlag, der sie in Ekstase versetzte. Besitzergreifend drückte er sie an sich, massierte ihren Hintern mit beiden Händen, mit der gleichen Intensität wie jeder einzelne Zungenschlag, jede Bewegung seines Beckens. Ihre Gedanken waren außer Kontrolle. Sie hatte jegliche Hoffnung verloren, das lustvolle Stöhnen unterdrücken zu können, das aus ihrer Lunge in seine drang. Er presste ihre Hüften so fest an seine, dass ihre Füße den Kontakt zum Boden verloren, und als er sie anhob, legten sich ihre Beine um seine Taille. Seine Lippen wanderten abwärts und mit den Zähnen glitt er über ihren Hals.

Sie legte den Kopf in den Nacken und atmete schwer ein, als ihre Empfindungen sie übermannten. Es war zu viel, fühlte sich zu gut an, und als er sie ein wenig tiefer gleiten ließ, sodass seine Länge an ihre Mitte drückte, löste das einen fast unerträglichen Funkenregen aus. Sein Mund fand wieder zu ihrem, und seine Zunge stieß heftig vor, in dem gleichen kräftigen Rhythmus, in dem seine Hüften an ihre feuchte Mitte stießen. Und – *Himmel* – sie spürte einen nahenden Orgasmus. *Kann nicht sein. Auf keinen Fall.* Ihr Becken bewegte sich stärker, schneller. Ihr Bauch war angespannt. *Heiliger… Omeingott.* Seine Finger strichen an ihrem Slip entlang, und ein Stöhnen, ein kehliger, sinnlicher Laut entwich ihm, der sie endgültig abheben ließ. Ihr Kopf fiel zurück, und er ließ nicht nach, streichelte und hielt sie weiter auf dem Gipfel ihres ersten vollbekleideten Höhepunkts. Und gerade als der Schauer, der ihren ganzen Körper ergriffen hatte, etwas nachließ, drückte er seine Finger gegen ihren Slip, legte seinen Mund wieder auf ihren Hals und trieb sie wieder in entlegene Höhen.

»Mehr.« Das unvermittelte Flehen überraschte sie, doch es war ihr egal. Alles am heutigen Abend hatte sie überrascht.

Seine Finger versanken in ihr, strichen über einen Lustpunkt, bis sie jegliche Kontrolle verlor, aufschrie und ihre Fingernägel in seinen Armen vergrub, während sich ihre inneren Muskeln immer wieder auf die köstlichste, intensivste Weise zusammenzogen.

Sie keuchte, und als sie die Augen öffnete, ihn wieder in klaren Konturen sehen konnte, zog er seine Finger aus ihr zurück und strich damit über ihre Lippen, um anschließend mit der Zunge dem Weg zu folgen. Ihr Herz raste so schnell, dass sie keinen Gedanken fassen konnte und in dem Verlangen nach mehr nur seine Zunge in ihren Mund saugte.

Als sie sich schließlich voneinander lösten, öffnete sie den Mund, doch es kamen keine Worte heraus.

Seine Augen wurden schmaler, als ein Lächeln auf seinen Lippen erschien und er mit der Zunge über seine feucht schimmernden Finger fuhr. Sky hatte eine solche Intensität, eine so überwältigende Leidenschaft noch nie erlebt, und als er sie auf ihre zittrigen Beine stellte, war sie dankbar für die starken Arme, die sich um sie legten und hielten. Er hob ihr Kinn an und küsste sie zärtlich auf die Lippen.

»Träum etwas Schönes, meine Sweet Summer Sky.« Er hielt noch ihre Hand, als sie es irgendwie schaffte, in die Wohnung zu gehen, doch sie wollte nicht loslassen.

Es war verrückt, ihn so festzuhalten. Irrsinnig, ihn so in die Wohnung zu ziehen und sich an ihn zu lehnen, während sie noch dabei war, zu Atem zu kommen. Sie kannte ihn nicht gut, und doch hatte sie irgendwie das Gefühl, ihn schon viel länger als nur ein paar Stunden zu kennen.

»Das war …« Zum ersten Mal in ihrem Leben fand sie keine

Worte. Nichts wurde dieser sinnlichen Verführung gerecht, und auch nicht dem Verlangen nach mehr von ihm, das sie so schmerzhaft erfasste.

»Wenn du jetzt *süß* sagst«, flüsterte er, bevor er sie auf die Stirn, beide Wangen und dann ihre Mundwinkel küsste, »muss ich dich vielleicht noch einmal überzeugen.«

Ehe sie *Bleib* sagen konnte, fügte er hinzu: »Ein anderes Mal.«

Enttäuschung überkam sie und überraschte sie auf ein Neues. Was war los mit ihr? Sie benahm sich wie eine Süchtige. *Gib mir mehr. Nein, nicht! Ja, bitte!* Es war neu, beängstigend und aufregend zugleich. Sie verstand es nicht und versuchte es auch gar nicht. Sie genoss es, wie sie sich mit ihm fühlte, dass er sie zum Lachen brachte und dass er so aufrichtig war.

»Ich möchte alles richtig machen, Sky. Ich möchte Dates mit dir haben, dich so behandeln, wie du es verdienst, bevor wir einen Schritt weitergehen. Ich mag dich wirklich sehr, und es tut mir leid, wenn ich zu weit gegangen bin.«

»Nein, das bist du nicht«, erwiderte sie rasch. »Ich weiß nicht, was in mich gefahren ist. Ich habe nach mehr gedrängt. Ich habe dich herausgefordert.«

»Sky, ich wollte dich von dem Moment an, in dem sich unsere Blicke in der Bar trafen. Und es —«

Sie fand ihre Stimme *und* ihr Selbstvertrauen wieder. »Wage es ja nicht, dich zu entschuldigen, es sei denn, es hat dir nicht gefallen, mir so nah zu sein.«

»Nicht gefallen? Es war göttlich. Ich will *mehr* von dir, nicht weniger. Ich muss meine ganze Selbstbeherrschung aufbringen, um dich heute Abend zu verlassen.« Er nahm ihre Hand. »Ich bin wegen deiner Telefonnummer zurückgekommen, aber ein Teil von mir – ein großer Teil von mir – hat auf mehr gehofft.

Ich wollte dich berühren. Dich küssen.« Leiser sprach er weiter, als er wieder näher trat. »Ich wollte dich kosten, und, Sky, deine Süße wird auf meiner Zunge bleiben und meine Träume beherrschen. Aber ich möchte nicht, dass du morgen aufwachst und dich fragst, was zum Teufel du heute Abend getan hast.«

»Das wird nicht passieren.« Sie war nervös und das, was sie direkt vor ihrer Wohnungstür erlebt hatte – mit einem Mann, den sie erst seit Kurzem kannte –, hatte sie vollkommen aufgewühlt. Und dennoch war sie sich sicher, dass sie am nächsten Morgen *nichts* bereuen würde.

»Vielleicht nicht. Aber das Risiko möchte ich nicht eingehen.« Er küsste sie sanft. »Du hast meine Nummer. Wenn du es dir wegen morgen Abend anders überlegst, ruf mich an.«

»Das werde ich nicht.«

»Ich hoffe es.« Damit drehte er sich um und ging zur Tür hinaus.

Sky wusste nicht, wie lange sie dort stand und noch seinen Blick in Erinnerung hatte, mit dem er sie angesehen hatte, als sie die Tür geöffnet hatte, und die schwelende Glut in seinen Augen, als er seine Finger abgeleckt hatte. Irgendwann später legte sie den gefalteten Zettel mit seiner Telefonnummer auf den Küchentresen. Der Rand war umgeknickt und zeigte, dass innen noch etwas geschrieben stand. Sie faltete den Zettel ganz auf und hielt ihn in den Schein des Lichts, das von dem Reklameschild auf der anderen Straßenseite herüberschien. Sie ging zum Fenster und las. Große, kräftige Buchstaben hauchten jedem Wort Lebendigkeit ein.

Lüsterne Blicke, flirrende Berührungen. Liebesgeflüster, wild und siegestrunken. In die Nacht. In die Nacht. Sie starrte die Worte an und spürte jedes einzelne wie ein Prickeln unter der Haut.

Sie sah zum Fenster hinaus und erblickte Sawyer, der durch die schmale Gasse zum Parkplatz ging. Seine Schultern waren beeindruckend breit, seine Taille schmal. Jeder Schritt zeugte von Entschlossenheit, im Gegensatz zu denen, die entspannt die Hauptstraße entlangschlenderten. Er schaute über die Schulter zurück zu dem Fenster, an dem sie stand. Wieder beschleunigte sich ihr Herzschlag. Seine Mundwinkel zogen sich zu einem Lächeln nach oben, und seine Hand hob sich zu dem süßesten Winken, das sie je gesehen hatte. In dem Moment verstand Sky endlich, was ihre Freundinnen empfunden hatten, als sie praktisch im Bruchteil einer Sekunde ihren Männern verfallen waren.

Und in der nächsten Sekunde wurde sie sich der Realität bewusst.

Egal, wie gut er küsste oder wie stark ihr Gefühl war, dass sie sich in so vielerlei Hinsicht gut verstanden, er war trotzdem noch ein Boxer.

Er trat in den Ring und schlug auf jemand anderen ein. Für Geld.

Für seinen Vater? Bestimmt, aber sie wusste, dass das nur ein Teil der Wahrheit war.

Er war ein Boxer, ein Wettkämpfer.

Sie hatte ihn mit ihrem Körper herausgefordert und er hatte sie mit seinen Worten gewonnen – doch konnte sie die größte Herausforderung für sie beide bestehen? Konnte sie seinen Beruf akzeptieren?

Sechs

Sawyer lief mit der Sonne im Rücken am Strand entlang. Es war kurz nach Sonnenaufgang und er beendete gleich seine zehn Kilometer lange Joggingrunde. Sein Haus, hoch oben auf einer Düne, war in Sichtweite. Das Sommerhaus, das seine Eltern ein Cottage genannt hatten, war seit Generationen im Familienbesitz. Sawyer war der Einzige, der in dem großen Haus an der Bucht wohnte, und es war eigentlich viel zu groß für ihn alleine. Aber die familiäre Geschichte des Hauses war ihm – und seinen Eltern – wichtig.

In den Jahren, nachdem seine Eltern ihr Sommerhaus verkauft hatten bis zu dem Moment, in dem Sawyer es zurückgekauft hatte, hatten seine Eltern zu viele gute Sommer verpasst, zumal es auch die besten Jahre seines Vaters gewesen waren. Aber zumindest befand es sich jetzt wieder im Familienbesitz. Sawyers Eltern hatten nie etwas von ihm eingefordert, außer dass er ein anständiger Teil der Gesellschaft war und auf sein Herz hörte – aber sie schenkten ihm jeden einzelnen Tag seines Lebens bedingungslose Liebe, emotionalen Halt und Kraft. Das Sommerhaus zurückzukaufen und den anstehenden Kampf zu gewinnen, war nichts im Vergleich zu dem, was sie ihm gegeben hatten, wie sie ihn gelehrt hatten, erfolgreich zu sein und an sich zu glauben.

Die letzten paar hundert Meter über die Dünen legte er im Sprint zurück. Er hätte nach Wellfleet laufen können, um Sky in der Seaside-Siedlung zu besuchen, aber er hatte das Gefühl, dass sein Training auf der Strecke geblieben wäre, wenn er das Glück gehabt hätte, sie dort anzutreffen. Und das war keine Option, egal wie sehr er ihre Gesellschaft genoss.

Er warf seine Sporttasche in den Pick-up und fuhr zum Cape Boxing in Eastham. Sawyer hatte schon in vielen Boxclubs trainiert, aber das Cape Boxing war sein zweites Zuhause geworden. Er trainierte dort täglich mehrere Stunden.

Die Hallen von Boxclubs waren anders als die üblichen Fitnesscenter, die ausgestattet waren mit exklusiven Räumlichkeiten für die Kinderbetreuung, üppigen Pflanzkübeln und anderen Deko-Sachen, Bars mit überteuerten Smoothies und Musikanlagen, aus denen die Top 40 dröhnten. Boxclubs dienten einem einzigen Zweck: einen Trainingsort fürs Boxen zu bieten. Es war ein harter, blutiger Sport, und da gab es keinen Platz für irgendwelchen Schnickschnack. Betonwände und nackter Boden reichten vollkommen. Die Trainingshallen, die Sawyer am liebsten hatte, befanden sich in Lagerhäusern, hatten offene Decken mit Fachwerkkonstruktion und verkratzte Böden wie im Cape Boxing. Wenn er trainierte, konnte er keine Art von Ablenkung gebrauchen. Er musste absolut konzentriert sein – gedanklich, körperlich und stimmungsmäßig.

Doch die Atmosphäre in der Trainingshalle war heute nicht das Problem. Er fragte sich, wie er die nötige Konzentration aufbringen sollte, wenn Sky in seinem Kopf herumspukte.

Bevor er hineinging, machte er noch ein Foto von sich und scrollte durch seine Kontakte, um Skys Nummer zu finden. Er fand sie unter *Sweet Summer Sky* und musste lächeln, weil sie sich unter dem Namen abgespeichert hatte, den er ihr gegeben hatte.

Du bist meine Sweet Summer Sky.

Ihr gemeinsamer Abend hatte dies zum süßesten Sommer gemacht, den er je erlebt hatte. Er schrieb eine Nachricht zu dem Selfie: *Siehst du den leeren Platz neben mir? Wünschte, du wärst hier.* Dann ging er zu seiner Trainingseinheit in die Halle.

Das Geräusch von Boxhandschuhen, die auf einen Sandsack trafen, war wie Musik in Sawyers Ohren. Seine Schritte wurden entschlossener, als er am Empfangstresen vorbeiging.

»Hallo, Songbird«, begrüßte ihn Brock »The Beast« Garner, der hinter dem Tresen stand. Brock boxte auf regionaler Ebene. Er war über eins neunzig groß, hundertvier Kilo schwer, hatte volle blonde Haare und ein Lächeln, das ihn wie ein sanfter Riese wirken ließ. Er war der Inhaber der Trainingshalle, arbeitete als Trainer und war einer von Sawyers engsten Freunden.

»Beast«, erwiderte Sawyer zur Begrüßung. Die meisten ließen sich untereinander mit ihrem Boxernamen ansprechen. Songbird war bereits Sawyers Spitzname, seit er Roach kennengelernt hatte, denn als er als Jugendlicher mit dem Training angefangen hatte und Roach ihn die Halle hatte schrubben lassen, hatte er bei der Arbeit leise vor sich hin gesungen. Roach hatte ihm den Spitznamen verpasst, den er seitdem trug.

»Hast du diese Woche etwas Zeit?«, fragte Brock. »Ich hab da eine Gruppe Erwachsene und eine Gruppe Jugendliche, die unbedingt trainieren wollen. Sie fahren im Moment bis nach Hyannis in die Boxhalle, weil ich keine Zeit fürs Training habe.«

»Ich würde mir gern jede Woche Zeit dafür nehmen, aber neben meinem eigenen Training, der Renovierung im Haus und den Besuchen bei meinen Eltern schaffe ich es wirklich nicht.« Und nun überlegte er auch noch, wie er Zeit mit Sky verbringen konnte.

»Eines Tages bring ich dich dazu, dass du miteinsteigst«, scherzte Brock.

»Du weißt, dass ich dir den Gefallen tue und andere trainiere, wann immer ich kann. Aber im Moment ist es bei mir etwas eng. Ist Roach schon da?«

Roach war einer der bekanntesten Trainer an der Ostküste. Er trainierte Boxweltmeister und Mixed-Martial-Arts-Kämpfer von weltweitem Rang. Sawyer war sich im Klaren darüber, wie glücklich er sich schätzen konnte, ihn nicht nur als Trainer, sondern auch als Mentor und Freund zu haben.

»Ist hinten«, antwortete Brock. »Wir gehen übrigens morgen Abend alle ins Undercover zu einem A-Cappella-Abend. Willst du mit mir mitfahren?«

»Nee, ich sehe euch dann da.« Vor Jahren hatten Sawyer, Roach und Brock nach einer Wette einmal in der Kneipe von Brocks Bruder Colton a cappella gesungen und seitdem wiederholten sie es alle paar Wochen. Es war ideal zum Stressabbau und sie hatten viel Spaß dabei. Wenn Brock sagte, dass alle gingen, meinte er zweifellos seine beiden jüngeren Schwestern. Brocks Geschwister waren zu den Geschwistern geworden, die Sawyer nie gehabt hatte. Sie trafen sich oft und standen in guten wie in schlechten Zeiten zusammen.

Sawyer ging durch die Halle, vorbei an dem Bereich mit den Sandsäcken, den Doppelendbällen und anderen Trainingssäcken, die an dicken Metallketten hingen. Er nickte zwei Männern zu, die dort trainierten, und ging dann an den beiden Boxringen vorbei, bis er hinten bei den Spinden Roach fand, der gerade telefonierte und dabei hin- und herlief. Roach nickte ihm zu, wandte ihm dann den Rücken zu und führte sein Gespräch fort. Er war ein beeindruckender Mann mit wuchtigen Armen und einem immensen Brustkorb. Seine Schultern waren doppelt so breit wie seine Taille. Die pechschwarzen Haare waren raspelkurz, was ihn erschreckend tough wirken ließ, und wie seine drei Brüder war Roach bei der Arbeit gern etwas ruppig.

Sawyer stellte seine Tasche ab und fing an, seine Hände für das Training am Sandsack zu bandagieren. Er schaute zum Boxring und bekam ein ungutes Gefühl. Nach dem Sandsack stand ein Sparring auf dem Trainingsplan, und zum ersten Mal – mit der Warnung des Arztes im Hinterkopf – wirkte der Ring leicht bedrohlich. Er konnte es sich nicht leisten, weiter über diese Warnung zu grübeln. Grübeln führte zu Zweifeln, Zweifel führten zu Nachlässigkeit, und die wiederum würde wahrscheinlich genau zu dem führen, was ihn überhaupt erst ins Grübeln gebracht hatte: die Gefahr einer dauerhaften Hirnschädigung.

Roach beendete sein Gespräch und begrüßte Sawyer mit einem Klaps auf den Rücken. »Wie geht's deinem Dad, Songbird?«

»Nicht schlecht. Du weißt ja, gibt gute und schlechte Tage.« Er bandagierte seine Hände zu Ende und griff nach den Handschuhen.

»Hast du vom Doc eine wasserdichte Gesundheitsbescheinigung bekommen?« Roach steckte das Handy in die Tasche und überprüfte die Boxsäcke, während Sawyer überlegte, was er antworten sollte.

»So wasserdicht, wie es zu erwarten war.« Er gab Roach seine Handschuhe, der ihm beim Anziehen half und ihn gleichzeitig argwöhnisch betrachtete.

»Und das heißt?« Roachs Blicke konnten heiß wie Feuer, aber auch kalt wie Eis sein. So oder so vermochten sie bei jedem in einem Radius von mehreren Metern, Angst auszulösen. In diesem Moment lag sein Blick irgendwo dazwischen.

Sawyer hatte kein Interesse daran, Roach in die eine oder andere Stimmung hineinzumanövrieren, daher entschied er sich fürs Schweigen und machte einen Schritt in Richtung Sandsack.

Roach hielt ihn am Arm fest. »Raus damit, oder du trainierst nicht.«

»Roach, lass gut sein.« Roach hatte den Kampf an seiner Seite mit durchgestanden, als Sawyer von der Diagnose für seinen Vater erfahren hatte, und er war immer an seiner Seite geblieben, während die Krankheit vorangeschritten war. Roach nahm ihn hart ran, wenn er es brauchte, und gab ihm den Raum, dem Schmerz mit einer ausgiebigen Joggingrunde zu entlaufen, wenn der Boxring zu einengend war. Er war ein alter Hase in dem Geschäft, und Sawyer hatte keinen Zweifel daran, dass sein gewiefter Coach genau wusste, was er zu verheimlichen versuchte.

Roach legte seinen kräftigen Arm um Sawyers Schulter und drückte ihm seinen Unterarm an den Hals, um den Griff dann langsam wie einen Schraubstock fester zu ziehen. »Drei, zwei …«

»Ok.« Er schob Roachs Arm von seinem Hals und murmelte: »Mistkerl.«

Roach verschränkte die Arme vor der Brust und sah ihn abwartend an.

»Noch einen Schlag auf den Kopf.« Ein stechender Schmerz in Sawyers Magengrube machte sich bemerkbar, als er es laut aussprach und damit noch realer machte. »Du weißt ja, wie Ärzte sind. Die wollen dir Angst einjagen, um ihren eigenen

Arsch zu retten.«

Roach sagte kein Wort. Seine Armmuskeln zuckten und sein Blick wanderte zum Ring.

»Sag was oder lass uns trainieren. Ich muss 'ne Menge Mist aus dem Kopf kriegen.«

»Was hast du vor?« Der absolut ruhige Tonfall von Roach machte Sawyer gereizt.

»Trainieren bis zum Gehtnichtmehr und den Titel gewinnen. Danach überlege ich, ob ich aufhöre.«

»Verdammt, Sawyer. Du kannst das, was er gesagt hat, nicht einfach damit abtun, dass er *nur seinen Arsch retten* will.«

Sawyer trat einen Schritt auf ihn zu und forderte ihn mit einem finsteren Blick heraus. »Ich werde zu dem Kampf antreten, mit dir oder ohne dich. Ich werde mit dir oder ohne dich gewinnen. Und mein Vater wird jeden verdammten Cent bekommen, den er braucht. Entweder du trainierst mich jetzt oder du lässt mich in Ruhe.«

Roach baute sich so dicht vor Sawyer auf, dass er die Wut in seinem Atem riechen und das Eis in seinem Blick spüren konnte. »Du dickköpfiger Mistkerl. Ich habe dich nicht all die Jahre trainiert, um dich irgendeinem anderen Trainer zu überlassen, der dich verheizt. Wenn du so blöd bist und so entschlossen, die Sache durchzuziehen, dann wirst du es verdammt noch mal nicht ohne mich tun. Mir liegt tatsächlich etwas an dir, im Gegensatz zu allen anderen Trainern. Dein Kopf und mein Ruf stehen hier auf dem Spiel, also vermassele es gefälligst nicht.« Er schwieg kurz und seine Kiefermuskeln zuckten. »Überleg es dir gut, denn ich will nicht derjenige sein, der deine Mutter im Krankenhaus begrüßt und ihr sagt, dass sie jetzt nicht nur einen Mann hat, um den sie sich kümmern muss, sondern auch einen Sohn.«

MELISSA FOSTER

Roach ging weg und ließ Sawyer über seine miserable Situation grübeln.

Es war bereits neun, aber Sky saß noch auf der Terrasse von Amys und Tonys Ferienhaus, wo sie mit Jenna, Amy und Bella frühstückte. Sie liebte die Morgenstunden in Seaside, wenn sie und die Mädels sich über den vergangenen Abend austauschten und ihre Männer zusammen joggten. In den letzten Jahren war sie mehrmals pro Woche zum Frühstück hergekommen, auch wenn sie nicht hier gewohnt hatte. Diese Frauen und ihre Ehemänner hatten sie in ihrem Leben willkommen geheißen, als sie ans Cape zurückgezogen war, um ihrem Vater mit seinem Geschäft zu helfen, und sie waren ihr zu einer zweiten Familie geworden.

Leanna Remington kam aus ihrem Haus und ihr flauschiger weißer Labradoodle Pepper trabte neben ihr her. Sie hielt zwei Gläser Marmelade hoch, als sie über den Kiesweg zu ihnen herüberkam. Die dunklen Haare fielen ihr offen und zerstrubbelt über die Schultern und auf ihrem Batik-Top waren wie immer rote Marmeladenflecken zu erkennen. Leanna hatte den wahrscheinlich einzigen Mann auf Erden geheiratet, der ihr völlig unorganisiertes und chaotisches Wesen in Kauf nehmen konnte, was bemerkenswert war, denn Kurt war die Organisation und Ordentlichkeit in Person. Ständig entfernte er Flecken aus ihrer Kleidung, und die Mädels versäumten keine Gelegenheit, die beiden deswegen aufzuziehen.

»Meine neueste Kreation!« Leanna stellte die Marmeladengläser ihrer Marke Luscious Leanna's Sweet Treats auf den

86

Tisch, während Pepper die Frauen begrüßte, ihre nackten Beine leckte und um Aufmerksamkeit bettelte, mit der sie ihn nur zu gern überschütteten. Leanna hatte ihr Unternehmen Luscious Leanna's vor ein paar Jahren gestartet und ihre Gelees und Marmeladen verkaufte sie mittlerweile überall auf Cape Cod, und auch in Restaurants wurden sie angeboten.

»Wartet nur, bis ihr meinen Moon-Shine Jelly probiert habt!« Leanna lächelte begeistert. »Es schmeckt wirklich wie Apfelkuchen und ist aus Chardonnay, Apfel, Zimt, Muskat und Zucker. Es ist so lecker, dass ich schon staune, dass ich während der Arbeit am Rezept nicht gleich ein paar Kilo zugenommen habe.«

»Klingt köstlich.« Jenna griff nach einem Marmeladenglas. Doch Bella gab ihr einen Klaps auf die Hand. »Du darfst nichts davon haben.« Sie legte die Hand auf ihren großen Babybauch und beäugte den etwas kleineren von Jenna. »Dein Baby braucht Kalzium, aber keinen Alkohol.«

Sprachlos sah Jenna sie an, während Amy kicherte und nach der Marmelade griff. »Der Alkohol verdampft bei der Zubereitung, Bella.«

»Mhm, kann sein, aber das Risiko gehe ich nicht ein.« Bella schob sich die Haare von der Schulter.

»Sei nicht albern.« Leanna bestrich einen Toast mit dem Gelee und legte ihn auf ihren Teller. »Ich weiß, dass du dir Sorgen darum machst, was Evan und Caden sagen werden, aber ich erkläre den beiden, dass es schon in Ordnung ist.« Evan war Bellas Stiefsohn. Sobald sie herausgefunden hatten, dass Bella schwanger war, hatten er und Bellas Mann Caden angefangen, jeden ihrer Schritte und alles, was sie aß, zu überwachen. Sie freuten sich so sehr über das Baby, dass sie das ganze Kinderzimmer fertig eingerichtet und dekoriert hatten, bevor sie überhaupt das erste Schwangerschaftsdrittel hinter sich gebracht hatte.

»Evan ist zu einem richtig vernarrten Stiefsohn geworden, oder?« Jenna strich etwas Gelee auf ihren Toast und gab dann Pepper ein Stück davon, der es sich zu ihren Füßen bequem gemacht hatte. »Kaum zu glauben, dass er schon fast neunzehn ist. Wo ist die Zeit nur geblieben?«

»Apropos Zeit«, sagte Amy. »Ich glaube, die Jungs kommen bald von ihrer Joggingrunde zurück, und ich würde gern vorher noch ein bisschen mit Sky reden. Wie war dein Date mit dem Gitarrenhelden?«

»Gitarrenheld …« Jenna zuckte vielsagend mit den Augenbrauen. »Der weiß bestimmt, wie er bei dir fingerfertig über die Saiten streicht.«

»Und einen guten Rhythmus hat er sicher auch drauf.« Bella grinste. »Mag er es lieber schnell und kraftvoll oder sanft und harmonisch?«

Sky musste lachen. »*Wie* fingerfertig der Mann über die Saiten streicht, geht keinen etwas an.«

Jenna, Leanna und Bella prusteten los. Amy kreischte auf und umarmte Sky.

»Du unartiges Mädchen«, sagte Bella. »Ich bin so stolz auf unsere kleine Sky. Sie wird allmählich ebenso versaut wie wir alle.«

»Hey, du brauchst nicht von dir auf andere zu schließen«, widersprach Amy im Scherz.

Jenna zupfte an ihrem Umstandstop, das eng über ihren riesigen Brüsten lag. »Skys Saiten wurden fingerfertig gestreichelt! Und? Siehst du ihn wieder oder war es ein einmaliges musikalisches Ereignis?«

»Wir haben nicht miteinander geschlafen«, stellte Sky klar.

»Er hat also nur gestreichelt?« Leanna zog die Augenbrauen zusammen. »Das ist doch gut, oder?«

»Er hat die Saiten gestreichelt«, wiederholte Bella. »Und seine Finger kamen zum Einsatz.«

Sky schlug die Hände vors Gesicht. »Du meine Güte!«

Leanna schoss die Röte ins Gesicht. »Oh. Oh! Tut mir leid. Ihr kapiert so etwas wirklich viel schneller als ich.«

»Mach dir nichts draus, Leanna. Du hast einfach nicht so eine schmutzige Fantasie wie wir.« Jenna lehnte sich zu Sky hinüber und raunte: »Aber sie kriegt mehr Sex als wir alle zusammen. Du hättest die beiden gestern Abend mal hören sollen.«

»Jenna!«, schimpfte Amy.

»Kurt!« Jenna kreuzte die Arme über der Brust und schloss die Augen. »Genau ... da! Oh, jaaaa!«

Leanna lief tiefrot an. »Haben wir schon wieder vergessen, das Fenster zuzumachen?«

»Habt ihr es jemals nicht vergessen?« Bella tätschelte ihre Hand und wandte sich dann wieder Sky zu. »Wann siehst du deinen Gitarrenhelden wieder?«

»Heute Abend beim Lagerfeuer von Pete und Jenna, aber wage es ja nicht, ihn so zu nennen.« Sky holte ihr Handy aus ihrer Tasche. »Er ist so heiß, und damit meine ich sexy heiß, supersexy heiß, ultrasexy heiß. Nicht einfach nur heiß, sondern glühend heiß.«

»Schon verstanden, er ist heiß«, sagte Jenna, als Sky ihr das Handy gab. »Meine Herren! Er sieht ja noch besser aus als neulich im Governor Bradford's. Der dürfte meine Saiten bearbeiten, so viel er will. Du Glückspilz.« Sie gab Bella das Handy.

»Lass das meinen Bruder nicht hören, sonst macht er Sawyer

die Hölle heiß.« Sky schloss die Augen und streckte der Sonne ihr Gesicht entgegen, während sie daran dachte, wie sinnlich und erotisch sie und Sawyer miteinander getanzt hatten. Ihr Körper glühte bei der Erinnerung daran, wie seine Hüften sich an ihren gerieben hatten, wie seine Hände über …

»Halloho! Erde an Sky!« Bellas Stimme riss sie aus ihrer Träumerei. »Ich finde es schön, dass er gesagt hat, er wünschte, du wärst heute Morgen bei ihm. Und deine Antwort war perfekt.«

Sie spürte die Röte im Gesicht. »Du hast meine Antwort gelesen?« Sie hatte zurückgeschrieben: *Vielleicht wachen wir morgen gemeinsam auf.*

»Unsere kleine Sky kann verführerischer sein, als wir dachten«, sagte Amy, als sie sich das Foto von Sawyer *und* die Nachricht ansah. »Ich bin froh, dass diesen Sommer jemand anderes zur Zielscheibe der Witze werden kann als ich.«

»Ihr könnt mich hochnehmen, so viel ihr wollt, aber ihr wisst, dass ich nicht wahllos durch die Betten hüpfe.«

»Das wissen wir«, sagten alle gleichzeitig.

»Wir haben erst gestern die Operation *Sky muss flachgelegt werden* geplant«, meinte Bella mit einem Augenzwinkern.

»Er ist so muskulös wie Tony«, sagte Leanna und gab Sky das Handy zurück.

»Ja, stimmt, und apropos: Er boxt.« Sie wusste, dass es bei ihrem Tonfall so schrecklich klang, als hätte sie gesagt: *Er duscht nie.*

»Das macht ihn ja noch heißer.« Jenna nahm sich noch einen Toast.

Leanna sah Sky jedoch mitfühlend an. »Ist es für dich in Ordnung, dass er boxt?«

Sky zuckte mit den Schultern. »Ich versuche, es zu trennen.

Ich denke an seine romantischen, poetischen, warmherzigen und sexy Seiten.« Sie zeigte in die Ferne. »Und irgendwo dahinten, weit weg, sind die Gedanken an seinen Boxsport.«

»Mhm«, sagte Bella. »Du willst es nicht wahrhaben.«

»Du verdrängst es«, fügte Amy hinzu.

»Er ist so fingerfertig. Lasst sie doch«, sagte Jenna. »Wir haben alle mal gewisse Dinge ignoriert, wenn der Sex zu toll war, um darauf zu verzichten.«

»Wir hatten keinen Sex«, erinnerte Sky sie.

»Aber du möchtest«, sagte Jenna mit großen Augen.

»Mehr, als du dir vorstellen kannst, und das macht mich wahrscheinlich zu einem Flittchen, weil wir erst ein einziges sehr langes, sehr witziges, sehr aufschlussreiches Date hatten.«

»Also, du bist eindeutig kein Flittchen«, widersprach Amy. »Denn sonst hättest du schon längst mit Blue geschlafen.«

»Oh, Mann!«, sagte Leanna. »Weiß Blue es schon? Er beschützt dich doch vor allem und jedem.«

»Ja, er hat Sawyer sogar schon kennengelernt«, sagte Sky. »Er schien ihn zu mögen, aber er hat sich etwas merkwürdig verhalten.«

»Merkwürdig?« Bella wollte es genauer wissen.

»Er hat mich *sein Mädchen* genannt, als er mit Sawyer sprach. Er meinte: ›Pass gut auf *mein Mädchen* auf.‹«

»Sky …« Bella klang nun ernst. »Du und Blue, ihr habt doch nichts miteinander, oder? Du kannst es uns ruhig erzählen.«

»Nein! Meine Güte, Bella, ich habe euch doch gerade erzählt, ich wurde … meine Saiten … nach nur einem Date. Ich würde es doch wohl erzählen, wenn Blue und ich miteinander geschlafen hätten, nachdem wir uns seit Jahren kennen.«

»Wir müssen den Gitarrenhelden kennenlernen und herausfinden, ob Blue vielleicht etwas gesehen hat, was ihn argwöhnisch macht«, sagte Jenna. »Wenn wir der Ansicht sind, dass du ihn festhalten solltest, können wir immer noch an dir und deiner Abneigung gegenüber Sport arbeiten.«

»Ich habe nichts gegen Sport an sich«, entgegnete Sky. »Tony ist Profi-Surfer und damit habe ich kein Problem.«

»Aber Boxen ist etwas anderes, oder?«, fragte Leanna. »Sky, du bist die Freundlichkeit und Herzlichkeit in Person. Jemanden ins Gesicht zu schlagen, ist dir so was von fremd. Du wirst sauer, wenn Bella eine Spinne zertritt.«

»Ja, stimmt. Und genau darüber versuche ich, nicht nachzudenken.« Ihr Handy vibrierte, und die Blicke aller Frauen schossen zum Telefon.

»Von ihm?« Jenna beugte sich vor.

Sky öffnete die Nachricht. »Von ihm.« Sie las lautlos und Wärme durchströmte sie.

»Und?«, fragte Amy ungeduldig.

»Sie wird ganz rot«, sagte Leanna. »Ist wahrscheinlich sehr persönlich.«

Jenna stieß sie mit dem Ellbogen an. »Fragt er dich, ob deine Saiten gestreichelt werden müssen?«

Sky lachte und seufzte verträumt – und absichtlich theatralisch – auf, bevor sie die Nachricht vorlas.

»*Strahlende Schönheit. Sanft wie das Licht. Dunkel und stürmisch, wild und frei. Bald seh ich dich wieder, Sweet Summer Sky.*«

»Ist mir egal, ob er boxt, Fallschirm springt oder alten Damen Münzen abquatscht«, sagte Bella. »Der Mann ist gerade noch mal heißer geworden.«

»Der ist noch romantischer als Pete, wenn er meine Steinsammlung der Größe nach ordnet«, schwärmte Jenna. Sie sammelte Steine, jedes Jahr nach einem anderen Motto, und sie hatte einen zwanghaften Ordnungsfimmel. Es war also das bestmögliche Kompliment, das von ihr kommen konnte.

»Kurt ist ein großartiger Schriftsteller, aber damit können Krimis nicht mithalten«, sagte Leanna. »Ist er Dichter?« Ihr Mann war ein Bestsellerautor von Kriminalromanen.

»Er schreibt Lieder, aber nur als Hobby. Ein verführerisches, sexy Hobby.«

»Kein Wunder, dass Blue eifersüchtig war«, sagte Amy. »Ich bin auch neidisch.«

»Blue ist nicht eifersüchtig, aber apropos Blue ...« Sky stand auf und Pepper hob bellend den Kopf. »Tut mir leid, Pepper, aber ich muss unseren Freund noch treffen, bevor ich mein Studio öffne. Ich will sehen, wie weit die Renovierung ist.« Sie schaute auf den Tisch. »Soll ich schon mal was hineintragen?«

»Ach, nein, danke.« Amy winkte ab. »Das machen wir schon. Wie geht es Merlin in dem Ferienhaus?«

»Himmlisch. Er schläft gern in der Ecke von deinem Sofa. Ich hoffe, das ist in Ordnung.«

Amy lächelte. »Der kleine süße Kerl kann schlafen, wo er will.«

Ein Postauto hielt vor Amys Haus.

»Erwartest du ein Paket?«, fragte Jenna.

Amy schüttelte den Kopf. »Nicht, dass ich wüsste.«

Der Zusteller, Carl, stieg winkend aus dem Transporter und zeigte ein breites Lächeln. Seine meergrünen Augen leuchteten. »Wie geht's, Ladys?«

»Jetzt ein bisschen besser«, murmelte Bella leise.

»Du hast eindeutig eine Schwäche für Männer in Uniform«, scherzte Jenna. Bellas Mann war Polizist.

Carl trug einen rosa Karton unter dem Arm, als er die Stufen zur Terrasse heraufkam. Er stellte schon seit ein paar Jahren die Post in der Siedlung zu und kannte alle Bewohner mit Namen. »Was gibt's zum Frühstück?« Er entdeckte den Toast und die Marmelade. »Hast du noch etwas von dieser Sweet-Heat-Marmelade, Luscious Leanna?«

Leannas Wangen nahmen einen leicht rosa Ton an. »Nein ... aber ich habe Moon-Shine-Jelly.«

Sie bestrich ihm eine Toastscheibe und alle beobachteten mit offenem Mund, wie er abbiss und mit geschlossenen Augen die Köstlichkeit genoss.

»Mhmmm.« Carl ließ es sich munden. »Du weißt, wie man jemanden in Wallung versetzt.«

»Und du weißt, wie man flirtet«, erwiderte Bella. »Für wen ist das Paket?«

»Also, ich glaube ... nicht, dass es mich etwas angeht, aber irgendjemand wird einen tollen Abend haben. Dieses entzückende Päckchen ist von Eve's Adult Playhouse, und es ist für T. Ottoline, aber Amys und Tonys Adresse steht drauf. Also ...« Er zwinkerte Amy lächelnd zu. »Entweder Amy und Tony versuchen, inkognito zu bleiben, oder Theresa hat versehentlich die falsche Adresse angegeben.« Theresa Ottoline war die Verwalterin der Siedlung. Sie war etwa zwanzig Jahre älter als die jungen Frauen und wesentlich korrekter und anständiger. Die Einhaltung der Regeln auf dem Gelände verteidigte sie mit eiserner Faust.

»Das gehört mir nicht!« Amy schüttelte nachdrücklich den Kopf.

Sky kicherte. »Bist du sicher? Vielleicht wollte Tony dem Ganzen etwas mehr Würze verleihen.«

»Oder unsere niedliche Amy wollte mehr als nur auf dem Longboard dahingleiten.« Laut lachend warf Jenna den Kopf in den Nacken.

Sky bemerkte, dass Bella versuchte, ein Lachen zu unterdrücken, und hatte plötzlich den Verdacht, dass dies einer von Bellas Scherzen war. Jeden Sommer spielte Bella Theresa einen Streich, und jedes Jahr wurden Theresas Reaktionen gewitzter. In einem Jahr hatte Bella eine alte Toilette in Theresas Vordergarten aufgestellt, und anstatt sich lautstark zu beschweren, hatte Theresa einfach die Hosen runtergelassen und das verflixte Ding vor den Augen aller benutzt. Dieser Karton stank gewaltig nach einem Streich von Bella.

Carl hob eine Hand. »Kein Einspruch hier, Amy. Soll ich es auf dem Tisch liegenlassen?«

»Nein!« Sie drückte ihm das Paket wieder in die Hand. »Bring es zu Theresa!«

»In Ordnung …« Er verließ die Terrasse und alle brachen in Gelächter aus.

»Theresa?«, fragte Leanna fast flüsternd. »Du meine Güte, sie ist bestimmt entsetzt, dass sie die falsche Adresse angegeben hat.«

Alle lachten nur noch mehr.

»Psst!« Bella deutete über den Kiesweg hinweg, wo Theresa in Polohemd und Bundfaltenshorts und mit einem Achtzigerjahre-Kurzhaarschnitt vor ihrer Haustür stand. Es war nicht zu verstehen, was sie sagte, aber sie schüttelte ihren hochroten Kopf, als würde sie mit Carl streiten.

Carl ließ das Paket bei ihr, und die jungen Frauen drehten sich alle um, damit er nicht sah, dass sie ihn beobachteten.

»Bella, hast du …«

»Psst!« Bella warf Sky einen eindringlichen Blick zu. »Wieder ein Sommer voller netter Pläne.«

»Oh, Mann, Bella!« Amy schlug die Hand vor den Mund.

»Das findet sie sicher heraus, und dann rächt sie sich.«

»In diesem Sinne … Ich gehe wohl lieber«, sagte Sky.

»Schreibst du Sawyer keine Antwort, bevor du gehst?«, fragte Leanna, als Sky die Terrasse verließ.

»Ihr hattet für heute Morgen schon genug Unterhaltung. Außerdem muss ich mir eine gute Antwort überlegen. Ich glaube nicht, dass *Lass mich dir meine dunkle und wilde Seite zeigen* so passend ist.« *Auch wenn es genau das ist, was ich gern tun würde.*

Sieben

Sawyer wischte sich den Schweiß von der Stirn und legte den Hammer auf die Veranda. Er hatte versucht, sich seinen Frust bei der Arbeit an der Rollstuhlrampe aus dem Leib zu hämmern, die zukünftig von der hinteren Veranda des Hauses zu der Terrasse führen sollte, damit sein Vater die Aussicht auf die Bucht genießen konnte. Aber je mehr er hämmerte, umso mehr dachte er an die Bemerkung von Roach über seine Mutter. Er setzte sich auf die Fersen und schirmte die Augen mit der Hand vor der gleißenden Sonne ab, während er über die Fragen grübelte, auf die es keine Antworten gab.

Tat er das Richtige?

Würde er das Glück haben, nicht k. o. geschlagen zu werden?

Normalerweise verfügte Sawyer über ein unerschütterliches Selbstvertrauen. Er hatte sich sein ganzes Leben lang unbesiegbar gefühlt – doch jetzt, wo er seinen Vater sah, war ihm allzu bewusst, was die Folgen waren, wenn das schlimmste Szenario eintrat. Man brauchte sich doch nur Muhammad Ali anschauen. Er war der Beste, und selbst der Beste konnte nicht der sehr realen Möglichkeit entkommen, deren Existenz Sawyer jeden Tag aufs Neue leugnete.

Er zog die Knie an und legte die verschränkten Arme darauf. Der Schweiß lief an seinem Oberkörper hinab, während ihm ein paar Box-Alpträume durch den Kopf gingen, die er normalerweise zu seinem eigenen Wohl verdrängte. Er hatte sie verinnerlicht, denn auch wenn er sich nie zugestanden hatte, wegen ihnen sein Selbstvertrauen zu verlieren, so musste er doch wissen, welcher Gefahr er sich aussetzte. Um zu gewinnen, musste er sich der Risiken bewusst sein. *Kim Duk-Koo starb wenige Tage nach einem Kampf über vierzehn Runden gegen Ray »Boom Boom« Mancini. Frankie Campbell starb durch die Fäuste von Max Baer. Benny »Kid« Paret, Weltmeister im Weltergewicht, fiel nach einem Kampf über zwölf Runden ins Koma und starb zehn Tage später. Billy Collins Jr. verlor sein Augenlicht, weil ein betrügerischer Gegner Teile der Polsterung aus seinen Handschuhen entfernt hatte.*

Es passierte viel Mist, aber nicht ihm.

Er sammelte sein Werkzeug zusammen und ging ins Haus, um zu duschen.

Eine halbe Stunde später fuhr Sawyer mit laut aufgedrehtem Radio und heruntergelassenen Scheiben zum Haus seiner Eltern in Hyannis. Alles, um seine Gedanken auszusperren – das Training, die Renovierungsarbeiten, die kalte Dusche … Doch nichts löschte aus, was Roach gesagt hatte, und deshalb musste er seine Eltern sehen. Um sich daran zu erinnern, warum er härter trainieren und konzentriert bleiben musste.

Seine Kiefermuskeln zuckten bei dem verdammten Wort. *Konzentration.* Er versuchte nicht nur, Roachs Bemerkung zu verdrängen. Im Ring war es ihm auch wahnsinnig schwergefallen, nicht an Sky zu denken – und das war gefährlich.

Nach ihrer Nachricht mit der Anspielung auf ein gemeinsames Aufwachen am nächsten Morgen war seine elektrisierende

Vorfreude auf ein Wiedersehen noch größer. Noch nie hatte er eine Frau wie sie kennengelernt. Sie war wie ein helles will-kommenes Licht an seinen anstrengenden Tagen, ebenso ätherisch wie echt, aber er wusste einfach nicht, wie er den anstehenden Kampf damit vereinbaren sollte, ihr so nahe zu kommen. Er konnte es sich nicht leisten, während des Trainings oder des Kampfes abgelenkt zu sein. Das Eis, auf das er sich begab, war ziemlich dünn – aber er konnte verdammt noch mal nicht aufhören, an sie zu denken.

Vor dem Haus seiner Kindheit angekommen, versuchte Sawyer erneut, die Gedanken an Sky wegzuschieben. Als Sawyer herangewachsen war, war das mit Zedernholz verkleidete Haus im typischen Stil von Cape Cod der heimeligste Ort auf Erden gewesen. Mit dem Duft von all dem, was seine Mutter kochte, und mit den Büchern seines Vaters, die ganze Wände einnah-men, hatte er sich dort unglaublich geborgen gefühlt. Wenn er jetzt vor dem Haus anhielt, zog sich ihm jedes Mal sein Innerstes zusammen, und er fragte sich stets, wie sehr sich der Gesundheitszustand seines Vaters wohl verschlechtert haben mochte, seit er ihn das letzte Mal gesehen hatte. Wenn er nach Hause kam, nachdem er für Boxkämpfe durchs Land gereist war, war es am schlimmsten. Solange Sawyer unterwegs war, konnte er so tun, als wäre sein Vater der widerstandsfähige Mann, den er aus seiner Jugend kannte. Und erst wenn er die Straße entlang zum Haus fuhr und sich nach seiner Abwesen-heit für die Wahrheit wappnete, pikste diese Realität ein Loch in die Blase, in der er gelebt hatte, um sich konzentrieren zu können. Jedes Mal wenn er seinen Vater sah, erfasste ihn der Schmerz über seinen verschlechterten Gesundheitszustand aufs Neue.

Nach so vielen Jahren sollte er sich eigentlich an die Tatsache gewöhnt haben, dass sein Vater nicht mehr lächeln konnte, dass seine Stimme – die einst so voller Leben war, dass er aus dem langweiligsten Buch vorlesen und es lebendig werden lassen konnte – nun monoton, kalt und gefühllos war.

Er hielt vor dem Haus und winkte Mrs. Petzhold zu, genau der Nachbarin, der gegenüber er sich als Jugendlicher so unverschämt benommen hatte. Sie lächelte und winkte zurück. Ihre Haare waren im Laufe der Jahre schlohweiß geworden und um die Taille herum war sie etwas dicker geworden. Nachdem er etwas Zeit mit Roach verbracht und mehr über Respekt gegenüber anderen gelernt hatte, als er je für möglich gehalten hatte, war er zu Mrs. Petzhold gegangen und hatte sich ausgiebig entschuldigt.

Sawyer war dankbar für ihre versöhnliche Haltung gewesen, und heute war er froh darüber, dass die Nachbarn, die seine Eltern kannten und denen sie vertrauten, noch immer in der Straße wohnten. Seine Mutter, Lisa Bass, war keine Frau, die sich schnell beschwerte, doch Sawyer wusste, dass sie litt, weil sie den Mann, den sie seit ihrem achtzehnten Lebensjahr geliebt hatte, mit einer Krankheit kämpfen sah, die ihm eines Tages die Fähigkeit rauben würde, sie auch nur zu umarmen. Sein Vater war ein ernster Mensch, der seine Privatsphäre immer dem Zusammensein mit Freunden und Nachbarn vorgezogen hatte, selbst als er noch gesund gewesen war. Aber Sawyer wusste, dass seine Mutter die emotionale Unterstützung von ihnen brauchte.

Er freute sich, seine Eltern auf der hinteren Veranda anzutreffen, wo sie den schönen sonnigen Tag genossen. Auch wenn sein Vater noch in der Lage war, die Verrichtungen seines täglichen Lebens eigenständig durchzuführen, so hatte Sawyer doch bemerkt, dass sein Gang nicht nur langsamer, sondern auch wackeliger geworden war. Er bewegte sich jetzt mit einem

Stock fort, doch er weigerte sich, einen Rollator zu benutzen, egal wie oft Sawyer und seine Mutter ihn darum baten. Tad Bass war ein Dickkopf. Sawyer wusste durch die Gespräche mit dem Arzt seines Vaters und durch Recherchen im Internet, dass die Krankheit schnell voranschreiten und das Risiko von Stürzen dann doppelt so schnell ansteigen konnte. Mit den langsamer werdenden Reflexen würde auch die Fähigkeit, einfache tägliche Aufgaben zu erledigen, vollkommen verschwinden, und schließlich würde er eine Rund-um-die-Uhr-Pflege benötigen.

Er gab seiner Mutter einen Kuss auf die Wange und sie umarmte ihn. »Hallo, mein Schatz«, sagte sie. »Was für eine schöne Überraschung.« Lisa war Ende fünfzig, fast zehn Jahre jünger als sein Vater, auch wenn der Altersunterschied durch den verschlechterten Gesundheitszustand seines Vaters noch größer wirkte.

»Hallo, Mom.« Dann drehte er sich zu seinem Vater, um ihn zu umarmen, und sofort spürte er den vertrauten Schmerz der Sehnsucht nach dem Lächeln, das sein Vater früher so bereitwillig gezeigt hatte. Als Maskengesicht hatte der Arzt die schwindende Fähigkeit seines Vaters, die Gesichtsmuskeln zu kontrollieren, bezeichnet. Eine Auswirkung der Parkinson-Krankheit. Die Mimik seines Vaters änderte sich nicht, als er die Arme ausbreitete, doch als Sawyer den Mann umarmte, der ihn großgezogen hatte, der ihm die Bedeutung von Loyalität und hohen moralischen Grundsätzen und Werten mitgegeben hatte und der ihm beigebracht hatte, wie man den Baseball warf, spürte er die Liebe, die ihn umgab. Sein Vater hatte auf die Medikamente ziemlich gut reagiert. Das Zittern, das sich im Ruhezustand verschlimmert hatte, war im Moment relativ gut unter Kontrolle und kaum bemerkbar, doch wenn er seinen

Vater umarmte, spürte er oft die fast unterdrückten Muskelbewegungen.

»Wie geht's, Dad?«

»Gut ... mein Junge«, sagte sein Vater. Auf einen Außenstehenden hätte der ausdruckslose Blick wie Desinteresse gewirkt und seine leise Reibeisenstimme, als gäbe es Unstimmigkeiten. Doch all das war Teil der Krankheit, die sein Vater hinnehmen musste, weil er den Mut gehabt hatte, für sein Land in den Krieg zu ziehen. Er trug eine Jogginghose und ein weites T-Shirt, was nur noch mehr hervorhob, wie sehr seine Muskulatur abgebaut hatte.

»Du hast neulich erwähnt, dass du diese Woche noch einige Besorgungen machen musst, Mom«, sagte Sawyer lächelnd. »Du kannst doch los, während ich hier bin, und ich verbringe etwas Zeit mit Dad.«

»Oh, wie nett. Und es macht dir wirklich nichts aus?« Seine Mutter fasste sich in die schulterlangen Haare. »Ich sollte mich etwas frisch machen, bevor ich fahre.«

»Mach nur, Mom. Ich habe ein paar Stunden Zeit und erst heute Abend etwas vor.«

Neugier funkelte in ihren braungrünen Augen auf. »Du hast heute Abend etwas vor? Ein Date, vielleicht?«

Seine Mutter versuchte immer, ihn mit den Töchtern, Enkelinnen, Freundinnen oder Verwandten ihrer Freundinnen zu verkuppeln. Zweimal hatte er sie eine Verabredung arrangieren lassen und beide Male war es eine Katastrophe gewesen. Die Frauen waren alles andere als interessant, und sie hatten hauptsächlich über seinen Beruf reden wollen. Er liebte seinen Beruf, aber er wollte nicht unbedingt rund um die Uhr darüber reden oder so tun, als schmeichelte ihm ihr Interesse. So sehr ihn Skys verhaltene Reaktion auf seinen Beruf auch sorgte, es war doch gleichzeitig eines der Dinge an ihr, die er bewunderte. Sie bauchpinselte ihn nicht wegen dem, was er darstellte, oder wegen der Titel, die er gewonnen hatte. Sie hatte ihre eigenen Vorstellungen von dem, was richtig und falsch war, und hielt daran fest. Diese Unabhängigkeit und noch vieles andere unterschied sie von anderen.

»Ja, tatsächlich, ein Date.«

»Ein ... Date«, sagte sein Vater. Sawyer erkannte hinter den ausdruckslosen Augen das schelmische Lächeln, das sein Vater zeigen würde, wenn er könnte. »Freut mich ... für ... dich.«

»Jemand Besonderes?«, fragte seine Mutter hoffnungsvoll.

»Es ist erst unser zweites Date, aber ich mag sie wirklich.«

»Also das ist mehr, als du seit Langem über irgendeines deiner Dates gesagt hast«, sagte seine Mutter. »Ich werde mich wohl eine Zeit lang an dieser Hoffnung festklammern.«

»Mom, wir reden hier nicht über Heiraten und Enkelkinder.«

Sie beugte sich hinüber und gab seinem Vater einen Kuss auf die Wange. »Eine Mutter wird ja wohl noch hoffen dürfen.«

»Un... er... müdlich«, sagte sein Vater.

Bevor sie ins Haus ging, blieb seine Mutter noch einen Augenblick neben Sawyer stehen und legte die Hand auf seine Schulter.

»Was ist, Mom?«

»Hm? Ach, nur ... bitte begleite ihn, wenn er hineingehen muss. Dein Vater war in letzter Zeit etwas wackeliger auf den Beinen.«

Auch wenn sich der Ausdruck auf dem Gesicht seines Vaters nicht geändert hatte, so war die finstere und verärgerte Energie, die er nun ausstrahlte, deutlich zu spüren.

Sawyer sah seiner Mutter hinterher, die ins Haus ging.

Dann setzte er sich neben seinen Vater und spürte dabei dessen Blick.

»Warum hast du deine Mutter weggeschickt?« Sein Sprechen hatte sich zwar verlangsamt, doch der Verstand seines Vaters funktionierte nach wie vor einwandfrei.

»Das hast du also gemerkt?«

Sein Vater nickte.

Sawyer fand es schrecklich, aber dieser Besuch verschlimmerte seine Sorgen – und zum ersten Mal war es nicht nur die Sorge darum, wie er für die Pflege seines Vaters aufkommen sollte. Heute war es, als würde er in einen Spiegel schauen und seine eigene Zukunft erblicken.

Roachs Bemerkung schoss wie die silberne Kugel in einem Flipperautomaten in seinem Kopf herum, und es fiel ihm schwerer als sonst, an seinem Gefühl der Unbesiegbarkeit festzuhalten. Er hatte überlegt, ob er seinem Vater von den Bedenken des Arztes erzählen sollte, doch damit würde er ihn nun auf keinen Fall belasten.

»Dad, du weißt ja, dass ich bald diesen Titelkampf habe, und das Preisgeld ist ziemlich hoch. Siebenhunderttausend Dollar.«

»Ja.«

Im Laufe der Jahre hatte er sich so daran gewöhnt, dass sein Vater seine Meinung kundtat – egal, ob er danach gefragt wurde oder nicht –, dass sein Schweigen nun beunruhigend war. Es ließ zu viele unbeantwortete Fragen im Raum stehen. Sawyer fragte sich, ob sein Vater mehr sagen wollte und nur von seiner eingeschränkten Sprachfähigkeit so frustriert war, dass er einfach aufhörte, es zu versuchen.

»Junge.« Das Wort kam tonlos heraus, doch Sawyer wusste, dass es eine Frage war.

Doch er hing immer noch dem Gedanken nach, wie sehr es ihm fehlte, den Rat seines Vaters zu hören. Er würde alles dafür geben, die Zeit zurückdrehen zu können und ... Und was eigentlich? Er wusste es nicht genau. Er hatte immer viel Zeit mit seiner Familie verbracht, aber war *viel* jemals genug? Wäre irgendeine Menge an Zeit jemals genug? Er war heute hergekommen, um seine Entschlossenheit zu stärken, um jegliche Zweifel abzuwehren, die sein Arzt gesät hatte, doch stattdessen schienen sich jetzt noch mehr Zweifel bleischwer auf seine Schultern zu legen. Sawyer wandte den Blick ab, hob das Kinn und straffte die Schultern, während er die Stärke aus seiner Umgebung einatmete und Schwäche ausatmete. Yogaübungen hatten sich im Laufe der Jahre in vielerlei Hinsicht ausgezahlt, und in diesem Moment halfen sie ihm dabei, aus dem Zweifel heraus in die Entschlossenheit zu kommen.

Er biss die Zähne zusammen und zwang sich zu reden. »Wenn ich den Kampf gewinne, wird das Preisgeld alle medizinischen Ausgaben decken, Dad. Für die häusliche Pflege, so wie du es wolltest.«

Sein Vater nickte, die Mimik blieb unverändert, und Sawyer spürte, wie sich die Traurigkeit in ihm ausbreitete. Wie schon so oft zuvor vergrub er diese Traurigkeit tief in sich, noch tiefer als die Sorge, ob er diesen Kampf gewinnen oder die Chance seines Vaters auf häusliche Pflege verlieren würde, tiefer als die Sorge um den Tribut, den seine Mutter in beiden Fällen zahlen musste, und noch tiefer als seine eigene elende Verzweiflung darüber, dass er seinen Vater verlor. Er ballte die Fäuste, spannte seine Beine an und wappnete sich für einen Kampf, den er, wenn es notwendig sein sollte, bis auf Leben und Tod führen würde.

»Du sollst nur wissen, dass ich hart trainiere, Dad.« Er

zwang sich zu einem Lächeln, und sein Vater wandte langsam den Blick ab, während er gleichzeitig die Hand seines Sohnes ergriff.

Normalerweise las Sawyer seinem Vater vor, doch heute konnte er sich auf nichts konzentrieren. Lange saßen sie so beieinander, und irgendwann – vielleicht eine Stunde später, oder mehr – sagte sein Vater:»Du wirst es mir also nicht erzählen.«

»Was erzählen, Dad?«

»Weshalb du gekommen bist.«

Er hörte die Tür vom Auto seiner Mutter zuknallen, und als er noch über eine Antwort nachdachte und dem ausdruckslosen Blick seines Vaters standhielt, kam seine Mutter schon zu ihnen hinaus auf die Veranda.

»Wie geht's meinen beiden Lieblingsmännern?« Sie küsste seinen Vater auf die Wange und fuhr Sawyer über den Kopf, wie sie es schon getan hatte, als er ein kleiner Junge gewesen war. Sie schaute von einem zum anderen.

»Alles in Ordnung?«

»Klar.« Sawyer stand auf, kam sich vor wie ein Kind, das beim Lügen erwischt worden war, und zog sein Portemonnaie hervor.»Das habe ich letzte Woche für dich geschrieben.«

Seine Mutter las das Lied, das er geschrieben hatte, und wie immer drückte sie es an ihre Brust und umarmte ihn dann herzlich.»Schatz, du bist ganz genauso poetisch wie dein Vater. Ich weiß ja, dass du das Boxen liebst, aber du solltest ernsthaft darüber nachdenken, all deine Songs zu veröffentlichen.«

»Danke, Mom, aber du bist meine Mutter. Dir würde alles gefallen, was ich schreibe.«

»Mag sein, aber dein Vater weigert sich, mir noch Gedichte zu schreiben. Dabei wissen wir alle, dass sein Kopf ganz wunderbar funktioniert und ich sie mit Sicherheit für ihn aufschreiben könnte. Aber obwohl ich ihn angebettelt habe, verweigert er mir das.« Sie drückte liebevoll die Schulter ihres Mannes. »Das vermisse ich, doch wenn du vielleicht mit dem Gedanken an eine Veröffentlichung schreiben würdest, würde das womöglich den Wettkampfgeist in deinem Vater wecken, und ich würde doch noch ein paar liebevolle Zeilen bekommen.«

Sein Vater tätschelte die Hand seiner Frau.

Sawyer umarmte sie noch einmal. »Ich gehe dann mal.« Er beugte sich hinunter, um auch seinen Vater zu umarmen.

»Du kannst gehen …« Die langsame, entschlossene Stimme seines Vaters jagte ihm einen Schauer über den Rücken. »… aber was immer du mir auch sagen wolltest, wird immer noch da sein, wenn du nach Hause kommst.«

Nachdem sie kurz bei Lizzie vorbeigeschaut hatte, um über ihr Date mit Sawyer zu reden, ging Sky in ihre Wohnung über dem Studio, um mit Blue die Renovierungsarbeiten zu besprechen. Doch mit ihren Gedanken war sie überhaupt nicht bei den Rohren, die repariert, oder den Wänden, die gestrichen werden mussten. Sie dachte an Sawyers Nachricht und an das, was sie ihm geantwortet hatte. Was hatte er an sich, dass sie sich ihm so anbot? Vielleicht würden sie wirklich am nächsten Morgen gemeinsam aufwachen. Sie hatte seit Jahren keine Nacht mit einem Mann verbracht, aber egal wie oft sie sich davon zu überzeugen versuchte, dass sie diese provokante Nachricht bereuen sollte, sie konnte es einfach nicht.

Blue schaute finster zu ihr auf, während er vor einem Loch in der Wand hockte, das am Abend zuvor noch nicht da gewesen war.

»Was ist passiert?« Sie nahm das Loch in Augenschein.

»Ich habe meinen Hammer fallengelassen«, brummte er.

Sie hob eine Augenbraue. »In die Wand?«

Er stand auf und ließ den Blick über ihr Strandkleid gleiten. »Mach dir keine Sorgen, das kriege ich schon wieder hin. Du siehst hübsch aus.«

Hübsch? Blue hatte ihr noch nie gesagt, dass sie hübsch aussah. *Heiß* oder *süß*, ja, aber *hübsch*? Noch nie. »Danke.«

»Wie war dein Date? Ich bin gegen elf bei dir vorbeigekommen, aber du warst noch nicht zurück.«

»Wirklich? Ach, ja, wir waren lange unterwegs. Wir waren in Brewster und dann noch tanzen. Es war nett.«

Blue trat näher an sie heran, drang in ihre Distanzzone ein, was sie normalerweise gar nicht bemerkte, doch heute Morgen verströmte er eine seltsame Energie, und sie trat einen Schritt zurück.

»Was ist los mit dir?«

»Keine Ahnung«, gab er fast verärgert von sich. »Dir schien Sawyer gestern zu gefallen.«

»Ja, er ist ein netter Kerl.«

»In dem Blick, mit dem du ihn angesehen hast, lag irgendwie mehr.« Blue kniff die Augen etwas zusammen. »Habe ich das Knistern zwischen euch falsch gedeutet?«

Sie ging in die Küche und nahm sich ein Glas Wasser. »Knistern? Keine Ahnung.« Sie wusste nicht, was sie von seinem Gebaren halten sollte, also wechselte sie das Thema. »Was hast du gestern Abend noch gemacht?«

»War mit Hunter und Grayson am Lagerfeuer unten am

Cahoon Hollow Beach. Ich dachte mir, wenn dein Date 'ne Niete ist, würdest du den Abend noch mit netten Leuten beenden und zu uns kommen wollen.«

»Danke, aber mein Date war keine Niete.« *Also, um genau zu sein, eher ein Hauptgewinn.*

Er vergrub die Hände in den Taschen. »Du weißt, dass er Boxer ist, oder?«

»Ja, aber woher weißt *du* das?«

Blue lächelte, aber es war nicht sein typisches unbeschwertes Lächeln. Die Kiefermuskeln waren angespannt und die Augenbrauen zusammengezogen. »Ich bin ein Mann, ich hab Ahnung von Sport. Vorgestern in der Bar habe ich seinen Namen nicht erkannt, aber gestern Abend wurde mir klar, dass es wahrscheinlich nicht so viele Leute mit dem Namen Sawyer Bass hier in der Gegend gibt, und dann habe ich eins und eins zusammengezählt. Du datest Sawyer ›Songbird‹ Bass. Er ist ein ziemlich bekannter Boxer, Sky.«

Sky setzte sich auf die Arbeitsplatte und trank einen Schluck Wasser. »Er hat es mir erzählt.«

Blue lehnte sich neben sie und ein Teil seiner Anspannung schien zu weichen. »Ist das für dich in Ordnung?«

Sie zuckte mit den Schultern. Warum konnten nicht mal alle aufhören, von seinem Beruf zu reden, damit sie es noch eine Zeit lang vergessen konnte?

»Sky?« Sein Tonfall wurde sanfter. »Glaubst du, wir haben etwas verpasst? Zwischen uns, meine ich.«

»Zwischen uns läuft es doch großartig.«

Er hob eine Augenbraue.

»Oh, du meinst …« *Mist! Was?* »Blue, ich habe nie … Wir haben nie … Wir sind so gute Freunde.«

»Ich weiß. Ich bitte auch nicht darum, dass wir mehr versuchen sollten.« Er wandte den Blick ab. »Ich wollte nur …« Er schaute sie wieder an, und endlich sah sie in seinem Gesicht ihren alten Freund wieder und nicht diesen seltsamen, gestressten Menschen, der sich in den letzten Minuten in ihm eingenistet hatte.

»Als ich gesehen habe, wie du gestrahlt hast, als er mit dir geredet hat, da wollte ein Teil von mir derjenige sein, den du so ansiehst.« Noch bevor sie verarbeiten konnte, was er gerade gesagt hatte, fügte er hinzu: »Das meine ich auch nicht ernst! Verdammt! Ich weiß nicht, was ich eigentlich meine. Ich war freundschaftlich eifersüchtig, glaube ich. Zumindest ein kleines bisschen, und das ist echt schräg.«

»Freundschaftlich eifersüchtig? Was soll das sein?«

»Du bist meine beste Freundin, Sky, und ich möchte, dass du glücklich bist. Ich habe nie das Gefühl gehabt, dass wir irgendetwas anderes oder mehr sind. Ich mein, ich habe dich lieb, und du bist hinreißend und witzig, und ich verbringe gern Zeit mit dir, aber …«

»Aber?« *Aber?* Sagte er gerade, dass er nicht mehr wollte oder dass er sich nicht sicher war? Vielleicht würde sie vollkommen bereuen, was sie ihm jetzt anbot, aber es konnte ihm eventuell zeigen, was sie schon wusste. »Willst du mich küssen, um herauszufinden, ob da etwas ist?«

»Was? Nein! Das meinte ich nicht.« Blue drückte sich von der Arbeitsplatte ab und tigerte herum.

»Gut.« Sie seufzte erleichtert auf.

Er warf ihr einen finsteren Blick zu, dieses Mal aber mit einem Hauch Belustigung.

»Nein, nicht *gut*, wie in *Ich will dich nicht küssen*. Warte, ich will dich ja auch nicht küssen. Das meinte ich nicht. Äh …« Sie schlug die Hand vor den Mund, während auf seinen Lippen ein amüsiertes Lächeln erschien. »Ach, Mann, Blue! Du weißt schon, was ich meine. Ich muss dich nicht küssen, um herauszu-finden, dass ich nicht das Gefühl habe, wir beide hätten etwas verpasst. Aber wenn du glaubst, es wäre die einzige Möglichkeit, um herauszufinden, ob da etwas ist, dann mache ich es.«

»Sky, *ich* habe nicht darum gebeten, dich zu küssen. *Du* hast gefragt, ob ich es will.«

»Stimmt. Mein Gott, ist das kompliziert.« Sie schwieg kurz, um ihre Gedanken zu sortieren. »Bei Sawyer *wusste* ich in der Sekunde, in der meine Lippen seine berührten, dass ich in seinen Armen liegen wollte.« Sie ließ sich von der Arbeitsfläche heruntergleiten und griff nach seiner Hand. »Ich liebe es, dich um mich zu haben, aber es ist eine andere Art von Liebe.«

»Ich weiß.« Er umarmte sie kurz. »Ich liebe unsere Freund-schaft auch.« Kurz darauf fuhr er sich durch die Haare, sah auf den Boden und dann mit schüchternem Blick wieder zu ihr. »Warst du je auf die Frauen eifersüchtig, die ich gedatet habe?«

»Du hast fast nie ein Date.«

Er verdrehte die Augen. »Sky, ich bin kein Heiliger und das weißt du.«

»Okay, ja. Wenn du mit einer Frau ausgehst, frage ich mich fast immer, was du so machst und ob sie wohl diejenige welche ist, aber nicht, weil ich diejenige sein will, sondern weil ich weiterhin das sein möchte, was wir eben sind. BFFs.«

Er lächelte. »Dann verstehst du es.«

»Ja, ich verstehe es. Ich verstehe *dich*, Blue, ebenso wie du mich verstehst.« Sie trat wieder an ihn heran und drückte seine Hand. »Ich weiß nicht, ob Sawyer derjenige welche ist, oder ob ich noch zehn weitere Männer date, bevor ich den Richtigen finde. Aber ich weiß, dass derjenige, der am Ende an meiner Seite sein wird, mit unserer Freundschaft zurechtkommen muss, denn du bist mir wichtig. Du bist mir ein besserer Freund gewesen als jeder andere Mensch, den ich je kennengelernt habe, außer vielleicht die Mädels.«

Er lachte kurz auf. »Ich stehe auf gleicher Stufe mit den Mädels. Fantastisch.«

Sie gab ihm einen Klaps auf den Arm. »Das ist es auch!«

»Ich weiß! Ich meinte es auch so. Es ist wirklich großartig. Es tut mir leid, dass ich mich so blöd benommen habe, als du gekommen bist. Ich habe gesehen, wie er dich an dem Abend in der Bar beobachtet hat, und gestern gab es da diese Schwingungen zwischen euch, die so heftig waren, dass ich das Gefühl hatte, irgendwo zu sein, wo ich nicht hingehörte, und das war seltsam.«

Sie drehte sich um, damit er nicht sah, wie ihr die Röte ins Gesicht stieg. »Du wirst immer in meine Nähe gehören, aber ich werde nicht abstreiten, dass das, was auch immer zwischen mir und Sawyer ist, sehr intensiv ist.«

»Intensiv ist gut, Sky. Solange er dich gut behandelt. Aber ich mache mir schon ein bisschen Sorgen, weil er Boxer ist und du ein Schmetterling.« Er berührte ihre Schulter und sie legte ihre Hand auf seine. »Um fair zu bleiben, sollte ich dir aber sagen, dass ich Duke gebeten habe, ihn zu überprüfen.« Duke war Blues ältester Bruder. Er besaß einige Hotels und hatte Verbindungen in jede nur erdenkliche Branche.

Sie sah ihn an. »Du hast ihn ausspioniert? Hinter meinem Rücken?«

»Nein, ich habe ihn überprüft, um sicherzugehen, dass er keine Leichen und missbrauchte Freundinnen im Keller hat.«

»Okay, eines vorweg: Mach das nie wieder. Das ist irgendwie gruselig.« Obwohl sie zugeben musste, dass es ihr gefiel, dass ihm so viel an ihr lag, auch wenn es sie störte. Sie musste diese

Grenze ziehen.

»Wir haben keine Ahnung, wer er eigentlich ist, und du hast ihn angesehen, als wolltest du ihm gleich die Kleider vom Leib – «

»Ja und? Das ist mein gutes Recht, Blue. Du wirst nicht darüber entscheiden, mit wem ich ausgehe oder wem ich die Kleider vom Leib reiße. Ich überprüfe ja auch nicht deine Freundinnen.« Zorn brodelte in ihr. »Hast du das schon mal gemacht? Typen überprüft, die ich gedatet habe?«

»Nein, natürlich nicht. Er ist groß, Sky. Stark. Er ist Boxer.« Seine Kiefermuskeln zuckten. »Ich wollte ja nicht entscheiden, mit wem du ausgehst. Ich wollte nur sicherstellen, dass dir nichts passiert.«

Er streckte die Arme nach ihr aus, doch sie hielt abwehrend die Hände hoch. »Gut. Nein, gut ist es nicht, aber da du es aus irgendeiner schrägen beschützerischen Absicht getan hast, sollte ich mich wahrscheinlich bei dir bedanken. Aber nächstes Mal fragst du mich, in Ordnung? So was muss meine Entscheidung sein. Und ohne mir irgendetwas Privates von ihm zu erzählen, denn ich denke wirklich, dass er der Einzige sein sollte, der darüber entscheidet, was er mir erzählt ... Hat Duke irgendwelche Leichen gefunden?«

Er schüttelte den Kopf. »Nein. Der Kerl hat noch nie irgendetwas angestellt.«

Sie ließ sich auf einen Stuhl fallen. »Ich hätte auch nicht erwartet, dass du irgendetwas Schlechtes über ihn herausfindest. Aber ich muss zugeben ... Auch wenn mir schon bei dem Gedanken an ihn herrlich schwindelig wird, komme ich nicht damit zurecht, dass er boxt.«

»Weil das nicht deine Welt ist.« Er hockte sich neben sie und sah sie warmherzig an. »Er scheint ein netter Kerl zu sein, und nach dem zu urteilen, was du gerade gesagt hast, magst du ihn wirklich.«

»Jetzt gehörst du also der Pro-Sawyer-Fraktion an, nachdem du ihn gerade hast überprüfen lassen, *weil* er Boxer ist?«

»Das habe ich gemacht, weil ... Keine Ahnung. Viele Boxer haben ihre Probleme und einen schlechten Ruf, geraten mit dem Gesetz in Konflikt und so, und ich habe noch nie erlebt, dass du einen Mann so ansiehst. Ich wollte sicher sein, dass dir nichts passiert. Darauf, dass das eine blöde Aktion war, haben wir uns ja schon geeinigt.«

Sie seufzte. »Das war keine blöde Aktion. Ich bin dir dankbar dafür, dass du dir Sorgen machst, aber ich bin dir nicht dankbar dafür, dass du zu Duke gerannt bist, ohne vorher erst mit mir zu reden. Hättest du mir nicht lieber sagen sollen, dass du dir Sorgen machst?«

»Du hättest nur die Augen verdreht.«

»Stimmt«, sagte sie lächelnd, denn er hatte recht. Wenn er nicht etwas ganz Grauenhaftes über Sawyer herausgefunden hätte, wäre sie durch nichts davon abzuhalten gewesen, mit ihm auszugehen. »Wenn er irgendein Perversling gewesen wäre, hätte ich gestern Abend ums Leben kommen können, und dann wäre die Information auch nicht mehr hilfreich gewesen.«

Blue lächelte. »Ja, das dachte ich mir heute Morgen auch irgendwie. War nicht gerade meine schlaueste Idee, aber ich bin trotzdem froh, dass ich es getan habe. Auch wenn du deswegen sauer warst. Jetzt muss ich mir keine Sorgen mehr machen, wenn du mit ihm unterwegs bist.«

»Männer sind echt seltsam.« Sie schaute sich in der Wohnung um und erinnerte sich daran, wie sie sich gestern Abend von Sawyer verabschiedet hatte und wie sehr sie gewollt hatte, dass er blieb.

»Alles in Ordnung zwischen uns, oder willst du mir noch weiter die Hölle heiß machen, weil ich übers Ziel hinausgeschossen bin?«

»Warum sollte ich dir die Hölle heiß machen? Wenn du es nicht getan hättest, wären meine Brüder losgezogen, sobald sie davon erfahren hätten.«

»Ja, also … Hunter und Grayson waren nicht so begeistert.«

»Siehst du?« Sie fuchtelte mit den Händen herum. »Warum hast du es ihnen überhaupt erzählt?«

Blue zuckte mit den Schultern. »Keine Ahnung. Wir haben so rumgequatscht, und sie waren überrascht, dass ich ohne dich aufgetaucht bin. Na jedenfalls, auch wenn du die Info gar nicht wolltest, jetzt weißt du zumindest, dass Sawyer in Ordnung ist.«

»Hm, aber er ist immer noch Boxer, und ich muss herausfinden, ob ich damit zurechtkomme.«

»Das Boxen ist sein Beruf, Sky. Das sagt nichts darüber aus, wer er ist.«

»Das ist seltsam, denn er hat gesagt: *Ich bin Boxer. Damit weißt du, wer ich bin.*«

»Er hat wahrscheinlich nur versucht, tough zu sein und dich zu beeindrucken.«

»Glaub ich nicht, aber er hat seine Bemerkung danach auch korrigiert und genau das gesagt, was du gerade gesagt hast. Dass das Boxen das ist, was er tut, und nichts darüber aussagt, wer er ist. Also ist er sich darüber vielleicht selbst auch nicht so klar. Oder vielleicht hat er versucht, mich zu beeindrucken, indem er sich korrigiert hat, weil er weiß, dass ich es nicht so mit dem Boxen habe.« So oder so hatte sie nicht den Eindruck, dass er versuchte, sie zu beeindrucken, und je mehr sie über ihre Unterhaltung am Bach nachdachte, umso mehr fragte sie sich, ob er sich wirklich nicht sicher war. Sie hatte immer noch ihre

Probleme damit, die harten und weichen Puzzleteile von Sawyer zusammenzusetzen.

»Vielleicht solltest du dir mal einen Boxkampf von ihm ansehen, damit du ein Gefühl dafür bekommst. Ich begleite dich. Ich würde ihn gern mal in Aktion erleben.«

Nicht zum ersten Mal dankte sie dem Universum in Gedanken, dass es ihr Blue geschickt hatte. Vor ihrem geistigen Auge hatte sie Szenen gesehen, in denen sie Sawyer im Ring zugeschaut hatte, vollkommen durchgedreht war und in Tränen aufgelöst aus der Halle gerannt war. »Danke, Blue, aber wäre es nicht vielleicht besser, wenn ich einfach so tue, als wäre er kein Boxer, und ihn weiter date? Was ist, wenn ich nicht damit klarkomme?«

»Sky?«

Sie schaute zu ihm auf.

»Was ist, wenn doch?«

Acht

Lagerfeuer waren *die* Sommerabend-Veranstaltung am Cape, und zum ersten Mal, seit Sky wieder da war, klang ein Lagerfeuer nicht so reizvoll – zumindest nicht so reizvoll wie ein Zusammensein irgendwo mit Sawyer allein. Sky wollte nichts mehr, als umzudrehen und wegzufahren, die Nacht mit Sawyer zu verbringen und einander besser kennenzulernen. Gefühlsmäßig und körperlich. Na ja, vielleicht körperlich und *dann* gefühlsmäßig.

Den ganzen Nachmittag über hatten sie Flirtnachrichten hin- und hergeschickt, und als sie sich endlich gesehen hatten, war sie ihm quasi in die Arme gesprungen und hatte ihn verschlungen. Sie hatten sich so oft geküsst, seit er sie zu ihrem Date abgeholt hatte, dass sie schon nicht mehr mitzählen konnte – und mit jedem Kuss wollte sie ihn noch einmal küssen. Und was er ihr zuflüsterte … Der Mann verband Wörter zu Sätzen, wie ein Juwelier Perlen aufreihte, und sie nahm jede einzelne romantische Perle dankbar auf.

Als er sie jetzt oben auf dem Steilufer bei Petes und Jennas Haus in den Arm nahm, die kühle Brise von der Bucht um ihren langen Rock wehte und sein heißer Blick sie von innen heraus wärmte, kam sie sich egoistisch vor. Sie hätte ihn am liebsten weit weg entführt, obwohl sie doch wusste, dass ihre Brüder und ihre Freundinnen ihn kennenlernen wollten. Das Gefühl kannte sie gar nicht, und sie wusste, sie sollte deswegen ein schlechtes Gewissen haben, doch wenn er sie in den Armen hielt, konnte sie diese Art negativer Energie nicht aufbringen.

Sawyer legte seine Stirn an ihre. »Wie ist das nur möglich«, sagte er zärtlich, »dass du mir so sehr gefehlt hast, obwohl ich dich doch erst seit einem Tag kenne?«

»Das habe ich mich auch schon den ganzen Tag gefragt.« Sie drückte ihre Lippen an seine und dachte nur, wie sehr sie seine Gegenwart genoss.

»Dann sollten wir es vielleicht nicht hinterfragen, sondern es einfach so hinnehmen. Du siehst glücklich aus, als hättest du einen schönen Tag gehabt. Stimmt das?«, fragte er.

»Meine Tage sind immer toll, aber sie sind noch besser, wenn ich dich sehen kann.« Sie lächelte zu ihm auf. »Es ist tatsächlich etwas Großartiges passiert.«

»Das sehe ich in deinen Augen. Erzähl!«

Das ist so schön. »In ein paar Wochen feiere ich die Eröffnung von Inky Skies, und es gibt da diesen Künstler, den ich wirklich dabeihaben wollte. Er heißt Duffy und macht Karikaturen. Ich dachte, es wäre witzig, wenn er welche für meine Kunden machen könnte. Er hat zugesagt, eine Zeit lang vorbeizukommen. Ich freue mich total.«

»Wann ist die Eröffnung?«

»Am achtzehnten. Es wird eine ganz ungezwungene und entspannte Feier. Ein paar der Straßenkünstler haben zugesagt, für eine Stunde vor dem Studio die Leute anzulocken. Ich habe bis dahin noch eine Menge zu tun, aber ich fände es schön, wenn du auch vorbeikommen könntest. Vielleicht ... falls wir noch zusammen sind ... könntest du deine Gitarre mitnehmen und etwas singen?«

»Falls wir noch zusammen sind?« Er lächelte sie an. »Sind meine Tage gezählt?«

»Nicht, wenn es nach mir geht«, antwortete sie ehrlich.

»Wie wäre es hiermit: Ich bringe meine Gitarre mit und verbringe den Nachmittag bei deinem Fest? Ich bringe dir ein Ständchen dar oder lese dir Gedichte meines Vaters vor, während du große, haarige Männer tätowierst?«

Sie lachte über die großen, haarigen Männer. Wenn er doch nur wüsste, wie viele Kerle heutzutage fast ihren ganzen Körper rasierten, um ihre Tattoos zur Schau zu stellen. »Du würdest den Nachmittag auf meiner Eröffnung verbringen? Kann sein, dass du dich dann schrecklich langweilst.«

Er küsste sie sanft und strich ihr eine Haarsträhne hinter das Ohr. »Meine Süße, wenn wir zusammen sind, kann das gar nicht passieren.«

Ein leichter Windstoß trug die Musik vom Strand zu ihnen hinauf, doch Skys Herz schlug schon im Rhythmus der *Songs von Sawyer*. Sie versuchte, das Verlangen zu zügeln, ihren Körper an seinen zu schmiegen und ihn wieder zu küssen, doch als sich seine Arme fester um ihre Schultern schlossen, konnte sie gar nicht anders, als auf Zehenspitzen zu gehen und ihn zu küssen. Ihre Münder fanden sich eilig, als wüssten Sky und Sawyer beide, dass sie in wenigen Minuten von Freunden und Familie in Beschlag genommen würden.

»Wir sollten gehen, bevor sie uns suchen«, sagte sie an seinen Lippen.

»Ja, sollten wir.«

Wieder drückte er seine Lippen auf ihre.

Als sie ein Bellen vernahm, verdrängte Sky widerwillig ihr Begehren und konzentrierte sich darauf, hinunter zum Lager-

feuer zu gehen. Je früher sie dort auftauchten, umso schneller
konnten sie wieder allein sein.

»Möchtest du deine Gitarre mitnehmen?« Sie strich ihren
langen gelben Rock glatt, der vom Wind angehoben wurde.

»Vielleicht nächstes Mal. Ich kann dich nicht im Arm halten, wenn ich über die Saiten streiche.«

Sie spürte, dass sie bei der Erwähnung der Fingerfertigkeit
errötete.

Petes und Jennas Golden Retriever Joey sprang über die
Felsen und stürzte auf sie zu. Sawyer ging auf die Knie und
kraulte sie.

»Du bist aber eine ganz Flauschige«, sagte er, während Joey
ihm über das Gesicht leckte.

»Das ist Joey, sie gehört Pete und Jenna.« Sky hockte sich
ebenfalls hin, um Joey zu streicheln, und als sie dann wieder
aufstanden und ihre Hände verschränkten, kamen ihnen auch
schon Jenna und Amy winkend über die Düne entgegen. Die
beiden sahen in ihren Umstandsstrandkleidern einfach entzü-
ckend aus. Sky freute sich darauf, Sawyer ihren Freundinnen
vorzustellen, denn obwohl dies erst ihr zweites Date war, hatte
sie das Gefühl, schon Ewigkeiten mit ihm zusammen zu sein.

»Die Kleinere ist meine Schwägerin Jenna«, erklärte sie ihm
schnell, während sie ihren Freundinnen zuwinkte. »Sie ist im
fünften Monat. Du wirst sie mögen. Und die andere *sehr*
schwangere Frau ist Amy, sie ist mit Tony Black verheiratet.«

»Dem Profi-Surfer?«

»Genau. Tony ist ein toller Kerl. Ich bin mir sicher, dass du
ihn und all meine anderen Freunde mögen wirst, und meine
Brüder hoffentlich auch. Amy ist so ziemlich die süßeste Person
auf Erden.«

Er zog sie an sich. »Das bezweifle ich. *Du* bist so ziemlich die süßeste Person auf Erden.«

Jenna und Amy begrüßten sie mit offenen Armen. Nachdem sie Sky umarmt hatte, stemmte Jenna die Hände in die Hüften und lächelte Sawyer an. »Du musst Sawyer sein, der finger– äh … der Gitarre spielende Boxer.«

Sky und Amy rissen angesichts ihres Versprechers die Augen auf.

»Und du musst Jenna sein, Joeys Frauchen.« Sawyer strich der Hündin über den Kopf.

Jenna legte eine Hand auf ihren Babybauch, als auch Pete und Hunter hinter ihnen über die Düne zu ihnen kamen. »Und bald auch eine Mama. Schön, dich kennenzulernen, Sawyer.«

Amy ging einfach gleich auf Sawyer zu und umarmte ihn, wobei sie sich wegen ihres Bauches etwas zur Seite drehen musste. Ihre Haare hatte sie zu einem hohen Pferdeschwanz gebunden, und Sky wusste, dass Jenna die gelben Armreifen passend zu Amys Kleid für sie ausgesucht hatte, denn Jenna war die Meisterin der perfekt zusammengestellten Outfits.

»Hallo, ich bin Amy. Die zukünftige Mutter eines kleinen Surferbabys. Freut mich, Sawyer!« Dann umarmte Amy auch Sky und flüsterte ihr zu: »Von Nahem ist er sogar noch süßer!«

Und ob! »Wo sind die anderen?«, wollte Sky wissen.

»Bella war müde, also sind sie und Caden zu Hause geblieben. Leanna hat einen Riesenauftrag hereinbekommen, deshalb steht sie jetzt in ihrer Marmeladenküche, und Jessica und Jamie haben angerufen, dass sie noch nicht anreisen konnten, weil in Jamies Firma kurzfristig etwas Wichtiges anstand.« Jamie hatte eine der größten Internetsuchmaschinen entwickelt und Jessica war Cellistin im Boston Symphony Orchestra. Sie wohnten in Boston, verbrachten ihre Sommer aber mit Jamies Großmutter Vera am Cape, die ihn großgezogen hatte, nachdem seine Eltern bei einem Safari-Urlaub tödlich verunglückt waren.

Pete kam dazu, legte einen Arm um Jenna und gab Sawyer die Hand. Er war fast ebenso groß wie Sawyer, was Jenna noch zierlicher wirken ließ. »Hi, ich bin Pete, Skys ältester Bruder.«

»Freut mich, dich kennenzulernen, Pete.«

»*Songbird* Bass. Hunter hat mich schon aufgeklärt.« Pete deutete auf seinen Bruder.

Hunter schüttelte Sawyers Hand. »Ich bin auch ein älterer Bruder von Sky. Hab dich neulich spielen gehört. Das war großartig.«

»Danke. Ich erinnere mich, dich am Tisch mit Sky gesehen zu haben«, sagte Sawyer.

Ein Motorrad kam dröhnend die Straße herauf.

»Da ist ja Blue«, sagte Jenna.

Sie drehten sich um, als Blue vom Motorrad stieg und den Helm hinten befestigte.

»Trefft ihr alle euch oft?«, erkundigte sich Sawyer.

»Im Sommer sehen wir uns ziemlich häufig«, erklärte Pete.

»Hallo, Leute!« Blue war kurz davor, Skys Arm zu berühren, vergrub die Hand jedoch in der Hosentasche.

Kurz stockte Sky der Atem. Ihr wurde bewusst, dass sie zuvor noch nie einen Mann zu einem ihrer Lagerfeuer mitgenommen hatte. Daran mussten sie sich erst einmal gewöhnen – sie und Blue.

»Schön, dich wiederzusehen, Blue.« Sawyer nickte ihm zu, als Blue sich niederkniete, um Joey zu streicheln.

»Komm mit. Wir stellen dich unserem anderen Bruder Grayson und Tony vor«, sagte Pete zu Sawyer.

Sawyer wandte sich zu Sky um. »In Ordnung?«

Es gefiel ihr, dass er daran dachte, sich mit ihr abzusprechen, anstatt einfach so mit den Männern davonzuziehen.

»Klar, aber glaub nicht alles, was die dir über mich erzählen. Das sind alles Lügen, einfach nur Lügen.«

»Würden wir etwa jemals lügen?«, fragte Pete sarkastisch.

»Jetzt bin ich neugierig.« Sawyer gab ihr einen Kuss auf die Wange und folgte dann den Männern hinunter an den Strand.

»Seht euch nur unsere Männer an.« Jenna seufzte auf.

»Heiß, heißer, am heißesten.«

»Das kannst du laut sagen.« Sky hätte Sawyer den ganzen Tag lang anschauen können.

»Hast du gesehen, wie Blue fast die Hand nach dir ausgestreckt hätte?« Jenna lachte, doch als Sky nicht einstimmte, wurde ihr Tonfall ernst. »Oje. Was ist passiert?«

Sie gingen über die Dünen zum Strand und unterhielten sich dabei weiter. »Blue hat Duke angerufen und Sawyer überprüfen lassen.«

»Ach, das.« Jenna winkte ab. »Ist doch klar, dass er das macht.«

»Wie kannst du das sagen? Es fühlt sich wie eine Verletzung meiner Privatsphäre an.«

»Sky, er war mit Hunter und Grayson zusammen, und du kennst doch Gray ... Der war ganz aufgebracht, weil du dich mit einem Boxer triffst. Er meinte, er würde nicht zulassen, dass seine Schwester Mike Tyson datet. Hunter hat das alles Pete erzählt und Pete hat es mir gesagt.«

»Dann ist das gar nicht allein auf Blues Mist gewachsen?« Blue nahm den Ärger für ihren Bruder auf sich? Das klang schon eher nach ihm. Er versuchte immer, den Frieden zwischen den Geschwistern aufrechtzuerhalten.

»Nach dem, was Pete gesagt hat, war Blue irgendwie seltsam drauf wegen der ganzen Sache, aber mehr, weil ihr beiden euch so nahesteht als wegen irgendetwas anderem. Aber als Grayson meinte, er würde Sawyer mal einen Besuch abstatten, hat Blue sich eingemischt und angeboten, Duke anzurufen.« Sie hakte sich bei Sky und Amy unter, als sie sich dem Lagerfeuer näherten.

»Ich finde das schön«, sagte Amy. »Sogar diese ganze Großer-Bruder-Aktion von Grayson.«

»Das würdest du nicht finden, wenn jeder Kerl, den du je gedatet hast, ins Kreuzverhör genommen wurde.«

»Das haben sie nur gemacht, weil sie dich liebhaben, Sky«, verteidigte Amy die Männer.

Sky schaute zu Sawyer, der mit Tony, Blue und ihren Brüdern zusammenstand. Ihn bei den Menschen zu sehen, die sie am meisten liebte, ließ die Schmetterlinge in ihrem Bauch tanzen. Er lachte und wirkte vollkommen entspannt, und als er sich umdrehte und ihre Blicke sich begegneten, wurde sein Lächeln noch strahlender.

»Da hält es jemand nicht aus, von dir getrennt zu sein«, sagte Jenna.

»Mir geht es auch so. Jenna, das geht alles so schnell.«

»Schnell ist viel besser als langsam. Glaub mir! Ich habe Pete jahrelang geliebt, bevor wir endlich zusammenkamen. Es war die Hölle.«

»Hey, ich habe über ein Jahrzehnt auf meinen Mann gewartet«, sagte Amy, und das erinnerte Sky daran, dass Amy nach ihrer Liebesbeziehung mit Tony als Teenager mit keinem anderen Mann geschlafen hatte. »Und es war jede einzelne Sekunde wert.«

Sie gesellten sich zu den anderen, und Sawyer streckte die Hand nach Sky aus, um sie an sich zu ziehen. Es gefiel ihr, dass er kein Problem damit hatte, vor ihrer Familie zärtlich zu sein.

»Sind sie nett, oder versuchen sie, dich in die Flucht zu

schlagen?«, fragte sie.

»Mich könnte keiner jemals in die Flucht schlagen.« Sawyer gab ihr einen Kuss.

»Hallo, Schwesterherz«, sagte Grayson.

»Mit dir habe ich noch ein Hühnchen zu rupfen.« Sie wandte sich an Sawyer, während sie Grayson am Arm packte. »Entschuldige mich kurz.« Sie zog ihren großen Bruder von den anderen fort.

»Ich nehme an, du hast gehört, dass wir Sawyer abgecheckt haben?« Grayson war der jüngste von Skys Brüdern und ihr mit nur zwei Jahren Abstand altersmäßig am nächsten. Er war immer irgendwie gereizt, und im Moment wusste Sky nicht warum und es war ihr auch egal.

»Ja.« Sie verschränkte die Arme vor der Brust und hob das Kinn, während sie ihn unverwandt ansah. »Und das gefällt mir überhaupt nicht.«

»Das sehe ich.« Er legte den Arm um ihre Schulter, doch sie wehrte die Geste ab.

»Du kannst nicht einfach einen auf nett machen und so tun, als hättest du nicht hinter meinem Rücken herumspioniert, Grayson. Warum hast du das gemacht? Und wusstest du überhaupt, dass Blue die Schuld auf sich genommen hat?«

Grayson schüttelte den Kopf. Er hatte einen dunklen Wuschelkopf und große braune Augen, die seine beeindruckende muskulöse Statur etwas weicher wirken ließen. Er und Hunter waren Inhaber der Firma Grunter's Ironworks, und neben ihrem Hauptgeschäft, dem Rohstoffhandel, fertigten sie ausgefallene Skulpturen und einzigartige Hibachi-Grills an, die überall auf Cape Cod verkauft wurden.

»Nein, das wusste ich nicht, aber es überrascht mich auch nicht«, sagte er. »Hör zu, Sky. Nach allem, was wir mit Dad durchgemacht haben, wollte ich nicht, dass du in irgendwelche Schwierigkeiten gerätst.«

»Grayson …« Bei einer solchen Rechtfertigung konnte sie kaum wütend bleiben. Unter der dauernden Gereiztheit ihres Bruders verbarg sich ein Herz aus Gold. »Er ist kein Alkoholiker und kein Gewalttäter. Er ist einfach nur ein Mann, der singt und boxt.« Sie hatte keine Ahnung, wie sie das so dahinsagen konnte, obwohl sie selbst mit seinem Beruf doch gar nicht einverstanden war. Doch sie verspürte das Bedürfnis, Sawyer zu verteidigen.

»Aber du hättest dir dessen nicht sicher sein können, wenn wir ihn nicht abgecheckt hätten. Außerdem … Wenn wir es nicht getan hätten, hätte dein anderer großer Beschützer vor deiner Wohnungstür gecampt.«

Sie wusste, dass er Blue meinte. In ihr wand sich der Zorn wie eine Schlange. Sie war kein Kind mehr und brauchte kein Heer von Beschützern.

»Okay, weißt du was? Es gibt Neuigkeiten. Ich bin erwachsen. Ich bin in der Lage, mir selbst meine Dates auszusuchen und für meine Sicherheit zu sorgen. Ich brauche weder dich noch Blue oder sonst jemanden, der auf mich aufpasst. Verstanden?« Als sie sich nach dem Verlust ihrer Mutter wieder gefangen hatte, hatte es Ewigkeiten gedauert, bis sie Pete davon hatte überzeugen können, sie nicht permanent im Auge zu behalten. Aber nachdem er Jenna geheiratet hatte, war er einsichtig geworden. Musste sie sich jetzt mit Grayson herumärgern?

Er hob eine Augenbraue, während sie die Augen verdrehte, und legte den Arm wieder um ihre Schulter. Als ein Lächeln in seinem Gesicht erschien, kamen seine Grübchen noch mehr zum Vorschein und erinnerten Sky an all die Jahre, in denen sie

gemeinsam von der Schule heimgekommen und mit selbstge-
machten Cookies begrüßt worden waren. Damals hatte er schon
dasselbe Lächeln und dieselben Grübchen, und sie hatte
förmlich vor Augen, wie ihre Mutter jedes Mal dahingeschmol-
zen war.

»Schwesterherz, du wirst es nicht mehr erleben, dass du uns
irgendwann nicht mehr wichtig bist.«

»Mann, du bist echt eine Nervensäge.« Sie lachte, denn die
ganze Situation war lächerlich. Sie wusste, dass ihre Brüder sich
nie zurückhalten würden, und ein Teil von ihr wollte es
wahrscheinlich auch gar nicht, aber sie brauchte eindeutig etwas
mehr Luft zum Atmen. »Ich will nicht, dass ich euch nicht mehr
wichtig bin. Ich will, dass ihr mich meine eigenen Fehler
machen lasst.«

»Haben wir. Du hast zwei Wochen lang aufgehört zu leben
und bist im Bett geblieben, weißt du noch? Du bist nicht ans
Telefon gegangen. Du hast unsere Nachrichten nicht beantwor-
tet. Es war, als wärst du auch gestorben.«

»Unsere Mutter war gerade gestorben! Und glaubst du wirklich, ich würde das jemals vergessen? Ich habe riesige
Schuldgefühle gehabt, weil Pete alles stehen und liegen gelassen
hat, um mir zu helfen, mit dem Verlust von Mom fertig zu
werden. Vielleicht habe ich zwei Wochen gebraucht, aber ich
habe mich aus dieser Trauer herausgekämpft und habe mich
nicht nur wieder in den Griff bekommen, sondern mir auch ein
tolles Leben aufgebaut. Abgesehen davon ... Sind zwei Wochen
wirklich zu viel, um um die Frau zu trauern, die jeden Tag ihres
Lebens für uns da war?« Die letzten Worte brachen wie eine
Anschuldigung aus ihr heraus und ihre Gefühle gleich mit. Sie
hatte es nie laut ausgesprochen, aber sie empfand tatsächlich
eine Schuld, und dennoch war sie verdammt noch mal nicht für

immer zusammengebrochen. Sie hatte sich eingekriegt, auch wenn sie ihre Mutter jeden Tag ihres Lebens vermisste.

Grayson nahm sie in den Arm. »Sky, ich habe nicht behauptet, dass du nicht jeden Grund dazu gehabt hast. Aber es hat uns alle wachgerüttelt. Du bist unsere Schwester. Wir lieben dich. Wir werden an deiner Seite sein, auch wenn du uns dort nicht haben willst.«

Sie befreite sich aus seiner Umarmung. »Dann erzählt es mir wenigstens nicht. Und lasst nicht Blue den Ärger dafür abkriegen, dass ihr so irrsinnig seid. Ich bin *deinetwegen* sauer auf *ihn* gewesen.«

Grayson hob ergeben die Hände. »Es tut mir leid wegen Blue, aber ich habe ihn nie darum gebeten, die Schuld auf sich zu nehmen. Und es tut mir nur ein kleines bisschen leid, dass wir Sawyer abgecheckt haben, aber zumindest weiß ich jetzt, dass er meine Schwester nicht im Steroidrausch umbringen wird.«

Die Liebe in seinen Augen ließ ihren Zorn schwinden. »Grayson ...«

Er zuckte mit den Schultern. »Du weißt es vielleicht nicht, aber als du dich nach dem Tod von Mom in deinem Bett verkrochen hast, war ich kurz vor dem Durchdrehen. Der Gedanke, dass du zerbrichst, nachdem wir Mom verloren hatten ... Das war fast ebenso schlimm, wie sie zu verlieren.«

Grayson hatte seine Gefühle immer für sich behalten. Sie hörte die Aufrichtigkeit in seiner Stimme und sah die Ehrlichkeit in seinen Augen. Dass er sich ihr gegenüber öffnete, berührte sie sehr, aber zu wissen, dass sie ihm Schmerz zugefügt hatte, tat ihr unglaublich weh.

»Es tut mir leid, Grayson. Ich hatte ja keine Ahnung.«

»Das weiß ich. Wenn ich mich also zu sehr einmische, sei

nachsichtig, okay? Ich arbeite daran, mich zurückzuhalten. Und ich werde natürlich auch mit Blue darüber reden, dass er den Ärger für meine Dummheiten einstecken musste.«

Er breitete die Arme aus und sie genoss die wohltuende Nähe, während sie das Gefühl hatte, ihn zum ersten Mal in ihrem Leben richtig kennenzulernen. »Nein, du brauchst nicht mit Blue reden. Lass es einfach gut sein.«

»Ich habe dich lieb, Schwesterherz.«

»Ich dich auch.«

Sie gingen zurück zu den anderen ans Lagerfeuer. Pete hatte die Arme um Jenna gelegt, und Tony saß neben Amy, eine Hand auf ihrem Bauch, die Lippen an ihrer Wange. Als Sawyer Skys Hand ergriff, dachte sie an seinen Vater. Und ihr wurde klar, dass es viel schlimmere Dinge auf der Welt gab, als zu sehr geliebt zu werden.

Sky inmitten ihrer Familie und Freunde zu beobachten, konnte glatt Sawyers neue Lieblingsbeschäftigung werden. Sie erstrahlte förmlich, während sie sie neckten, weil sie ihn mit zum Lagerfeuer gebracht hatte, und herumwitzelten, was für ein Tattoo sie sich wohl als Nächstes stechen lassen würde. Er hatte zwar Tätowierungen auf ihrer Schulter bemerkt, war aber so in ihren Bann gezogen worden, dass er bisher nicht die Frage nach den Tattoos gestellt hatte. Sky erwiderte die Neckereien, foppte Tony wegen eines Kätzchens, dass sie ihm im vergangenen Sommer tätowiert hatte, und sagte nur, dass *sie wohl gern wissen würden*, was ihr nächstes Tattoo sein würde. Sie war mit Sicherheit keine Frau, die sich so leicht die Butter vom Brot nehmen ließ, und diese Seite an ihr gefiel ihm. Alles an ihr gefiel ihm.

Pete war damit beschäftigt, Jenna Marshmallows zu grillen, was ein Ereignis an sich war, denn anscheinend mochte sie sie gern goldbraun. Nicht golden, nicht braun, sondern perfekt goldbraun. Sawyer war sich nicht klar darüber gewesen, dass es eine Wissenschaft war, die perfekten Marshmallows zu machen. Alle anderen in diesem engen Freundeskreis wussten es offensichtlich, denn als Pete das perfekte Marshmallow präsentierte und Jenna sich die klebrige Süßigkeit genüsslich in den Mund steckte, johlten alle begeistert. Anschließend nahm Pete eine Plastiktiara aus einer Tasche und setzte sie Jenna auf den Kopf.

»Sie ist die Marshmallow-Prinzessin«, erklärte Sky.

»Was für eine Prinzessin bist du?«, fragte er.

Ihre Augen funkelten vielsagend, als sie näher zu ihm rutschte und ihre Wange an seine legte. »Das finde ich hoffentlich noch heraus.«

»Alles, was du sagst, löst bei mir den Wunsch aus, dich zu küssen. Wie kommt das nur?« Wieder drückte er seine Lippen auf ihre, und er wusste, er könnte sie noch millionenfach küssen und würde es nie satt werden.

»Hey!« Jenna schnippte mit den Fingern. »Ihr zwei da!«

»Was?«, fragte Sky gespielt verärgert.

»Am Lagerfeuer wird nicht rumgemacht.« Sie hielt die Hände neben den Mund, als gäbe sie ein Geheimnis preis. »Deine Brüder können dich sehen!«

»Zu spät«, sagte Hunter. »Sie ist ein großes Mädchen. Sie kann küssen, wen sie will.« Er nickte Sky zu, als hätte er ihr einen großen Gefallen erwiesen – und in Sawyers Augen hatte er das auch.

Sky errötete, und schon wollte er sie wieder küssen.

Es war offensichtlich, wie wichtig sie ihren Brüdern war. Sie hatten ihn ins Kreuzfeuer genommen, während sie mit Grayson gesprochen hatte. Sawyer hatte ihnen die Befragung nicht übel genommen, denn hätte er eine Schwester gehabt, hätte er es wahrscheinlich ebenso gemacht. Er war froh, dass sie Menschen hatte, die sie so sehr liebten, dass sie auf sie aufpassten. Doch er merkte auch, dass Sky sich etwas unwohl fühlte. Er rückte ein kleines Stück von ihr ab. Sie zog die Augenbrauen zusammen und rutschte wieder näher an ihn heran.

»Lass dich von denen nicht verscheuchen.« Sie berührte sein Bein.

»Ich wollte dir nur etwas mehr Raum lassen. Ich dachte, du wärst meinetwegen ein bisschen unentspannt.«

Sie schüttelte lächelnd den Kopf. »Niemals. Ich bin dir gern ganz nah.«

Das musste sie ihm nicht zweimal sagen. Er zog sie an seine Seite und gab ihr einen Kuss auf die Wange, wobei er die Blicke ihrer Brüder und Blues spürte – unabhängig davon, was sie gesagt hatten.

»Sawyer.« Blues Stimme schnitt durch die Hitze, die zwischen ihnen brodelte.

»Wir haben gerade überlegt, was das für ein Lied war, das du neulich Abend gespielt hast«, sagte Blue.

Sky ließ die Hand auf seinem Oberschenkel ruhen, sodass er sich nur schwer konzentrieren konnte.

»Das war nur etwas, das ich so zusammengeschustert habe«, antwortete Sawyer bescheiden.

»Zusammengeschustert?« Jenna lächelte. »Wenn du so ein Lied zusammenschustern kannst, solltest du beruflich neben dem Boxen auch Songs schreiben.«

»Danke, aber es sind ja nur zusammengewürfelte Wörter.«
Im Laufe der Jahre hatte man ihm schon mehrmals das Gleiche
gesagt, und wie immer wehrte er das Kompliment ab. Sein
Vater war der Wortgewaltige in der Familie. Doch auch wenn er
es leugnete, so wusste er doch, dass seine Lieder so viel mehr
waren als nur zusammengewürfelte Worte. Sie erzählten von
einigen seiner intimsten Gefühle, die er seiner Seele entriss und
laut sang, damit sie ihn nicht in die Tiefe stürzten. Selbst jetzt,
wo er hier mit Sky und ihren Freunden zusammensaß, entstanden Verse in seinem Kopf.

»Wir haben etwas zu verkünden.« Amy strich ihr Kleid über
dem Bauch glatt und wartete darauf, dass alle zu ihr schauten.
»Tony und ich haben beschlossen, unser zweites Ferienhaus zu
verkaufen.«

»Wirklich?« Sky sah sie mit großen Augen an.

»Ja!« Amy lächelte Tony an.

»Wir wollten erst mal klären, ob du oder Blue es vielleicht
kaufen wollen, und wenn nicht, dann behalten wir es noch eine
Weile«, erklärte Tony. »Wir haben es nicht eilig, aber da das
Baby unterwegs ist, dachten wir an etwas Größeres, vielleicht
am Wasser. Und wir wollen es natürlich erst einmal innerhalb
der alteingesessenen Familien anbieten.«

»Ist das das Ferienhaus, das du gerade gemietet hast?«, fragte
Sawyer Sky.

Sie nickte. »Bella, Jenna, Amy, Tony und unsere anderen
Freunde Leanna und Jamie besitzen alle Ferienhäuser in Seaside.
Sie haben ihre ganze Kindheit über die Sommer hier zusammen
verbracht. Die Ferienhäuser sind immer in ihren Familien
geblieben.«

»Da Tony und ich geheiratet haben, haben wir nun eines
übrig.« Amy legte den Kopf auf Tonys Schulter. »Vielleicht

sollten wir das Haus doch noch eine Weile behalten. Wir konnten es in diesem Sommer gut für Sky gebrauchen. Stimmt's, Schatz?«

»Stimmt, mein Kätzchen.« Tony bekräftigte das mit einem Kuss.

»Ich würde es liebend gern kaufen, aber da ich gerade mein Studio eröffnet habe, halte ich am kleinen Rest meiner Ersparnisse wohl lieber fest«, sagte Sky.

Blue fuhr sich durch die Haare. »Ich habe gerade heute Nachmittag einen Anruf wegen des Leuchtturms bekommen. Wisst ihr noch, der Deal, der letzten Sommer geplatzt ist. Ich überlege, mein Geld da reinzustecken.«

»Wir wollten nur, dass ihr es wisst. Leannas Brüder oder ihre Schwester sind vielleicht auch interessiert«, sagte Amy. Eine kühle Brise wehte von der Bucht herüber und sie lehnte sich zitternd an Tony. »Es wird spät und kalt. Ich glaube, für mich ist es Bettzeit.«

Sawyer berührte Skys Wange. »Ist dir kalt?«

»Weißt du was? Ich glaube, für mich ist es auch Bettzeit.«

Sie fuhr sich mit der Zunge über die Lippen, und ihr Blick sagte ihm alles, was er wissen musste, und noch so viel mehr.

Neun

Der Land Rover stand am Ende von Petes dunkler, von Bäumen gesäumter Straße, wo Sawyer einen Fuß auf der Bremse und die Arme um Sky gelegt hatte, während seine Zunge ihren Mund erforschte.

»Du schmeckst so süß«, brachte er zwischen den Küssen hervor.

»Marshmallows«, sagte sie schnell, bevor sie ihre Lippen wieder auf seine drückte.

Ihre Hand glitt über seinen Oberschenkel und entlockte ihm ein tiefes Stöhnen.

»Wir sollten los.« Zögernd zog er sich zurück, doch dann fanden sich ihre Münder wieder. »Mein Gott, Sky, ich kann nicht aufhören, dich zu küssen.« Er vergrub die Hände in ihren Haaren und hielt sie bei sich. Am liebsten hätte er sich gleich hier im Pick-up mit ihr hingelegt und ihre köstlichen Kurven unter sich gespürt.

Scheinwerferlicht erhellte das Innere des Autos von hinten, und wieder zwang er sich, von ihren Lippen abzulassen. Beide schauten sich um und mussten lachen. Sky setzte sich richtig hin und schnallte sich an.

»Deine Brüder werden mich hassen«, sagte er, als er auf die

Hauptstraße abbog.

»Das ist Tonys Wagen hinter uns, und es wird Zeit, dass meinen Brüdern klar wird, dass ich eine Frau bin und kein kleines Mädchen mehr.« Trotz lag in ihrer Stimme und der löste in seinem ohnehin bereits erhitzten Gemüt alles Mögliche aus.

»Würde ich diese Aussage zu meinem Vorteil ausnutzen, wenn ich dich fragte, ob du mit zu mir kommst?«

»Ich wäre enttäuscht, wenn du es nicht tun würdest«, erwiderte sie mit einem verführerischen Lächeln.

»Das Ausnutzen oder dich fragen, ob du mit zu mir kommst?«

»Beides.«

Das Wort hing zwischen ihnen in der Luft und wurde von so vielen stillschweigenden Versprechungen getragen, die einzulösen er nicht abwarten konnte.

Fünfzehn Minuten später fuhr er die kurvige enge Straße entlang, die bei der Auffahrt zu seinem dreistöckigen Haus an der Cape Cod Bay endete. Er brauchte keine vier Schlafzimmer oder ein weitläufiges Dünen-Grundstück, aber durch die Familiengeschichte des Hauses war es nun mal ein Zuhause für ihn.

Er half Sky aus dem Pick-up. Ihre Haare waren nach dem eingelegten Stopp etwas unordentlich, und kleine Locken umrahmten ihr Gesicht, als sie zu ihm aufschaute. Ihre Schönheit war subtil und überwältigend zugleich, und die aufreizende Verbindung von Unschuld und Rebellion, die in ihren Augen funkelte, zog ihn in ihren Bann.

»Sollen wir hineingehen und reden?«, bot er an, denn er hatte auf ihrem ersten Date schon unangemessene Dinge gesagt, und ihr zu erzählen, dass sein Körper vor Begehren unter Strom stand, war für ein zweites Date wahrscheinlich auch zu direkt.

»Es gibt so vieles, was ich über dich erfahren möchte.«

Sie hakte sich in dem Bund seiner Jeans ein. »Geht mir auch so.«

Sie hauchte die Worte nur, mit halb geschlossenen, verführerischen Augen, und als er den Mund auf ihren senkte, gab sie einen leisen ergebenen Laut von sich, kurz bevor ihre Zungen sich berührten. Er genoss es, ihre warme Haut an sich zu spüren. Der blumige Duft ihres Shampoos vereinte sich mit der salzigen Meeresluft um sie herum, und als sie ihre zierlichen Hände auf seine Hüften legte, ihn dicht an sich zog, rann ihm ein Schauer über den Rücken. Er gab dem spannungsgeladenen Bedürfnis in seinem Inneren nach und hielt sie ebenfalls fest an sich gedrückt. Seine breiten Hände bedeckten ihren schmalen Rücken und er schob seinen kräftigen Oberschenkel zwischen ihre Beine. Sie stöhnte in seinen Mund und es hallte in seinem Körper wider. Alles in ihm pulsierte, als sie sich an seinem Oberschenkel rieb und seine harte Länge an ihre Hüfte drückte. Das Meeresrauschen verschwamm mit ihren heftigen Atemzügen. Er musste ihre Haut an sich spüren. Seine Hand glitt hinunter zu ihrem Hintern und packte den Stoff des langen Rockes, dann suchte er ihren Blick, um sicherzugehen, dass sie das Gleiche wollten.

»Sawyer«, murmelte sie.

Als er das Verlangen in ihrer Stimme hörte, strömte Hitze durch seinen ganzen Körper, und ihre Münder prallten wieder aufeinander. Sie klammerte sich an seine Hüften, drängte sich an seinen Oberschenkel und trieb ihn in den Wahnsinn. Während er sie gierig küsste, öffnete er die Faust und ließ seine Hand unter ihren Rock gleiten, um ihren süßen, nur noch von einem Spitzenhöschen bedeckten Hintern zu umfassen. Sie legte den Kopf in den Nacken, und ihre Lippen öffneten sich mit einem sexy, bedürftigen Seufzer. Ihre Hüften rieben sich in präzisen, entschlossenen Bewegungen an seinem Oberschenkel. Mit seinem Mund an ihrem Hals saugte und streichelte er ihre seidige Haut, und genoss es, wie ihr Atem sich beschleunigte und der Griff ihrer Finger fester wurde. Er wollte ihr noch viel näher sein, alles über sie wissen, was es zu wissen gab, aber sein Körper stand in Flammen und sie klammerte sich an ihn, als wäre er ihr Anker – und wie sehr wollte er ihr Anker sein!

Seine Hände zitterten vor mühsamer Beherrschung, und als sie mit den Hüften wieder gegen ihn stieß, glitten seine ungeduldigen Finger zur Mitte ihres feuchten Höschens.

»Aah«, hauchte sie.

Er hielt inne, wollte so sehr in ihr versinken, ihre Hitze spüren, doch er wollte noch so viel mehr von Sky als nur dies. Er legte seine Wange an ihre. »Ich will dich, Sky, so viel von dir.«

»Ja, Sawyer, ich will dich auch.«

Bei ihrem Geständnis zog sich seine Brust zusammen. »Nicht hier. Ich will dich nackt in meinem Bett, wo ich dir Lust bereiten kann, immer wieder«, raunte er ihr ins Ohr, bevor er sie mit einem weiteren fordernden Kuss eroberte. Sky zu küssen, verlangte seiner Selbstbeherrschung so dermaßen viel ab. All seine Kraft musste er aufbringen, um ihr nicht die Kleider vom Leib zu reißen und sie gleich dort im Sand zu nehmen.

Während ihm das Herz in der Brust hämmerte, zog er sich zurück, zwang sich, sein Bein zwischen ihren Beinen hervorzuziehen, und legte seine Stirn an ihre. »Bist du noch bei mir?«

»Himmel, ja!«

»Sky …« Gefühle verschleierten seine Gedanken. Er wollte sie ins Haus führen, musste sie aus der kühlen Luft und vom Sand fortbringen. Mit dem ungeduldigen Verlangen, sie ganz zu der Seinen zu machen, und in der vollkommenen Ohnmacht, sich von ihr zu lösen, legte er wieder seine Lippen auf ihre. Seine Zunge suchte, seine Hände forderten und seine Gedanken rasten. Ihre Finger krallten sich in seine Haare, als er die Hand hinter ihr Knie schob und es an seine Hüfte hob, um seine pulsierende Härte an sie zu drücken.

»Mehr. Ich brauche mehr«, flehte sie.

Ein tiefes Knurren quoll aus seiner Brust. Ihre Münder fanden auf eine Art zueinander, die nichts Romantisches an sich hatte. Es war ein harter, nasser Kuss voller unaufhaltbarem Begehren. Raue Hände hoben ihren Rock und zerrten ihren Slip hinunter, bevor er gezielt den Punkt suchte, von dem er wusste, er würde sie seinen Namen schreien lassen. Sie klammerte sich an seine Schultern. Ihre Hände glitten dann zu seinen Oberarmen, die Nägel gruben sich in seine Haut, als er auf die Knie ging, ihre Beine auseinanderschob und sein Mund sein Ziel fand.

»Oh … Gott … Sawyer.«

Worte strömten aus ihr heraus, während er leckte, sanft biss und endlich – endlich! – seine Finger in ihre enge Hitze schob. Sie umfasste seinen Kopf und hielt seinen Mund an ihrer Mitte, während er sie gekonnt reizte. Sie ging auf die Zehenspitzen, und er spürte, dass ihr gesamter Körper erschauderte, als sie vom Höhepunkt gepackt wurde und an seinem Mund kam.

»Ogottogott … Sawyer … Ah … so gut!«

Er ließ nicht nach, schob einen dritten Finger in sie, liebkoste sie und trieb sie höher, noch höher, bis sie wieder an ihm zerbarst. Die Finger noch in ihr versunken, stand er auf und eroberte ihren Mund mit einem weiteren leidenschaftlichen Kuss. Er wollte sie überall berühren, jeden Zentimeter ihrer Haut kosten, ihren köstlichen Mund um seinen harten Schaft spüren, doch nicht hier draußen.

Mühelos hob er sie hoch.

»Ich kann nicht mehr warten«, sagte er und knabberte an ihren geschwollenen Lippen.

»Beeil dich«, drängte sie, und er trug sie eilig zum Haus. Während er sie mit einer Hand hielt, kramte er mit der anderen den Schlüssel aus seiner Hose und schloss auf.

Nachdem er die Tür hinter sich zugetreten hatte, trug er sie die Treppe hinauf in sein Schlafzimmer, wo er plötzlich innehielt und nicht wusste, wo er sie zuerst haben wollte. Nun, da sie hier waren, wollte er diesen Moment genießen. Seit er sie das erste Mal in der Bar gesehen hatte, war ihm der Gedanke, sie zu lieben, im Kopf herumgespukt. Er hatte sich gefragt, wie sie sich anfühlte, wie sie klang, schmeckte, und da er sie nun kannte, wollte er, dass sie sich so gut fühlte wie noch nie. Er wollte sie wertschätzen. Er setzte sie ab und sie schmiegte sich an ihn. Ihr Blick war sanft und ihre Augenlider halb geschlossen, während sie ihre zitternden Hände auf seine Brust gelegt hatte.

Sawyer senkte seine Lippen zu einem zärtlichen, sinnlichen Kuss auf ihre, und die Dringlichkeit von eben war verschwunden. Sky wusste nicht, ob er spürte, wie nervös sie war, oder ob er ruhiger geworden war, einfach weil er sie in seinem Schlafzimmer wusste. Weil sie ihn ebenso wollte wie er sie. Sie war draußen so in all den Empfindungen verloren gewesen, dass sie gar nicht hatte denken können, und auch jetzt konnte sie kaum einen zusammenhängenden Gedanken fassen.

Sie stand mitten in seinem Schlafzimmer, das Mondlicht schimmerte in der Bucht direkt hinter seinem Panoramafenster und dem Kingsize-Bett, und ihre Gedanken wirbelten umher. Es war lange her, dass sie die Nacht mit einem Mann verbracht hatte. Fast ein Jahr. Das war eine verdammt lange Zeit. Was, wenn sie zu sehr aus der Übung war?

Seine Hände wanderten an ihren Seiten hinauf. Seine Berührung war voller Selbstvertrauen und stark, während seine Daumen über die Unterseiten ihrer Brüste strichen. Lust strahlte durch ihren ganzen Körper, sie schloss die Augen und ließ all ihre Sorgen von sich abfallen. Sie atmete scharf ein, als sie sein T-Shirt anhob und es über seinen breiten Brustkorb zog, um so schnell wie möglich ihre Haut an seiner zu spüren. Er zerrte es über den Kopf und warf es auf den Boden. Sein Blick war heiß, sein Körper hart und angespannt, aber als er ihr mit seinen rauen Fingern, die noch ihren Duft trugen, über die Wange strich, war seine Berührung sanft.

»Alles in Ordnung?« Seine vollen dunklen Augenbrauen zogen sich zusammen.

Sie senkte den Blick auf ihre zitternden Finger, die flach auf seiner Brust ausgebreitet lagen, während sie ihre surrenden Nerven kaum beruhigen konnte.

»Es ist lange her«, gestand sie.

»Für mich auch.«

Die Aufrichtigkeit in seiner Stimme war deutlich.

»Möchtest du warten?«

»Vielleicht?« Sie biss sich auf die Unterlippe, und als er mit dem Daumen darüber glitt und »Okay« sagte, atmete sie erleichtert auf.

Er schloss sie in die Arme und legte eine Hand auf ihren Hinterkopf. »Es tut mir leid, Sky. Ich habe mich vollkommen in dir verloren.«

Sie schloss die Augen und atmete seinen Duft ein. »*Mir* tut es leid. Mir war nicht klar, wie nervös ich bin.«

Er hob ihr Kinn an und drückte seine Lippen auf ihre. »Entschuldige dich nie dafür, dass du deinem Herzen folgst. Wenn wir zusammenkommen, möchte ich sicher sein, dass es das ist, was du mit deinem Verstand ebenso willst wie mit deinem Herzen.«

»Danke.«

Er küsste sie auf den Kopf und hielt sie fest. Sie wusste nicht, wie lange sie dort standen, mit seinen starken Armen um sie gelegt, während sich ihre Atmung beruhigte, aber es kam ihr lang vor. Sie schien jegliches Gefühl für die Zeit zu verlieren, wenn sie zusammen waren, und das hatte sie mit noch niemandem erlebt. Es gefiel ihr. Sawyer drängte sie nicht zur Eile oder versuchte, sie in Richtung Bett zu schieben. Er tat nichts anderes, als bei ihr zu sein, und genau das brauchte sie. Und als er sie draußen berührt hatte, war es ebenfalls genau das gewesen, was sie zu dem Zeitpunkt gebraucht hatte. Was sie gebraucht hatten.

Woher wusste er das?

»Komm mit.« Er führte sie aus dem Schlafzimmer heraus und einen breiten Flur entlang zu einer Wendeltreppe. Sie folgte ihm hinauf zu einem Raum mit einer gläsernen Fachwerkdecke. Riesige Kissen lagen auf bunten Teppichen, die über dem glänzenden Parkett ausgelegt waren. Dick gepolsterte Sessel standen verteilt im Raum, und eine luxuriöse Sofalandschaft, größer, als sie je eine gesehen hatte, stand an der gegenüberliegenden Wand. An den Wänden wechselten sich Segmente aus Stein und Glas ab, sodass Ausblicke in alle Richtungen gegeben waren.

»Das ist der Wahnsinn.« Sie schaute hinauf zu den Dachsparren. Die Mischung der Materialien – Glas, Stein und altes Holz – und Farben – Waldgrün, Gelbtöne, Rot, Braun und Blau in vielen Variationen – sprach sie an und sofort fühlte sie sich wie zu Hause. Sie hätte in diesem Raum leben können, mit dem Blick auf die Dünen, die Bucht und die Sterne, die wie Augen in der Nacht auf sie hinabsahen.

»Dies war das Sommerhaus meiner Familie, von dem ich dir erzählt habe, dass meine Eltern es aufgeben mussten. Mein Urgroßvater hat dieses Zimmer gebaut. Wir nennen es das Himmelszelt. Er hat die Initialen von meiner Urgroßmutter und sich selbst in ein Herz in den dritten Balken von links geschnitzt.«

»Wirklich? Ist es noch da?« Sie schaute auf und versuchte, die Initialen zu finden.

»Ja. Die Leute, die meinen Eltern das Haus abgekauft hatten, haben nichts an der Deckenkonstruktion verändert. Es ist also noch da. Und mein Vater hat die Initialen meiner Eltern in den äußersten rechten Balken geschnitzt.« Er lächelte Sky an. »Familientradition.«

»Das ist so schön, so romantisch. Du musst noch klein gewesen sein, als sie verkauft haben, oder?«

»Stimmt, aber ich erinnere mich daran, die Sommer hier verbracht zu haben. Meine Eltern haben bei Niedrigwasser immer Muscheln gesammelt und wir hatten dieses kleine Boot. Nichts Besonderes, aber ein Segelboot, das für uns drei groß genug war. Damit sind wir immer hinausgefahren und haben auf dem Wasser zu Abend gegessen. Manchmal haben wir die Nacht darauf verbracht.«

»Das klingt wunderbar. Mein Dad und Pete sind Bootfanatiker. Ich wette, Pete würde uns mal sein Boot leihen, und dann könnten wir eine Nacht auf dem Wasser verbringen.«

Er fuhr mit dem Finger über ihre Wange. »Das würdest du tun?«

»Mit dir liebend gern.« Sie würde alles mit ihm tun. »Ich werde Pete fragen. Er hat sicher nichts dagegen.«

Er nahm ihre Hand, und als sie es sich auf einem Haufen dicker grüner Kissen gemütlich machten, merkte sie, dass sie gar nicht mehr nervös war.

»Hier schreibe ich meine Lieder. Also … wenn ich zu Hause bin und schreibe. An dem Abend, als du mich in der Bar gesehen hast, habe ich ein Lied über dich geschrieben. Den Großteil davon habe ich noch dort in der Kneipe geschrieben, aber dann kam ich nach Hause, und mitten in der Nacht bin ich hier heraufgekommen und habe es fertig geschrieben.«

»Über mich? Aber wir haben da nicht einmal miteinander geredet.«

Er legte sich langgestreckt auf die Seite, wirkte entspannt und ganz und gar nicht verärgert, weil sie allem einen Riegel vorgeschoben hatte, noch bevor er die Chance gehabt hatte, selbst auch in den Genuss eines Höhepunkts zu kommen. Sie entspannte sich neben ihm und legte die Wange auf ihren Arm.

»Ich musste deine Stimme gar nicht hören, um deine Energie zu spüren.«

Sie stützte sich auf dem Ellbogen ab, nahm die gleiche Position ein wie er, und lächelte. »Wenn meine Freunde dich hören würden, kämen sie auf den Gedanken, dass wir aus demselben Holz geschnitzt sind.«

»Ich könnte mir vorstellen, dass wir das sind.«

Sie vernahm etwas Tiefes, Sehnsuchtsvolles in seiner Stimme und schwieg einen Moment.

»Ich würde gerne mal hören, was du geschrieben hast.« Sie

wollte wissen, was er auf den ersten Blick über sie gedacht hatte.
»Bald«, versprach er.

Er streckte sich auf dem Rücken aus und zog sie eng an seine Seite, während sie durch die Decke in den dunklen, sternenverhangenen Himmel schauten.

»Glaubst du daran, dass Wünsche in Erfüllung gehen, wenn man eine Sternschnuppe sieht?«

»Früher habe ich das«, gestand sie. Ihre Gedanken wanderten zu ihrer Mutter, und der vertraute Schmerz, der mit diesen Gedanken immer aufkam, meldete sich.

»Ich auch.« Er wischte ein Haar von ihrer Wange. »Warum nicht mehr?«

Sie seufzte und erzählte ihm die Wahrheit. »Weil mir mit dem Tod meiner Mutter klar geworden ist, dass kein Wunsch auf der Welt sie wieder zurückbringen würde.«

Er schlang den Arm noch fester um sie, und schweigend lagen sie lange beieinander, schauten in die Sterne, jeder versunken in die eigenen Gedanken.

»Wenn du deiner Mutter noch eines sagen könntest«, sagte er gedankenverloren. »Egal was. Was wäre das?«

Sie durchstöberte die ersten Gedanken, die ihr durch den Kopf schossen. »Es gibt so vieles, was ich ihr sagen möchte. *Du fehlst mir. Ich liebe dich. Ich wünschte, du wärst noch hier.*« Sie schluckte den Kloß hinunter, der sich in ihrer Kehle aufbaute. »Aber wenn ich ihr nur eine Sache sagen könnte, dann dass es mir leidtut.«

Tränen stiegen ihr in die Augen angesichts dieser Beichte, die in ihr darum rang, endlich ausgesprochen zu werden. Er drehte sich auf die Seite und gab ihr einen Kuss auf die Stirn, ohne auf eine weitere Erklärung zu drängen. Gerade deshalb wollte sie sich ihm noch mehr öffnen.

»Als sie starb, bin ich irgendwie zerbrochen.« Sie schaute in seine mitfühlenden Augen und wurde von ihnen angezogen. »Um genau zu sein bin ich tatsächlich zerbrochen. Nicht nur irgendwie.«

»Das ist verständlich. Du hast deine Mutter verloren.«

»Das habe ich mir auch gesagt, als ich aufgehört habe, mein Leben zu leben, und mir zugestanden habe, im Bett zu liegen und mich dem Schmerz zu überlassen. Es ist verständlich, dass man traurig ist, dass man trauert. Es ist sogar verständlich, wenn man wochenlang weint und mit dem Teufel einen Pakt eingeht, damit er sie zurückbringt. Das ist zumindest meine Meinung. Wollen wir nicht alle unseren Schmerz wegverhandeln? Aber mir selbst zu erlauben, so in der Dunkelheit zu versinken, dass ich nicht mehr funktionieren konnte? So hat sie mich nicht erzogen.« Eine Träne löste sich aus ihrem Auge, und er wischte sie zärtlich fort. »Sie hat mich so erzogen, dass ich stark und entschlossen durchs Leben gehe. Dass ich Probleme anpacke.«

»Probleme, nicht Verluste, Sky. Das ist ein Unterschied.«

Sie nickte. »Ja, das weiß ich. Aber … Gestern Abend habe ich von Grayson erfahren, dass es ihn sehr mitgenommen hat, als ich zusammengebrochen bin. Das wusste ich bisher nicht.«

»Es ist offensichtlich, wie sehr deine Familie dich liebt.« Er küsste eine weitere Träne fort. »Du hast Glück, Sky. Liebe ist das Fundament für Stärke in einer Familie. Graysons Liebe zu dir wurde nur noch stärker.«

»Ja, aber um welchen Preis? Wie viele Sorgen musste er sich um mich machen, während ich mich in meinem Bett verkrochen habe?« Die Wahrheit sprudelte förmlich aus ihr heraus. »Pete hat sich solche Sorgen um mich gemacht, dass er sein eigenes Leben in die Warteschleife gestellt hat und eine Zeit lang bei mir eingezogen ist, bis wir beide wussten, dass ich mich nicht wieder verkrieche.«

»Scheint ein guter Bruder, ein guter Mensch zu sein.«

»Das ist er. All meine Brüder sind es, aber das war doch egoistisch von mir, oder? Mich so gehen zu lassen? Deshalb wollen sie mich natürlich jetzt alle so beschützen, aber es hat sie dazu gebracht, mich anzulügen, und es ist schrecklich, das zu wissen.«

Verwirrt zog er die Augenbrauen zusammen. »Inwiefern?«

Sie hatten außerhalb ihres engsten Freundeskreises nie über die Alkoholabhängigkeit ihres Vaters gesprochen. Und jetzt war Sawyer irgendwie in diesen Kreis getreten und sie wollte, dass auch er es wusste.

»Nach dem Tod meiner Mutter hat mein Vater angefangen zu trinken. Zwei Jahre lang war er funktionaler Alkoholiker. Er war in der Lage, seinen Baumarkt zu führen, doch abends ertränkte er seinen Kummer in Alkohol, was ich nie erfuhr. Ich lebte damals in New York und meine Brüder haben es vor mir verheimlicht. Wenn ich zu Besuch nach Hause kam, sorgten sie dafür, dass ich ihn abends nicht sah. In der Zwischenzeit kümmerte Pete sich um ihn, brachte ihn abends ins Bett und passte auf, dass er nicht an seinem eigenen Erbrochenen erstickte.« Peinlich berührt wandte sie sich ab.

»Hey.« Sanft drehte er ihr Gesicht wieder zu ihm. »Das ist nicht deine Schuld. Es hat nichts mit deinem Zusammenbruch zu tun.«

»Doch. Sie glaubten, ich käme nicht damit zurecht, und vielleicht hatten sie recht. Das macht mich zu einer Versagerin und einer Last. Es hätte nicht passieren dürfen, dass Pete auf mich aufpassen musste, während er sich auch noch um meinen Vater kümmerte. Er hatte schon so viel um die Ohren. Grayson war krank vor Sorge, weil ich schwach war, und ... Wenn meine Mom auf mich hinabgeschaut hätte, wäre sie entsetzt gewesen.«

Sawyer nahm sie in den Arm und hielt sie ganz fest. »Weißt du, was ich denke?«

»Dass du am liebsten nie in mein Tattoo-Studio gekommen wärst?«

»Nein.« Er gab ihr noch einen Kuss auf die Stirn. »Dass wir doch aus einem Holz geschnitzt sind. Du lässt dich von deinem Herzen führen, Sky. Und ich von meinem.«

»Aber meine Brüder –«

»Sie lieben dich, Sky. Das konnte ich daran erkennen, wie sie dich geärgert und jede Bewegung von mir aufmerksam beobachtet haben. Auch Blue. Sie sind alle stolz auf dich und wollen dich beschützen«

»Weil ich schwach bin«, sagte sie matt.

»Weil du stark genug bist, um schwach zu sein, wenn du es brauchst. Das ist eine Gabe. Die meisten Leute sind ihren Gefühlen gegenüber so verhärtet und verbergen sie. Das sehe ich jeden Tag im Ring. Ach was, ich tue es selbst jeden Tag.«

»Was meinst du? Du scheinst zu deinen Gefühlen zu stehen. Jedenfalls wenn du mit mir zusammen bist.«

Er lächelte. »Den Gefühlen für dich kann ich nicht entkommen, stimmt's?«

Sie spürte, dass sie rot wurde, und als er die Lippen auf ihre senkte und sie in den Arm nahm, fühlte sich alles richtig, gut und sicher an.

»Verbirgst du deine Gefühle vor allen anderen?«, wollte sie wissen.

»Ich bin Boxer, Sky. Ich kann Traurigkeit oder Sorge, Angst oder auch Freude nicht mit in den Ring nehmen. Zum Boxen ist absolute Konzentration und Hingabe nötig. Alles andere wird ganz tief in einem drin vergraben. Ich glaube, bis zu einem gewissen Grad macht das jeder, um den Tag zu überstehen. Deshalb schreibe ich Songs, weil die Leidenschaft, die Wut, die Liebe ... all das ist manchmal zu viel. Ich muss es nach außen tragen.«

»Wie deine Tattoos.«

Ein unbeschwertes Lächeln trat in sein Gesicht. »Ja, wie meine Tattoos. Nur dass das Dinge sind, die ich für mich behalten will. Das sind Gefühle, die immer ein Teil von mir sein werden. Sie stehen für Zeiten in meinem Leben, die ich nie vergessen will. Gute und schlechte.«

Sie schaute ihm in die Augen, als er sich über sie beugte, und sie fragte sich, welche Sterne so günstig gestanden hatten, dass sie sie zueinander geführt hatten – und welch höhere Macht sein Boxen und ihre Abneigung diesem Sport gegenüber ignoriert hatte, um etwas zu ermöglichen, das größer war als sie beide.

Er schob eine Strähne von ihrer Wange. Sein Blick wanderte über ihr Gesicht, hielt an ihren Augen inne, und sie hätte schwören können, die Emotionen, die er ausstrahlte, förmlich greifen zu können.

»Ich sehe so viel, wenn ich dich anschaue«, sagte sie leise.

»Sag mir, was du siehst.« Seine Stimme war seidenweich, wie warmes Wasser, das über ihre Haut rann.

Sky hatte Gefühle immer in Farben gesehen, wie auch jetzt. Diese Erfahrung hatte sie immer fasziniert, aber sie war sich sicher, dass das Universum sie genau das sehen lassen wollte. »Ich sehe verschiedene Blautöne und ich spüre ...« Sie zögerte. Die Dinge, die sie spürte, waren so persönlich, so intensiv, dass sie Angst hatte, sie laut auszusprechen.

Er fuhr mit dem Daumen über ihre Wange. »Sag es mir,

Süße. Was siehst du?«

»Ich sehe Hingabe. Tief verankerte Hingabe. Und Ehrlichkeit.« Noch während sie die Worte aussprach, wurden sie größer, bedeutungsvoller und realer. Sie ließ ihren Finger über sein Kinn gleiten. »Und jede Menge Leidenschaft, die sich für mich rot anfühlt. Darunter spüre ich den Sinn für Stabilität, aber der ist nicht richtig gefestigt. Als stündest du mitten in einer Ebene und direkt unter der Oberfläche bebt die Erde. Und ...« Sie fuhr über seinen Wangenknochen. »Jede Menge Orange und Gelb.« Sie lächelte und seine dunklen Augen funkelten neugierig.

»Was bedeuten diese Farben?«

»Dass du stark, kreativ und gefühlvoll bist. Sehr gefühlvoll.« Sie legte beide Hände an seine Wangen. So sehr hatte sie sein Gesicht richtig berühren wollen. Seine Energie spüren wollen. »Ich sehe noch anderes, aber das ist nicht bunt. Innerer Frieden, der von etwas Dunklem gehalten wird. Wahrheit. Und Liebe, Sawyer. Ich spüre, dass dein ganzes Wesen so voller Liebe ist, und das ergibt ja auch Sinn, weil du für deinen Vater boxt. Und wenn ich die Augen schließe«, sie tat es und atmete tief durch, »sehe ich, dass du nach einem Gleichgewicht suchst, als würdest du auf einem Drahtseil balancieren.«

Sie öffnete die Lider, und der Schmerz war in gnadenlosen Linien in seine Stirn graviert, was das Verlangen in seinen Augen noch unterstrich.

»Wie kannst du all das in mir sehen?« Er klang erstaunt, als er näher an sie heranrückte.

Sie zuckte mit den Schultern. Eine Antwort hatte sie nicht. Noch nie hatte sie so viel von einem Menschen wahrgenommen, und ihr Herz raste angesichts der Größe und Intensität der Empfindungen.

»Was siehst du, wenn du mich ansiehst?«, fragte sie.

»Eine Zukunft.«

Er senkte den Mund auf ihren, und Sky versuchte gar nicht, ihr Begehren zu zügeln oder herauszufinden, ob sie bereit war, als seine Hände über ihre Haut glitten. Seine Lippen waren weich und warm, sein Körper strahlte Sicherheit und Stärke aus. Als sein Mund mit langsamen, seichten Küssen über ihre Schulter glitt, breitete sich die Hitze vom Kopf bis zu den Zehenspitzen in ihr aus.

Stundenlang, so kam es ihr vor, küssten sie sich, während die Sterne auf sie hinabschienen, und das Meer in der Bucht hinter den Dünen wogte. Und als er ihr das Top über den Kopf zog und ihren BH mit seinen kräftigen Fingern öffnete, war sie nicht nervös. Sie war nicht vor Verlangen verwirrt oder vor Begehren von Sinnen. Sie war wohlig glücklich von beidem erfüllt.

Mit Sawyer zusammen zu sein, fühlte sich zu gut an, um falsch zu sein.

»Du bist schön, Sky. Hier drinnen.« Er küsste sie in Höhe des Herzens auf die Brust. »Und hier drinnen.« Er küsste sie auf die Stirn.

Seine Hände glitten an ihren Armen hinauf, federleicht, und ließen eine Spur von Gänsehaut zurück. Er führte ihre Fingerspitzen an seine Lippen und küsste jede einzelne.

»Ich möchte dich verwöhnen.« Er fuhr mit der Zunge über ihr Handgelenk und jagte einen erotisch heißen Schauer durch sie hindurch.

Er hob ihren Arm hoch und küsste die Beuge, bevor er weiterwanderte bis zu ihrem Hals und dann wieder über ihre Schulter. Seine Zunge glitt darüber, und dann folgte er derselben Linie mit dem Finger, und als er innehielt, wusste sie, dass er ihr Tattoo bemerkt hatte.

»Darf ich mal sehen?«

Sie drehte sich auf den Bauch und schob ihre Haare auf eine Seite, bevor er die Linien des Tattoos mit dem Finger nachzeichnete.

»Wurzeln«, sagte er. »Sie reichen tief.«

»Familie«, flüsterte sie.

Sie schloss die Augen, während er die Wurzeln über ihr Schulterblatt nachfuhr und dann an ihrer Wirbelsäule abwärts. Sein Finger glitt an dem Baumstamm entlang. Dann küsste er sie auf die Mitte ihres Rückens.

Seine Hand glitt weiter hinab, bis er in ihrem Kreuz das tätowierte Wort *Gesegnet* nachfuhr.

»Nachdem ich meine Mom verloren hatte und wieder Boden unter den Füßen hatte, habe ich das stechen lassen. Sie hieß Bea, und das bedeutet die Gesegnete.«

Er legte die Lippen auf jeden einzelnen ihrer Rückenwirbel.

»Warum hat der Baum nur zwei Äste?«

Sie drehte sich auf den Rücken. Seine Augen waren so dunkel, so ernst, dass sie gleich wieder das Gefühl hatte, in sie hineinzufallen – ihm zu verfallen. »Als ich es entworfen habe, wusste ich nicht, wie meine Zukunft aussehen würde, also habe ich den Bereich offengelassen. Als mein Vater seine Entziehungskur hinter sich gebracht hatte, habe ich zwei Äste hinzugefügt, um sein Wachstum und mein eigenes zu symbolisieren.«

»Aus gleichem Holz, Sky. Du hast den Tod deiner Mutter und die Alkoholkrankheit deines Vaters überstanden. Ich habe den langsamen Verlust meines Vaters ausgehalten. Jedes Wort auf meinem Rücken symbolisiert ein Teil von mir oder von ihm. Dass ein Teil meiner Familie weggerissen wird. Den verzerrten, grauenhaften Schmerz und die unglaublich schönen Erinnerungen. Du und ich, wir tragen die Narben unseres Lebens in Worten und Symbolen auf uns.«

Sie wartete nicht darauf, dass er seine Lippen auf ihre senkte. Sie kam ihm entgegen, um ihren Mund auf seinen zu legen, und sie öffnete sich ihm, wie sie sich noch nie zuvor jemandem geöffnet hatte. Wie er sprach, als käme jedes Wort direkt aus seiner Seele, zog sie mehr zu ihm hin und erfüllte sie mit der Sehnsucht, mehr über ihn zu erfahren und seine Emotionen zu fühlen.

Seine Arme legten sich um sie. Sie war schon daran gewöhnt, wie er sie fest an sich drückte, als könnte er ihr nicht nah genug sein, und genau das empfand sie auch. Ihre Gefühle schwollen an, wenn sie zusammen waren, und ihr Verlangen wirbelte durch sie hindurch, forderte mehr – mehr von ihm, mehr von seiner Zeit, mehr von seinen Wahrheiten.

Ihr Kuss bestätigte ihre intensive Verbindung, täuschte nichts vor, war ohne Angst und Hektik. Er vertiefte den Kuss und sie wollte sich nicht mehr beherrschen. Es war ihr egal, dass dies erst ihr zweites Date war oder dass sie einmal gesagt hatte, dass sie mit dem Sex warten würde, bis sie das Gefühl hatte, sich in einen Mann zu verlieben. Sie wollte nicht warten, bis sie sich Hals über Kopf verliebte – sie wollte spüren, wie sich ihre Körper vereinten, wie sie über diese magische Klippe stürzte.

Ihre Finger strichen über seinen festen Brustkorb, hin zu den Furchen zwischen seinen Bauchmuskeln und hielten schließlich bei dem Knopf seiner Jeans inne.

Er legte die Hand auf ihre. »Sky.« Wieder versuchte er, in ihrem Blick zu lesen, und sie wollte ihm dafür danken, dass er so geduldig und so aufmerksam war, dass er sie erneut fragte, um ganz sicher zu sein. Doch sie konnte sich jetzt einfach nur noch in den Emotionen verlieren, die sie in seinen Augen sah.

»Bist du sicher?«

»Absolut«, brachte sie nur hervor, bevor sie den Arm um seinen Hals legte und ihn zu einem weiteren Kuss an sich zog. Sie fingerte an seinem Reißverschluss herum, wollte ihm näher sein. Wollte seine Haut auf ihrer spüren, sein Gewicht auf sich. Ohne ihren Kuss zu unterbrechen, öffnete er den Reißverschluss, erhob sich dann aber doch, um sich auszuziehen. Ihr stockte der Atem beim Anblick der imposanten Spitze seiner Erektion.

»Kondom«, sagte sie hastig und zerrte seine Jeans herunter. Er kniete vor ihr, und die Hose wurde von seinen kräftigen Oberschenkeln aufgehalten, während er noch in die Gesäßtasche griff und ein Kondom herausnahm.

Er stand auf und sah sinnlich aus, als er sich entblößte und seine eindrucksvolle Härte ganz zum Vorschein kam. Während er die Kondomverpackung mit den Zähnen aufriss, konnte Sky nicht widerstehen, ging auf die Knie und fuhr mit der Zunge der Länge nach über seinen ungeduldigen Schaft.

Er gab einen zischenden Laut von sich und schaute sie an, als sie noch einmal genüsslich vom Ansatz bis hin zur Spitze leckte, dann die Finger um ihn legte und ihn streichelte, während ihre Zunge um die Spitze kreiste. Sein lustvolles Stöhnen vibrierte in seinem ganzen Körper, als sie ihn in den Mund nahm, seine Hüften umfasste und langsam auf und ab glitt, während sie ihm in die Augen schaute.

»Sky …«, warnte er sie.

Sie spürte, dass er in ihrem Mund anschwoll, und so wurde sie langsamer, ließ seine Hüften los und umfasste seine Härte. Immer noch in seinem Blick versunken fuhr sie wieder mit der Zunge über die Spitze. Sie war noch nie so selbstbewusst gewesen, so dermaßen kontrollierend wie in diesem Moment. In sexuellen Dingen war sie immer etwas zögerlich gewesen, etwas unsicher. Aber wie er sie berührte, wie er sie ansah, als wäre sie die einzige Frau, die er je gewollt hatte, ließ ihr Selbstvertrauen in die Höhe schießen. Und das Gefühl, das er ihr schenkte, wenn er sie berührte, löste in ihr den Wunsch aus, ihm dieselbe Lust zu bereiten, ihn mit der gleichen Intensität zu beschenken wie er sie.

Seine Hände zitterten, als er sie nach ihr ausstreckte, doch sie war noch nicht bereit, die Kontrolle abzugeben. Weil sie ihm die gleiche Lust bereiten wollte, wie er sie ihr beschert hatte, stand sie auf, zog hüftschwingend den Rock aus und befreite sich dann mit erotischen Bewegungen von ihrem Spitzenhöschen, das sie über seinen Brustkorb zog.

»Sky«, stöhnte er und packte ihre Hüften. »Du machst mich fertig.«

Als sie ihre Hüften an ihm rieb, wurde sie wieder mit einem aufregenden Stöhnen belohnt. Er senkte das Kinn und in seinen Augen glühte das Begehren. Als sie seine Finger an ihren Mund führte und mit der Zunge umkreiste, berauschte sein hungriger Blick sie. Sie führte seine Finger zwischen ihre Beine und sank auf sie nieder, während sie eine Hand in seinen Nacken legte und ihn zu einem leidenschaftlichen, besitzergreifenden Kuss an sich zog. Er streichelte und stieß in sie, küsste und knabberte, während sie einander in den Mund stöhnten. Dann war sein Mund auf ihrem Hals, seine Finger liebkosten sie und trieben sie höher und höher, und sein Mund – sein heißer, herrlich talentierter Mund – legte sich auf ihre Brust. Er kreiste mit der Zunge um ihren Nippel, saugte daran und drückte gerade so herrlich fest zu, dass es Blitze in ihre Mitte jagte. Sie schrie seinen Namen, packte ihn bei den Armen und rang um Luft, während sie sich ihrer intensiven Leidenschaft hingab. Ihr Körper bebte und pulsierte, verlangte nach mehr, als er sie auf den Rücken legte und sich zwischen ihre Beine schob. Ihr von Lust erfülltes Hirn ließ ihn immer mal wieder nur verschwommen vor ihr auftauchen, während er das Kondom über seinen Schaft streifte und über sie kam.

Seine kräftige Spitze drückte an ihre Mitte, lockte und reizte sie, während er die Hüften bewegte und Millimeter um Millimeter qualvoll langsam in sie drang. Er schob ihre Oberschenkel mit den Knien auseinander und sie wölbte den Rücken, um ihn aufzunehmen.

»So groß … So gut.« Sie zog ihn an den Hüften zu sich, drängte ihn tiefer in sich, wollte schneller alles von ihm. Doch er eroberte sie langsam.

»Du bist so eng. Ich will dir nicht wehtun.«

»Das tust du nicht.« Sie schlang die Beine um seine kräftige Taille.

Er umfasste ihre Hüften und drückte sie zurück in die Kissen. »Es ist lange her für mich, Sky. Wenn ich zu schnell mache, wird das hier zu Ende sein, bevor wir überhaupt angefangen haben.«

Sie konnte ein Lächeln nicht unterdrücken. »Willst du etwa behaupten, du bist nicht ständig unterwegs, um all deine Groupies zu beglücken?«

»Meine Groupies beglücken? Nein!« Sanft lachend drückte er seine Lippen auf ihre und seine Hände glitten von ihren Hüften.

Sie bog sich ihm entgegen und schob sich hinunter, um ihn mit einem Mal ganz in sich zu vergraben.

Ein Stöhnen dröhnte in seiner Brust. Er knurrte ihren Namen, als sich ihre Körper in perfekter Harmonie bewegten.

»Sky ... ah ... langsamer ...«

Sie klammerte sich an seinen Armen fest. »Geht nicht. Fühlt sich so gut an.« Sie bewegte weiter die Hüften und genoss das Gefühl, so erfüllt von ihm zu sein. Seine Brust drückte gegen ihre, und sie spürte sein hämmerndes Herz, doch es war der Blick in seinen Augen, der sie innerlich wieder schmelzen ließ. Nur zwei Tage waren nötig gewesen – zwei Tage, viele Küsse und sein warmes und offenes Herz –, damit sie ihm ganz gehörte.

Er schob die Hand unter ihren Hintern und hielt sie fest, als er schneller, härter und so tief in sie eindrang, dass sie gewiss morgen auf herrliche Weise wund sein würde.

»Sky.«

Er verschloss ihren Mund mit seinem. Lust schoss durch ihre Brust, strahlte bis in all ihre Glieder aus und erfüllte sie mehr und mehr mit Leidenschaft. Seine pure Kraft war ebenso erregend wie die Sinnlichkeit seiner langsamen Küsse, und beides versetzte sie in ungeduldige Erregung. Ihr Atem wurde zu langen, bedürftigen Seufzern.

»Oh Gott ... Sawyer!« Sie klammerte sich an ihn, ihre Oberschenkel waren angespannt, ihr Herz raste, als er sich perfekt und präzise bewegte, sie in einen Rausch von Zuckungen und Schreien katapultierte. Sie hatte keine Ahnung, welche Worte aus ihr herausströmten, als seine Zähne über ihre Schulter glitten und Blitze hinter ihren geschlossenen Lidern explodierten.

»Kann ... nicht ... mehr ...« Er vergrub das Gesicht an ihrem Hals, als er sich seiner eigenen Erlösung hingab. »So ... gut.«

Sie pulsierte um seinen kräftigen Schaft und spürte jeden Schauer seines Höhepunkts in ihm vibrieren, bis sie gemeinsam erschöpft und zufrieden in die Kissen sanken. Der Mondschein fiel über ihre schimmernden Körper, als er sich auf die Seite drehte, das Kondom abstreifte und sie an sich zog.

»Leg den Kopf auf meine Schulter, dein Herz an meins«, flüsterte er. »Ich nehme alles auf mich, höre stets zu.« Er küsste sie auf die Schläfe. »Ich kämpfe an deiner Seite, bleib bei dir immerzu.«

Sie dachte über die Bedeutung seiner Worte nach, doch als sie die Augen schloss, wurde sie von seinem Herzschlag in den Schlaf getragen.

Zehn

Früh am nächsten Morgen erwachte Sky in einem leeren Raum und blinzelte in das Licht, das durch die Glasdecke in Sawyers Dachzimmer auf sie fiel. Sie drehte sich herum und entdeckte auf dem Kissen neben sich eine handgeschriebene Notiz, und wie die Telefonnummer, die er ihr neulich Abend gegeben hatte, stand sie auf einem abgerissenen Zettel. Neben der Notiz lag eine einzelne Rose. Mit einem Lächeln atmete sie den süßen Duft der Blüte ein und las die Nachricht.

Etwas in deinen Gesten. Anmutig, sehnsuchtsvoll, hängst am seid'nen Faden. Die Sehnsucht, die ich seh. Lass sie zu. Komm zu mir.

Wieder versetzten seine Worte sie in Staunen, und sie fragte sich, ob er der P-Town-Poet war. Sie drehte den Zettel um und fand eine weitere Notiz, offenbar nicht so hastig verfasst, jeder Buchstabe war sorgfältig geschrieben.

Du hast so tief geschlafen, dass ich es nicht übers Herz gebracht habe, dich zu wecken. In der Küche findest du Kaffee und saubere Handtücher sind im Bad. Wenn du aufwachst, bin ich bestimmt wieder im Haus, aber wenn nicht, kommst du zu mir? S.

Nackt ging sie zum Fenster, das zum Meer hinausging, und bemerkte dort ein paar Bleistifte, Kugelschreiber und einen

Zettel. Er hatte gesagt, dass er hier Lieder schrieb, und sie stellte sich vor, wie er an diesem Fenster saß, den Sonnenuntergang beobachtete und Vers über Vers notierte. Sie schaute hinaus und entdeckte Sawyer unten am Strand. Seine Schultern waren vorgezogen und die Hände zu Fäusten geballt, während er in die Luft boxte. Er hüpfte auf Zehenspitzen, so wie sie es bei Boxern im Fernsehen gesehen hatte. Er trug kein T-Shirt, und aus dieser Entfernung verschwammen die Worte auf seinem Rücken und wurden zu dunklen Schatten auf seiner Haut.

Interessiert verfolgte sie, wie er gegen einen unsichtbaren Gegner kämpfte. Sie drückte den Zettel an ihre Brust. Noch nie war sie allein im Haus eines Mannes aufgewacht, und seltsamerweise fühlte sie sich nicht alleingelassen. Sawyer faszinierte sie. Er war unglaublich vielschichtig. In der Nacht hatte er jeden Zentimeter ihres Körpers zärtlich gewürdigt, und in den frühen Morgenstunden hatte er sie ebenso hart und besitzergreifend erobert. Irgendwie wusste er immer genau, wann er ihr was mit seiner Berührung schenken konnte.

Nun drehte er sich zum Haus um. Selbst aus dieser Distanz konnte sie erkennen, dass er lächelte, als er ihr so zuwinkte, wie er es schon unter dem Fenster ihrer Wohnung in Provincetown getan hatte. Aufgeregte Freude erfasste sie, und dann merkte sie, dass sie nackt dort stand. Verlegenheit überkam sie, schwand aber ebenso schnell wieder.

Nach einem kurzen Moment kämpfte er weiter gegen den unsichtbaren Feind.

Er war Boxer.

Aber er wusste, wie man eine Frau liebte!

Zwanzig Minuten später hatte sie geduscht und sich die Zähne mithilfe seiner Zahncreme und ihres Fingers geputzt. Sie zog ihre Kleidung vom Vortag an und ging hinaus, um den Tag und den Mann zu begrüßen, der ihr schon jetzt den Kopf verdreht hatte. Als sie die Treppe hinunterging, bemerkte sie die soliden Geländer auf beiden Seiten, die ihr gestern Abend nicht aufgefallen waren. Sie waren für seinen Vater, nahm sie an, und sie fragte sich, ob er die Treppe noch benutzen konnte.

Wie hatte sie das riesige klaffende Loch übersehen können, das mitten im Haus zwischen Wohnzimmer und Küche abgesperrt war? Was sollte das werden? Draußen wurde ihr bewusst, wie sehr sie von ihrer beider Leidenschaft eingenommen gewesen war, denn sie hatte auch dort weder die Rollstuhlrampe neben der Treppe noch das solide Geländer bemerkt. Sie ging um das Haus nach hinten und entdeckte noch mehr kürzlich eingebaute Rampen, von denen eine zur Verandatür führte, eine andere zum ersten Niveau der Terrasse, und es sah so aus, als führte eine andere, noch nicht fertiggestellte Rampe dort zur oberen Terrasse. Sawyer hatte offensichtlich viel Arbeit investiert, um das Haus für seinen Vater vorzubereiten, und das berührte sie noch mehr.

Sie ging über die Dünen. Der Sand ließ unter ihren Füßen noch den kühlen frühen Morgen erahnen. Das Geräusch der Wellen begrüßte sie, als sie über den höchsten Punkt der Düne kam und Sawyer sah. Mit dem Gesicht zum Wasser stand er mit einem Bein im Sand, während die Fußsohle des anderen Beines an der Innenseite des kräftigen Standbeines lag. Von hinten konnte sie seine Ellbogen sehen, und sie wusste, dass er die Hände aneinandergedrückt hatte. Sie hatte viele Jahre lang Yoga gemacht, aber es überraschte sie, dass ein so großer und starker Mann wie Sawyer – ein Boxer – einen so ruhigen Sport ausübte. In ihrer Vorstellung waren Boxer permanent in Bewegung, mit ständiger Anspannung und Wut in sich. Sawyer zeigte ihr immer wieder, wie falsch sie lag.

Um ihn nicht abzulenken, ging sie noch etwas näher zu ihm, setzte sich dann aber lautlos in den Sand und beobachtete ihn. Ein heißer männlicher Körper war für Sky, wie für jede andere Frau, ein angenehmer Anblick, aber sie wurde noch mehr von dem Inneren eines Menschen angezogen, und ihr gefiel, was Sawyer in sich trug. Als er gesagt hatte, dass man Stärke brauchte, um sich eine Schwäche zuzugestehen, hatte es etwas in ihr ausgelöst, das ihr erst später bewusst wurde, als er tief geschlafen und sie in den Armen gehalten hatte. Sie hatte sich weiblich und beschützt gefühlt. Sie hatte ihre Weiblichkeit immer genossen, doch um sie herum sandte die Gesellschaft immer die Botschaft aus, dass Frauen stark sein mussten.

Während sie Sawyer beobachtete, der wie ein Berg so unverrückbar vor ihr stand, lag die Erinnerung an seine Berührung noch auf ihrer Haut.

Sie wollte wohl alles auf einmal haben, denn sie wollte ihren eigenen Laden haben und wissen, dass sie sich mit dem, was sie gern machte, eine Zukunft aufbauen konnte. Sie wollte respektiert werden und wie die kluge und kreative Person behandelt werden, die sie nun einmal war – aber sie genoss auch das Gefühl, in Sawyers Armen weich und weiblich zu sein. Umsorgt und beschützt. Die Tatsache, dass sie es leid war, von ihren Brüdern beschützt zu werden, entging ihr nicht. Vielleicht geschah das nun mal, wenn jüngere Schwestern flügge wurden.

Sky war sich dessen nicht sicher, aber im Moment gingen ihr andere Dinge im Kopf herum. Beschützt werden zu wollen, war etwas ganz anderes, als zu wissen, dass der Mann, mit dem sie die Nacht verbracht hatte, willentlich in einen Boxring stieg, um zu schlagen und geschlagen zu werden. Ihr Magen zog sich zusammen. Sie hatte die Gedanken an seinen Beruf zwei Tage lang verdrängt. Bevor sie miteinander geschlafen hatten, war sie in der Lage gewesen, das, was er tat, von dem zu trennen, was er für ein Mensch war. Ihr wurde klar – während sie ihn jetzt dort beobachtete, eine leichte Brise von der Bucht her wehte und Seevögel im Sand pickten –, dass sie wahrscheinlich alles falsch herum aufgezäumt hatte. Sie hätte ernsthaft über seinen Beruf nachdenken müssen, *bevor* sie ihm ihren Körper geschenkt und ihr Herz geöffnet hatte.

Jetzt waren ihre Gedanken von der Erinnerung an seine Berührung verschwommen, von den lieblichen Dingen, die er ihr ins Ohr geflüstert hatte, den sehnsuchtsvollen, bedürftigen Blicken, der freudigen Erregung und der Lust, die in seinen Augen gelegen hatten, als sie sich liebten – und von der Erinnerung an alles andere in ihr, das er bereits erobert hatte.

Sawyer spürte Skys Gegenwart, noch bevor er den süßen kleinen Seufzer hörte, der ihrem tiefen Atemzug folgte. Er hatte sie an diesem Morgen nicht alleinlassen wollen, aber er war zu unruhig gewesen, um neben ihr zu liegen. Außerdem hatte er sie schon die halbe Nacht wachgehalten, und sie hatte heute wahrscheinlich einiges zu tun. Wenn er noch eine Minute länger neben ihr gelegen hätte, wäre es ihm unmöglich gewesen, sie nicht wieder in die Arme zu schließen und zu lieben. Und nach seiner Joggingrunde, als er sie nackt am Fenster stehen gesehen hatte, war die Reaktion seines Körpers gleich noch stärker ausgefallen. Yoga war nötig gewesen, um sich zu konzentrieren und zu beruhigen.

Er stellte den Fuß ab, und als er sich umdrehte, entdeckte er, dass sie ihn aus ihren wunderschönen Augen beobachtete.

Erinnerungen kamen hoch an ihre lieblichen Laute und daran, wie sie sich unter ihm gewunden hatte, sich ihm entgegengedrängt und ihre Hüften so angehoben hatte, dass sie ihn noch tiefer aufnehmen konnte. Er verschränkte die Arme und fuhr mit den Fingern über die halbmondförmigen Abdrücke, die sie mit ihren Fingernägeln auf seinen Oberarmen hinterlassen hatte.

»Guten Morgen.« Er setzte sich zu ihr und küsste sie. Es war so schön gewesen, mit ihr in seinen Armen aufzuwachen, und nun ihr Lächeln zu sehen, war wunderbar. Und wie sie ihn ansah, als spürte sie die gleiche Anziehungskraft wie er, das brachte seine Brust fast zum Zerbersten.

»Hallo«, sagte sie mit atemloser, leiser Stimme.

Er wusste, dass er das von nun an als ihre Morgenstimme ansehen würde. Sie sprach mit dem Tonfall einer zufriedenen Geliebten und dem Hauch einer Hoffnung auf mehr.

»Danke für die Rose und die Nachricht.«

Er legte einen Arm um ihre Schulter, und es fühlte sich ganz natürlich an, als sie ihren Kopf an ihn lehnte. »Ich bin froh, dass es dir gefällt, denn ich mag dich wirklich sehr, Sky.«

»Ich dich auch.« Sie sah ihm in die Augen. »Darf ich dich etwas fragen?«

»Alles.«

Sie drehte sich zu ihm herum, und sie sah so schön aus, dass er seinen Mund einfach wieder auf ihren drücken musste.

»Tut mir leid.« Er schob die Haare über ihre Schulter. »Du bist so schön und du riechst so gut … und ich habe schon den ganzen Morgen daran gedacht, dich zu küssen.«

Ihre Lippen zeigten ein Lächeln, das ihre Augen funkeln ließ. »Du entschuldigst dich dafür, dass du mich küsst? Mehr davon, bitte.« Mit einem heißblütigen Blick beugte sie sich vor.

Er hätte sie stundenlang küssen können, sich in ihrem Geschmack verlieren, ihrer Wärme und in den kleinen sexy wohligen Lauten, die ihr entschlüpften. Als sie sich schließlich voneinander lösten, brauchte er einen Moment, um sie wieder klar zu sehen, und an ihren schweren Augenlidern sah er, dass auch sie noch immer auf dieser lusterfüllten Wolke schwebte.

Er legte die Hand auf ihre Wange. »Wie können deine Küsse mich nur so weit forttragen?« Er hob ihr Kinn und küsste sie noch einmal, doch sanfter dieses Mal. »Was wolltest du mich fragen?«

»Dich fragen?«, flüsterte sie.

Er musste schmunzeln. »Du hast gesagt, dass du mich etwas fragen wolltest.«

»Ach, ja, stimmt.« Sie errötete. »Ähm … Die Nachricht, die du für mich hinterlassen hast, und was du gestern Abend gesagt hast, als ich in deinen Armen lag. Bist du …? Ich meine, bist du es, der …?« Sie atmete tief ein und langsam aus, bevor sie ihn wieder ansah. »Bist du der P-Town-Poet?«

»Ich weiß nicht, was für eine Frage ich erwartet habe, aber die nicht.« Er schaute aufs Wasser hinaus und fragte sich, wovon zum Henker sie gerade sprach. »Ich weiß nichts von einem P-Town-Poeten, aber ich bin mir ziemlich sicher, dass ich es nicht bin.«

Sie runzelte die Stirn. »Ganz sicher? Denn es gibt so viele Ähnlichkeiten, dass ich einfach dachte …«

»Ich glaube, ich wüsste es, wenn ich ein Dichter wäre. Es ist aber ziemlich cool, dass du meine Lieder für poetisch hältst.«

»Tut mir leid. Deine Worte sind einfach so kraftvoll. Du hast diese unglaubliche Mischung aus Stärke und Zärtlichkeit.«

Er zog sie an sich und küsste sie erneut. »Ich bin ein Mann. Ich sollte hart, rau und unempfindlich sein.«

Sie lachte. »Oh ja, hart bist du.« Ihr Blick fiel mit einem frechen Grinsen auf seinen Schoß.

»Ah, witzig bist du also auch.« Er küsste sie wieder und schob sie rücklings, während sie lachte.

»Ich sage nur die Wahrheit«, erwiderte sie herausfordernd.

»Und ich bin stolz darauf.« Er drückte seine Hüften an ihren Oberschenkel.

Gespielt unschuldig riss sie die Augen auf. »Uuh, du meine Güte, du großer starker Mann!« Sie klimperte mit den Wimpern. »Vielleicht solltest du mir mal zeigen, *wie* stolz du bist.« Sie schlang die Arme um seinen Hals, und er verteilte Küsse auf ihren Lippen, ihrem Kinn und ihrem Hals, womit er ein Kichern auslöste, das sein Herz berührte.

Sie knutschten und alberten herum wie die Teenager, bis eine Familie in Sichtweite die Dünen herunterkam. Zwei blonde Jungen rannten aufgeregt lachend auf die Wellen zu.

Sawyer half Sky aufzustehen. Ihre Wangen waren von seinem Dreitagebart ganz rosa. Er fuhr sich übers Kinn. »Das sollte ich wahrscheinlich abrasieren, oder?«

»Ich liebe deine Stoppeln.« Sie strich ihm über die Wange und er schloss genussvoll die Augen.

»Ich möchte dein schönes Gesicht nicht zerkratzen.«

Sie ging auf Zehenspitzen. »Zerkratz mich, Baby.«

Noch einmal zog er sie an sich. »Was hast du heute vor?«

Sie zuckte mit den Schultern. »Mal überlegen … Nach Hause fahren und Merlin füttern, frische Klamotten anziehen, im Studio ein paar Malerarbeiten erledigen und nach weiteren Windspielen und vielleicht einem neuen Sessel für das Studio suchen. Ich führe ein *sehr* aufregendes Leben.«

»Glaub mir, *aufregend* wird überbewertet. *Glücklich* ist viel besser.«

Sie drückte ihre Lippen auf seine Brust. »Alles, was du sagst, ist poetisch.«

Er legte einen Arm um ihre Schulter, als sie zum Haus gingen.

»Das ist nicht poetisch, sondern nur die Wahrheit.«

»Aber auch poetisch.«

»Du magst mich, also hörst du mehr als nur die Worte, die ich sage.«

Verwirrt schaute sie zu ihm auf. Seine Hand glitt an ihrem Arm hinab und er verschränkte ihre Hände miteinander.

»Du hörst mit deinem Herzen, Sky. Du bist eine wahre Romantikerin.«

»Vielleicht«, sagte sie. »Aber ich kann gar nicht anders hören. Und selbst das war poetisch. Noch nie habe ich jemanden wie dich kennengelernt, Sawyer. Du löst in mir Gefühle aus, die ich noch nie empfunden habe, und …«

»Und?«

Leise sprach sie weiter. »Und lässt mich Dinge tun, die ich normalerweise nicht mit einem Mann tue, den ich erst so kurz kenne.«

»Sky, du kannst dir gar nicht vorstellen, wie viel es mir bedeutet, dass du mir so sehr vertraust, dass ich dir so nah sein darf. Du sollst wissen, dass ich kein Typ bin, der was mit jeder Frau anfängt, die ihm über den Weg läuft.«

»Ich meinte nicht, dass –«

»Ich weiß. Aber ich möchte, dass du es weißt. Ich bin ein sehr zurückhaltender Mensch. Ich mag das Alleinsein und …«

Er hielt inne und überlegte, wie viel er preisgeben sollte. Ein Blick in ihre vertrauensvollen Augen, und er wusste, dass er nichts verheimlichen konnte. »Ich bin kein Heiliger, aber ich bin schon sehr lange kein Draufgänger mehr, und ich denke, ich habe mich wohl zur Genüge ausgetobt.«

Sie sah ihm forschend in die Augen, und er hoffte, dass sie die Aufrichtigkeit in ihnen erkannte.

»Ich wusste, dass du nervös warst, als ich dich nach oben getragen habe, und mir ist nun klar, dass es anmaßend von mir war. Es tut mir leid, wenn du dich überrumpelt gefühlt hast. Ich war so von dir hingerissen, dass …«

Sie schüttelte den Kopf, und auf ihren Lippen erschien wieder dieses liebliche Lächeln, ohne das zu leben er sich schon gar nicht mehr vorstellen konnte. »Ich glaube, ich habe mich selbst überrumpelt. Aber als wir dann schließlich zueinandergefunden haben, fühlte sich alles perfekt an.«

Erleichterung überkam ihn. »Für mich auch, und es tut mir leid, dass ich nicht da war, als du aufgewacht bist, aber wenn ich bei dir geblieben wäre, hätte ich meine Finger nicht von dir lassen können.«

»Das ist so ziemlich der beste Grund, allein gelassen zu werden. Eigentlich war es sogar besser so. Du hast mir Raum zum Atmen gegeben. Wir haben die ganze unangenehme Der-Morgen-danach-Situation ausgelassen, und ich hatte Gelegenheit zu bewundern, wie sauber du dein Badezimmer hältst.« Sie hob eine Augenbraue. »Beeindruckend.«

»Wenn dich ein sauberes Badezimmer beeindruckt, dann warte ab, bis du meinen makellosen Fitnessraum gesehen hast.« Er erwartete ein Lachen von ihr, doch als ihr Lächeln schwand und sie den Blick abwandte, wusste er, dass er einen Nerv getroffen hatte.

»Magst du keine sauberen Fitnessräume?«, scherzte er, um die Stimmung aufzulockern. Ihm war klar, dass sie mit seinem Beruf haderte. Sie antwortete nicht, und das bereitete ihm Sorgen. »Sky, rede mit mir. Wenn du nicht damit zurechtkommst, womit ich meinen Lebensunterhalt verdiene, dann sage es mir bitte.«

Als sie zu ihm aufschaute, sah er, wie hin- und hergerissen sie war, und das fühlte sich wie ein Schlag in die Magengrube an. »Warum hast du mit mir geschlafen, wenn du unsicher bist?«

»Weil ich dich wirklich sehr mag, Sawyer, und ich habe das Ganze mit dem Boxen wohl einfach verdrängt. Es fühlt sich für mich auch gar nicht real an.«

»Oh, es ist real, Sky, sehr real.«

»Das habe ich verstanden, und es tut mir leid. Es ist nur so, dass ich gesehen habe, wie du Gitarre spielst, und ich habe eine so entspannte Zeit mit dir verbracht. Ich hab dich sogar Yoga am Strand machen sehen, und das ist das Friedlichste, was ich mir vorstellen kann.«

»Yoga hilft mir, mich zu konzentrieren.« Dass er so frustriert klang, gefiel ihm gar nicht, aber er hatte zum ersten Mal überhaupt jemandem sein Herz geöffnet. Sky war intelligent und lieb. Sie war ein kreativer und nachdenklicher Mensch, und ganz offensichtlich stand bei ihr die Familie an erster Stelle, wie bei ihm. So eine starke Verbindung hatte er noch nie gespürt. Sie sah die Welt durch das gleiche Objektiv wie er – nur hinsichtlich seines Berufes nicht, und er wollte sich gar nicht vorstellen, dass er sie deswegen verlieren könnte.

»Mit Yoga komme ich nach meinem Work-out immer runter. Bevor du aufgewacht bist, habe ich hundert Push-ups gemacht, zweihundert Sit-ups, Hanteltraining und eine Joggingrunde von zwölf Kilometern.«

»Und du hast in die Luft geboxt«, fügte sie betrübt hinzu.

Verwirrt sah er sie an.

»Ich habe dich am Strand gesehen. Du hast in die Luft

geboxt.«

Er zog sie an sich und küsste sie erneut – trotz der Zweifel, die zwischen ihnen schwebten. »Du bist so verdammt süß, Sky. Es heißt Schattenboxen. Eine Art, sich aufzuwärmen, oder – wie im Fall von heute Morgen – um überschüssige Energie loszuwerden.«

Sie legte die Stirn an seine Brust und er schlang die Arme um sie. Er hielt sie fest, verinnerlichte das Gefühl, sie zu spüren. Falls er sie nach Hause brachte und sie entschied, dass dies alles war, was sie haben würden, dann wollte er sich daran erinnern können. Wie zum Teufel sie so schnell eine solche Wirkung auf ihn haben konnte, war ihm ein Rätsel. Aber das würde er jetzt nicht analysieren. Er sog ihren Duft ein, das Gefühl ihrer weichen Kurven an seinem festen Körper, und er hoffte – und wie er es hoffte! –, dass sie sich überwinden und ihm eine Chance geben würde.

Elf

Sky füllte frisches Wasser und Futter in Merlins Näpfe und hockte sich neben den Küchentresen, um ihn zu streicheln. Schnurrend strich er um sie herum. Sawyer hatte sie vor ein paar Minuten abgesetzt und ihr schwirrte der Kopf noch immer von ihrem Gespräch.

»Ja, ich weiß, er hat vor unserer gemeinsamen Nacht erzählt, dass er Boxer ist, aber darum geht es nicht«, sagte sie zu Merlin, der sie ansah, als erörterte sie mit ihm die Qualität des Katzenfutters.

»Ha!«, sagte Jenna, als sie die Fliegentür öffnete. »Ich hab euch doch gesagt, sie hat die Nacht mit ihm verbracht.«

Bella und Amy folgten ihr ins Haus, und alle drei trugen sie ihr Standard-Sommer-Outfit – ein Strandkleid über dem Bikini.

»Hat mich die Tatsache, dass ich gestern Abend nicht nach Hause gekommen bin, verraten?«, fragte Sky lachend.

Jenna bückte sich und streichelte Merlin. »Hallo, mein Kleiner. Hat dein Frauchen dir alle Einzelheiten über ihren heißen Sexgott anvertraut?«

Bella nahm sich eine kleine Brezel aus dem Glas auf dem Küchentresen und zeigte damit auf Sky. »Du hast diesen Nachdem-Sex-Blick drauf, aber mit einem etwas getrübten Einschlag, also vielleicht war er nicht so gut, wie wir es gehofft hatten?«

»Ich wusste nicht, dass wir uns guten Sex erhofft hatten.« Sky ließ sich mit einem lauten Seufzer aufs Sofa plumpsen. »Um eure Neugier zu stillen: Er war wun-der-bar im Bett, danke der Nachfrage.«

Bella tippte sich ans Kinn. »Ich meine, mich an eine ganz bestimmte Person zu erinnern, die behauptet hat, wenn sie sich in einen Kerl verlieben würde, wollte sie mit dem Sex warten.«

Verliebe ich mich gerade in ihn? »Ich habe *versucht* zu warten, aber ...«

»Er war zu groß und stark und verlockend?« Jenna setzte sich neben Sky.

»Er war einfach ein unwiderstehlicher Leckerbissen?«, fragte Amy und zuckte vielsagend mit den Augenbrauen.

»Ach, Leute, nein. Das ist immer noch Sky, unser Hippie-mädchen. Ich glaube, es hat mehr damit zu tun, wer er als Mensch ist.« Bella sah sie nachdenklich an. »Wir wissen, dass er wirklich süße Dinge sagt, also kann ich nur erahnen, was er erst von sich gegeben hat, als ihr mittendrin wart.«

Sky legte den Kopf zurück und seufzte theatralisch. »Er ist ... Ach Mädels, ich habe das Gefühl, die romantischen Dinge strömen ihm einfach direkt aus der Seele. Bella hat recht. Es liegt daran, *wer* er ist, an seinem Wesen, seiner ganzen Art.« Sie grinste. »Und auch an den anderen Sachen, die ihr gesagt habt.«

»Warum hast du dann gerade eben so ein Gesicht ge-macht?«, fragte Amy und setzte sich auf die andere Seite neben Sky.

»Weil ich endlich einen Mann kennenlerne, der kein Mist-kerl ist oder dumm wie Bohnenstroh, und dann ist er *Boxer*. Er steigt in den Ring. Er findet Gefallen daran, andere Leute zusammenzuschlagen.«

»Fünf Dollar.« Jenna streckte Bella die Hand entgegen. Bella nahm sie und legte sie mit einem durchtriebenen Lächeln auf Jennas Babybauch.

»Meine eigene Schwägerin wettet auf mich? Hast du gewettet, dass ich mit ihm schlafe oder dass ich mich verrückt mache, weil er Boxer ist?«

Jenna zeigte auf Bella. »Sie meinte, du würdest nicht mit ihm schlafen, weil er Boxer ist, also habe ich gesagt, dass du es doch tun würdest, denn er hat dich gestern angeguckt, als wärst du der einzige Mensch am ganzen Strand.«

»Und jeder weiß, dass wir Frauen dahinschmelzen, wenn man uns so ansieht«, fügte Amy hinzu. »Sie meinte es wirklich nur positiv.«

»Na klar. Und was soll ich jetzt tun?«

Merlin stupste an Skys Beine und sie hob ihn auf ihren Schoß. Er schnurrte, legte das Kinn auf ihr Bein und schloss die Augen.

Sky seufzte. »Warum kann er nicht wie Merlin sein?«

»Viel Fell und mit einem Motor, den man an- und ausstellen kann?«, fragte Bella. »Das beschreibt so ziemlich jeden Mann, den ich kenne.«

»Caden hat ja nun nicht gerade ein Fell«, sagte Amy, während sie sich über den Bauch strich. »Er hat doch kaum Brusthaare. Im Gegensatz zu meinem Mann. Die richtige Menge an Fell und ein Motor, der mit einem Kuss sofort anspringt.«

»Okay.« Sky setzte Merlin auf Amys Schoß und stand auf. »Ihr seid alles andere als hilfreich, und ich muss in meinem Studio einiges schaffen, bevor es noch später wird.«

»Warte.« Amy zog sie wieder hinunter auf das Sofa. »Du kannst uns jetzt nicht einfach so ahnungslos zurücklassen. Wie bist du mit Mr. Wun-der-bar verblieben?«

»Keine Ahnung. Ich habe ihm gesagt, dass ich über alles nachdenken muss, und dann habe ich ihn geküsst.«

»Und jetzt weißt du nicht mehr, wo oben und unten ist.« Amy schlang die Arme um Skys Hals und drückte sie. »Das ist schon in Ordnung, Sky. Vollkommen normal, dass du dich ganz vernebelt fühlst und keinen klaren Gedanken fassen kannst, wenn du dich in einen Mann verliebst.«

»Ich *verliebe* mich nicht.« Sie stand auf, wütend über ihre Unentschlossenheit und darüber, dass sie sich nicht erst über Sawyers Boxen klar geworden war, bevor sie ihm nähergekommen war. Seine Stimme hatte sich schon in ihrem Kopf festgesetzt, seine Berührung war noch auf ihrer Haut zu spüren – und sie musste verdammt noch mal hier wegkommen, bevor ihre Freundinnen sie durchschauten.

Eine Stunde später stand Sky auf einer Leiter draußen vor ihrem Studio und strich die Säulen zwischen den Fenstern in einem strahlenden Gelb an, als ihr Handy klingelte. Sie zog es aus ihrer Tasche und sah das attraktive Gesicht ihres Bruders Matt auf dem Display. Sie hatte sich schon gefragt, wann die Neuigkeit über Sawyer bei ihm ankommen würde.

»Hey, Matty.«

»Hallo, Schwesterherz. Na, was ist so los bei dir?« Matts Tonfall war geduldig, während ihre anderen Brüder stets etwas in Eile zu sein schienen.

»Ich bin mir sicher, dass du die Antwort darauf bereits kennst.« Sie lächelte, als er auflachte. »Also sag schon, was du wirklich wissen willst, und du kannst dich auch gleich noch gut mit mir stellen, indem du mir versprichst, zu meiner Eröffnungsfeier zu kommen.«

»Du weißt, dass ich die um nichts auf der Welt verpassen würde, Sky.«

Sie sah Matt so selten, dass sie ihn gleich noch mehr vermisste, wenn sie miteinander sprachen. »Danke.«

»Du brauchst dich nicht zu bedanken. Sag einfach nur, dass zwischen dir und diesem Boxer, von dem ich da gehört habe, alles in Ordnung ist. Behandelt er dich gut?«

Sie verdrehte die Augen und lächelte. »Ja, natürlich.«

»Und bist du glücklich?«

»Höre ich mich glücklich an?«

»Du hörst dich immer glücklich an, aber bist du innerlich wirklich glücklich? Ich bin zu weit weg, um das zu erkennen.«

»Ja, Matty. Sehr glücklich. Wenn du hierher zurückziehen würdest, könntest du sehen, wie glücklich.« Matt lehrte an der Princeton University, und auch in den Sommerferien übernahm er meist Sommerkurse, sodass ihm nur wenig Zeit für Besuche oder Urlaube blieb.

Er schwieg kurz, und Sky fragte sich schon, ob sie ihn verärgert hatte. Fast bei jedem Gespräch bat sie ihn zurückzuziehen.

»Ich werde vielleicht darüber nachdenken«, sagte er schließlich. »Warte mal kurz. Da kommt jemand.« Sie hörte, dass er eine Tür öffnete, und eine weibliche Stimme war zu vernehmen. Es gab ein hitziges Wortgefecht, dann kam Matt wieder ans Handy. »Schwesterherz, ich muss Schluss machen. Hab dich lieb. Ruf mich an, wenn du etwas brauchst oder reden willst.«

»Hab dich auch lieb, Matty.« Sie beendete den Anruf und fragte sich, was da los gewesen war. Doch dann ließ sie den Blick die Straße entlang schweifen, zu all den Menschen und dem Ort, den sie so liebte, und vergaß diese Sorge.

Sie beobachtete eine Mutter, die einen kleinen Jungen in

das Spielwarengeschäft »Puzzle Me This« hineintrug, und dahinter ein Paar, das sich vor dem Laden »Shop Therapy« küsste. Sky liebte die Graffiti-Malerei, die vom Dach bis zum Gehweg reichte und Shop Therapy zum Leben erweckte. Sie drehte sich um und schaute über die Schulter zum »Little Shop«, einem kleinen Geschäft im Cottage-Stil, das knallrot angestrichen war, und dann weiter zu dem hellgelben Café »Blondies & Burgers« daneben. Die Commercial Street war so dynamisch und lebendig. Eine leichte Brise trug den Geruch der Farbe fort, und immer wieder wehte der Duft von gebackenen Köstlichkeiten der portugiesischen Bäckerei zu ihr herüber.

Hier gehörte sie hin. Ihr war nicht bewusst gewesen, wie sehr sie sich gewünscht hatte – und wie sehr sie es gebraucht hatte –, Wurzeln zu schlagen, nachdem sie ihre Mutter verloren hatte, doch sie fühlte sich schon jetzt stärker verankert als in den letzten Jahren. Und als das Lachen und der Tumult von Passanten zu ihr drangen, freute sie sich sogar noch mehr auf ihre anstehende Eröffnungsfeier. Sie stellte sich vor, wie Sawyer auf der Treppe zum Eingang saß und Gitarre spielte, und ihr Lächeln schwand ein wenig. Warum konnte es nicht ebenso leicht sein, mit dem Boxen klarzukommen, wie zu wissen, dass sie ihr Studio am richtigen Ort aufgemacht hatte?

»Hallo, Süße!« Lizzie hielt sich eine Hand über die Augen, um nicht von der Sonne geblendet zu werden, als sie zu Sky hinauflächelte. »Ich habe die hier gerade reinbekommen und wollte dir ein paar bringen.« Sie hielt eine Vase voller bunter Blumen in die Höhe.

»Danke, Lizzie! Die sind wunderschön.« Sky kletterte von der Leiter hinunter und folgte Lizzie nach drinnen, um die Blumen auf den Couchtisch zu stellen.

»Schau, es sind Rosen, Astern, Chrysanthemen und natürlich Strandflieder. Strandflieder ist ja immer dabei.« Lizzie seufzte, als sie sich im Studio umsah und die Hände in die Hüften stemmte. Strandflieder wurde in vielen Sträußen verwendet, und Lizzie sagte immer, wenn es überhaupt eine Blume geben würde, von der sie mal genug bekommen könnte, dann wäre es diese. Sky fand sie hübsch. »Sieh dir diesen Laden an! Es geht wirklich voran.«

»Ja, oder? Ich freue mich so. Nachher schaffe ich es hoffentlich, noch ein paar Besorgungen zu machen und ein Windspiel zu kaufen und vielleicht auch einen Sessel. Soll ich dir etwas zu trinken holen?«

»Nein danke. Ich kann nicht lange bleiben. Es war wahnsinnig viel los im Geschäft, aber ich wollte dir trotzdem die Blumen vorbeibringen, um dir eine Freude zu machen – und natürlich, um herauszufinden, wie es mit Sawyer läuft.« Neugierig und mit großen Augen schaute sie sie an.

»Er ist wunderbar«, sagte Sky, als sie wieder hinaus auf die Straße gingen. »Er kommt zur Eröffnung und spielt dann auch für uns Gitarre. Ich mag ihn wirklich sehr, Lizzie.«

»Das ist so toll! Ich habe ihn gegoogelt. Sky, er ist ja so heiß!« Lizzie schaute kurz zu ihrem Laden.

»Musst du gehen?« Sky griff nach ihrem Pinsel.

»Gleich, ja. Im Moment sind keine Kunden da. Alle scheinen Sawyer zu mögen.«

Sky stieg wieder auf die Leiter und strich weiter. »Alle?«

»Ich habe Blue vorhin kurz getroffen, als er bei dir im Studio gearbeitet hat, und er erzählte, dass deine Brüder ihn kennengelernt haben, und alle sagen, dass er ein guter Typ ist – und verrückt nach dir!«

»Was hat er dir sonst noch erzählt? Dass er Nachforschungen über ihn angestellt hat?«

Lizzie lachte. »Nein, aber das überrascht mich nicht, so wie er immer in deiner Nähe herumstreicht.«

Sky verdrehte die Augen.

»Tut mir leid, aber so ist es doch. Jedenfalls hat er erzählt, dass Sawyer sich durch ihr Verhör nicht hat abschrecken lassen, das für ihn wahrscheinlich nicht ganz so angenehm war.«

»Verhör? Sawyer hat nichts davon erzählt, dass sie ihn in die Mangel genommen haben.«

»Sie passen ja nur auf dich auf.« Interessiert beobachtete Lizzie eine Gruppe attraktiver Männer, die gerade vorbeiging.

»Ich kann selbst auf mich aufpassen«, erwiderte Sky genervt. »Ich konnte immer für mich selbst sorgen und ich verdiene mein eigenes Geld. Man braucht sich nicht um mich zu *kümmern*.«

»Ach, Sky. Jeder braucht Menschen um sich, die sich um ihn kümmern.«

Wie kam es, dass es immer wahr und wichtig klang, wenn Lizzie etwas sagte? Und so sehr sie auch dagegen ankämpfte, dass ihre Brüder sie zu sehr beschützten, es bestätigte, was sie in Sawyers Gegenwart fühlte.

»Aber am wichtigsten ist«, sagte Lizzie, »was du wirklich über ihn denkst. Abgesehen von all dem oberflächlichen Kram.«

»Ich mag ihn sehr. Er ist klug und herzlich, und er ist so gut zu mir. Er scheint seine Familie wirklich zu lieben, und du weißt ja, dass mir das wichtig ist.«

Lizzie lächelte einer vorbeigehenden Familie zu. Dann verschränkte sie die Arme und ihr Tonfall wurde ernst. »Sky, man muss eine ganz bestimmte Art Mensch sein, um sich in einen Ring zu stellen und zu boxen.«

Skys Herzschlag beschleunigte sich in dem Bedürfnis, Sawyer zu verteidigen, obwohl sie auch nicht von seinem Beruf angetan war. »Und? Was schlägst du vor, was ich jetzt tun soll, Liz?«

Lizzie zuckte mit den Achseln. »Du bist ein großes Mädchen und wirst es schon herausfinden.«

»Das ist dein Ratschlag?«

»Du hast mir gerade ausführlich dargestellt, dass du dich um dich selbst kümmern kannst, und ich habe großes Vertrauen in deine Fähigkeit, gute Entscheidungen zu treffen. Das hast du auch früher schon immer getan.«

»Nicht, nachdem Mom gestorben war.«

»Ach, Sky. Und ob du das hast. Du bist nicht losgezogen und hast dich volllaufen lassen oder hast Drogen genommen oder so. Du hast dich eine Zeit lang in deinem sicheren kleinen Nest verkrochen.«

»Und Pete musste kommen, um mich zu retten.«

»Nein, Sky. Du musstest nicht *gerettet* werden. Du brauchtest jemanden, der für dich da war, damit du über den Verlust deiner Mutter hinwegkommen konntest. Je mehr ich Pete kennenlerne, umso mehr glaube ich, dass er es damals genauso gebraucht hat, sich um dich zu kümmern. Das war ein Teil *seiner* Trauerarbeit. Du hast mal gesagt, dass ihr beide immer so eine Geben-und-Nehmen-Beziehung gehabt habt. Er hat dich beschützt, und du hast ihm die Gründe dafür geliefert. Aber mir ist aufgefallen, seit euer Dad die Entziehung hinter sich gebracht hat, übernimmt Pete nicht mehr diese Rolle für dich.«

Er war lockerer geworden, das war eindeutig. Nicht Pete hatte Nachforschungen über Sawyer anstellen wollen, sondern Grayson. Hieß das, dass Grayson den Tod ihrer Mutter noch nicht überwunden hatte?

»Ihr seid beide erwachsen«, fuhr Lizzie fort. »Du hast ihm gezeigt, dass du schwierige Situationen meistern kannst, und er hat das Bedürfnis hinter sich gelassen, alle retten zu wollen. Er hat jetzt Jenna, um die er sich kümmern will.«

»Und was ist mit Grayson? Sein Beschützerinstinkt in Bezug auf mich ist nur noch größer geworden.«

»Grayson? Er ist dein Beschützer, seit ich euch kenne. Aber er stand auch immer in Petes Schatten.«

»Ist das Leben wirklich so kompliziert, Lizzie?«

Lizzie lachte leise, vergrub die Hände in den Taschen ihrer knappen Jeansshorts und sagte: »Es ist so kompliziert und so einfach zugleich.«

Als ihre Freundin zu ihrem Laden zurückkehrte, fragte Sky sich, ob sie das Leben komplizierter machte, als es eigentlich sein musste. Sie räumte die Farbe weg und wusch gerade die Pinsel aus, als Blue von oben aus der Wohnung kam.

»Hallo, Sky. Das Loch habe ich dichtgemacht.«

»Danke. Ich bin eine Zeit lang weg und hänge das Schild *Heute Vormittag geschlossen* raus.«

»Ist alles in Ordnung? Brauchst du noch mehr Farbe? Denn ich kann im Baumarkt vorbeifahren und welche holen, wenn du nicht mittendrin aufhören willst.«

Sie trocknete ihre Hände an einem Handtuch ab. »Ich dachte mir, ich fahre im Boxclub vorbei und schau Sawyer beim Training zu.«

»Wirklich? Kommst du zurecht, oder möchtest du, dass ich mitkomme?«

Sie atmete tief ein, dachte an das, was Lizzie gesagt hatte, und überlegte, welche Rolle sie alle in ihrem Leben spielten – ihre Brüder, ihr Vater, ihre Freundinnen, Blue – und welche Rolle sie in deren Leben spielte. »Ich komme zurecht, aber danke, Blue. Ich weiß das Angebot zu schätzen.«

»Du, Sky?«

»Ja?«

»Ich wollte dir nur noch sagen, dass du gestern Abend mit Sawyer wirklich glücklich ausgesehen hast, und ich freue mich für dich.«

Vielleicht war das Leben wirklich so kompliziert und doch so einfach.

Steige stark in den Ring und komme stärker wieder heraus. Das hatte Roach Sawyer vom ersten Tag ihres gemeinsamen Trainings an beigebracht. Roach glaubte nicht ans Einteilen der Kräfte oder an strategische Planung, wann der beste Zeitpunkt für einen Boxer gekommen war, alles zu geben. Er hatte Sawyer und allen, die es hören wollten, klargemacht, dass sie im Ring standen, um entweder die ganze Zeit auf Sieg zu setzen oder um zu verlieren. Punkt.

Verlieren war für Sawyer in keinerlei Hinsicht eine Option.

»Du bist heute ein regelrechtes Kraftwerk, Songbird.« Roach ging neben dem Ring auf und ab, der Blick finster, die Arme verschränkt.

Adrenalin strömte durch Sawyers Adern. Er war nach Skys Geständnis so aufgewühlt gewesen, dass er direkt in die Trainingshalle gekommen war. Er hatte acht Runden am Sandsack hinter sich, vier Runden am Doppelendball, fünf Runden mit dem Springseil, und als Roach auftauchte, war er heiß aufs Sparring. Er war in der fünften Runde mit Tanner Delroy, einem professionellen Sparringspartner, und er verspürte keinerlei Wunsch, einen Gang herunterzuschalten.

»Komm, Delroy«, rief Roach. »Sieh zu, dass du wieder in

den Ring kommst, und zeig's ihm.«

Sawyer grinste Roach höhnisch an seinem Mundschutz vorbei an, als er in den Ring trat. Roach griff die aggressive Haltung auf, die Sawyer anscheinend nicht abschütteln konnte, und das brachte Sawyers Blut nur noch mehr zum Kochen, als er die Runde beendete.

Sawyer war ein Meister darin, im Ring seinen festen Stand beizubehalten. Er war kein Hüpfer, wie die Amateure, die herumtippelten und wie verängstigte Mäuse durch den ganzen Ring sausten. Er war ein kraftvoller Boxer, der seinen Schwerpunkt behielt, auf die Deckung achtete und einen Rumpf aus Backstein hatte. Er war schnell und erbarmungslos, mit kampfentscheidenden Schlägen, die seinen Gegnern zufolge wirkten, als kämen sie aus allen Richtungen, und mit diesen Fähigkeiten hatte er es bis an die Spitze gebracht. Tanner Delroy war ein starker Sparringspartner. In diesem Beruf musste er einiges einstecken, aber er hatte sich dafür entschieden und er war gut darin.

Mit einem Tunnelblick drängte Sawyer vorwärts, nutzte jede kleinste Öffnung mit Schlägen auf den Körper und einer letzten Geraden, die Delroy aus dem Gleichgewicht brachte und ihn in die Seile schickte.

»Hey! Pause!« Roach trat zwischen Sawyer und Delroy, wobei er Sawyer ernst und gleichzeitig stolz ansah.

»Hast mich ordentlich erwischt«, sagte Delroy. Eine Schwellung von der Größe einer Orange breitete sich neben seinem Adamsapfel aus.

»Sorry, Delroy. Davon wirst du länger was haben, fürchte ich.«

Delroy grinste und wischte sich mit dem Unterarm das Blut von der Unterlippe. »Dafür bin ich ja hier, Mann. Ist alles in

Ordnung.«

Sawyer ging im Ring auf und ab und brannte darauf, weiterzumachen. Roach trat dicht an ihn heran, und Sawyer war sich sicher, dass er ihm die Hölle heiß machen wollte, weil er Delroy so heftig angegangen war.

»Hast du deinen Körper im Blick? Taubheitsgefühle in den Fingern? Verschwommene Sicht?«

Sawyer presste die Zähne aufeinander und hielt Roachs finsterem Blick stand. »Nur wegen der Warnung bin ich nicht plötzlich lahmgelegt, Roach. Geh zur Seite. Ich boxe gerade.« Schuldgefühle machten sich bemerkbar. Roach war seit seinen Anfängen an seiner Seite und Sawyer liebte ihn wie einen Bruder, doch er würde nicht zulassen, dass er ihn daran hinderte, den Titelkampf für seinen Vater zu gewinnen. »Ich habe alles im Griff, und nein, keinerlei Anzeichen von irgendwas.«

Roach nickte. »Dickköpfiger Mistkerl.« Er schaute über die Schulter zum vorderen Bereich der Trainingshalle. »Erwartest du Besuch?«

Sawyer sah an Roach vorbei und entdeckte Sky, die mit großen Augen im Eingangsbereich stand und sich am Empfangstresen festhielt, als suchte sie Halt.

Er zog die Handschuhe aus und stieg aus dem Ring. »Gib mir eine Sekunde.«

Aus der Nähe merkte er die Nervosität, die sie ausstrahlte, wie ein verletzter Vogel, der einer lauernden Katze ausgeliefert war. »Sky.«

Als hätte sie gemerkt, welchen Eindruck sie erweckte, straffte sie die Schultern und hob das Kinn. Er küsste sie auf die Wange und hoffte, damit den Schock, ihn beim Boxen gesehen zu haben, zu lindern, doch sie nahm die Berührung nur starr hin.

»Ich wusste nicht, dass du vorbeikommst.« Er schaute zu Brock hinter dem Tresen und der wandte sich diskret ab.

»Ich auch nicht.« Sie sah an ihm vorbei zu Delroy. »Geht es ihm gut? Du hast ihn am Hals getroffen.«

»Delroy?« Er schaute zu seinem Sparringspartner, der sich ernst mit Roach unterhielt. Er erinnerte sich daran, dass das, was er sah, und das, was Sky sah, wahrscheinlich zwei ganz unterschiedliche Dinge waren. »Er ist mein Sparringspartner. Er wird fürs Boxen bezahlt.«

»Aber sieh dir seinen Hals an.«

»Das ist nicht so schlimm, wie es aussieht.« Er streckte die Hand nach ihrer aus, und auch wenn sie sie nicht gleich ergriff, so zog sie ihre doch auch nicht fort. Er war so dankbar, dass er es fast ausgesprochen hätte, als er sie vom Empfangstresen wegführte. In der Trainingshalle gab es keine Sofas, Sessel oder eine gemütliche Ecke, in der man sich hätte unterhalten können, aber die anderen Männer waren diskret genug, um sich abzuwenden.

»Ich … ich sollte wohl lieber gehen. Ich will dein Training nicht unterbrechen.«

»Sky.« Er trat näher an sie heran, und der verletzliche Ausdruck in ihren Augen schwand ein wenig, obwohl sie noch immer zwischen ihm und dem hinteren Teil der Halle hin- und herschaute. Er verschränkte die Finger mit ihren, und als sie das zuließ und seine Hand richtig umfasste, entwich ihm ein erleichterter Seufzer.

»Ich weiß, dass es für dich sicher schwer zu verstehen ist, aber Boxen ist mehr als nur zwei Typen, die sich zusammenschlagen.«

»Inwiefern? Ich verstehe es wirklich nicht, Sawyer. Ich bin

hergekommen, weil ich dachte, dass ich das Ganze vielleicht nur zu eng sehe. Dass wir in unseren Ansichten vielleicht gar nicht so weit auseinanderliegen, da wir uns ja in jeder anderen Beziehung so nahe sind. Aber ...«

»Sag nicht *aber*, Sky. Noch nicht. Das Boxen ist einfach eine andere Art von Kunst. Wie Tattoos oder Gesang, wie Schlagzeugspielen oder Tanzen.«

Sie schnaubte verächtlich. »Das meinst du nicht ernst.«

»Doch, total ernst.« Er war es nicht gewohnt, seinen Beruf zu verteidigen. Die meisten Menschen fanden es cool und aufregend, dass er Boxer war – aber die meisten Menschen waren ihm egal. Sky war ihm nicht egal. »Sky, ich habe jahrelang meine Technik perfektioniert und darauf hingearbeitet, meine Gewichtsklasse zu dominieren. Ich habe Jahre damit verbracht, zu lernen und herauszufinden, was funktioniert, und meine Fähigkeiten so zu perfektionieren, dass ich alle anderen besiegen kann. Es ist kein Spiel und auch nicht einfach eine Möglichkeit, Frust abzulassen oder jemandem wehzutun. Boxen erfordert Geschick ebenso wie Kraft.« Sein heftiger Tonfall überraschte ihn, aber er wollte nicht das Risiko eingehen, dass sie zur Tür hinausging, ohne zumindest versucht zu haben, es zu verstehen. »Ich habe Jahre zermürbender Trainingsstunden hinter mir und ich habe oft für Monate am Stück einen Großteil meines Lebens aufgegeben. Das Boxen ist ein Teil von mir, Sky. Ich mache das, seit ich dreizehn Jahre alt bin.«

Sie öffnete leicht den Mund, als wollte sie etwas sagen, aber es kamen keine Worte heraus.

In dem Bewusstsein, dass die Zeit für Roach und Delroy begrenzt war, schaute er über die Schulter zu den beiden, die sie ungeduldig beobachteten.

Er wandte sich wieder Sky zu und überlegte, wie er eine

Erklärung, die gut und gern einen Tag dauern würde, in die nächsten drei Minuten zwängen sollte. »Wohin gehst du jetzt?«

»Arbeiten, glaube ich. Ich … gehe arbeiten.« Sie nickte, und er sah ihr an, dass sie innerlich noch zerrissener war als am Morgen, als er sie bei ihrem Ferienhaus abgesetzt hatte.

»Darf ich später vorbeikommen?«

Ihr Blick fiel auf den Boden – und sein Magen nahm die gleiche Richtung.

»Sky.« Flüsternd kam ihm ihr Name über die Lippen. Er hob ihr Kinn an und schaute ihr in die Augen, denn sie musste *ihn* sehen, und nicht nur das, womit er seinen Lebensunterhalt verdiente.

Er strich über ihre Arme, zog sie sanft an sich, wollte ihr aber noch näher sein. »Sky, ich bin derselbe Mann, der ich in der vergangenen Nacht war. Derselbe Mann, mit dem du heute Morgen am Strand warst. Derselbe Mann, der mit jeder Sekunde, die wir zusammen verbringen, noch verrückter nach dir wird – und doppelt so wahnsinnig, wenn wir voneinander getrennt sind.«

»Ich weiß.« Ihre Stimme klang dünn, verhalten.

»Dann gibst du mir eine Chance? Ich muss noch einen Kampf gewinnen, Sky, und nichts wird mich davon abhalten. Ich hoffe, du kannst das verstehen. Dieser eine ist für meinen Vater.« Er wollte sich zu ihr hinunterbeugen und seine Lippen auf ihre drücken. Sie an den Mann erinnern, der er war, unabhängig vom Boxen, doch er respektierte sie zu sehr, um das zu tun. Er wusste, dass sie diese Entscheidung mit ihrem Herzen treffen musste. Nicht aufgrund ihrer sexuellen Anziehungskraft.

Dann überraschte sie ihn, indem sie die Hände um seine Taille legte und nickte.

Er legte seine Stirn an ihre. »Meine Sweet Summer Sky.

Danke!«

Roach räusperte sich, als er näherkam, und brachte Sawyer zurück in die Welt, aus der er nur Momente zuvor herausgetreten war. Wieder einmal hatte Sky ihn von allem um sie herum fortgetragen. Wie schaffte sie das?

»Ich sollte gehen.« Ihr Blick ging zu Roach, der am Empfangstresen mit Brock redete.

»Bis wann arbeitest du?«

Ein zögerliches Lächeln hob *endlich* ihre Mundwinkel etwas an und spiegelte sich auch in ihren Augen wider. »Bis wann möchtest du, dass ich arbeite?«

Er schüttelte den Kopf und lächelte, denn es fühlte sich an, als wäre er gerade beschenkt worden. »Verdammt, Sky. Du machst mich wahnsinnig. Ich dachte, ich hätte dich gerade verloren.«

Sie tippte mit einem Finger auf seine Brust. »Ich werde nicht lügen und behaupten, das alles …« Ihr Blick wanderte zum Ring und fiel dann wieder mit dieser vertrauten Wärme auf ihn, die seinen Pulsschlag beschleunigte. »… wäre in Ordnung für mich. Aber ich verbringe wirklich sehr gern Zeit mit dir. Mir gefällt dein Charakter, dein Denken. Und mir gefällt es, wer ich bin und wie ich mich fühle, wenn ich mit dir zusammen bin.«

»Aber, Sky, ich kann diesen Teil von mir nicht ändern.«

»Ich weiß«, sagte sie leise.

»Hier ist nicht der richtige Ort, um darüber zu reden. Können wir uns später unterhalten? Die Firma, die im Haus die Rampe einbaut, ist nachher für ein paar Arbeiten bei mir. Kann ich gegen sechs zu dir ins Studio kommen? Du sagtest, du musst noch ein paar Sachen einkaufen? Sollen wir das zusammen machen?«

»Die Rampe im Haus?« Ohne ihm die Gelegenheit zu einer Antwort zu geben, fügte sie schon hinzu. »Das wäre nett, und sechs Uhr ist perfekt.« Flüsternd sprach sie weiter: »Ich sollte wohl lieber gehen. Der Typ sieht aus, als bekäme er gleich einen Tobsuchtsanfall.«

»Die Rampe ist für meinen Dad. So kann er wieder hinauf ins Himmelszelt. Die kleineren Rampen kann ich bauen, aber die im Haus hat einen größeren Umbau erfordert. Und der Typ, den du da siehst, das ist mein Trainer Roach. Der, mit dem er redet, ist Brock. Roach sieht immer so aus, aber er ist ein guter Kerl. Komm, ich kann dich ihm doch vorstellen.«

»Hm …« Ein unentschlossenes Stirnrunzeln war zu erkennen.

»Es würde mir viel bedeuten, wenn du den Mann kennenlernst, der mir geholfen hat, dahin zu kommen, wo ich heute stehe. Er ist ein guter Freund. Er sieht nur aus wie ein Rottweiler, aber er ist eher wie ein Deutscher Schäferhund.«

»Und damit soll ich mich besser fühlen?« Sie griff nach seiner Hand, als Brock zu ihnen herüberschaute.

Sawyer ließ den Blick über ihr weißes Tanktop und ihren smaragdgrünen Minirock gleiten, denn er hatte noch gar keine Zeit gehabt, sie zu bewundern, und ein Gefühl der Eifersucht schoss wie ein Pfeil durch ihn hindurch. Lederne und silberne Armbänder legten sich um ihr Handgelenk und an ihrem Fußkettchen hing ein Seesternanhänger. Das war so sehr Sky. Was dachte er sich nur? Er hätte sie genauso gut auf einem silbernen Tablett präsentieren können, damit Brock und Roach sie anglotzen konnten. Was für ein Mann würde sie nicht anglotzen wollen?

»Vertraust du mir?«, fragte er und wünschte sich, er würde sie stattdessen einfach hinaus zu ihrem Auto begleiten.

Sie nickte, und die Art, wie sie ihn ansah – als wäre er der einzige Mann, den sie je gewollt hatte, und das, obwohl er Boxer war –, schlug die Eifersucht in die Flucht.

Sawyer sah die Männer so oft, dass er vergessen hatte, wie beeindruckend sie wahrscheinlich auf sie wirkten. Sky hielt seine Hand noch fester umklammert, und damit sie sich wohler fühlte und weil er sie einfach gern an sich drückte, legte er einen Arm um ihre Schulter und stellte sie stolz seinen Freunden vor.

»Sky, das hier ist Brock ›The Beast‹ Garner, der Inhaber des Boxclubs.«

Brock lächelte, besänftigte so die Bestie und entlockte Sky mit seinem Charme ein Lächeln. »Freut mich, dich kennenzulernen, Sky.«

»Danke, freut mich auch.«

»Ich bin Manny Regan, aber die meisten nennen mich Roach.« Roach schüttelte Sky die Hand.

Erleichtert stellte Sawyer fest, dass die Anspannung aus ihren Schultern wich.

»Boxt ihr auch?«, fragte sie.

»Wir boxen alle, aber es ist nicht so schlimm, wie es aussieht.« Roach sah zu Delroy, der gegen den Sandsack boxte. »Siehst du? Er hat es unbeschadet überstanden.«

»Ich kann mir gar nicht vorstellen, von einem von euch geschlagen zu werden.« Sky schaute zu Sawyer auf und sah dann wieder zu den anderen.

»Du hast Songbird an deiner Seite, also wirst du dir nie Sorgen darum machen müssen, von irgendjemandem geschlagen zu werden. Er ist ein Ungeheuer im Ring und ein liebes Hündchen außerhalb.« Roach zwinkerte Sawyer zu. »Du solltest ihr mal Handschuhe anziehen und ihr zeigen, wie sie sich selbst schützen kann.«

»Oh nein!« Sky trat einen Schritt näher an Sawyer heran. »Vielen Dank, aber ich glaube wirklich nicht …«

»So kann man am besten sehen, wie es wirklich ist«, fügte Brock hinzu. »Du wärst überrascht, wie viel Selbstbewusstsein es dir gibt. Meine Schwester boxt auch. Sie ist ein zierliches kleines Ding, aber sie hat einen kraftvollen Haken drauf.«

»Okay, ihr habt genug Werbung gemacht. Ich bringe Sky zu ihrem Auto und bin in ein paar Minuten wieder da.« Sawyer brachte sie zum Eingang. »Tut mir wirklich leid. Ich hätte nicht gedacht, dass sie so drängen würden.«

»Schon in Ordnung. Wahrscheinlich würde ich bei Leuten, die Vorurteile über Tattoos haben, dasselbe machen. Denen sage ich auch immer, wenn sie mal eine Woche lang ein Henna-Tattoo ausprobieren, würde es ihnen vielleicht gefallen.« Als sie über den Parkplatz gingen, hielt sie seine Hand.

Eine Gruppe Jugendlicher, die bei Sawyers Pick-up stand, kam auf ihn zu, als er aus der Halle trat.

»Songbird, können wir heute trainieren?« Die Frage kam von einem großen, dünnen dunkelhaarigen Teenager.

Sawyer lächelte die aufgeregten Jungs an. Sie tauchten ein paar Mal pro Woche auf, und wenn er Zeit hatte, zeigte er ihnen ein paar Techniken. »Wenn ich mit dem Training fertig bin, nehme ich mir ein paar Minuten. Aber ihr Jungs müsst euch konzentrieren. Kein Rumalbern heute. Ich hab nicht viel Zeit.«

»Cool!«, sagte der große Schlaksige und schlug mit seinem Freund ein. »Wir konzentrieren uns.«

»Ich schreib meiner Mom, dass sie mir meine Ausrüstung bringen soll«, sagte ein anderer Junge und holte das Handy hervor.

»Kommt!«, rief ein Dritter, als er schon zu drei Fahrrädern

lief, die neben dem Parkplatz im Gras lagen. »Wir holen unsere Sachen!«

Sawyer schüttelte den Kopf und wandte sich wieder Sky zu. »Tut mir leid.«

»Muss es nicht. Ich finde es toll, dass sie sich so freuen, aber machst du dir keine Sorgen darum, dass du ihnen beibringst, wie sie sich schlagen?«

Er zuckte mit den Schultern. »Die Kids werden boxen, egal ob man ihnen zeigt, wie es richtig geht, oder nicht. Sie versuchen, es mit YouTube-Videos zu lernen, aber YouTube bringt ihnen nicht die Technik bei, die sie brauchen, um sich zu schützen. Und sie lernen dabei auch nicht die grundlegenden Dinge, wie zum Beispiel respektvoll miteinander umzugehen, egal ob Boxer oder nicht, das Eigentum anderer zu respektieren, Regeln zu befolgen, sorgfältig mit ihrer Ausrüstung umzugehen.«

Ein Lächeln trat in ihr Gesicht. »Es bedeutet dir wirklich sehr viel, oder?«

»Mehr, als du dir vorstellen kannst. Nur weil ich meinen Lebensunterhalt mit dem Boxen bestreite, heißt das noch lange nicht, dass ich ein Ungeheuer bin. Ich muss jetzt wieder rein, aber ich bin froh, dass du vorbeigekommen bist.« Sawyer zog sie in seine Arme. »Ist das in Ordnung? Dich so zu halten?«

»Ja«, sagte sie mit einem Lächeln.

»Ich weiß, dass dir mein Boxen zu schaffen macht, deshalb will ich deine Grenzen nicht überschreiten.«

»Siehst du? Das ist eines der Dinge, die dafür sorgen, dass ich dir näher sein will. Du drängst dich mir nicht auf oder ignorierst die Dinge, die mir ein ungutes Gefühl geben.« Sie ging auf Zehenspitzen und küsste ihn auf sein Kinn. »Du sagst, dass ich dich wahnsinnig mache, aber Sawyer – *Songbird* –, was glaubst du, wie es sich anfühlt, so süße Sachen von dir zu hören und gleichzeitig zu wissen, dass du diese Güte einfach abschalten und einem Kerl einen Schlag auf den Hals verpassen kannst?«

Er sah sie ernst an. »Ich schalte meine gute Seite nicht ab, wenn ich boxe, Sky.«

»Irgendwas musst du ja damit machen. Jemanden zu schlagen, hat nichts Nettes an sich.« Sie legte den Kopf zur Seite und hielt die Hand über die Augen, um sie vor der blendenden Sonne zu schützen, während sie unschuldig mit den vollen Wimpern zwinkernd zu ihm aufschaute.

»So ist es nicht. Ich betrete den Ring nicht mit der Überlegung, wie ich jemanden zusammenschlagen kann. Es geht darum, einen Kampf zu gewinnen. Es geht um Technik und Talent, nicht nur darum, wer stärker ist oder wer dem anderen mehr Schaden zufügen kann.« Während er versuchte, es ihr zu erklären, wirkte sie noch verwirrter.

»Ich weiß, dass du meinen Beruf nicht unbedingt mögen oder verstehen wirst, aber er ist auch nur ein Teil von mir, Sky. Und ich hoffe, wenn du mich besser kennenlernst, dass du dann mich als Ganzes magst und vielleicht sogar meinen Beruf akzeptieren kannst.«

»Du bist deswegen nicht sauer auf mich?«

»Sauer? Sky, ich habe jede Menge Fans gedatet, und um ehrlich zu sein, mir wäre es viel lieber, dir gefällt, wer ich als Mensch bin, und du akzeptierst, was ich beruflich mache, als dass du mich wegen meines Berufes magst. Apropos, ich sollte lieber hineingehen, bevor Tanner geht. Aber wir sehen uns um sechs Uhr in deinem Studio?«

»Ja, und Sawyer? Es tut mir leid, wenn ich zu viel deiner Trainingszeit in Anspruch genommen habe. Bitte entschuldige mich auch bei Roach und deinem Sparringspartner.«

Das war noch etwas, das er an ihr bewunderte. Auch wenn es ihr offensichtlich zu schaffen machte, womit er seinen Lebensunterhalt verdiente, so war sie dennoch rücksichtsvoll ihm und den anderen gegenüber.

»Das mache ich, aber du kannst so viel meiner Zeit haben, wie du möchtest.«

Seine Lippen fanden ihre, und als er sich von ihr lösen wollte, vertiefte *sie* den Kuss. Sie war ein wandelnder Widerspruch und er konnte nicht genug von ihr bekommen. Er zog sie fester an sich und küsste sie mit all der Leidenschaft, die er zurückgehalten hatte. Als sie schließlich voneinander ließen, war sie außer Atem – und er erregt.

Ihr Blick war unverhohlen amüsiert, als sie auf seine ausgebeulten Shorts blickte. »Hoppla.«

»Von wegen *Hoppla*«, sagte er gespielt verärgert und gab ihr einen Klaps auf den Hintern, bevor sie ins Auto stieg.

»Jetzt habe ich ein schlechtes Gewissen. So kannst du nicht hineingehen.«

Er beugte sich zu ihr und küsste sie noch einmal. »Ich habe wohl keine Wahl, oder?«

Sie kicherte und er belohnte sie mit einem weiteren Kuss. Verdammt, er musste aufhören, sie zu küssen, wenn er irgendwann die Kontrolle über sich wieder erlangen wollte, aber sie war einfach zu köstlich. Durch das Fenster schlang Sky die Arme um seinen Hals und küsste ihn aufs Neue.

»Sky!«, warnte er.

»Ich kann nicht anders«, antwortete sie. »Du stehst da nur mit deinen Seidenshorts und dein Körper ist so hart – also, in jeglicher Hinsicht.«

Er presste die Zähne zusammen, um sein Lächeln zu unterdrücken. »Du findest das witzig, oder?«

Sie schenkte ihm ein Grinsen, das ihn zum Lachen brachte.

»Du bist doch derjenige, der mich immer wieder küsst«, sagte sie und legte die Hände ans Steuer.

»Ich bin derjenige ... In Ordnung, du kleiner Scherzkeks. Sieh zu, dass du deinen süßen kleinen Hintern hier wegschaffst, bevor Roach mich sucht und so sieht.« Er gab ihr noch einen Kuss durchs Fenster und sah ihr hinterher, um dann seine Gedanken wieder auf die anstehenden Kosten für die Pflege seines Vaters und die Renovierungsarbeiten zu lenken – was ihn auch innerlich abkühlen sollte.

Zwölf

»Also, wenn das nicht unsere Tattoo-Queen ist! Du siehst unverschämt süß aus da oben auf der Leiter und bescherst uns einen tollen Blick auf den sexy Sky-Hintern.«

Lachend drehte Sky sich zu dem einzigen Menschen – abgesehen von Bella – um, der ihren *sexy Sky-Hintern* ansprechen würde.

»Wie ich sehe, sind wir heute Abend Maxine?« Sie stieg die Leiter hinunter und begrüßte Marcus mit einer Umarmung. Er war komplett geschminkt und trug ein hautenges grünes Kleid mit einem Ausschnitt, der fast bis zum Bauchnabel reichte und seine starke Brustbehaarung offenbarte. Seine schwarzen High Heels waren höher, als Sky sie jemals hätte tragen können, ohne hinzufallen. Und seine Haare hatte er schöner gestylt, als die meisten Frauen in Provincetown es hingekriegt hätten. Kurzum, Marcus war die perfekte Dragqueen.

»Schätzchen, ich muss eine Show auf die Bühne bringen.« Marcus umarmte sie noch einmal und hauchte dabei Küsse in die Luft, um dann zu dem Schriftzug zu schauen, den sie auf das Schaufenster gemalt hatte. »Gefällt mir gut, wie du *Inky Skies* gemalt hast. So frisch und so ganz du selbst!«

»Danke. Findest du das Design okay, oder ist es zu sehr *ich selbst?*«

Er trat näher an sie heran und antwortete in einem leiseren Ton: »Schätzchen, wenn es eines gibt, was ich über diese Welt gelernt habe, dann dass wir nur das haben, wer wir sind. Also höre nie auf, *zu sehr* du selbst zu sein.«

Wir haben nur das, wer wir sind. Sie musste unmittelbar an Sawyer denken, und trotz der Widersprüchlichkeiten zwischen dem Boxen und dem, was ihn ansonsten ausmachte, zauberte allein der Gedanke an ihn ein Lächeln in ihr Gesicht. »Ja, weißt du was? Ich glaube, du hast recht.«

»Halt dich immer an Maxine. Ich mache dir nie etwas vor.« Er schaute noch einmal zu dem gemalten Schriftzug auf. »Ich glaube, Howie hätten die fliegenden Vögel und die Wolken, die du um *Inky Skies* herum gemalt hast, sehr gefallen.«

»Fehlt er dir in letzter Zeit mehr?« Sie nahm seine Hand, und Marcus zwinkerte ein paar Mal, um dann tief durchzuatmen.

»Es vergeht kein Tag, an dem er mir nicht fehlt, dieser stocksteife Mistkerl ...« Er lächelte und zwinkerte ihr zu. »Im wahrsten Sinne des Wortes.«

Sie lachte und räumte ihre Sachen zusammen. »Ich habe gleich ein Date.«

»Zufälligerweise mit einem unfassbar gut aussehenden, breitschultrigen Mann, der die dunkelsten Augen hat, die ich je gesehen habe, und einen Mund, den ich gern um meinen –«

»Hey!« Sky stieß ihn mit der Schulter an. »Es reicht, Playboy.« Sie folgte seinem Blick zu Sawyer, der in Jeans und einem weißen Leinenhemd auf sie zukam. Freudige Aufregung flatterte in ihrer Brust auf. »Mensch, Marcus ... entschuldige, Maxine, was habe ich doch für ein Glück!«

»Süße, er ist derjenige, der Glück hat. Du bist ein verdammt guter Fang.«

Sawyers Lächeln wurde noch herzlicher, als er Sky erreichte und sie auf die Wange küsste. »Hallo, das Haus sieht toll aus.« Er streckte Marcus die Hand entgegen. »Hallo, ich bin Sawyer.« Marcus legte seine Hand elegant in Sawyers, als erwartete er, dass Sawyer sie küsste. Und ohne zu zögern, tat Sawyer genau das.

»Ach, Süße, den darfst du nicht wieder hergeben«, sagte Marcus zu Sky und begrüßte dann Sawyer: »Ich bin Maxine. Freut mich ungemein, dich kennenzulernen.«

»Freut mich auch, Maxine.« Sawyer begutachtete die knallgelbe Farbe und das aufwendig gemalte Firmenlogo. »Das sieht toll aus, Sky. Hast du das gerade gemacht?«

»Ja, ich habe den ganzen Nachmittag daran gearbeitet.«

»Ich überlasse euch Kinder jetzt mal eurem Spaß«, sagte Marcus. »Sky, Baby, wenn du Zeit hast, komm doch nachher in meine Show und bring deinen Adonis-Goldschatz mit.« Er zwinkerte Sawyer zu und verschwand in der Menge.

»Tut mir leid«, sagte Sky und hob eine Farbdose auf.

Sawyer nahm ihr die Dose ab. »Warum? Sie war doch nett. Wo ist denn ihre Show?«

»Im *Crown and Anchor*. Er ... sie ist den ganzen Sommer dort. Marcus am Tag, Maxine am Abend.« Sky und Sawyer räumten gemeinsam die restlichen Malutensilien zusammen.

»Ich bin immer noch ganz begeistert von dem Firmenlogo«, sagte Sawyer, als er noch einmal hinaufschaute. »Es sieht aus, als wäre es eine Abziehfolie, so perfekt ist es gemalt. Du malst also ebenso gut, wie du tätowierst?«

»Ich probiere so ein bisschen herum, so wie du mit deinen Songs. Die Gemälde im Studio sind auch von mir.«

Er nahm die Leiter und folgte ihr mit vollen Händen hinein. Im Empfangsbereich blieb er stehen, um sich die Bilder anzusehen. »Sky, du bist unglaublich talentiert. Du solltest deine Kunst verkaufen.«

Sie legte die Pinsel ins Waschbecken und die Abdeckplane über einen Stuhl. »Und du solltest deine Lieder verkaufen.« Sie gab ihm einen kurzen Kuss, als er das Gesicht verzog. »Außerdem verkaufe ich meine Kunst ja. Ich ritze sie eben nur in die Haut der Leute.« Sie schlang die Arme um seine Taille und schaute zu ihm auf. »Vielleicht sollten wir deine Songs hier im Laden neben meiner Kunst verkaufen. Alle machen heutzutage Selfpublishing. Wir könnten ein kleines Buch daraus machen und es verkaufen.«

»Du hast ein ziemlich großes Vertrauen in meine Fähigkeiten, nachdem du erst eines meiner Lieder gehört hast. Woher willst du wissen, dass der Rest kein Mist ist?« Er lächelte sie an und sein Blick war ebenso warm wie seine Umarmung.

»Weil nichts, was aus deinem Mund kommt, Mist ist, also bin ich mir sicher, dass all deine Songs wundervoll sind.«

Er senkte seine Lippen auf ihre. »Du überraschst mich immer wieder aufs Neue, Sky.«

»Das Gleiche könnte ich über dich sagen. Lass mich die Pinsel noch sauber machen, und dann können wir los, bevor noch ein weiterer Kunde hereinkommt. Wie war dein Nachmittag? Lief mit den Handwerkern für die Rampe alles gut?«

»Das lief großartig. Sie fangen in ein paar Tagen mit dem Einbau an. Es wird schön für meinen Vater, wenn er wieder ins Himmelszelt kann.«

»Bestimmt. Er freut sich sicher über die Renovierungen.«

»Ich glaube schon.«

»Bevor ich es vergesse, ich habe heute Morgen mit Pete gesprochen. Für ihn ist es in Ordnung, wenn wir das Boot für eine Nacht leihen. Ich dachte an einen Abend am nächsten Wochenende. Wäre das okay?«

Er zog sie ganz fest an sich und küsste sie. »Okay? Das wäre wunderbar. Ich sag Roach, dass ich zwei Tage frei brauche.«

»Er wird sauer auf mich sein.«

»Nein, er wird mich an den anderen Tagen nur noch härter rannehmen.«

Die nächsten Stunden schlenderten sie durch die Geschäfte in Provincetown und genossen den warmen Sommerabend.

Sie waren gerade von der Commercial Street in die Standish Street abgebogen, als Sawyer auf das Schaufenster des Buchladens »Recovering Hearts« zeigte. »Sky, sollen wir?«

Der Buchladen hatte eine Fassade aus Zedernholz und war mit violetten Leisten und einer knallroten Markise über der Eingangstür geschmückt. Regenbogenfahnen, bunte Glasherzen und Peace-Schilder hingen in den Schaufenstern.

»Der Laden ist toll, aber seit ich mein Studio gekauft habe, hatte ich noch keine Gelegenheit hineinzugehen.«

Sawyer deutete auf ein Schild im Fenster. »Deshalb dachte ich, du würdest diesen Laden mögen.« Auf dem Schild stand: *Geschenke von Herzen. Geschenke für Herzen.* »Und die haben mich hineingelockt.« Er zeigte in den hinteren Teil des Geschäfts, wo Dutzende unterschiedliche Windspiele – aus Glas, Keramik oder Metall – von der Decke hingen.

»Ich bin im Himmel!« Sie zog ihn in den Laden und wurde unmittelbar von warmen Düften empfangen, die sie nicht benennen konnte. Sky war seit Anfang des Sommers nicht mehr in dem Geschäft gewesen, und es gab einige neue Artikel im Angebot, wie Patchworktaschen und Kapuzenpullover, Bücher und Holzschilder mit süßen Sprüchen über die Liebe und das Leben.

»Ich will mich von vorne bis hinten durcharbeiten, damit ich nichts übersehe«, sagte Sky und hatte den Blick schon auf eine Reihe von Kerzen gerichtet.

Sawyer ging durch den Laden und eine Minute später tippte er ihr auf die Schulter. Sie drehte sich um und sah das Holzschild, das er in der Hand hielt: *Das Happy End fängt hier an.* Sein Blick glich dem eines bettelnden Hundewelpen.

Von Gefühlen übermannt trat sie ganz nah an ihn heran.

»Ich glaube, das Schild muss ich kaufen.«

»Das hatte ich gehofft.«

Sie suchten noch ein Räuchergefäß samt Kokosnuss-Räucherstäbchen für Skys Studio und für Sawyers Haus – *um mich an dich zu erinnern.* Und dann schauten sie die Windspiele durch.

»Hier sind Sterne dabei, das könnte also zu deiner Skulptur passen.« Sawyer strich mit den Fingern über die hängenden Metallsterne.

»Die hast du bemerkt? Mein Bruder Grayson hat sie für mich in dem Sommer nach dem Tod meiner Mutter gemacht.« Sie schaute zur Decke auf, berührte ein Windspiel nach dem anderen und sandte damit herrliche Klänge durch das Geschäft.

»Die Skulptur ist wirklich schön, und es ist offensichtlich, dass er viel Liebe hineingesteckt hat.«

Sie beobachtete Sawyer, während er durch das Geschäft schlenderte und dabei zerbrechlichen Schnickschnack und zarte Kunstblumen inspizierte. Er war ein breitschultriger, muskelbepackter Mann, und als sie ihn im Ring gesehen hatte, schien jeder Muskel, jede Hirnzelle auf sein Boxen ausgerichtet gewesen zu sein. Er hatte aggressiv und äußerst konzentriert gewirkt. Doch bis er zu ihr in den Eingangsbereich der Trainingshalle gekommen war, war all diese Anspannung aus seinem Körper gewichen und die Sorge um sie hatte ihn erfüllt. Sie verstand nicht, wie er so leicht zwischen diesen beiden Rollen wechseln konnte. Verschaffte es ihm ein Gefühl der Freiheit, diese gegensätzlichen Pole seiner Persönlichkeit leben zu können? Waren sie wirklich so gegensätzlich? Oder waren sie zwei Seiten eines Menschen? War seine Aggressivität im Ring das Gleiche wie ihre Konzentration und ihr Talent, wenn sie ein Tattoo oder ein Gemälde anfertigte? Hatte er in der Hinsicht vielleicht recht? Für Sky war es, als würde man Äpfel mit Birnen vergleichen, aber wenn sie mit Sawyer zusammen war, hatte er überhaupt nichts Aggressives an sich. Was er sagte, wie er sich bewegte, alles wirkte natürlich und leicht, nicht strategisch. Und als sie ihn in diesem kurzen Moment im Ring gesehen hatte, hatte er zwar all diese Kraft gezeigt und sie auch genutzt, um seinen Sparringspartner in die Seile zu schicken, aber – das musste sie zugeben – er hatte nicht wild drauflosgeschlagen und den Kerl sinnlos umhergejagt. Er bewegte sich im Ring wie ein sich heranschleichender Panther, langsam, kontrolliert, und wenn er zuschlug, dann mit einem schnellen Hieb, während sein Gegner eine Reihe von Schlägen abgefeuert hatte, die Sawyer mühelos abgeblockt hatte.

Er beugte sich gerade über eine Glasvitrine, vollkommen entspannt, und als er sich umdrehte und sie dabei erwischte, wie sie ihn betrachtete, schoss sein Lächeln wie ein Pfeil geradewegs in ihr Herz.

Sie schlenderten noch durch ein paar andere Läden und aßen später in einem Bistro mit Blick auf die Commercial Street zu Abend. Anschließend gingen sie zurück zu ihrem Studio. Das Gedränge auf den Straßen wurde weniger, und die Lichter der Geschäfte beschienen ein jüngeres Publikum. Aus den Bars drang Musik, Drag Queens standen vor kleinen Theatern und Kneipen, um Flyer für ihre Shows zu verteilen. Ein Mann mit einer Gitarre saß auf den Stufen zur Bibliothek und war von Menschen umgeben, die seiner Musik lauschten.

»Ich liebe es hier«, sagte Sky, als sie anhielten, um dem Gitarrenspieler zuzuhören. »Die Energie der Menschen und der Musik, die bunten Läden. Und den Pier. Ach, ich bin so gern an dem kleinen Hafen, mit dem Geruch des Meeres am Abend, wenn die Temperaturen fallen und der fischige Geruch sich in etwas Frischeres, Lebendigeres verwandelt. Alles an diesem Ort gibt mir ein gutes Gefühl.«

»Mir hat die Vielfalt von Provincetown immer gefallen, aber es ist Ewigkeiten her, dass ich hier umhergeschlendert bin. Die Zeit mit dir erinnert mich an die Dinge, die ich zurückgestellt habe – zum Beispiel einfach mal einen Abend rauszugehen und zu genießen. Es kommt mir vor, als hätte ich in letzter Zeit nur trainiert und an der Renovierung des Hauses gearbeitet. Bevor ich mich an die Rollstuhlrampen gemacht habe, gab es andere Projekte. Der Boden musste erhöht werden, um die Stufe hin zum Wohnzimmer loszuwerden, und davor habe ich die Badezimmer umgebaut, um sie rollstuhlgerecht zu machen.«

»Puh, du hattest wirklich viel zu tun. Mir war nicht klar, dass du so viel am Haus verändert hast.«

»Es ist all die Mühe wert. Das Haus bedeutet unserer Familie viel. Aber, Sky … Zeit mit dir zu verbringen, ist besser als alles andere in meinem Leben. Wenn ich mit dir zusammen bin, ist es egal, was wir tun. Du machst alles zu etwas Besonderem. Mit dir fühle ich mich auf eine Art lebendig wie schon seit sehr Langem nicht mehr.«

»Wir beide geben einander dieses Gefühl, Sawyer. Ich bin noch nie so glücklich gewesen wie mit dir.«

»Obwohl ich Boxer bin?«

Sie strich ihm über die Wange und antwortete dann mit einem Lächeln: »Obwohl du Boxer bist.«

»Du kannst dir gar nicht vorstellen, wie viel mir das bedeutet. Dies ist mein letzter Kampf, und ich weiß, ich hänge mich richtig rein, aber ich muss gewinnen. Es ist *ein* Kampf. Dann beende ich meine Karriere und du musst dir ums Boxen keine Sorgen mehr machen.«

»Ein Kampf. Ich denke, wir können diesen Sturm überstehen. Sorg nur dafür, dass dir nicht wehgetan wird.«

»Das versuche ich. Ich will Zeit mit dir verbringen, Sky. Das Letzte, was ich will, ist eine Verletzung. Aber du brauchst dir keine Sorgen zu machen. Im Ring bin ich ein Tier. Ich bringe – « Er hielt inne, als wollte er das Wort *umbringen* in ihrer Gegenwart nicht benutzen. »Ich werde es schaffen. Ich werde diesen Kampf gewinnen.«

Sawyers Gang war anders, geradezu zuversichtlich und beschwingt, als sie die Straße entlang zu ihrem Studio gingen und die Musik hinter ihnen leiser wurde. Auf den Stufen zum Puzzle Me This unterhielten sich Leute, und auf der Eingangstreppe von Shop Therapy saß ein Mann mit seinem schwarzen Labrador. Der schwere Duft von Salbei hing in der Luft wie mitunter der Geruch von Marihuana bei Konzerten. Sky legte im Gehen den Kopf an Sawyers Schulter und fühlte sich wohlig entspannt.

Als sie das Studio erreichten, bewunderten beide das frisch gemalte Firmenlogo. *Inky Skies* war in einer Schrift gezeichnet, die wie ein Tattoo wirkte, bei dem Teile jedes Buchstabens sehr breit geschrieben und andere so dünn waren, dass man sie kaum sah. Jeder Buchstabe war perfekt. Tränen schienen vom *k* in *Skies* herunterzufallen, und über den Worten schwebten

Wolken, die verblassten, je weiter sie hinter den Buchstaben versanken. Schwarze Sprenkel tauchten oben aus dem *k* in *Inky* aus und wurden zu einem Schwarm bunter Vögel und in den unteren breiten Strich vom *I* in *Inky* hatte Sky einen goldenen Halbmond gemalt.

»Ich komme aus dem Staunen gar nicht mehr heraus. Aber warum hast du es nicht Inky Sky genannt?«

Sie schloss die Eingangstür auf, bevor sie antwortete. Er folgte ihr in das dunkle Studio, und sie spürte ihn überall um sich herum – in der pulsierenden Luft, in der Hitze, die in ihrem Innersten brodelte, und in ihrem erfüllten Herzen –, als wäre er bereits ein Teil von ihr geworden. Als sie die Schlüssel und ihre Tasche auf dem Ladentisch ablegte und nach ihrem Gedichtband griff, spürte sie auch die Anwesenheit seines Vaters. Sie war dem Mann noch nie begegnet, aber sie hatte das Gefühl, ihn durch das Lesen seiner Gedichte doch irgendwie schon zu kennen. Ihre Freunde fanden, Sky wäre *mondsüchtig*, aber es war einfach so, dass die Worte von C. J. Moon sie direkt ansprachen. Die Gefühle, die er zu Papier gebracht hatte und die sich in ihrem Inneren zu einem kleinen Knäuel der Hoffnung verbanden. Und jetzt stand sein Sohn, sein wunderbarer, romantischer, fürsorglicher Sohn neben ihr, als sie sich auf den Ladentisch setzte und ihn ansah.

Sie schaute in Sawyers unfassbar dunkle Augen, und als er sich zwischen ihre Beine stellte und die Hände auf ihre Hüften legte, wusste sie, dass sein Vater die Fähigkeit, so tief zu empfinden, an ihn vererbt hatte. Natürlich bestand Sawyer aus Wärme, Stärke und Loyalität. Natürlich war er aufmerksam, liebevoll und romantisch. Sawyer Bass war nur für sie hier auf die Erde geschickt worden.

Bei dem Gedanken schlug ihr Herz schneller. Es war einer

dieser Gedanken, bei dem ihre Freundinnen vielleicht die Augen verdreht und ihre Brüder sich über sie lustig gemacht hätten, aber das war Sky egal. Alles, was Sawyer sagte, fand ein Echo in ihr. Jede Berührung, jeder Blick, jedes Flüstern, wenn sie in seinen Armen lag, zog sie mehr in seinen Bann. Schon jetzt wusste sie, dass sie nie genug von ihm bekommen würde. In ihrem Hinterkopf meldete sich kaum hörbar das Wort *Boxer*, das sie im Geiste immer wieder durchging. Warum sollte das Universum ihr einen Boxer in den Schoß fallen lassen? Jemanden, der etwas tat, das ihren Werten so dermaßen widersprach?

Seine Worte hallten in ihr wider.

Weil du stark genug bist, um schwach zu sein, wenn du es brauchst. Das ist eine Gabe. Die meisten Leute sind ihren Gefühlen gegenüber so verhärtet, dass sie sie verbergen. Das sehe ich jeden Tag im Ring. Ach was, ich tue es selbst jeden Tag.

Die Antwort war einfach.

Weil du auch mich gebraucht hast.

»Ich habe das Studio nicht nach mir benannt«, erklärte sie. »Ich weiß, dass das alle denken, aber so war es nicht.« Sie blätterte im Gedichtband und fing an zu lesen: »*Die Sonne schwindet, der Mond bricht durch, kühle Luft flüstert in der Nacht. Tränen fallen, Arme trösten, Vögel in der Ferne sind erwacht. Strahlende Sichel, nimm mein Rufen, erhebe mich ins tintenschwarze Firmament.*«

Sie schaute ernst zu ihm auf. »Das ist eines meiner Lieblingsgedichte.«

»*Inky Skies ... tintenschwarzes Firmament ...* Das hat mein Vater geschrieben.« Seine Stimme war voller Emotionen.

»Das ist Schicksal«, flüsterte sie.

Dreizehn

Sawyer erwachte am nächsten Morgen, als er weiche Pfoten auf seiner Brust fühlte. Er öffnete die Augen und erblickte Merlins zerknirschtes flauschiges Gesicht. Der Kater sah ihn vorwurfsvoll an, als hätte er ihm seinen Platz im Bett weggenommen. Sawyer schaute zu Sky, die tief schlafend neben ihm lag. Ihr Kopf war an seine Brust geschmiegt, ein Oberschenkel ruhte auf seinem Bein und ihr Arm lag besitzergreifend auf seinem Bauch. Die langen Haare fielen ihr über die Schulter und bedeckten – bis auf einen kleinen Streifen elfenbeinfarbener Haut – auch ihre bloße Brust. Ihm war nicht klar gewesen, dass man so schnell so viel für jemanden empfinden konnte, doch er war nun mit seiner ganzen Seele mit Sky Lacroux verwoben. Er hatte noch nie einen Menschen kennengelernt, dessen Wesen so sehr seinem eigenen glich.

Merlin streckte seine Pfoten mitten auf Sawyers Brust aus, ließ sich dann auf seinem Bauch nieder und schloss die Augen. Gleich darauf spürte Sawyer das leichte Vibrieren seines zufriedenen Schnurrens. Er schloss die Augen wieder und legte einen Arm um Sky, während er mit der anderen über Merlins Rücken strich. Schöner konnte das Leben kaum sein.

Er dachte an den bevorstehenden Tag und das Sparring, das

Teil seines Trainings sein würde. Die Warnung des Arztes drängte sich wieder in sein Bewusstsein und daraufhin wanderten seine Gedanken zu seinem Vater. Er würde ihn später anrufen und fragen, wie es ihm ging.

Sky seufzte im Schlaf und er küsste sie auf den Kopf. Sie war eine so fürsorgliche und liebevolle Person, so sinnlich, offen und vertrauensvoll, dass er alles tun wollte, um sie glücklich zu machen. Wie er so neben ihr lag, mit ihrem geliebten Kater auf dem Bauch, mit der Sonne, die durch die Vorhänge lugte, und dem Duft ihres Liebesspiels noch um sie herum, wusste er, dass er seine neu erwachten Gefühle unter Kontrolle bringen musste.

Denn wenn er den Ring betrat, würden seine Gedanken bei ihr sein und ihn daran erinnern, dass es nicht mehr nur *sein* Kopf, *sein* Körper war – denn wenn er Sky wollte, war er es ihr schuldig, unversehrt zu bleiben, körperlich und geistig gesund zu bleiben.

Das bedeutete, dass er noch härter trainieren musste, an jeder einzelnen seiner Bewegungen noch mehr feilen musste. Vollkommen konzentriert bleiben musste.

Skys Hand strich über seinen Bauch bis hin zu Merlins Rücken. »Mhmm. Wir haben Gesellschaft. Tut mir leid.« Merlin schnurrte nun noch lauter.

Er liebte ihre träge Morgenstimme. »Muss es nicht. Merlin und ich haben eine Übereinkunft getroffen. Ich darf neben dir im Bett schlafen und er darf mich als Matratze benutzen. Finde ich ziemlich fair.«

Sie hob den Kopf an und sah mit verschlafenem Blick und zufriedenem Lächeln zu ihm auf. »Die Übereinkunft gefällt mir auch.«

Merlin hob ebenfalls den Kopf, als müsste er entscheiden, ob er die Augen wieder schließen und weiterschlafen sollte oder ob seine Kuschelzeit vorbei war. Eine Sekunde später kletterte er gemächlich von Sawyers Brust herunter und sprang vom Bett.

Sky lachte leise. »Glaubst du, er wusste, dass ich dir näher sein wollte?«

Sawyer drehte sie sanft auf den Rücken und schob sich über sie. Er liebte es, sie unter sich zu spüren, weich und warm. Nachdem er ihr eine Haarsträhne aus dem Gesicht gestrichen hatte, sah er ihr in die von langen Wimpern umrahmten, schläfrigen Augen.

»Du hast mich in deinen Bann gezogen, Sky.«

Ihre Lippen waren blassrosa, heller als nach ihren Küssen, wenn ihre Leidenschaft sie dunkel schimmern ließen. Der Drang, sie zu küssen, war stark, aber nicht so stark wie das Verlangen, ihr genau zu sagen, was er fühlte, ihr zu offenbaren, wie seine Gedanken bei allem, was er tat, immer wieder zu ihr zurückkehrten.

»Ich bin dabei, mich heillos in dich zu verlieben«, gestand er. »Wenn wir weiterhin Zeit miteinander verbringen, dann werde ich mehr und mehr deinem Zauber erliegen.«

Ihre Finger wanderten an seiner Seite hinauf. Sie musste schlucken, hielt aber seinem Blick stand. Ihre Augen blickten ernster, und er spürte ihren schneller werdenden Herzschlag. Er wusste, dass auch sie seinen spürte.

»Sollte ich mir Sorgen machen?«, fragte sie flüsternd.

Er lächelte über ihre Antwort. Sie sagte nie, was er erwartete, und das machte sie gleich noch anziehender.

»Nur wenn dir wegen uns Zweifel kommen. Ich habe mein Herz noch nie vergeben, Sky, und ehrlich gesagt ist es etwas beängstigend.« Er kämpfte gegen harte Gegner und setzte sich willentlich jeden verdammten Tag einem körperlichen Angriff aus. Aber nichts – absolut nichts – war vergleichbar mit dem, was Sky ihm antun könnte, wenn sie ging. Selbst nach diesen wenigen Tagen. Er hatte nur eine vage Vorstellung davon, wie seine Gefühle für sie nach einer Woche, einem Monat oder einem Jahr wachsen würden.

»Ich glaube, die Zweifel kann ich abhaken«, antwortete sie. »Gegen das, was zwischen uns ist, kann ich nicht ankämpfen. Es ist zu groß.«

»Ich möchte mich in dir verlieren, Sky, und nie wieder herausfinden.«

Sie drückte die Hände flach auf seinen Rücken und flüsterte an seinen Lippen: »Lass los, Sawyer. Ich bleibe bei dir.«

Später hielt Sky auf dem Weg zur Arbeit bei einem privaten Flohmarkt an und fand den perfekten Sessel für das Studio. Mit dem Paisleymuster in Blau-, Weinrot-, Creme- und Gelbtönen wirkte er altmodisch, auch wenn er offensichtlich neu und in tadellosem Zustand war, abgesehen von dem angenehm gebrauchten Look des Polsters. Der Mann, der ihn ihr verkaufte, half ihr beim Einladen ins Auto, und sobald ihr prall gefüllter Nachmittag vorüber war, würde sie Blue bitten, ihr beim Hineintragen zu helfen.

Die erste Stunde im Studio verbrachte sie mit Recherchen zur Parkinson-Krankheit. Sie erfuhr etwas über den Verlauf der Krankheit, die Symptome und die Herausforderungen, denen Sawyer und seine Familie sich würden stellen müssen. Sie wollte so viel wissen wie möglich, um Sawyer besser unterstützen zu können, und je mehr sie las, umso mehr Parallelen entdeckte sie zwischen dem Alkoholismus ihres Vaters und der Krankheit seines Vaters. Es war nicht das Gleiche, natürlich nicht, denn der verschlechterte Zustand ihres Vaters im Alkoholismus war von ihm selbst verursacht worden, und für die Krankheit von Sawyers Vater gab es keine Heilung, wie es bei ihrem Vater der Fall gewesen war. Aber ihr Vater hatte mit einer Krankheit zu tun gehabt, die stärker gewesen war als er, und das galt genauso für Sawyers Vater. Und so war es auch für ihre Mutter gewesen, der das Leben geraubt worden war. Sie fragte sich, wie es für einen Mann sein musste, der die starke Säule der Familie gewesen war und dem dann diese Stärke entglitt. Bei ihrem Vater konnte sie sich vorstellen, dass er sie bereitwillig abgegeben hatte, um nach dem Verlust seiner Frau irgendwie über den Tag zu kommen. Wahrscheinlich war es eine Flucht vor dem Schmerz und der Einsamkeit gewesen – und sie wusste, wie viel Glück sie hatten, dass er die Entziehungskur erfolgreich hinter sich gebracht hatte und seitdem abstinent geblieben war.

Sawyers Vater hatte diese Möglichkeit nicht, und obwohl sie den Mann noch nicht kennengelernt hatte, so liebte und respektierte sie ihn. Und schon jetzt wusste sie, dass sie alles in ihrer Macht Stehende tun würde, um seiner Familie zu helfen.

Den Rest des Tages verbrachte sie damit, zwischen dem Firmenlogo am Schaufenster, an dem noch ein paar letzte Pinselstriche fehlten, und Kunden, die tätowiert werden wollten, hin- und herzupendeln. Sie hatte kaum Gelegenheit, Luft zu holen. Sie hatte nicht einmal Zeit für eine kurze Pause, um Lizzie auf den neuesten Stand bezüglich Sawyer zu bringen, als ihre Freundin in der Mittagszeit hereinschaute. Sie war in Gedanken bei ihm, seit sie sich heute Morgen aus seiner Umarmung gelöst und er ihr gesagt hatte, dass er sie abends mit etwas überraschen wollte. Er wollte, dass sie all seine Seiten kennenlernte.

Sie überlegte gerade, wie viele Seiten er wohl noch haben mochte, als Cree zur Tür hereinrauschte und mit etwas über ihrem Kopf herumwedelte.

»Ich liebe dein neues Logo«, sagte sie und knallte eine Papierserviette auf den Ladentisch. »Und das Gelb macht den Laden gleich viel lebendiger.« Sie kniete sich hin, um ihre verschlissenen schwarzen Stiefel neu zu binden, zupfte dann ihr Tanktop zurecht und zog es über ihrem schwarzen Minirock glatt.

»Danke, das habe ich gestern gemalt. Ich hatte nicht erwartet, dass du schon so schnell wiederkommst.« Sie fragte sich, ob sie einfach nur vor ihrer Schicht im Governor Bradford's etwas Zeit totschlagen wollte.

»Das hatte ich eigentlich auch nicht vor, doch ich hatte vergessen, dass ich das hier noch habe. Und ich wollte es mir unbedingt stechen lassen.«

»Super.« Sky las, was auf der Serviette stand. *Ich nehme alles auf mich, höre stets zu. Ich kämpfe an deiner Seite, bleib bei dir immerzu.* Sie schaute zu Cree auf und fragte sich, ob das irgendein Scherz war, den Sawyer sich mit ihr erlaubte. Genau diese Worte hatte er zu ihr gesagt, als sie die erste Nacht miteinander verbracht hatten.

»Irgendein Kerl hat das vor ein paar Tagen auf dem Tresen liegengelassen. Warum?« Cree klang viel zu unbeschwert, als dass es ein Scherz sein konnte.

»Ich glaube, das hat jemand geschrieben, den ich kenne. Ich frage mich nur, warum er es dort gelassen hat.«

Cree zuckte nur mit den Schultern. »Hat ihm wohl nicht gefallen. Pech für ihn, Glück für mich. Ich muss heute Abend früher bei der Arbeit sein. Hast du Zeit, mir das Tattoo zu stechen?«

»Klar.« Sky nahm sie mit nach hinten, und in den nächsten fünfundvierzig Minuten verewigte sie die Worte, die Sawyer zu ihr gesagt hatte, nachdem sie sich geliebt hatten, auf Crees Haut. Die Worte waren ihr so tief empfunden und aufrichtig vorgekommen und hatten sie so berührt, dass sich jetzt Eifersucht in ihr breitmachte. Es gefiel ihr nicht, Sawyers liebevolle Worte auf Cree zu tätowieren, als könnte sie sie sich einfach so zu eigen machen.

Ein steter Strom von Kunden hielt Sky den ganzen Nachmittag auf Trab, und das war eine gute Ablenkung von dem Tattoo, an das sie die ganze Zeit denken musste. Blue war irgendwann eingetroffen, um weiter an den nötigen Renovierungen zu arbeiten, und als Sky mit einem Tattoo fertig wurde, für das sie zwei Stunden mit der Wade eines Mannes beschäftigt gewesen war, hatte Blue einen letzten Anstrich an der hinteren Wand geschafft.

Nachdem der Kunde gegangen war, schloss Sky das Studio ab und gesellte sich zu Blue. Mit einem lauten Seufzer ließ sie sich auf einen Stuhl fallen und dachte an Crees Tattoo.

»Was für ein Tag! Ich schwöre, da draußen ist irgendjemand und macht Reklame für Tattoos oder so.« Sie massierte sich ihre steifen Finger.

»Das ist doch gut. Wäre blöd, wenn du keine Kunden hättest.« Blue stellte den Werkzeugkasten und das Material für die Malerarbeiten auf dem Tisch ab. »Ich bin mit dem Streichen fast fertig. Oben muss ich noch etwas spachteln und streichen, ich will die Regale für deine Materialien hinter den Wandschirmen dort einbauen, und ich glaube, ich kann oben noch einen großen Einbauschrank hinkriegen. Dann ist alles wie neu und du kannst dein Reich genießen.«

»Du bist der Beste, Blue. Danke!« Nicht zum ersten Mal

dankte sie ihrem Schicksal für Blues Freundschaft. »Du hast ausreichend Gelegenheit, dich zu revanchieren. Ich bekomme für den Rest meines Lebens gratis Tattoos von dir und du besorgst mir Tickets für Sawyers nächsten Kampf, okay?« Er vergrub die Hände in den Taschen und grinste sie an.

»Gratis Tattoos? Du würdest mich keinen Tropfen Farbe auf deine Haut tätowieren lassen, aber falls doch, geht das natürlich klar. Und was Sawyers Kampf angeht, glaube ich nicht, dass ich hingehen werde, aber ich werde ihn um ein Ticket für dich bitten.«

»War es so schlimm, ihm beim Training zuzusehen?«

Sky fummelte an ihren Armreifen herum. »Es war so, als würde ich Merlin dabei zusehen, wie er eine Maus in die Mangel nimmt.« Sie sah Blue an. »Ebenso wenig wie ich mir vorstellen kann, dass mein süßer kleiner Kater irgendjemandem wehtut, möchte ich mir vorstellen, dass Sawyer jemanden schlägt. Aber ich habe es gesehen, also weiß ich, dass es wahr ist. Im Gegensatz zu Merlin, bei dem ich immer noch so tun kann, als würde er nie eine Maus umbringen.«

Sie stand auf und ging hin und her. »Du hättest es mal sehen sollen. Selbst ich konnte sehen, dass der andere Kerl überhaupt nichts mit ihm im Ring zu suchen hatte. Er war kleiner und keiner seiner Schläge konnte Sawyer irgendetwas anhaben. Aber Sawyers Schläge ...« Bei der Erinnerung daran riss sie die Augen auf. »Blue, er hat richtig zugeschlagen!«

»Das muss er doch auch. Dazu ist das Training da, um die Technik zu perfektionieren.«

»Also, die hat er in der Tat perfektioniert. Der andere hatte eine Riesenschwellung am Hals.« Sky blieb stehen und lehnte sich neben Blue an den Ladentisch »Ich bin noch nie in so einer Situation gewesen, Blue. Ich mag ihn sehr. Ich mag, wer er als

Mensch ist, und ich mag alles an ihm – außer das Boxen.«

»Hm, das ist ein bedeutender Teil von ihm, aber es muss ja nicht das alles entscheidende Kriterium sein, oder? Was wäre, wenn er ein Anwalt wäre, der Verbrecher verteidigt, ein Stripper oder –«

»Ein Stripper? Echt jetzt? Ich würde niemals einen Stripper daten.«

»Bist du verklemmt.« Er lachte über seinen Scherz.

»Ich meine es ernst. Er boxt aus einem ehrenhaften Grund – um Geld für die zukünftige Pflege seines Vaters zu verdienen –, aber trotzdem … Ich glaube nicht, dass ich ihm noch einmal beim Boxen zuschauen kann.«

Blue zuckte mit den Schultern. »Ich sehe da kein Problem. Dann gehst du eben nicht zu dem Kampf.«

»Seine Mom geht auch nicht zu seinen Kämpfen. Ach, ich zeig dir noch etwas anderes.« Sie ging in den vorderen Bereich des Studios und nahm den Korb mit den Tattoos, die sie gesammelt hatte. Sie zog den Zettel heraus, den Sawyer mitgebracht hatte, und die beiden von Cree, und gab sie allesamt Blue. »Dieselbe Handschrift, oder?«

»Glaub schon. Jedenfalls ziemlich ähnlich«, sagte er, als er sich die Zettel anschaute.

»Also ich glaube, Sawyer ist der P-Town-Poet.« Sie verschränkte die Arme und tippte nervös mit dem Fuß auf den Boden.

»Und?«

»Ich habe ihn gefragt und er hat Nein gesagt.« Sie nahm die Servietten und Zettel zurück und las sie noch einmal durch, bevor sie sie wieder in den Korb legte. »Und das auf der Serviette …« Sie zeigte auf den Stapel. »Das hat er neulich Abend zu mir gesagt. Genau diese Worte.«

»Worüber machst du dir Sorgen, Sky? Dass er dir verheimlicht, wie gern er Gedichte schreibt?«

»Nein, es ist nur ... Warum sollte er so etwas verheimlichen?«

»Genau deswegen habe ich keine Dates. Da tauchen so blöde Fragen auf, und dann bricht alles wegen irgendwelcher Zettel in einem Korb auseinander.« Blue nahm seine Werkzeuge. »Er kommt mir nicht wie ein Mann vor, der irgendetwas verheimlicht. Zeig ihm die Zettel und frag ihn. Einfache Sache.«

»Das werde ich, aber gefragt habe ich ihn schon.«

»Keine Ahnung, Sky, aber wenn du Probleme mit seinem Boxen hast *und* du ihm nicht traust ...«

»Ich vertraue ihm voll und ganz!« Sie griff wieder nach dem Korb und wusste, dass es keinen Sinn ergab, was sie sagte, aber sie musste wissen, ob der Mann, in den sie sich gerade verliebte, derselbe Mann war, der all die schönen Sprüche schrieb, die sie seit zwei Jahren aufbewahrte.

»Warum stellst du es dann infrage? Wenn er gesagt hat, dass er es nicht ist, dann ist er es nicht.« Er ging zur Hintertür. »Ich muss los. Lizzie hat mich gebeten, vorbeizukommen und ein Loch in ihrem Dach zu reparieren.«

»Ach ja? Gut, dann geh.« Sie scheuchte ihn Richtung Ausgang.

»Brauchst dir gar nichts dabei zu denken. Sie hat ein Loch im Dach, mehr nicht.«

»Klar, und ich werde die Finger von Sawyer lassen«, sagte sie sarkastisch.

»Dir liegt also *wirklich* viel an ihm!«

»Mein Gott, Blue, ihr Männer kapiert manchmal wirklich ziemlich langsam. *Natürlich* liegt mir viel an ihm. Ich habe dir doch gesagt, dass ich ihn *wirklich* sehr mag. Warum würde es mir sonst etwas ausmachen, ob er mir die Wahrheit über den P-Town-Poeten sagt? Jetzt sieh zu, dass du zu Lizzie kommst, und grüß sie von mir.«

»Du kommandierst anscheinend gern herum, wenn du einen Freund hast.«

Sie warf ihm eine Kusshand zu, schloss die Tür hinter ihm und lehnte sich mit dem Rücken dagegen. Der Korb stand auf dem Ladentisch, lockte sie mit den kleinen Zetteln und zerknitterten Servietten. Kurz darauf ging sie mit dem Korb in der Hand zu ihrem Auto.

Eine Stunde später, frisch geduscht und in ein Handtuch eingewickelt, stand Sky mit Bella, Amy und Jenna zusammen in ihrem Schlafzimmer und schaute in ihren Schrank.

»Alles ist lang und fließend«, sagte Bella, als sie einen von Skys Röcken betrachtete.

»Das trage ich nun mal gern.« Sky nahm einen Rock von der Stange und hielt ihn sich vor den Körper. »Der Minirock, den ich heute getragen habe, ist weder lang noch fließend. Den könnte ich anziehen.«

»Aber er sagt nicht: *Verrate mir all deine Geheimnisse*, oder?«, fragte Jenna. »Warum ziehst du nicht das hier an?« Sie hielt ein schwarzes Seidentanktop hoch.

»Das mag ich gern. Und welchen Rock dazu?«, fragte Sky.

»Nur das Top!« Jenna hielt es vor ihren Babybauch. »Guck mal, es reicht mir bis zu den Oberschenkeln. Wir wollen Antworten, und das erreichst du am besten, wenn du ultrasexy bist, damit er gar nicht darüber nachdenken kann, was er sagt.«

Sky hielt sich das Top an. »Das reicht bei dir bis zu den Oberschenkeln, weil du eins fünfzig groß bist. Ich nicht. Das hier bedeckt gerade mal meine Muschi.«

»Umso besser«, befand Jenna.

»Nein, auf keinen Fall. Ich werde keine Antworten bekommen, nur weil ich mich unzüchtig anziehe.«

»Zumindest trägst du keine T-Shirts mit Hello-Kitty-Bildern drauf«, sagte Amy. »Bei mir habt ihr auch eine Kleiderschrank-Aktion gestartet, bevor Tony und ich endlich zusammenkamen, wisst ihr noch? Zum Glück mag er mich am liebsten ohne Klamotten.« Sie lehnte sich zu Sky hinüber und fügte flüsternd hinzu: »Spart auch Geld.«

Sky nahm einen schwarzen Minirock aus dem Schrank. »Das hier geht doch, mit ein paar langen Ketten und meinen Armreifen, findet ihr nicht?«

Jenna betrachtete das Outfit prüfend. »Mir gefällt es. Es ist sexy, aber deine Accessoires mildern es etwas ab, und dann fühlt er sich auch nicht gleich so heftig angemacht.«

»Sagt die Frau, die wollte, dass ich ohne Unterteil losziehe«, sagte Sky.

»Oh, er wird schon angemacht werden«, sagte Bella. »Habt ihr nicht gehört, wie Sky erzählt hat, dass sie gar nicht aufhören kann, wenn sie ihn küsst?«

»Ich hab mich zu sehr auf die Körbe voller Romantik konzentriert, um den Teil mitzukriegen.« Jenna wühlte weiter hinten in Skys Schrank herum. »Hast du keine Schals? Es könnte heute Abend kühl werden.«

»Ich glaube, die habe ich alle in der Wohnung gelassen.« Sky zog eine Schublade auf. »Ich nehme einen Pullover mit.«

Amy schob die Schublade wieder zu. »Schlechte Idee. Wenn du einen Pullover trägst, kann dir nicht kalt werden. Das hat mir Jenna beigebracht. Jenna, kannst du ihr nicht einen Schal leihen?«

»Schon unterwegs!« Jenna eilte hinaus.

»Ihr habt aus dem Daten ja eine richtige Wissenschaft gemacht. Irgendwie beängstigend.« Sky lächelte ihre Freundinnen an.

»Du hast Glück, Sky.« Bella saß mit einer Hand auf ihren Bauch gelegt auf dem Bett und zog Sky zu sich herunter. »Keine von uns war besonders gut in diesen Date-Angelegenheiten. Das war Learning by Doing. Pullover sind warm. Mit Schals kann es kühl werden. Du möchtest, dass dir kühl wird, damit du dich an deinen Kerl schmiegen kannst. Alles klar? Du kannst von unseren Fehlern profitieren.« Ihr stockte der Atem. »Oh mein Gott! Fühlt mal!« Sie nahm Amys und Skys Hände und legte sie auf ihren Bauch.

»Oh mein Gott! Tritt sie?«, fragte Sky. »Oder ist das ein Knie? Oder ein Ellbogen?«

»Ich bin mir nicht sicher, aber ich wünschte, sie würde bald herauskommen.« Bella lehnte sich zurück und stützte sich auf den Händen ab. »Manchmal fällt das Atmen mit ihr da drinnen ziemlich schwer, und wenn sie mir auf die Blase tritt, sollte der Weg zur Toilette möglichst nicht weit sein.«

»Ich weiß, wovon du redest«, sagte Amy. »Echt, ich könnte alle fünf Minuten aufs Klo. Apropos …« Sie ging ins Badezimmer, als Jenna auch schon wieder bepackt mit Tüchern hereinkam und sie aufs Bett warf.

»Wow, danke, Jenna.« Sky schaute sich gleich alle an.

»Du kannst dir kein Tuch aussuchen, wenn wir noch nicht wissen, welche Schuhe du anziehst. Das muss doch zueinanderpassen. Flip-Flops, Sandalen oder …« Jenna hob Skys Lieblingsstiefeletten in die Höhe. »Sexy Stiefel?«

»Lasst uns bei Sandalen bleiben, bitte. Ich weiß nicht einmal, wohin er mit mir geht, aber für alle Fälle … Ich möchte lieber nicht ordinär aussehen.« Sky nahm Jenna die Stiefel ab und warf sie hinten in den Schrank.

»Du siehst nie ordinär aus.« Ungeachtet ihres Babybauches kramte Jenna sie wieder heraus. »Du kannst deine Stiefel nicht einfach herumwerfen.« Sie stellte sie neben Skys andere Schuhe und richtete sie so aus, dass alle Paare ordentlich aufgereiht waren.

»Jenna«, sagte Sky. »Du weißt, dass ich morgen alles wieder durcheinanderbringe, wenn ich mir etwas zum Anziehen heraussuche.«

»Dann komme ich und reihe sie wieder auf.«

Merlin schlenderte zu ihnen ins Zimmer und rieb sich an Jennas Bein. »Merlin wird meine Wachkatze. Er kratzt dich, wenn du die Schuhe durcheinanderbringst.«

»Na, viel Glück dabei. Die Wahrscheinlichkeit ist größer, dass er mich zu Tode schleckt.« Sie hob ihren Kater hoch, gab ihm einen Kuss auf den Kopf, und setzte ihn dann wieder ab, um sich anzuziehen.

Amy kam mit einem Parfümflakon aus dem Bad. »Das hier riecht so köstlich, Sky. Das solltest du tragen.«

»In Ordnung.« Sie hielt ihr die Handgelenke entgegen und Amy besprühte sie. Sky wedelte mit den Armen in dem Duftnebel herum. Dann zog sie sich das Top über den Kopf und legte mehrere Armreifen und zwei lange Halsketten an. »Was meint ihr?« Sie drehte sich herum und alle Frauen lächelten.

»Atemberaubend«, sagte Amy.

»Du siehst immer heiß aus«, sagte Jenna.

»Ist das zu viel?« Sky wollte auf keinen Fall so aussehen, als hätte sie sich übertrieben viel Mühe gegeben.

»Nein! Du siehst ansprechend sexy aus«, sagte Bella.

Jenna wühlte die Tücher durch und legte ein hellblaues um Skys Hals. Vielsagend zuckte sie mit den Augenbrauen. »Tücher sind ja so praktisch. Damit kann man so viel machen, wenn du weißt, was ich meine.«

»Du meine Güte.« Amy hielt Jenna am Arm fest. »Bist du jetzt nur noch auf dem *Fifty-Shades*-Trip?«

Jenna lachte und lief tiefrot an. »Nein, nicht nur. Außerdem hat Bella auch Plüsch-Handschellen. Was ist an Tüchern so falsch?«

»Und du, Amy, brauchst gar nicht so unschuldig zu gucken.« Bella sah sie finster an. »Du hast uns ja alles über deine kleine Hände-hinter-dem-Rücken-Aktion mit deinem sexy Surfer-Gatten erzählt.«

»Hey, davon weiß ich ja noch gar nichts«, sagte Sky. »Wo war ich da?«

»Das war an dem Abend, als du und Sawyer euch eingehend kennengelernt habt«, sagte Jenna laut lachend.

»Ich dachte, wir hätten dir von Amys leidenschaftlichem Stelldichein erzählt«, fügte Bella hinzu.

»Ich würde mich wohl daran erinnern, von den Fesselspielen des Kätzchens gehört zu haben«, neckte Sky sie.

Ein Klopfen an der Tür schreckte alle auf.

Amy lugte zum Schlafzimmerfenster hinaus. »Er ist da und – *oh la la!* – sieht der lecker aus!«

Sie stolperten alle gleichzeitig zur Schlafzimmertür hinaus.

»Ich komme mir vor wie in der Highschool.« Als Sky die Haustür aufmachte, blieb ihr fast das Herz stehen. Die anerkennenden Laute hinter sich nahm sie kaum wahr. Sie hatte Sawyer schon in Jeans, Shorts und vollkommen nackt gesehen, und alles hatte gereicht, um sie leicht durchdrehen zu lassen, aber dieser Anblick war neu. Seine breiten Schultern wirkten gleich noch kräftiger in dem schwarzen Hemd, das er in die dunkle Hose gesteckt hatte, und die oberen geöffneten Knöpfe ließen eine leichte Brustbehaarung erahnen.

Sein Blick wanderte langsam an ihrem Körper hinunter, sodass ihr heiß und schwindelig zugleich wurde. Er berührte ihre Hand, als er sie küsste. Der Duft seines Parfüms umfing sie, und als er sprach, war es, als hörte sie seine Stimme zum ersten Mal. In ihrem Bauch tobten die Schmetterlinge.

»Du siehst hinreißend aus«, sagte er mit einem zwanglosen Lächeln. »Ihr Ladys seht auch hinreißend aus«, fügte er hinzu.

»Danke«, kam es wie aus einem Mund zurück.

Sky schaute über die Schulter zu ihren Freundinnen und erblickte den Korb auf dem Tisch. Irgendwie kam es ihr nun nicht mehr so dringend vor. Sie wollte jetzt kein ernsthaftes Gespräch über Gedichte führen. War es wirklich von Bedeutung, ob er der P-Town-Poet war? Nicht so sehr, als dass es sie von einem sicher wunderbaren Abend ablenken konnte.

»Sie wollten gerade gehen«, sagte Sky.

»Stimmt«, bestätigte Bella, doch sie machte keine Anstalten zu gehen. »Wie sieht der Plan aus? Kannst du uns etwas über euer geheimes Date verraten?«

Sky scheuchte sie Richtung Tür. »Los jetzt, meine lieben verheirateten und schwangeren Freundinnen. Hört auf, meinen Kerl anzuschmachten und ihn nach Informationen auszuhorchen.«

Die Frauen wünschten ihnen einen tollen Abend und marschierten eifrig flüsternd aus dem Haus.

»Tut mir leid. Ich glaube, wenn wir alle zusammen sind, benehmen wir uns wie die Teenager.«

»Ich wünschte, ich hätte dich als Teenager kennengelernt«, sagte er mit einer Stimme, die Butter zum Schmelzen gebracht hätte. »Dann hätten wir noch mehr Spaß miteinander gehabt.«

Vierzehn

Sawyer hielt vor dem Undercover an, einer Bar am Strand von Truro. Sky war noch nie dort gewesen. Als Sawyer ihr beim Aussteigen behilflich war, sagte er:»Okay, meine Sweet Summer Sky, es ist an der Zeit, dass du eine andere Seite von Sawyer Bass kennenlernst.«

»Muss ich mir Sorgen machen?«

»Vielleicht«, antwortete er mit einem frechen Grinsen, als er ihr die Tür aufhielt. Sie betraten die gemütlich beleuchtete Bar. »Es macht dir doch nichts aus, ein paar meiner Freunde kennenzulernen, oder?«

»Absolut nicht, sofern ich ihnen nicht beim Boxen zuschauen muss.«

Mit einer Hand auf ihrem unteren Rücken führte er sie an Sitzecken und Tischen vorbei, die allesamt mit fröhlichen Leuten besetzt waren. Sie überquerten die brechend volle Tanzfläche und gelangten zu einer Sitzecke in der Nähe der Theke.

»Songbird!«, begrüßte ihn ein Mann mit strohblonden Haaren, der hinter dem Tresen stand.

»Hey, Colton.« Sawyer winkte ihm zu und rutschte neben Sky auf die Bank in der Sitzecke.

»Du bist wohl öfters hier?« Sie schaute zu dem Mann hinter dem Tresen, der sich durch die Haare fuhr und dabei eine Reihe von Tattoos auf seinem linken Arm zeigte.

»Das ist der jüngere Bruder von Brock«, sagte Sawyer. »Ihm gehört diese Bar.«

Sie betrachtete Coltons Gesicht etwas eingehender. Seine hohen Wangenknochen ließen sein Gesicht viel schmaler wirken als das von Brock, und während Brocks Blick sehr eindringlich gewesen war, hatte Colton hellblaue Augen mit einem sanfteren Ausdruck.

Sawyer legte einen Arm um ihre Schulter und zog sie enger an sich. »Ich sollte dich wahrscheinlich in ein schickes Restaurant ausführen, um meinen inakzeptablen Beruf wettzumachen, aber …«

»Augenblick mal!« Sie erkannte an seinem lockeren Tonfall, dass er es im Scherz meinte, aber sie fühlte sich dennoch gezwungen, das zu berichtigen. »Ich meine nicht, dass dein Beruf generell nicht akzeptabel ist.«

Er drückte seine Lippen auf ihre. »Ich weiß. Ich möchte nur, dass du alle Seiten von mir kennenlernst, und dazu gehören auch die Leute, mit denen ich Zeit verbringe.«

»Alle Seiten?«

»Wenn du an mich denkst, siehst du einen Boxer im Ring, aber dazu gehört noch viel mehr, Sky. Auch zu meinen Freunden gehört viel mehr, und darum geht es heute Abend.«

Colton kam um den Tresen herum an ihren Tisch. »Hey, Songbird.« Er richtete seine hellblauen Augen auf Sky. »Hallo, ich bin Colton.« Die Jahreszahl 2012 war auf die Innenseite seines linken Unterarms tätowiert und unter den kurzen Ärmeln seines T-Shirts waren die präzisen Striche eines anderen Tattoos zu erkennen.

»Hi, ich bin Sky. Deine Tätowierungen gefallen mir.«
»Danke, Sky.« Er schaute auf seine Tattoos hinab. »Die haben wohl alle ihre Geschichte. Freut mich, dich kennenzulernen. Was kann ich euch bringen?«

»Sky?«, fragte Sawyer.

»Einen Sea Breeze, bitte.«

Sky folgte Sawyers Blick, der zur Eingangstür wanderte, während er ein Bier bestellte, und war überrascht, als sie seinen Trainer und Brock mit zwei großen blonden Frauen im Schlepptau auf sie zukommen sah.

»Cool. Die Geschwister sind auch da.« Colton winkte Brock und den anderen zu. »Bin gleich mit euren Drinks wieder da.«

»Du hast deinen Trainer mitgebracht? Muss ich mich auf einen Vortrag einstellen?« Nervös fummelte sie an ihrer Kette herum. Die größere der beiden Frauen trug einen weißen Rock aus Crinkle-Jersey und ein schwarz-grünes Tanktop mit einer Spitzenbordüre am Saum. Die andere trug knappe Jeansshorts und eine weite rosa-blaue Bluse, die eine gebräunte Schulter freiließ. Die langen blonden Haare reichten bis weit ihren Rücken hinunter und um den Kopf hatte sie ein süßes ledernes Stirnband gebunden. Wie Sky trugen die beiden Frauen mehrere Armreifen.

»Keine Vorträge, versprochen. Heute Abend habe ich meinen Freund Roach mitgebracht. Den Trainer hat er zu Hause gelassen. Und das sind Brocks Schwestern Harper und Jana.« Er stand auf und gab Roach die Hand, umarmte Brock mit einem brüderlichen Klaps auf den Rücken und drückte dann die beiden jungen Frauen, bevor er sich wieder neben Sky setzte.

Brock beugte sich hinunter und umarmte Sky. »Schön, dich wiederzusehen, Sky. Das hier sind meine Schwestern Harper und Jana.«

Schon begrüßte auch Roach sie mit einer Umarmung, sodass Sky kaum Zeit zum Luftholen hatte. »Freut mich, dich hier zu sehen.«

»Hi«, sagte sie, als er neben ihr Platz nahm.

Harper und Jana setzten sich Sky gegenüber und Brock rutschte neben ihnen auf die Bank.

»Wie geht's unserem *anderen* Bruder?«, fragte Jana.

»Großartig.« Sawyer lehnte sich enger an Sky. »Harper schreibt Theaterstücke und –«

»Und jetzt auch Drehbücher fürs Fernsehen«, unterbrach Harper ihn und lächelte Sky an. »Ich bin gerade für eine Sitcom engagiert worden.«

Jana stieß Harper mit der Schulter an. »Angeberin. Hallo, Sky, ich bin Jana, keine Drehbuchautorin.«

»Hallo!« Sky gefiel die Energie, die von den beiden Frauen ausging, sofort. Sawyer ergriff ihre Hand.

»Jana ist Tänzerin«, sagte Brock und fügte dann mit einem stolzen Lächeln hinzu, »und Kampfsportlerin. Das Mädel hat einen fiesen rechten Haken.«

Sky hielt es für einen Scherz. Jana war grazil und schlank, nicht so muskelbepackt oder derb, wie Sky sich Kampfsportlerinnen vorstellte. »Wirklich?«

Harper klopfte ihrer Schwester auf den Rücken. »Ja, das stimmt wirklich. Ich weiß, es ist seltsam, aber wenn man mit Brüdern wie Brock und Colton aufwächst …« Sie zuckte mit den Schultern.

»Machst du auch irgendeinen Kampfsport?«, fragte Sky Harper.

Jana lachte. »Die? Niemals. Die könnte keiner Biene etwas zuleide tun, auch wenn sie gestochen wird.«

Damit fühlte Sky sich schon etwas wohler. Zumindest war

sie nicht die einzige Frau, die Kampfsport nicht mochte. »Was für einen Sport machst du, Jana?«

Jana schob sich die Haare über eine Schulter und drehte eine Locke um ihren Finger. »Brock trainiert mich seit zwei Jahren im Boxen. Noch habe ich nichts Großes gewonnen, aber das kommt noch.« Entschlossenheit spiegelte sich in ihren Augen wider. »Du solltest mal vorbeikommen und zuschauen. Brock könnte dir ein paar Sachen beibringen, falls Sawyer das nicht schon gemacht hat.«

»Sky hat es nicht so mit dem Boxen.« Sawyer drückte ihre Hand.

»Dann kann sie ja zuschauen«, sagte Jana. »Zuschauen macht auch Spaß.«

»Danke, ich überleg's mir.« Sie konnte sich die hübsche Blondine noch immer nicht beim Boxen vorstellen. »Und das Tanzen? Was für eine Art von Tanz machst du?«

»Alles von Ballett bis hin zu Stepptanz und Hip-Hop. Ich trete mit allen Theatergruppen hier in der Gegend auf.«

»Als ich auf dem College war, habe ich auch mit kleineren Truppen in New York jede Menge Theater gespielt.« Sky lächelte Sawyer an. »Wir sollten uns mal einen Auftritt von ihr ansehen.«

»Klingt gut! Ich habe Jana schon oft tanzen gesehen, schon seit sie ein Kind war.«

Sie unterhielten sich noch ein wenig über Janas Tanzen und Harpers Drehbücher, mit denen Brock sie aufzog, indem er behauptete, sie würde Pornos schreiben, weil die Sitcom, die sie schrieb, für das Kabelfernsehen und anscheinend ziemlich gewagt war.

»Ich will *Harper* und *Porno* gar nicht in ein und demselben Satz hören, bitte.« Sawyer verzog das Gesicht.

Harper verdrehte die Augen.

»Habt ihr euch schon auf die Liste gesetzt?«, fragte Brock Sawyer.

»Nein, wir sind gerade erst gekommen.«

»Auf die Liste gesetzt?«, fragte Sky, als Brock zur Bühne ging.

»Warte nur ab«, sagte Sawyer.

»Uuh! Wir sind heute Abend geheimnisvoll. Das gefällt mir«, meinte Jana. »Wie lange kennt ihr beiden euch schon?«

»Erst seit ein paar Tagen«, antwortete Sky, hatte aber das Gefühl, dass es schon viel länger war. »Ich habe ihn Gitarre spielen gehört, und am nächsten Tag stand er plötzlich bei mir im Studio, um sich ein Tattoo stechen zu lassen.«

Harper, die einen Mann auf der anderen Seite der Tanzfläche beobachtet hatte, wandte sich Sawyer mit ernstem Blick zu. »Noch ein Tattoo, Sawyer? Alles in Ordnung mit deinem Vater?«

»Ja, es geht ihm ziemlich gut.«

Sorge war in Harpers Augen zu erkennen, und Sky bemerkte auch, dass Sawyer den Blick abwandte.

Colton brachte ihre Drinks und stellte einen Krug Bier auf den Tisch.

Roach schenkte ein und schob Harper, Jana und Brock ein Glas hinüber. Seine dunklen Augen waren nicht so voller Glut wie in der Trainingshalle, und die Schultern waren nicht bis zu den Ohren hochgezogen, als wäre alle Anspannung der Welt in ihnen angesammelt. Er hätte ebenso gut ein Türsteher oder Gewichtheber wie ein Boxer sein können.

»Überrascht, uns heute Abend zu sehen?«, fragte Roach.

»Irgendwie schon«, gestand Sky. »Aber es ist nett, euch wiederzusehen und auch Harper und Jana kennenzulernen.«

»Lasst uns anstoßen.« Sawyer hielt sein Glas in die Höhe, sein Blick war auf Sky gerichtet. »Auf das Mysterium des Augenblicks.«

»Meine Güte, Songbird.« Roach schüttelte den Kopf. »Kannst du nicht einmal etwas Normales von dir geben?«

»Sie sind nur neidisch, weil alles, was er sagt, wie gesponnenes Gold klingt.« Jana tippte vor Sky auf den Tisch. »Du hast großes Glück, Sky.«

»Ja«, gab sie mit einer belegten Stimme von sich, die sie selbst überraschte. »Das habe ich.«

Sawyer schob eine Hand in ihren Nacken und drückte seine Lippen auf ihre.

»Nehmt euch ein Zimmer«, scherzte Roach.

»Neidisch?« Noch einmal küsste Sawyer sie.

Es gefiel ihr, wie die Männer sich gegenseitig hochnahmen. Es erinnerte sie an ihre Freunde in Seaside und sie fühlte sie gleich noch wohler.

Colton kam wieder an ihrem Tisch vorbei, ging über die Tanzfläche, nahm sich ein Mikrofon von der Bühne und klopfte ein paar Mal darauf, um die Aufmerksamkeit der Gäste zu erhalten.

»Willkommen im Undercover. Wir haben für euch heute einen unterhaltsamen Abend geplant.«

»Und ob ihr das habt!«, grölte Brock.

Jana lachte. »Mein schüchterner Bruder mal wieder.«

»Für diejenigen unter euch, die hier neu sind: Willkommen zum A-cappella-Abend. Begrüßt mit mir die *A Cappella Boys* auf der Bühne!« Colton deutete zu ihrem Tisch.

»Wir sehen uns gleich wieder, meine Süße.« Sawyer gab ihr einen kurzen Kuss auf die Lippen, und noch bevor sie Gelegenheit hatte, ihn zu fragen, was eigentlich vor sich ging, waren er,

Roach und Brock schon auf dem Weg zur Bühne. »Es macht so großen Spaß, ihnen zuzusehen.« Jana setzte sich auf Sawyers Platz neben Sky. »Es wird dir gefallen.«

Harper und Jana klatschten und pfiffen. Interessiert beobachtete Sky, wie Sawyer, Roach und Brock Schulter an Schulter auf der Bühne standen und alles um sie herum winzig erscheinen ließen. Mit ihren starken Armen locker an den Seiten und den kräftigen Beinen leicht auseinandergestellt auf dem Boden wirkten sie wie fest verwurzelte Baumstämme, und als Sawyers warmer Blick Sky fand, tobten die Schmetterlinge in ihrem Bauch.

»Er schaut direkt zu dir«, flüsterte Jana. »Ich habe ihn noch nie jemanden so ansehen gesehen.«

Sky nahm kaum etwas anderes als diesen Blick wahr. Die Menge wurde leise, als Roach das Mikrofon an seinen Mund hob. Er schloss die Augen und fing an, »Love Story« von Taylor Swift zu singen. Er sang davon, wie es war, jung zu sein und das erste Mal den Liebsten zu sehen. Seine Stimme hatte die perfekte Tonlage, sein Gesicht war erfüllt von Verlangen. Als er davon sang, jemanden anzuflehen, nicht zu gehen, schlug er die Augen auf, und dann ging er vor Brock auf die Knie und schmachtete ihn singend an, während Sawyer sich im Takt der fehlenden Begleitmusik wiegte.

»Sie sind so ernst«, flüsterte Sky Jana zu.

Jana kicherte. »Ihre Gruppe hat als Scherz angefangen, aber sie haben so viel Spaß damit, dass sie weitergemacht haben. Sie versuchen wirklich angestrengt, ernst zu bleiben und eine gute Nummer abzuliefern, aber am Ende fällt es ihnen meist schwer, sich zusammenzureißen.«

Als Roachs Stimme zu einem Flüstern wurde, setzte Brock mit seiner tiefen und melodischen Tonlage ein. Er sang davon, in die Ferne mitgenommen zu werden, und von einem Prinzen und einer Prinzessin. In seiner Stimme lag so viel Gefühl, als Roach zwischen Sawyer und Brock wieder aufstand und sie sich dann alle drei zu ihrer Musik bewegten. Alle in der Bar waren gebannt von ihrem Auftritt – einschließlich Sky.

Sie verstummten kurz, bis Sawyer vortrat, den Blick immer noch auf Sky gerichtet, und davon sang, dass er es leid war, darauf zu warten, dass seine Liebste auftauchte. Er sah sie noch eindringlicher an und seine Stimme wurde leiser, als er sang, dass er gerettet werden wollte. Und dann ging auch er mit einer theatralisch ausschweifenden Geste auf die Knie und tat so, als holte er einen Ring hervor, den er Roach präsentierte. Wie sie sich das Lachen verkneifen konnten, verstand Sky beim besten Willen nicht, denn sie, Harper und Jana konnten sich nicht zurückhalten. Sie schaffte es auch nicht, den Blick von Sawyer loszureißen. Die Leidenschaft, die er in das Lied legte, glich der Leidenschaft, die sie gesehen hatte, wenn er trainierte. Die Emotionalität seiner Stimme drang direkt in ihr Herz, und als der Gesang leiser wurde und schließlich ganz verstummte, atmete sie endlich aus. Sie hatte gar nicht bemerkt, dass sie den Atem angehalten hatte.

Mit ihren breiten Schultern verbeugten die Männer sich vor dem Publikum.

Sky und alle anderen im Raum klatschten, während sich die kräftigen Boxer auf die Schulter klopften und Brock und Roach lachend zurück zum Tisch gingen.

»Das war das Beste, was ich je gesehen habe«, sagte Sky, die ungeduldig auf Sawyer wartete, der noch immer auf der Bühne stand. Doch er zeigte auf sie, und sie legte die Hand auf ihre Brust und deutete ein lautloses *Ich?* an. Er nickte und winkte sie auf die Bühne.

»Geh! Geh!« Jana stupste sie sanft an.

Sawyer kam auf sie zu und streckte ihr eine Hand entgegen. Mit Theaterensembles hatte sie schon oft auf einer Bühne gestanden, aber das hier fühlte sich irgendwie anders an. Sie war nicht diejenige, die andere unterhalten wollte, und sie hatte keine Ahnung, was sie zu erwarten hatte, als Sawyer ihre Hand nahm, sie auf die Mitte der Bühne führte und dann davon sang, dass sie etwas ändern musste und er sie so sehr brauchte. Alle sahen sie an, doch nicht die Last dieser Blicke war es, die sie erstarren ließ, sondern Sawyers rauchige Stimme und sein sie verschlingender Blick. Die Worte drangen aus seinem Mund direkt zu ihren Ohren.

Wie ein Löwe um seine Beute, so schlich er um sie herum und berührte mit seiner Brust ihren Rücken, während er ins Mikrofon sang, dass er nicht genau sagen konnte, was er brauchte, dass er aber wusste, dass sie es war. Seine Stimme hallte vibrierend durch sie hindurch, bis das Lied – das sie als »One Thing« von One Direction erkannte – sich dem Ende näherte, und sie nur noch seine brodelnde Hitze wahrnahm, während er zu dem lautlosen Rhythmus um sie herumging und sein Atem ihren Hals streichelte. Ihr Herzschlag wurde schneller, und sie wollte ihm antworten, ihm geben, was er brauchte, doch sie stand regungslos da, gefangen in den Emotionen, die seine Augen verrieten, als er sein ganzes Herz in das Lied legte.

Sie schreckte auf und errötete, als Roach und Brock hinter ihnen erschienen und sangen, dass sie ihm aus dem Kopf gehen sollte. Dann nahm Sawyer ihre Hand und alles andere um sie herum verschwand. Es gab nur noch sie und Sawyer und ihren intensiven, leidenschaftlichen Blick, während er ungeniert gestand, dass sie das war, was er brauchte. Sawyers Stimme verstummte und das Publikum jubelte ihm zu.

Sawyer schien es nicht zu bemerken, oder es war ihm egal.

Er war vollkommen auf Sky konzentriert, als er sie in die Arme nahm und mit einer Stimme zu ihr sprach, die sie durchflutete und von innen heraus erwärmte. »Ich möchte für dich das Eine sein, das du brauchst, mein süßes Mädchen.«

Sie lehnte sich etwas zurück, um ihm in die Augen zu schauen. »Du bist schon jetzt viel mehr für mich als das Eine.«

Fünfzehn

Es war nach Mitternacht, als sie zurück nach Seaside kamen. In der Siedlung war alles dunkel, und als sie zur Hintertür von Skys Ferienhaus kamen, raschelte nur das Laub über ihnen im Wind. Nachdem er den ganzen Abend mit Sky Geschichten ausgetauscht hatte, von seinem ersten Gesangsauftritt, seinem ersten Boxkampf, von ihrem ersten Theaterstück, in dem sie mitgespielt hatte, und von den Gefühlen, die sie durchlebt hatte, als sie ans College ging, fühlte er sich ihr näher als je zuvor. Jeder Moment, den er mit ihr verbrachte, kam ihm wie ein wunderbarer Traum vor, doch wenn er sah, wie Sky mit seinen Freunden lachte und scherzte, fühlte sich alles an ihrer Beziehung gleich viel größer und realer an.

Sie stiegen die Stufen zur Tür hinauf, und bevor sie ihren Schlüssel herausholte, schob Sky die Hände in seine Gesäßtaschen und sah zu ihm auf. Den ganzen Abend über hatte er gespürt, wie ihre Augen nach Antworten gesucht hatten – in seinen Augen, in der Bar, bei seinen Freunden. Er fragte sich, ob sie gefunden hatte, was sie suchte, und ob sie sich ihm so nah fühlte wie er sich ihr.

Er schob eine Hand unter ihre Haare und strich über die feinen Härchen in ihrem Nacken. »Alles in Ordnung?«

»Mehr als in Ordnung. Ich möchte nicht, dass der Abend endet.« Sie trat noch näher an ihn heran.

Er kam ihrem Mund mit seinem ganz nah, verharrte nur einen Hauch entfernt und genoss die Nähe, die sirrende Spannung zwischen ihnen. Sein Atem glitt über ihre Lippen, und als sie die Hände an seinen Hintern drückte und so ihre Körper noch enger aneinanderschmiegte, berührten sich auch ihre Lippen leicht. Schließlich fanden ihre Münder zu einem glühend heißen Kuss zueinander, der ihn regelrecht verschlang. Jeder Schlag ihrer Zungen, jeder Druck ihrer Hüften jagte Schockwellen der Lust durch seinen ganzen Körper. Genussvolles Stöhnen entwich ihr und trieb ihn immer weiter an den Rand des Wahnsinns. Er vergrub die Hände in ihren Haaren, glitt mit dem Mund über ihren Kiefer und an ihrem Hals hinab, bis er ihr Ohrläppchen gefangen nahm. Sie stöhnte laut und lustvoll in die Nacht. Ihre Hände wanderten an seinem Rücken hinauf, an den Seiten wieder hinab und krallten sich in ihn, um sich noch näher an ihn drängen zu können.

»Du schmeckst so gut«, sagte er an ihrem Hals, bevor er die Zähne leicht über ihre seidene Haut gleiten ließ und sie mit der Zunge liebkoste, nur um mit einem weiteren kehligen Stöhnen belohnt zu werden. »Sky …«

»Ja …« Ein Flüstern, so heiß und voller Begehren.

Er wusste, dass er antworten musste, sie wissen lassen musste, dass er sich so lebendig und erfüllt fühlte wie noch nie, dass er jedes einzelne Wort des Liedes gemeint hatte, doch er brachte kein einziges weiteres Wort heraus. Ihre Münder prallten wieder zu einem wilden Kuss aufeinander. Er konnte nicht widerstehen und zog sie kraftvoll an sich.

»Du kannst spüren, was du mit mir machst.«

»Mehr«, forderte sie.

Ein tiefes Stöhnen entfuhr ihm, und er hob sie auf das Geländer, schob ihr den Rock bis über ihre Oberschenkel und küsste sie weiter derb und leidenschaftlich. Er spürte, dass er die Beherrschung verlor, sie zu grob anfasste, sie zu tief küsste. »Oh Gott ... Ja!« Sie grub die Fingernägel in seine Haut und jagte schmerzhaft-lustvolle Blitze durch seinen Körper.

»Rein.« Er griff nach ihrer Tasche, und sie wühlte mit einer Hand nach dem Schlüssel, während sie sich mit der anderen in sein T-Shirt krallte, damit sie nicht vom Geländer fiel. Er hob sie herunter, als sie den Schlüssel hatte, wobei er gar nicht anders konnte, als sie erneut zu küssen und noch mehr Funken zwischen ihnen sprühen zu lassen. Er zwang sich, sich lang genug von ihr zu lösen, um die Tür aufzuschließen und sie mit sich hineinzuziehen. Ihre hektischen Atemzüge wirkten wie eine verwegene Einladung. In der Stille des Hauses dröhnte die pulsierende Hitze zwischen ihnen noch lauter. Seine Hände fanden ihre, verschränkten sie miteinander, als er sie auf ihre Kopfhöhe hob und sie mit seinem Körper gegen die Tür drückte. Schenkel an Schenkel, Brust an Brust, fuhr er mit der Zunge über ihre Ohrmuschel und flüsterte: »Ich werde nie genug von dir bekommen.«

Er saugte an dem Ohrläppchen und spürte, wie sich ihre Brust hob, während sie den Atem anhielt.

»Jeden Zentimeter von dir will ich kosten«, flüsterte er. »Deinen nackten Körper an meinem spüren.«

Nun führte er ihre Hände über ihren Kopf und hielt beide Handgelenke mit einer Hand fest. Sie schaute zu ihm auf, so offen, so vertrauensvoll, und ihre Augen wurden vor Begehren immer dunkler, als sie ihre Hüften an ihm rieb. Er verschloss ihren Mund mit seinem und küsste sie innig, während die Hitze in seinem Körper dröhnte. Mit einem qualvollen Stöhnen zog er sich zurück, um die Beherrschung zurückzuerlangen, um sich langsamer heranzutasten.

Den Kopf vorgebeugt, atmete er schnell und heftig. Sky umschloss seinen Nippel mit den Zähnen – fest – und jagte eine unerträgliche Mischung aus Schmerz und Lust durch ihn hindurch. Zischend legte er den Kopf in den Nacken und gleichzeitig ließ er ihre Hände los.

Erschrocken sah sie ihn an. »Habe ich dir wehgetan?«

»Auf die beste Art und Weise.« Er suchte ihren Blick, denn er brauchte Antworten auf Fragen, die er nicht stellen wollte. Doch mit jeder Faser sehnte er sich irrsinnig und brennend nach ihr. Nur nach ihr. »Sky …«

Sie schaute zu ihm auf, unschuldig und verführerisch, sodass es für ihn nur noch schwieriger war, sie zu durchschauen.

»Sky, was du da mit mir gemacht hast … Magst du es hart?«

Sie zog die Augenbrauen zusammen und die Lippen waren eine gerade Linie. Er hatte Angst, eine Grenze überschritten zu haben, sie in Verlegenheit gebracht oder ihre Gefühle verletzt zu haben. Er nahm sie in den Arm und hielt sie ganz fest.

»Es tut mir leid. Das hätte ich nicht fragen sollen.«

»Ja«, flüsterte sie.

Er öffnete die Augen. »Ja?«

»Ich mag es so.«

Er lehnte sich etwas zurück und sah ihr wieder forschend in die Augen. In ihnen lag eine Fülle von Emotionen, die mehr waren als nur ein Verlangen, stärker als ungezügeltes Begehren.

»Glaube ich«, sagte sie, als seine Mundwinkel nach oben zuckten.

»Ach, meine Süße. Sag das nicht, weil du glaubst, dass ich es mag. Ich möchte dir nur Lust bereiten, auf jede mögliche Art.«

Er fuhr mit der Zunge über ihre Unterlippe, saugte sie dann

zwischen seine Zähne und biss sanft darauf.

»Das. Das mag ich«, sagte sie. »Ich weiß nicht genau, was ich mag. Ich habe über … also, über den normalen Kram hinaus noch nicht viel ausprobiert.«

Er führte sie ins Schlafzimmer. Löste das Tuch von ihrem Hals und legte es auf den Nachttisch, um ihr dann die Ketten abzunehmen und sie zärtlich zu küssen.

»Wir werden alles herausfinden, was du magst.« Er küsste sie wieder, tiefer, intensiver, und dann glitt er mit den Lippen über ihren Kiefer hin zu der empfindlichen Haut direkt unter ihren Ohrläppchen, an dem er zärtlich knabberte, sodass sie stockend einatmete.

»Und das auch. Himmel, das mag ich!«

»So ist es richtig. Sag mir alles, was du magst.« Er küsste sie erneut und zog ihr dann das Top aus, das er auf einen Stuhl am Fenster legte. »Du bist so schön, Sky.« Sie griff nach den Knöpfen seines Hemdes, doch er legte die Hand auf ihre.

»Ich mach das schon.« Rasch entledigte er sich des Hemdes und der Schuhe, und dann zog er Sky weiter aus – ihren Rock, ihren BH – und nahm sich die Zeit, ihre Brüste mit den Händen und seinem Mund zu liebkosen. Schließlich zog er ihren Slip herunter und legte auch ihn auf den Stuhl.

Sie zerrte an seiner Hose, die er ebenfalls auszog, sodass sie beide nackt im dunklen Schlafzimmer standen. Er zog sie an sich, genoss es, ihre weichen Kurven zu spüren und ihre heiße Haut, die Wogen des Verlangens durch ihn strömen ließen. Er legte sie auf das Bett und folgte ihr. Er wollte sie so dringend, musste ihre Hitze um seine harte Länge spüren, doch zuerst wollte er – *musste er* – sein süßes Mädchen ihre eigene Lust erkunden lassen. Er wollte ihr Mut und ein Gefühl der Sicherheit geben, damit sie in den verborgeneren Teil ihrer

Selbst eintauchen und ihn mit ihm teilen konnte.

Er verschloss ihren Mund mit seinem und verschränkte ihre Finger wieder miteinander, jedoch ohne Druck auszuüben und ihr Bewegungsfreiraum zu nehmen. Sie hob die Hände über den Kopf und verstärkte den Griff ihrer Finger um seine. Er sah ihr forschend in die Augen, um sicher zu sein, dass er verstand, was sie wollte.

Ihre Lippen zeigten ein Lächeln, als sie flüsterte:»Das mag ich.«

Er drückte ihre Hände auf die Matratze und spürte, dass sie ihre Hüften seinen entgegenhob, als sich ihre Münder zu einem hungrigeren Kuss fanden, einem Kuss, der nach mehr schmeckte, nach einer tieferen Verbindung. Er zog sich zurück und sah ihr wieder forschend in die Augen.

»Mehr«, flüsterte sie und schob ihre Hände zusammen.

Er umfasste beide mit einer Hand.»In Ordnung?«

Sie nickte und drängte sich wieder an seine Hüften. Er küsste ihre Lippen, glitt dann mit einer Hand über die Unterseite ihres Arms bis an die Seite ihrer Brust. Mit der Zunge umspielte er ihren festen, rosigen Nippel. Wimmernd drängte sich Sky wieder an ihn.

»Zu viel?«

Sie schüttelte den Kopf.»So gut. Mehr.«

Er nahm ihre Brust in den Mund, reizte und erregte ihren Nippel mit der Zunge, bevor er mit den Zähnen leicht über die Spitze strich. Sie bog sich ihm entgegen.

»Himmel, das ist so gut.«

Er verwöhnte ihren Nippel mit der Zunge, streichelte ihre Brust, während er sich entlang ihres Brustbeines hin zu ihrer anderen Brust küsste und den ersten Nippel mit dem Daumen reizte.

»Sawyer«, flehte sie.

Er liebte es, sie seinen Namen sagen zu hören und zu spüren, wie ihre Haut unter ihm immer heißer wurde. Er knetete einen Nippel mit Zeigefinger und Daumen und saugte an dem anderen, liebkoste und reizte weiter, während sie stöhnte, wimmerte und ihre Hüften an seine ungeduldige Härte stieß. Wieder fand sein Mund den ihren, wieder küsste er sie hungrig und fühlte ihre begierige Antwort.

»Mehr«, stieß sie nun fordernder hervor.

Er kam mit seinen Hüften über sie, glitt zwischen ihre Beine und ließ ihre Hände los.

»Das hat mir gefallen«, sagte sie mit einem leicht enttäuschten Tonfall, der ein seltsames Gefühl in seinem Magen auslöste.

»Ich muss dich berühren, Sky. Ich muss dich mit meinen Händen spüren, an meinem Mund, um mich.«

»Du könntest …« Ihr Blick wanderte zu dem Tuch, das auf dem Nachttisch lag.

»Bist du schon jemals gefesselt worden?«

Sie schüttelte den Kopf, doch ihr Blick war erfüllt von Vertrauen und Verlangen.

Er berührte ihre Wange. »Mein süßes Mädchen, dich zu fesseln, dich so willig und wollend zu sehen, ist eine wahr werdende Fantasie, aber erst, wenn ich dein volles Vertrauen habe. Erst wenn ich weiß, dass du keine ungeklärten Zweifel hast, in Bezug auf uns, auf mich, auf das Boxen.«

»Aber …«

Er brachte sie mit einem Kuss zum Schweigen und verschluckte, was immer sie gerade sagen wollte. Es war schon schwer genug, sich etwas zu versagen, was sie beide genießen würden, aber je näher sie sich kamen, umso klarer wurde ihm, dass er keinen Raum für Zweifel – oder *Reue* – lassen wollte. Er wollte nicht, dass sie am nächsten Tag aufwachte und sich Sorgen darum machte, was sie getan hatten.

Er hob ihre Hand an seinen Mund und küsste jeden Finger, dann legte er sie auf ihren Bauch und wiederholte es mit der anderen Hand. Danach küsste er sie auf den Mund und sah sie an.

»In Ordnung?«

Sie nickte.

»Gott, du bist unglaublich. Behalte deine Hände dort. Nicht festgebunden, nur mit Willenskraft. Ich muss dich kosten.« Er spürte, dass sie unter ihm erschauderte, als er seine Brust auf ihre legte, sie wieder küsste, ihre vollen Lippen erkundete und ihren vor Erregung sirrenden Körper fühlte. Er bewegte sich an ihr nach unten, liebkoste ihre Brüste, reizte sie, indem er ihre Taille und Hüfte verspielt anknabberte und küsste. Sie streckte die Arme nach ihm aus und er legte eine Hand auf ihre.

»Kannst du deine Hände dort lassen?«

Sie nickte, schloss die Augen und legte den Kopf zurück. So unbekümmert sah sie aus, als wäre sie vollkommen frei. Freier, als er sie je gesehen hatte, und mit dieser Erkenntnis näherte sich sein Körper wieder ihrem. Sie brauchte seine Berührung so sehr, wie er es brauchte, sie zu berühren. Er hatte es an dem ersten Abend aus der Ferne in der vollen Bar schon in ihren Augen gesehen. Die in ihr verborgene Sehnsucht, von der sie selbst vielleicht gar nicht wusste.

Er strich über ihre Brust, berührte dabei die Haut nur ganz leicht, und hinterließ einen Streifen Gänsehaut. Sie biss sich auf die Unterlippe, drückte die Hände in die weiche Vertiefung ihres Bauches, während seine Finger über ihre Hüften glitten, über ihre Oberschenkel und noch weiter bis über die straffen

Wölbungen ihrer Waden, dann wieder hinauf über die Vorderseiten ihrer Beine hin zu dem Ansatz ihrer Oberschenkel. Sie atmete schneller, ihre Brust hob sich mit jedem tiefen Atemzug. Seine Lippen legten sich auf ihren Oberschenkel und drückten offene Küsse zunächst auf den einen, dann auf den anderen. Ihre Muskeln spannten sich erwartungsvoll an.

Sie spreizte die Hände auf ihrem Unterbauch, als er sie um ihre feuchten Locken herum küsste, entlang der empfindlichen Haut an den Innenseiten ihrer Oberschenkel und auf ihrem Schambein, bis sie sich unter ihm wand und nach mehr bettelte. Sanft schob er ihre Beine weiter auseinander. Ihr Duft war betörend und verlockend, doch er wollte jede lustvolle Empfindung für Sky in die Länge ziehen. Er wollte, dass sie an seinem Mund kam, seiner Hand, seinem Körper, bis sie kaum noch atmen konnte, und dann, wenn sie bereit war, wirklich bereit für alles von ihm, würde er sie beide zum Gipfel tragen.

Er liebkoste weiter ihre zarte Haut und strich mit dem Daumen über ihre feuchte Mitte. Sie stöhnte, bohrte die Finger in ihren Bauch und drängte sich ihm entgegen. Er war vorsichtig, reizte sie, und strich so leicht über ihre Falten, dass sie noch feuchter wurde.

»Mehr, Sawyer! Bitte!« Sie spreizte die Beine weiter auseinander und er fuhr mit der Zunge über ihre geschwollene Mitte.

»Himmel, du bist so süß.« Sie zu kosten, war fast zu viel, fast zu verlockend, als dass er sich noch lange zurückhalten konnte. Mit den Fingern bereitete er ihr Lust, reizte ihre feuchten, empfindlichen Falten, und mit dem Daumen kreiste er um ihre Perle, doch ihre Anziehungskraft war zu stark. Sie bewegte sich zu sinnlich. Ihre Laute waren zu verlockend, zu verdammt sexy, als dass er widerstehen konnte, und so vergrub er die Finger in ihr.

»Ojajaja!« Sie hob den Rücken an, bewegte die Hüften im Rhythmus seiner Finger.

Dann liebkoste er sie weiter mit dem Mund, leckte und reizte sie, während er über den Punkt strich und rieb, der ihren ganzen Körper zum Sieden brachte und dafür sorgte, dass sich ihr Inneres fest um seine Finger spannte.

»Oh Gott, Sawyer!« Sie hob die Hüften. Er drückte sie wieder hinunter, hielt sie dort, während der Höhepunkt sie mit einem atemraubenden Pulsieren nach dem anderen erfasste. Sie krallte sich in die Laken, keuchte, drückte die Fersen in die Matratze, während er ihre Lust in die Länge zog, bis er spürte, dass die letzten Wogen ihrer Erlösung sie durchfluteten. Sie streckte die Beine auf dem Bett aus, und mit einer Hand drückte er ihren Nippel, um sie gleichzeitig mit dem Mund erneut zu liebkosen.

»Oh Gott! Ja!« Sie presste die Zähne zusammen, als er noch fester zudrückte. »Omeingott! Sawyer!«

Er war vollkommen in ihr verloren. Verloren in dem Gefühl ihrer Mitte, die sich gegen seinen Mund drängte, während seine Zunge spielte und reizte, seine Finger streichelten und sie sich erneut einer Erlösung hingab. Er umklammerte ihre Hüften, hielt sie, während sie kam. Ein lautes Stöhnen entwich ihr, als sie die Hände in die Matratze krallte.

»Das war …« Sie keuchte. »Es war wie …«

Er glitt an ihrem Körper hinauf, liebkoste ihren Nippel mit der Zunge und wurde mit einem weiteren sexy Stöhnen belohnt. Sie lächelte, als sie die Arme nach ihm ausstreckte, die Hände in seinen Haaren vergrub und ihn zu einem gierigen Kuss an sich zog.

»Mehr«, bettelte sie. »Mehr, bitte.«

MELISSA FOSTER

Er senkte seine Härte auf ihre Mitte, rieb mit seinem Schaft an ihr, aber ohne in sie einzudringen. Es war pure, unverfälschte Folter, sich nicht tief in ihr zu vergraben, doch sie sollte wissen, wozu ihr Körper in der Lage war, sie sollte alles genießen, und es würde noch viel himmlischer werden, wenn sie schließlich gemeinsam den Gipfel erreichten.

Sie packte seine Hüften. »Ich will dich in mir spüren.«

»Noch nicht. Ich will dich sehen, alles von dir.« Er schlang die Arme um sie und rollte sich unter sie. »Setz dich auf, Baby.« Mit seiner Erektion flach auf seinem Körper setzte sie sich rittlings auf ihn und glitt über seinen Schaft. Er legte die Hände um ihre Hüften, die Finger auf ihrem Hintern gespreizt. Als sie seine Schultern umklammerte und ihren Rhythmus fand, hob er seinen Oberkörper an und liebkoste ihre Brust mit seinem Mund.

»Oh Gott! Wenn du das machst, komme ich gleich schon wieder.« Sie vergrub die Fingernägel in seiner Haut, während sie sich immer energischer an seiner pulsierenden Härte rieb.

Er ließ sie den Rhythmus bestimmen und nahm ihren Nippel wieder zwischen Daumen und Zeigefinger, während er seine andere Hand zwischen ihre Beine schob und den geschwollenen, bedürftigen empfindlichen Punkt reizte, von dem er wusste, dass er sie zum Gipfel tragen würde.

»Du bist umwerfend.« Ihre Atmung beschleunigte sich mit seinen Worten, also schenkte er ihr mehr. »Dein ganzer Körper ist gerötet. So sexy. So heiß.«

Sie winselte und grub die Nägel noch tiefer in seine Haut. »Weiter. Sprich weiter.«

»Deine Lippen sind von unseren Küssen rosa, und wenn du diese sexy kleinen Atemzüge machst, möchte ich am liebsten gleich kommen.« Er schob einen Finger in sie, und Sekunden

242

später bog sie sich zurück, griff nach seinen Handgelenken, damit seine Hände verharrten, wo sie waren – die eine auf ihrer Brust, die andere zwischen ihren Beinen. Sie ritt auf seiner Hand und seinem harten Schaft. Er presste die Kiefer aufeinander, um seinem eigenen Bedürfnis nach Erlösung nicht nachzugeben, und als ihr Höhepunkt langsam abebbte, brach sie auf ihm zusammen. Ihr Körper zuckte noch alle paar Sekunden, als er sie in die Arme schloss und sich wieder mit ihr umdrehte, um ihren Körper mit seinem zuzudecken.

Er drückte seine Lippen auf ihre. »Bist du noch bei mir?«

»Oh, Gott, ja!«, flüsterte sie. »Ich hätte nie gedacht, dass ich so heftig kommen kann, ohne dass du in mir bist.«

Er hielt sie eine Zeit lang einfach nur im Arm und versuchte, so weit die Beherrschung wiederzuerlangen, dass er sich ein Kondom holen konnte.

»Für mich war es auch sehr intensiv«, gab er zu. »Zu sehen, wie du loslässt, zu fühlen, wie du an mir in Ekstase gerätst. Sky … Es gibt nichts Schöneres als dein Vertrauen.«

Sie schloss die Augen und auf ihren Lippen erschien ein liebliches Lächeln. Er küsste sie noch einmal und streckte die Hand nach seiner Hose aus, aus der er mit zittrigen Fingern ein Kondom nahm. Nachdem er es sich übergestreift hatte, kam er über sie und sah ihr noch einmal fragend in die Augen. Wenn sie zu müde war, würde er warten, egal wie verzweifelt er sie wollte, sie brauchte. Trotz seiner Sehnsucht, die noch ungestillt war. Für ihn war es am wichtigsten, ihr Sicherheit und ein gutes Gefühl in Bezug auf sie beide zu geben.

Sie musste seine Sorge gesehen haben, denn sie berührte sanft seine Wange. »Ich will dich, Sawyer. Ganz.«

Er gab den angestauten Emotionen nach, und als sich ihre Körper vereinten, gab es nur noch Sky und ihn, und sie wurden eins. Er schaute ihr in die Augen und spürte, wie Gefühle sie beide durchfluteten. Jeder Atemzug, den sie tat, jede Bewegung ihrer Hüften, jeder liebliche Laut, der aus ihrer Lunge drang, zog ihn tiefer in sie, immer tiefer, bis er sich überhaupt nicht mehr daran erinnern konnte, dass sie zwei getrennte Menschen waren. Ihre Münder fanden mit der gleichen Dringlichkeit wie ihre Körper zueinander, sie bewegten und wanden sich, suchten nach mehr. Sky stemmte die Fersen in die Matratze, drängte ihm die Hüften entgegen. Er bewegte sich mit ihr, bis ihre Augen sich mit jedem Stoß schlossen, ihre Kiefermuskeln sich anspannten, und er wusste, spürte, dass sie schnell wieder in die Höhe raste, höher, höher, wieder fast am Gipfel war. Er legte den Mund auf ihren Hals, so wie sie es liebte, er leckte und liebkoste und biss ihr schließlich genau in dem Moment in die Schulter, in dem er seine Hände unter ihre Hüften schob, sie anhob, um noch tiefer in ihr zu versinken. Ein Feuerball schoss in seine Lenden. Er verschränkte die Hände mit ihren, hielt sie fest neben ihrem Kopf und wollte sich in ihr verlieren.

»Sky!«

»Sawyer!«

Ihre Münder prallten aufeinander und ihre Hüften hoben sich. Sie pulsierte um ihn und sog seinen Saft aus ihm heraus. Tausende Blitze zuckten hinter Sawyers Augenlidern, als er ihren Namen rief und auf den Wellen ihrer Leidenschaft ritt, hin zum Gipfel ihrer Ekstase, bis sie zurück in die Matratze sanken, ihre feuchten Körper ineinander verschlungen, und er schloss sie noch enger in die Arme, weil er sie nie wieder gehen lassen wollte.

»*Das* ... mag ich«, flüsterte sie.

Er konnte gar nicht verhindern, dass sein Herz sprach. »Eks-

tase tobt wie Donner, dröhnt durch meine Sweet Summer Sky.«
Er strich mit dem Daumen über ihr Kinn. »Sie stöhnt und
wimmert, sie keucht, sie brüllt.« Er drückte seine Lippen auf
ihre. »Sie bringt mein Herz zum Rasen und raubt mir den
Atem.«

Sky seufzte, und in ihrem Blick lagen Gefühle, die zu groß,
zu mächtig waren, als dass er sie benennen konnte.

Sawyer küsste sie noch einmal. »Sie erschien wie ein Flüstern, eroberte Teile von mir, als wären sie Sterne, und nahm sie
an sich wie eine Elfe in der Nacht.« Er schloss die Augen, legte
sich zurück und hielt Sky fest an sich gedrückt. In ihm
explodierte eine Fülle von Emotionen. Er wartete darauf, dass
sie abebbten und wie die Flut wichen, doch die Welle wurde
nur noch größer, gewaltiger als alles, was er je gefühlt hatte, und
er wusste, dass er kurz davor war, ganz zu versinken.

»Sawyer«, flüsterte Sky. »Das ist schön.«

»Das bist du, meine Süße. Nur du.«

Sechzehn

Die Morgensonne fiel auf den Korb, der auf dem Tisch stand, und erleuchtete die Zettel darin. Die Worte, die Skys Herz so unmittelbar angesprochen hatten, dass ihrer Überzeugung nach jedes einzelne davon nur an sie gerichtet war, bekamen im Licht des neuen Tages noch mehr Gewicht und Bedeutung. In Gedanken genoss sie noch die Nachwirkungen des Liebesspiels mit Sawyer, und sie konnte gar nicht anders, als sich wieder einmal zu fragen, ob er diese Worte geschrieben hatte. Er war über Nacht geblieben und vor einer Stunde zum Joggen aufgebrochen. Sie vermisste ihn schon jetzt. Sie hatte überlegt, ihn nach den Zetteln zu fragen, bevor er zu seiner Morgenrunde aufgebrochen war, aber sie hatten einen so schönen Abend und Morgen miteinander verbracht, dass sie nicht das Risiko eingehen wollte, alles kaputtzumachen.

Sie schob den Korb von sich und wandte sich wieder ihrem Gedichtband zu, doch ihre Augen weigerten sich, auf der Seite zu bleiben, und wanderten wieder zum Korb. Sie zog ihn heran und starrte das dämliche Ding an, als würde es dadurch irgendetwas tun. Fast wünschte sie sich, es wäre so, damit sie nicht dieses große Fragezeichen darin sehen müsste.

Das Schlimmste war, dass nicht nur dieser dumme Korb ihr

so zu schaffen machte. Gestern Abend, als sie sich Sawyer gegenüber geöffnet hatte und er sich zurückgehalten hatte, weil er wollte, dass sie sich sicher fühlte und dass sie keinerlei Zweifel in Bezug auf sie beide hegte, bevor er den nächsten Schritt machte – da waren ihre Gefühle für ihn so aufgeblüht, dass sie fast gesagt hätte, dass sie ihn liebte. *Ihn liebte!* Sie hatte noch nie einen Mann wahrhaft geliebt. Konnte sie sich verlieben, obwohl sie noch Erklärungen für so etwas Albernes wie einen Korb voller Zettel brauchte? Und war es fair von ihr, ihm nicht beim Boxen zuschauen zu wollen, wenn er so bereitwillig so viel von sich preisgab?

Sky hörte Jenna lachen und froh über die Ablenkung schaute sie quer über die Rasenfläche in der Mitte der Siedlung.

Bella und Amy schüttelten den Kopf, während Jenna am Saum ihres Kleides herumzupfte, das – wie Sky selbst aus dieser Entfernung sehen konnte – viel zu eng war. Bella packte Amy am Arm und zog sie zu Skys Ferienhaus hinüber. Beide winkten. Und Jenna, die noch immer an ihrem Kleid herumzupfte, folgte ihnen. In der hellen Morgensonne sahen die schwangeren Frauen wirklich so aus, als strahlten sie von innen heraus. Ihre Wangen waren voller, die Augen glänzender. Sky war noch nicht bereit, Kinder zu bekommen, aber sie konnte nicht leugnen, dass ihre Gedanken beim Anblick der glücklich verliebten Freundinnen Pfade einschlugen, die sie noch nie betreten hatten.

»Sie liest schon wieder«, sagte Bella, als sie die Veranda betrat und sich neben Sky setzte.

»Sie gibt sich ihrer Mondsucht hin.« Jenna schwang die Hüften. »Sky, was hältst du von diesem Kleid? Passt es mir noch? Bella meint, es wäre zu klein, aber ich finde es irgendwie sexy.«

Amy legte eine Hand auf Skys Schulter und drückte sie kurz, während Sky überlegte, wie sie Jenna sagen sollte, dass ihr Spaghettikleid über den Brüsten *und* über den Hüften zu eng war und sie wie einen Kegel aussehen ließ.

»Jenna, wie fühlt es sich an?« Sky hoffte, dass sie so etwas sagen würde wie *Etwas eng*, damit sie einen Einstieg bekam, um ihr Recht zu geben.

Jenna strich sich über die Hüften und wackelte mit dem Hintern. Wie sie es schaffte, in diesem Kleid sexy auszusehen, war Sky ein Rätsel, aber wenn sie sich so in den Hüften wiegte, gelang es ihr tatsächlich.

»Heiß. Glühend heiß.« Jenna hob die Augenbrauen und ihre blauen Augen strahlten.

Amy zog Jenna auf einen Stuhl hinunter. »Setz dich hin mit deinem heißen Gestell, bevor du noch alles in Brand setzt.«

»Warte. Ich will Skys Meinung hören. Sky?«

»Ich finde, dass du immer heiß aussiehst«, sagte Sky aufrichtig. »Es ist schon ziemlich eng, aber wenn du dich darin gut fühlst …«

Bella verdrehte die Augen. »Er ist nicht einmal hier. Er und Caden sind heute Morgen mit dem Boot rausgefahren.«

»Ziemlich eng?« Jenna runzelte die Stirn. »Ich hatte irgendwie gehofft, du würdest sagen, diese beiden schwangeren Ladys irren sich. Sie wollen, dass ich Umstandsklamotten kaufe, aber ich möchte sexy für Pete aussehen. Ich glaube nicht, dass ich in Umstandsmode noch die heiße Jenna bin.« Sie klimperte mit den Wimpern, als ob sie es nicht ernst meinte, aber Sky wusste, dass sie sich wahrscheinlich wirklich darum Sorgen machte.

»Pete würde dich auch in einem Kartoffelsack noch sexy finden«, beruhigte Sky sie. »Er liebt dich abgöttisch.«

Bella zog ein paar Zettel aus dem Korb und las lautlos einen nach dem anderen. Der Knoten in Skys Magen wurde immer größer. Sie hätte den Korb nicht mit nach Hause nehmen sollen. Sie wusste nicht, was es zu bedeuten hatte, dass Sawyer sagte, er wäre nicht der P-Town-Poet, aber je mehr sie versuchte, das Thema abzuhaken, umso dringender wollte sie die Antwort auf die Frage haben, wie seine Worte letztendlich bei Cree gelandet waren.

»Ja, das tut er, oder?«, überlegte Jenna glücklich. »Es wird wohl wirklich Zeit, dass ich Umstandsklamotten kaufe.«

»Warum hörst du auf Sky und nicht auf uns?«, fragte Amy.

»Weil ihr beide einfach nur noch mehr Sachen kaufen und mich mitschleppen wollt. Sky hat kein persönliches Interesse an einer Shoppingaktion für Umstandsklamotten.«

»Du bist echt merkwürdig. Wir würden dich nie in die Irre führen.« Amy beugte sich über den Tisch und hielt mit dem Gesicht nah an dem von Jenna inne. »Wir lieben dich, du Dussel. Wir wollen auch, dass du toll aussiehst. Du bist es einfach nur nicht gewohnt, so einen Bauch zu haben.« Amy lehnte sich zurück und streichelte sich über ihre große Babykugel. »Ich liebe es, schwanger zu sein. Ich kann es nicht abwarten, unser Kleines kennenzulernen.«

»Schluss mit dem Babygerede. Wir haben hier eine Freundin, die kürzlich noch Single war und gerade aussieht, als hätte sie ein paar nette Schäferstündchen hinter sich. Und sie sitzt vor einem Korb voller Liebesnachrichten«, sagte Bella. »Also, Sky, ist Sawyer die ganze Nacht wach geblieben, um dir das alles zu schreiben, und hat dir danach diesen frischen Nach-dem-Sex-Teint verpasst, oder fand die Dichterstunde nach dem fabelhaften Bettgehopse statt?« Bella las einen der Zettel vor: »*Feuer in meinem Bauch, du in meiner Seele.*«

Nettes Schäferstündchen? Das konnte man wohl sagen.

Allein der Gedanke daran, wie Sawyer sie berührt hatte und wie sich das Gewicht seines Körpers auf ihrem angefühlt hatte, ließ sie erröten. Sie dachte daran, wie sexy er ausgesehen hatte, als er vor seiner Joggingrunde nur mit einem Handtuch bekleidet aus dem Badezimmer kam, die Haare nach der Dusche noch nass und niedlich verstrubbelt. Er hatte immer eine Sporttasche im Auto, und als er sich seine Laufshorts angezogen hatte, war die Erinnerung in ihr aufgekommen, wie erregt er tags zuvor in ähnlichen Shorts gewesen war, und sofort kam wieder ein Verlangen in ihr auf. Sie hatte gegen den Drang ankämpfen müssen, ihn wieder zurück ins Bett zu locken – und sein glühend heißer Abschiedskuss hatte es nicht leichter gemacht.

»Sky?« Bella stieß sie an.

Sie riss sich von dem Korb los und schob das Buch von sich weg.

»Tut mir leid. War gerade mit den Gedanken woanders.« Sie seufzte allzu verträumt und etwas verlegen auf.

»Sex vorher *und* nachher«, sagte Jenna.

»Eindeutig.« Amy tätschelte Skys Hand. »Du bist so süß, wenn du rot wirst.«

Sky verdrehte die Augen und lächelte. »Ich weiß nicht, ob er die hier geschrieben hat. Ich habe den Verdacht und ich werde ihn fragen, wenn er vom Joggen zurückkommt.«

Amy hielt sich die Hand auf den Bauch. »Omeingott! Der Minisurfer tritt mich.«

»Minisurfer?« Bella lachte. »Wir müssen uns wirklich Namen überlegen.«

»Wir haben schon einen Namen für unser Baby«, verkündete Jenna stolz. »Bea nach Petes Mom oder Neil nach seinem Dad.«

»Ihr …« Sky musste den Kloß wegschlucken, der sich in

250

ihrem Hals ausbreitete. »Ihr wollt den Namen unserer Mom nehmen?«

»Oh, Sky.« Jenna zog die Augenbrauen zusammen. »Wir haben erst gestern Abend darüber geredet. Wir hätten dich zuerst fragen müssen. Ich will dir nicht deine Babynamen wegnehmen.«

»Ich habe noch nie über Babynamen nachgedacht, aber, Jenna ...« Sie wandte den Blick ab und musste Tränen wegblinzeln. »Es ist so schön, dass ihr an unsere Mom gedacht habt. Wenn ihr ein Mädchen bekommt, würde es mir viel bedeuten, wenn ihr es nach ihr benennt.«

»Wirklich?«, fragte Jenna. »Aber du weinst fast.«

Sky wedelte mit der Hand die Tränen fort. »Ich vermisse sie einfach nur. Manchmal überkommt es mich. Ich wünschte, sie wäre noch hier. Liegt wahrscheinlich an Sawyer. Wenn sie noch hier wäre, könnte ich ihr alles erzählen, was ich fühle, und sie würde alles ins rechte Licht rücken.«

Amy schlang die Arme um Sky. »Schätzchen, in Herzensangelegenheiten gibt es nichts zu relativieren. Wenn das jemand weiß, dann ich.«

»Aber es gibt so vieles, das mich verwirrt, und ich bin mir sicher, dass ihr nie so verwirrt wart.« Sie wischte sich über die Augen und sah, dass ihre Freundinnen Blicke austauschten, als hätte sie gerade etwas vollkommen Verrücktes gesagt.

»Wir waren alle verwirrt«, sagte Bella. »Ich bin zurück nach Hause gefahren und wäre fast nicht ans Cape zurückgekommen, aber am Ende konnte ich mir ein Leben ohne Caden und Evan nicht vorstellen.«

»Warum bist du verwirrt?«, wollte Jenna wissen. »Ist gestern Abend etwas Schlimmes passiert?«

»Nein, etwas Wundervolles. Wirklich Wundervolles. Die

ganze Nacht war ein wahrgewordener Traum, aber genau das ist das Problem.«

»Sky, genau das ist Liebe. Sie ist voller Hoffnungen und Träume, und sie gibt dir in einer Minute das Gefühl, wie auf Wolken zu gehen, und in der nächsten fühlst du dich, als würdest du ertrinken.« Amy umarmte Sky wieder, hielt sie ganz fest und strich ihr über den Rücken. »Erzähl uns, was los ist. Wir sind nicht deine Mom, aber du bist uns wichtig und wir können helfen.«

Sky versuchte, ihre wilden Emotionen unter Kontrolle zu bekommen, und war dankbar, diese Frauen um sich zu haben, die für sie da gewesen waren, als es ihr schlecht ging – als sie ans Cape gekommen war und von der Alkoholsucht ihres Vaters erfahren hatte –, und die sie bedingungslos in ihr Leben aufgenommen hatten. Dies waren die Schwestern, die sie nie gehabt hatte, und sie wusste, dass sie alles in ihrer Macht Stehende tun würden, um die Lücke zu füllen, die ihre Mutter hinterlassen hatte.

Sie atmete einmal tief durch und versuchte, in Worte zu fassen, was in ihrem Kopf herumschwirrte.

»Also, zunächst mal ... Liebe? Ich habe keine Ahnung, ob das hier Liebe ist.« *Ist es das?* »Das ist ein Teil des Problems. Wenn ich mit ihm zusammen bin, *fühle* ich so viel, aber das Ganze gleicht einem Hochgeschwindigkeitszug. Ich habe eigentlich noch nie jemanden ernsthaft gedatet, und fast über Nacht bin ich total in Sawyer verknallt. Gestern Abend haben er und seine Box-Kumpel in dieser Bar gesungen. Stellt euch das mal vor! Sie sind die *A Cappella Boys*. Es war wirklich witzig, aber wisst ihr, wie es war, diese starken Männer zu sehen, die sich gegenseitig ansingen wie schmachtende Verliebte?«

»Vielleicht sind sie es ja.« Jenna hob eine Augenbraue.

»Nein, sind sie nicht.« Sky musste lachen. »Sie waren vollkommen anders als in der Trainingshalle. Als ich seine Freunde im Boxclub kennengelernt habe, waren sie furchteinflößend. Alle so ruppig und derb. Und dann haben sie gelächelt, und diese Härte schwand etwas, aber diese unterschwellige Kraft und etwas Düsteres war immer noch da. Wie ... wenn der Kaffee kocht und der Dampf den Deckel immer wieder etwas anhebt. Versteht ihr, was ich meine?«

»Oh ja, ich weiß, wie das aussieht«, sagte Jenna. »Habt ihr jemals miterlebt, wenn Grayson und Pete sich wegen irgendetwas in die Haare kriegen? Das passiert nicht oft, aber manchmal drücken sie die richtigen Knöpfe bei dem anderen, und dann mache ich mich lieber aus dem Staub.«

»Stimmt. Genau das meine ich. Auf jeden Fall, als sie nicht in der Trainingshalle waren und weg von all diesem Testosteron, das sich da wohl in ihrer Lunge anhäuft, waren sie einfach nur ein paar Männer, die gelacht und gesungen haben, als würden sie nie die Hand gegen irgendjemanden erheben.«

»Es geht also letztendlich um Sawyer und das Boxen?«, fragte Bella.

»Nein, ich glaube nicht. Ich glaube, es hat mit mir und meinem Egoismus zu tun – und mit diesem verdammten Korb. Sawyer will zu diesem riesigen Titelkampf antreten, um Geld zu gewinnen, damit er die Pflegekosten für seinen Vater übernehmen kann, und ein noch ritterlicheres Verhalten geht ja eigentlich gar nicht, oder? Er hat seine Ersparnisse in den Kauf eines Strandhauses gesteckt, das über Generationen im Familienbesitz war, bis seine Eltern es vor langer Zeit verkaufen mussten. Also echt, es ist offensichtlich, dass Sawyer das größte Herz auf Erden hat. Ihm steht der Kampf seines Lebens bevor, und ich kann nur daran denken, wie schwer es für mich wäre, ihm beim Boxen zuzusehen, und dass ich das nicht will. Und das macht mich doch irgendwie zu einem Miststück, stimmt's?« Bevor ihre Freundinnen antworten konnten, fügte sie hinzu: »Und ich habe die Schwestern von seinem Freund Brock kennengelernt, von denen eine auch boxt! Eine junge Frau! Sie kann *boxen* und ich kann nicht einmal zuschauen? Was ist das denn?« Sie konnte sich Janas zierliche Gestalt immer noch nicht in einem Boxring vorstellen.

»Also, zum einen gibt es viele Frauen, die einen Kampfsport ausüben«, sagte Bella. »Du hast wirklich ein behütetes Leben geführt. Wie kommt es nur, dass du keine Ahnung von Sport hast? Du bist doch mit einem Haufen Männer um dich herum aufgewachsen.«

»Weil sie immer draußen in ihrem Atelier war«, sagte Jenna. »Das verstehe ich total. War sie richtig muskulös oder eher feminin?«

»Sie ist unglaublich süß. Ich mag sie und ihre Schwester und ihre Brüder sehr gern. Ich mag sie alle sehr und habe mit den beiden Mädels auch Nummern ausgetauscht. Jana hat mir angeboten, mir ein paar Übungen zur Selbstverteidigung zu zeigen, aber ich weiß nicht so recht …«

»Ich mach mit«, sagte Bella. »Es wäre großartig, zu lernen, wie wir uns selbst verteidigen können.«

Amys Blick fiel auf Bellas Bauch. »Mit Babyhandschellen in deinem Bauch kannst du nicht kämpfen.«

»Babyhandschellen?«, fragte Jenna lachend.

»Na ja, immerhin ist Caden Polizist«, erklärte Amy.

»Ich will ja nicht jetzt kämpfen«, sagte Bella. »Aber ich finde es cool, wenn man sich selbst verteidigen kann.«

Amy winkte ab. »Unsere Männer verteidigen uns schon.«

»Seht ihr?«, warf Sky ein. »Das ist noch etwas, das mich

verwirrt. Mir gefällt es, wenn Sawyer sich um mich kümmert.«

»Jede Frau mag es, wenn man sich um sie kümmert«, stimmte Jenna zu.

»Finde ich nicht. In letzter Zeit macht es mich rasend, wenn meine Brüder das tun.«

»Ist doch natürlich.« Amy strich sich über den Bauch und lächelte. »Das sind deine Brüder und nicht deine Liebhaber. Die halten die Männer auf Abstand zu ihrer kleinen Schwester. Sawyer dagegen beschützt seine Freundin.«

»Sind eben alles kleine Neandertaler«, meinte Bella.

»Auf keinen Fall. Ich bin kein schwaches Beeren sammelndes Frauchen, das an den Haaren mitgeschleppt und von hinten von einem schnaubenden Steinzeitjäger genommen wird.« Noch während sie das sagte, jagte ihr der Gedanke *von hinten genommen* mit Sawyer vor ihrem geistigen Auge einen wohligen Schauer über den Rücken. »Ach, Leute, das ist auch so etwas ... Mit Sawyer bin ich ...« Sie senkte die Stimme und alle beugten sich zur Mitte des Tisches vor. »Ich bin so auf Sex aus. Also, ich kann gar nicht genug von ihm bekommen.«

»Urzeitlich.« Bella nickte heftig und strich sich die Haare hinter das Ohr. »Du kannst sagen, dass du das alles nicht willst, aber das ist Quatsch. Jede Frau liebt es, von ihrem Mann genommen zu werden. Nicht von irgendeinem Mann, sondern von dem einen Besonderen, der deinen Körper in flüssige Hitze verwandelt und deinen Verstand außer Kraft setzt.«

Sky lehnte sich zurück und schloss die Augen. »Ihr wollt mir also sagen, dass das *normal* ist? Denn es fühlt sich ungewohnt an.«

»Gut ungewohnt oder schlecht ungewohnt?«, fragte Amy.

Sky senkte ihr Kinn wieder und sah Amy ernst an. »Gut auf sündhaft gute Art. Die Art, bei der ich mich wie ein Luder fühle – und es mag. Die Art, bei der ich am liebsten Bellas Plüschhandschellen ausprobieren würde und die mich gestern praktisch Sawyer anflehen ließ, mit Jennas Tuch zu experimentieren.«

»Ha! Ja! Richtig so, Mädchen!« Jenna klatschte sie ab.

»Das ist die köstlichste Art aller fleischlichen Gelüste«, sagte Bella. »Und poetisch ist er auch? Sky, ich glaube, du könntest deinen perfekten Mann gefunden haben.«

»Aber wenn es so wäre, warum kann ich mich dann nicht dazu überwinden, ihm beim Boxen zuzusehen? Ich habe das Gefühl, ihn nicht zu unterstützen, und ich kann in seinen Augen die Sorge darüber sehen, was ich über seinen Beruf denke«, erklärte Sky.

»Also ein Miststück bist du schon mal nicht, so viel ist sicher, aber ich denke schon, dass du mal versuchen solltest, ihm beim Boxen zuzusehen«, sagte Jenna. »Es ist ja nicht so, als liefe er draußen auf der Straße herum und würde irgendwelche Leute zusammenschlagen. Das ist sein Beruf, noch dazu einer, in dem er Pete zufolge anscheinend ziemlich gut ist. Wir könnten dich begleiten.«

»Oder du könntest zunächst einmal Jana beim Boxen zusehen. So heißt sie doch, oder?«, fragte Amy. »Wenn du einer Frau dabei zusiehst, bekommst du vielleicht ein anderes Gefühl dafür.«

»Vielleicht«, gab Sky zu.

Sie schaute zum Korb. »Und dieser dämliche Korb? Keine Ahnung, ob er das alles geschrieben hat, aber ich muss es herausfinden. Es ist wie ein Jucken, das nicht weggeht.«

In diesem Moment kamen Tony und Sawyer unten am Pool um die Ecke gejoggt. Auf Sawyers breiten Schultern und seinem Sixpack glänzte der Schweiß. Mit jedem Schritt wölbten sich seine kräftigen Oberschenkel. Wie sollte sie jetzt noch einen klaren Gedanken fassen? Er hob den Blick und fand den ihren unmittelbar, während ein Lächeln auf seinem attraktiven Gesicht erschien.

Das Universum hatte ihr einen kreativen, klugen, fürsorglichen und gefühlvollen Mann serviert, in dessen Gegenwart ihr schwindelig vor all den Emotionen wurde, und je mehr Zeit sie mit ihm verbrachte, umso stärker fühlte sie sich zu ihm hingezogen. Doch wie konnte sie von ihm erwarten, dass er das Gleiche für sie empfand, wenn sie ihm nicht die gleiche bedingungslose Unterstützung gab wie er ihr?

Als er die Veranda betrat und ihre Hand ergriff, umgeben von den Menschen, die sie am meisten liebte, wusste sie, was sie zu tun hatte. Sie musste ihm beim Boxen zusehen.

Sawyers Herz hämmerte in seiner Brust, als er und Tony zu den Frauen auf die Veranda kamen, aber es lag nicht an der Joggingrunde, dass jede Faser seines Körpers in Flammen stand. Sondern an seiner Sweet Summer Sky und den Gefühlen, die sie mit ihren lächelnden Augen ausstrahlte.

Sie verschränkte die Finger mit seinen. »Schön, dass du einen Laufpartner gefunden hast.«

Als er sich zu einem Kuss zu ihr hinunterbeugte, ertönte von Amy und Jenna gleichzeitig ein *Aaah*.

»Ihr kann man nur schwer widerstehen«, sagte er ehrlich und fügte dann zu Sky gewandt hinzu: »Ich bin Tony auf der Route 6 über den Weg gelaufen.«

»Es war nett, deinen neuen Kerl etwas näher kennenzulernen, Sky«, sagte Tony, während er Amy über den Bauch strich und sie dann küsste. »Wir sind hinunter zur Bayside gelaufen und haben noch kurz bei Kurt und Leanna vorbeigeschaut. Leannas Firma hat richtig Fahrt aufgenommen. Sie stellt noch mehr Aushilfen für den Sommer ein und kann eigentlich erst wieder nach Seaside kommen, wenn sie da alles unter Kontrolle hat. Sie wissen noch nicht, wann sie mal wieder hier sind.«

Sky stand auf. »Sawyer, nimm du den Stuhl und ich setze mich auf deinen Schoß.«

»Ihr beiden seid so süß«, sagte Amy, um dann zu Tony aufzuschauen. »Geht es Leanna gut?«

»Ich glaube, sie arbeitet zu viel«, antwortete Tony. »Sie wirkte erschöpft, und ich weiß, dass sie euch vermisst. Sie meinte, sie würde am liebsten die Seaside-Siedlung an die Bucht verlegen, damit sie alle sehen könnte.«

»Das wäre doch herrlich, oder? Je mehr Tony und ich darüber nachdenken, umso konkreter wird die Idee, etwas an der Bayside zu kaufen. Dann könnten wir in den kälteren Monaten dort leben und im Frühling und Sommer wieder hier.«

Sawyer legte Skys Haare über eine Schulter. »Ich verstehe jetzt, warum sie euch vermisst. Ihr seid wie eine große Familie, nur ohne die Streitereien.«

»Du bist ja so süß«, sagte Jenna. »Wirklich, guck nur, wie du mit ihrem Haar spielst.«

Sawyer lachte. »Sie ist so süß. Ich kann einfach nur nicht die Finger von ihr lassen.« Er legte einen Arm um Skys Taille. »Ich wusste gar nicht, dass du Kurt Remington kennst. Ich habe all seine Bücher gelesen.«

»Du magst Krimis?«, fragte Sky. »Jeden Tag erfahre ich mehr über dich.«

»Ich mag alle möglichen Bücher. Krimis, Gedichte, sogar

Kochbücher. Mein Auflauf ist göttlich.«

Tony verzog das Gesicht. »Mann, das solltest du lieber für dich behalten.«

»Scheint, als bekäme jemand Post.« Sawyer zeigte auf das Postauto, das vor Amys und Tonys Ferienhaus anhielt.

»Schon wieder?« Amy schaute zu Tony auf. »Hast du etwas bestellt?«

Tony schüttelte den Kopf. »Ich schau mal nach.«

Alle außer Bella beobachteten, wie der Zusteller eine Sackkarre mit mehreren rosa Kartons über den Kiesweg schob. Sky konnte nicht verstehen, was sie sagten, aber Tony deutete auf Theresas Haus und kam dann wieder zu ihnen auf die Veranda.

»Er hat bestimmt sieben Kartons von Eve's Adult Playhouse für Theresa mit unserer Adresse«, berichtete Tony stirnrunzelnd. »Was hat das zu bedeuten?«

Alle schauten Bella an, die ergeben die Hände in die Höhe hielt. »Was denn?« Sie stand auf und eilte von der Veranda herunter über die zentrale Rasenfläche.

»Warte auf uns!«, brüllte Jenna. Sie und Amy folgten ihr.

»Himmel, das kann nichts Gutes bedeuten.« Tony lief ihnen hinterher.

»Wohin gehen sie?«, fragte Sawyer.

»Bella spielt Theresa, der Verwalterin, jeden Sommer Streiche. Letztes Jahr hat sie alle Bilder in Theresas Haus abgehängt und stattdessen Fotos von Bradley Cooper aufgehängt, und dann hat sie einen von Cadens Freunden von der Polizei so tun lassen, als gäbe es eine Anzeige wegen Stalkings.«

»Im Ernst?« Sawyer lachte.

»Ja, und dann hat Theresa Bradley Cooper – den *echten* Bradley Cooper – zu deren Hochzeit mitgebracht. Es ist wirklich witzig, aber ich bin mir sicher, irgendwann wird

Theresa das alles nicht mehr so ruhig wegstecken.«

»Willst du auch hingehen?«, fragte Sawyer.

Sie schlang die Arme um seinen Hals und drückte ihre Lippen auf seine. »Nee, ich bleibe lieber hier. Und du? Musst du zum Training?«

»Ich habe Roach gestern gesagt, dass ich etwas später komme. Wir treffen uns um zehn.« Er schaute auf den Korb, der noch auf dem Tisch stand. »Überlegst du, ob du dir ein neues Tattoo stechen lässt?«

Skys Lächeln schwand. »Eigentlich wollte ich dir die hier zeigen.« Sie zog den Korb heran und wollte aufstehen, um sich auf den Stuhl neben ihm zu setzen.

Er legte die Hände sanft um ihre Hüften. »Bleib bei mir. Ich werde dich schon vermissen, wenn wir uns den Tag über nicht sehen. Lass mich dich noch eine Weile nah bei mir spüren.«

Sie setzte sich wieder auf seinen Schoß. »In Ordnung.« Sie strich sich die Haare hinter die Ohren und fischte ein paar Zettel aus dem Korb. »Ich wollte, dass du dir die hier mal ansiehst.«

»Sind das Tattoos, die du gestochen hast?« Er setzte sich auf und betrachtete die Zettel, die sie vor ihm ausbreitete. Sein Magen zog sich zusammen, als er sie las. *Feuer in meinem Bauch, du in meiner Seele. Durchs Leben schlendern, verlangen, warten, greifen nach mehr.* Mit jedem Wort überkam ihn ein kalter Schauer.

»Was sagtest du, woher du die hast?« Der vorwurfsvolle Ton in seiner Stimme überraschte ihn, und er entging offenbar auch Sky nicht, die die Augenbrauen zusammenzog.

»Von Kunden.«

»Weil sie dich berührt haben«, sagte er mehr zu sich selbst

als zu ihr und erinnerte sich an ihre Worte.

»Ja, genau. Warum klingst du so sauer?« Sie schaute ihn suchend an, und er fragte sich, ob sie die Wut sehen konnte, die in ihm brodelte.

»Darum, Sky. Das sind *meine* Worte. Alle.« Er faltete eine Serviette auf und las den Satz darauf. *Wie kann ich nach vorne schauen, wenn du mir entgleitest?*

»Dann bist du also doch der P-Town-Poet? Aber du sagtest, du bist es nicht.«

»P-Town-Poet? Meintest du das damit? Die hier?« Er hob sie von seinem Schoß und ging auf der Veranda auf und ab. »Ich verstehe nicht, wie du all das bekommen konntest.«

»Nicht ich habe sie bekommen.« Sie schaute auf die Zettel, die verstreut auf dem Tisch lagen. »Sawyer, ich habe es dir doch erzählt. Kunden kamen damit zu mir – mit diesen Zetteln, Servietten und Kassenbelegen – und haben mich gebeten, ihnen diese Worte zu tätowieren. Ich verstehe es immer noch nicht. Wenn du der P-Town-Poet bist, warum leugnest du es dann? Diese Worte sind wunderschön. Sie kommen wirklich von Herzen und –«

»Sky, ich weiß nichts von einem P-Town-Poet. Das hier sind meine Worte aus meinen Liedern. Das ist meine Handschrift.« Er nahm eine Handvoll Zettel hoch und schaute sie durch. »Und du willst mir erzählen, dass hier Leute rumlaufen, die sich meine Verse haben tätowieren lassen?«

»Jeder Zettel steht für einen Kunden, ja.« Sie ließ sich auf einen Stuhl sacken. »Weißt du noch, als wir uns an dem ersten Abend im Governor Bradford's gesehen haben?«

»Natürlich.« Er setzte sich neben sie und hatte das Gefühl, mitten in eine Mystery-Serie katapultiert worden zu sein.

Sie nahm eine Serviette und gab sie ihm. »Eine der Kellnerinnen von dort kam gestern damit zu mir.«

Er las. »Das muss ich liegengelassen haben. Nachdem ich dich gesehen hatte, hab ich am Tresen angefangen, das Lied zu schreiben. Ich hatte nur einen Stapel Servietten zum Schreiben. Das mache ich wohl oft, auf irgendwelche Zettel oder Servietten schreiben. Ich denke mir nie etwas dabei, wenn ich eine zusammengeknüllte Serviette zurücklasse. An besagtem Abend habe ich die Verse immer wieder umgeschrieben, bis es sich richtig anfühlte, und ich dachte, ich hätte alle Servietten mitgenommen. Aber offensichtlich nicht.« Bei der Vorstellung, dass andere Menschen sein Geschriebenes gesehen hatten, fühlte er sich entblößt und verletzt. Er musste vorsichtiger sein.

Sie legte eine Hand auf seine und lächelte ihn warmherzig an. »Wenn du Lieder schreibst, bist du vielleicht so in deine Welt versunken, dass du ein paar deiner Notizen verlierst?«

»Ja, wahrscheinlich. Ich kann es kaum glauben, dass jemand meinen Kram mitnimmt. Das stand auf einer *Serviette*. Wer macht denn so etwas?«

»Jemand, der die Schönheit deiner Worte erkennt.« Sie faltete die Serviette auseinander und las laut vor. »*Ich nehme alles auf mich, höre stets zu. Ich kämpfe an deiner Seite, bleib bei dir immerzu.* Das waren die Worte, die du zu mir gesagt hast, nachdem wir uns das erste Mal geliebt haben. Du hast gesagt: *Leg den Kopf auf meine Schulter, dein Herz an meins.*«

Neue Wut stieg in ihm auf. »Auch wenn ich gelegentlich die Lieder, die ich schreibe, in der Öffentlichkeit singe, so ist das dann doch meine Entscheidung. Mir gefällt die Vorstellung nicht, dass Fremde meine Notizen finden und sie behalten.« Er sah Sky an, und ihm wurde klar, dass sie seine Worte aufbewahrt hatte, seine Lieder, und das berührte ihn so sehr, dass der Ärger schwand und Platz machte für Liebe.

»Komm her, mein Schatz.« Er zog sie wieder auf seinen Schoß und drückte seine Lippen auf ihre. »Das ist ein Teil des Liedes, das ich an dem Abend geschrieben habe, an dem ich dich zum ersten Mal gesehen habe.«

Leise sang er ihr vor und jedes Wort war voller Emotionen.

»Ich seh es in deinen Augen.

Verletzt, versteckt, irgendwo ganz tief.

Sag mir, Liebes, weinst du im Schlaf?«

Gerührt sah sie ihn an und eine Haarsträhne fiel ihr vor die Augen. Er strich sie hinter das Ohr und sang weiter.

»Etwas in deinen Gesten.

Anmutig, sehnsuchtsvoll, hängst am seid'nen Faden.

Die Sehnsucht, die ich seh.

Lass sie zu. Komm zu mir.

Leg den Kopf auf meine Schulter.

Dein Herz an meins.

Ich nehme alles auf mich.

Höre stets zu.

Ich kämpfe an deiner Seite.

Bleib bei dir immerzu.«

»Sawyer …«, flüsterte sie, der Blick voller Wärme.

»Ich habe mich vom ersten Moment so sehr zu dir hingezogen gefühlt, Sky. So intensiv, wie ich es zuvor noch nie erlebt habe.«

Verwirrt sah sie ihn an. »Aber … diese Sehnsucht, die du siehst? In so kurzer Zeit hast du das erkannt?«

»Du hast die ausdrucksvollsten Augen, die ich je gesehen habe. Aber es waren nicht nur deine Augen, Sky. Du hattest diese Aura um dich. Alles an dir hat mich angesprochen. Ich kann es nicht erklären.«

»Ich empfand tatsächlich eine Sehnsucht.« Sie senkte den Blick und schien zu überlegen. »Ich habe mich nach dieser Nähe gesehnt. Offenbar habe ich die ganze Zeit auf dich gewartet.«

Siebzehn

Später am Vormittag brannten Sawyers Augen von Schweißtropfen. Der Schweiß rann ihm auch am Körper hinunter und
spritzte mit jedem Schlag von seinen Armen. Jeder Atemzug war
begleitet von einem aufgeheizten Stöhnen, das das Feuer in ihm
noch mehr anfachte. In seinem Kopf fanden schnelle Berech-
nungen statt, die Suche nach einer Öffnung, immer
beobachtend, abwartend, bis er seinen Schlag ausführte und
Delroys willigen Körper traf. Sie waren in der neunten Runde,
und Sawyer war hoch konzentriert. Er behielt Delroys Atem im
Blick, den Rhythmus, mit dem er sich im Ring bewegte, ahnte
seine Schläge voraus und wich gekonnt jedem Haken aus.
Roach coachte ihn aus der Ecke, aber heute drang nicht einmal
das durch das Rauschen des Blutes in seinen Ohren. Er
trainierte, um zu gewinnen, und die Pflege für seinen Vater war
die Motivation hinter jedem Schlag.

Als der Kampf vorüber war, tigerte er im Ring umher, das
Adrenalin schoss noch durch seine Adern und seine Gedanken
rasten. *Wie kann ich meine Kraft steigern? Ich muss mich schneller
bewegen. Härter zuschlagen. Muss trainieren, um stärkere Gegner
zu bezwingen. Niemand kann mir etwas anhaben. Ich schaffe das.*

Schließlich stieg er aus dem Ring und legte seine Handschuhe und den Mundschutz zu seinen Sachen.

»Das war großartig.« Delroy wischte sich mit einem Handtuch über das Gesicht und atmete noch immer schwer. »Du hast einen härteren Schlag, das merke ich.«

»Oder du verweichlichst«, meinte Sawyer im Scherz.

»Ihr kommt beide in die Jahre«, ärgerte Roach sie. »Sawyer, häng noch fünfzehn Minuten Springseil und hundert Sit-ups dran und dann dehnst du dich.«

»Wird gemacht, Roach.« Er ging los, um sich ein Springseil zu nehmen.

Roach folgte ihm. »Wie geht's Sky?«

Sawyer konnte sein Lächeln nicht unterdrücken. »Mann, ich habe noch nie jemanden wie sie kennengelernt. Ich glaube, ich werde sie meinen Eltern vorstellen.«

»Im Ernst? Das ist ein großer Schritt. Und signalisiert den Frauen eine Zukunft.« Roach grinste.

»Echt jetzt, Coach? Erzähl mir was Neues.« Er nahm sich ein Seil und fing an zu springen.

»Ich hab's neulich Abend gesehen, weißt du. Als du für sie gesungen hast.« Roach verschränkte die Arme und senkte das Kinn. Sawyer wusste, dass er sein Seilspringen analysierte, seine Schritte, die Geschwindigkeit, die Handbewegung. Roach analysierte ständig. Das machte ihn zu einem außergewöhnlichen Trainer. »Du hast dein Herz auf der Bühne ausgepackt.«

»Und?«

»Sieh zu, dass es dir hier nicht in die Quere kommt.«

Sawyer lächelte. »Hast du das Gefühl, dass es mir hier schon in die Quere kommt?« Er wusste, dass er zu konzentriert, zu stark war, als dass Roach etwas zu beanstanden haben konnte.

Roach schüttelte den Kopf und rieb sich dann übers Kinn. »Machst du dir Sorgen wegen dem, was der Arzt gesagt hat?«

»Die erzählen mir den Mist schon, seit ich neunzehn Jahre alt bin.« Er wusste auch, dass Roach ihn nur testen wollte. Sicher gehen wollte, dass er gefestigt war, und als er ihn beruhigte, wurde ihm klar, dass er sich auch selbst beruhigen wollte. »Mir kann niemand etwas anhaben, Mann. Ich habe alles unter Kontrolle.«

Sky und Amy trugen Zutaten für einen spontanen Grillabend zu Bellas Ferienhaus, während die Männer auf dem Rasenplatz schon Tische deckten, Stühle zusammentrugen und ein Feuer entzündeten. Die Sonne ging unter, und es versprach, ein kühler Abend zu werden.

»Ich kann es immer noch nicht glauben, dass meine Wohnung bald fertig wird und ich in ein paar Wochen einziehen kann. Mir wird es fehlen, hier zu wohnen«, sagte Sky zu Amy.

»Du kannst hier so lange wohnen, wie du willst«, bot Amy an.

»Danke. Ich muss mir das wirklich überlegen. Es hat Vorteile, direkt über dem Studio zu wohnen, aber dort gibt es keine Nackte Wahrheit.« Sie lachte. *Nackte Wahrheit* nannten Sky und ihre Freundinnen das Nacktbaden, was sie sich manchmal im Pool in Seaside erlaubten, wenn das Risiko, erwischt zu werden, gering war.

»Wo ist Jenna? Ich habe ihr Auto nicht gesehen, als ich gekommen bin.«

»Sie und Pete wollten etwas aus ihrem Strandhaus holen. Sie sind vor dem Essen zurück.« Amy blieb stehen und hielt sich den Bauch. »Tut mir leid. Das Baby will raus.« Sie atmete aus.

»Okay, geht wieder.«

Sky hielt das Tor zur Veranda für Amy auf. »Sieht aus, als läge dein Baby jetzt tiefer. Bist du dir sicher, was den Geburtstermin angeht?«

Amy rieb sich über den Bauch. »So sicher, wie man eben sein kann. Die Ärztin denkt anscheinend, ich habe noch ein paar Wochen. Aber ich habe keine Ahnung, wie die das wirklich wissen wollen. Wir haben es wie die Kaninchen getrieben, um die verlorene Zeit wettzumachen.« Sie hörte auf zu reden, als Caden zur Tür herauskam.

»Hallo, ihr zwei. Lasst mich das tragen.« Caden lächelte, als er ihnen die Einkäufe abnahm, und sie folgten ihm hinein, wo Bella gerade das Hähnchenfleisch und die Steaks würzte. Evan sah Bella über die Schulter und beobachtete jede Handbewegung.

»Fass nicht das rohe Hähnchenfleisch an, davon wirst du krank.« Evan hatte in den letzten zwei Jahren eine immer tiefere Stimme bekommen und war kräftiger geworden, seit er auf dem College war. Mit fast neunzehn Jahren sah er nicht mehr wie ein Teenager aus, sondern wie ein junger Mann.

»Evan, ich koche schon länger, als du überhaupt auf der Welt bist«, sagte Bella.

Evan tätschelte sie, als wäre sie ein Kind. »Aber da warst du nicht mit meiner kleinen Schwester oder meinem kleinen Bruder schwanger.«

»Evan, komm her und umarme Tante Amy zur Begrüßung.« Amy breitete die Arme aus. »Gönne deiner Stiefmama mal eine Pause von dem Gemecker.«

Evan lachte. »Tante Amy?« Er umarmte sie und dann auch Sky. »Da weiß man doch gleich die Frauen zu schätzen, die *kein* Baby im Bauch haben. Wie geht's dir, Sky?«

»Mir geht es gut, aber wann bist du zu einem *Mann* geworden? *Da weiß man die Frauen zu schätzen ...?*«

»Das macht das College mit einem«, sagte Evan. Er hatte gerade sein erstes Jahr an der Harborside University hinter sich, die etwa eine Stunde vom Cape entfernt lag.

»Wie ich sehe, genießt du das College-Leben«, sagte Sky. »Warum bist du eigentlich hier? Ich dachte, du hast diesen Sommer dort einen Job?«

»Habe ich auch. Ich habe einige neue Freunde und arbeite im ›Endless Summer Surf Shop‹. Der Inhaber, Brent Steele, ist ein total cooler Typ. Du solltest den Laden mal sehen. Da laufen den ganzen Sommer über jede Menge heißer Mädchen rum.« Er grinste seinen Vater an, der nur den Kopf schüttelte. »Ich war nur zu Hause, um ein paar Dinge zu holen, bin aber schon wieder auf dem Weg. Ich komme zurück, sobald sich Bellas Baby ankündigt.«

»Mit anderen Worten: Er war hier, um sicherzustellen, dass ich nichts tue, was ich nicht tun sollte, während ich sein Geschwisterchen austrage.« Bella strich Evan über den Rücken und gab ihm dann einen Kuss auf die Wange. »Du wirst ein wunderbarer großer Bruder.« Sie lehnte sich zu Sky hinüber. »Ich hoffe, wir bekommen kein Mädchen.«

»Könnt ihr euch Evan mit einer kleinen Schwester vorstellen?«, fragte Sky scherzend. »Er wird so ein eifriger Beschützer wie all meine Brüder zusammen.«

»Sie hätte als Schwester richtig Glück«, sagte Bella. »Zumindest wissen wir, dass immer jemand für sie da sein wird.«

»Darauf kannst du wetten.« Evan nahm seine Schlüssel vom Küchentresen. »Ich werde ihr oder ihm das Surfen beibringen, so wie Tony es mir beigebracht hat.« Er umarmte Caden und Bella, und mit einer Hand an der Tür fügte er noch hinzu:

»Und wenn es ein Junge ist, dann bringe ich ihm bei, wie man sich flachlegen lässt.« Lachend verschwand er zur Tür hinaus.

»Du meine Güte!« Bella lachte. »Sind alle Neunzehnjährigen so?«

Caden gab ihr mit einem breiten Lächeln einen Kuss. »Jungs in dem Alter denken immer nur an das Eine. Aber ich glaube, bei ihm ist es nur Gerede.«

Als Caden mit dem Essen hinausging, hörten sie noch Evans Auto davonfahren.

»Er *hofft*, dass es bei ihm nur Gerede ist«, sagte Amy.

»Heute Abend Nackte Wahrheit«, sagte Bella leise. »Bist du dabei, Sky?«

»Ich hoffe, dass Sawyer über Nacht bleibt, deswegen …« Sie hatte nicht vor, ihn allein zu lassen, um nacktbaden zu gehen.

»Das dachten wir uns schon«, sagte Amy. »Deshalb gehen wir, wenn die Männer alle schlafen. Wie lang, nachdem ihr … du weißt schon … schläft er ein?«

Sky musste lachen. »Keine Ahnung. Ich schaue ja nicht auf die Uhr.«

»Jenna schon«, meinte Amy mit einem Lächeln. »Sie sagt, Pete ist in sieben Minuten oder noch weniger weg.«

»Echt? Sieben Minuten?« Sky dachte an Sawyer und überlegte, wie lange er tatsächlich gebraucht hatte, um einzuschlafen. »Ich bin nur einfach davon ausgegangen, dass er etwa zur selben Zeit wie ich eingeschlafen ist. Was ist mit Leanna? Bleibt sie über Nacht und kommt auch mit? Du meine Güte! Was ist mit Theresa? Sie ist heute Abend da. Ich habe ihr Auto gesehen – und etwa ein Dutzend rosa Kartons vor ihrer Haustür, Bella sei Dank. Sie ist bestimmt ziemlich sauer.«

»Ich bin mir nicht sicher, ob Leanna bleibt oder nicht, und Theresa habe ich beobachtet. Bisher war bei ihr in diesem

Sommer um halb zehn immer das Licht aus. Wir sind leise. Das geht schon.« Bella fasste sich an den Bauch. »Noch ein Tritt.« An Amy gewandt fügte sie hinzu: »Ist ja nicht meine Schuld, dass Theresa gern Sexspielzeug mag.« Mit einem verschmitzten Lächeln gab sie Sky einen Salatkopf. »Kannst du den klein schneiden?«

Amy grinste. »Als ob nicht du ihr den ganzen Kram geschickt hättest. Bei jeder Lieferung rennst du rüber, um ihr Gesicht zu sehen.«

»Nur weil sie wissen soll, dass wir alle wissen, was sie bestellt.«

Amy wusch zwei Tomaten ab und schnitt sie für den Salat in Stücke. »Ich weiß nicht, warum du ihr nach dem ganzen Bradley-Cooper-Desaster noch weiter Streiche spielst.«

Bella stellte Gewürze auf ein Tablett und stemmte eine Hand in die Hüfte. »Wenn ich aufgebe, gewinnt sie. Und ihr wisst, was ich davon halte.«

»Aha!« Amy lachte. »Wusste ich doch, dass du ihr das Sexspielzeug schickst.«

»Du hast noch gezweifelt.« Bella nahm das Tablett und sah wieder zu Sky. »Du bist also bei der Nackten Wahrheit dabei, stimmt's?«

»Wenn er einschläft, ja, aber vielleicht müsst ihr ohne mich gehen. Wir …«

»Treiben es wie die Karnickel. Das wissen wir«, scherzte Bella. »Ihr seid in dieser Flitterwochen-Phase, in der ihr nicht genug voneinander bekommen könnt.« Sie lächelte Amy an. »Wir anderen sind auch noch in der Phase, aber wir wissen, wie wir unsere Männer an den Abenden der Nackten Wahrheit schnell bis zur Erschöpfung bringen. Wir erwarten also, dass ihr euch früh ins Schlafzimmer zurückzieht, damit du zu uns rauskommen und dich mit uns amüsieren kannst.«

»Oje, was hier für ein Druck ausgeübt wird.« Sky lachte.

»Und was ist, wenn ich ihn nicht allein lassen will?«

Bella kam Sky so nah, wie ihr Babybauch es erlaubte, und sah sie finster an. »Du darfst nicht zu einer dieser Frauen werden, die ihre Freundinnen wegen eines Kerls vernachlässigen. Dieser heiße Typ wird noch immer in deinem Bett liegen, nachdem du mit uns Spaß hattest, aber wer weiß, wann wir das nächste Mal Gelegenheit zum Nacktbaden haben werden, ohne dass wir uns Sorgen darum machen müssen, ob wir unsere Babys aufwecken.«

»Gutes Argument. Daran habe ich nicht gedacht.« Insgeheim gefiel es Sky, dass Bella so herrisch war. Da sie ohne Schwestern aufgewachsen war, genoss sie die Freundschaft zu den Seaside-Mädels umso mehr.

»Ich bringe den Keksteig mit«, verkündete Amy fröhlich.

Sawyer saß nach dem Essen mit Tony, Pete, Caden, Grayson und Kurt am Lagerfeuer und beobachtete Sky und ihre Freundinnen, die auf der anderen Seite der Feuerstelle kicherten und flüsterten. Jenna warf den Kopf zurück und lachte herzlich und laut – es war so ansteckend, dass die anderen mit einstimmten. Bellas Lachen war heiser, das von Leanna und Amy fast lautlos. Aber Skys Lachen hatte etwas Feminines. Sawyer blendete alles um sich herum aus und lauschte nur ihrem Lachen. Es schien ihr aus der Lunge zu fließen und aus der Brust heraus zu strahlen, bis es in einen kurzen Atemzug endete. Und ihr Lächeln – *ihr wunderschönes Lächeln!* – stellte jedes

Mal, wenn er es sah, merkwürdige Dinge mit seinem Magen an.

»Willkommen in Seaside«, sagte Pete. »Überlebst du deine Einführung?«

Sawyer lachte. »Mir scheint, ihr habt alle großes Glück, dass ihr einander habt. Danke noch mal, dass wir dein Boot über Nacht ausleihen können, Pete. Ich freue mich, mal wieder aufs Wasser hinauszukommen. Es ist eine Ewigkeit her.«

»Kein Problem«, sagte Pete. »Ich find's toll, dass Sky einen Kerl datet, der Boote mag. Du passt gut in unsere Truppe. Ich habe gehört, dass du zu Skys Eröffnungsfeier kommst. Dann lernst du auch endlich unseren Bruder Matt kennen.«

»Ja, das wird bestimmt nett. Und ich hoffe, ich werde auch euren Vater kennenlernen.« Sawyer hatte so viel über ihren Vater gehört, dass er sich darauf freute, den Mann kennenzulernen, der Sky ihr eigenes Atelier gebaut hatte und der seine Frau so sehr geliebt hatte, dass ihr Tod seine Welt aus dem Lot gebracht hatte – und der seine Familie genug liebte, um wieder auf die Beine zu kommen.

»Er würde Skys Feier um nichts auf der Welt verpassen.« Pete nahm einen Schluck von seinem Bier.

Tony zeigte auf Amy und lächelte. Alle Frauen hatten eine Hand auf ihren Bauch gelegt. »Viel besser als jetzt kann es gar nicht mehr werden. Das kann was werden, wenn unsere Babys alle auf der Welt sind! Ich glaube, die Mädels werden traurig sein, wenn Sky nach Provincetown zieht.«

»Sie freut sich, dass die Renovierung bald fertig ist, aber wir haben noch nicht richtig darüber geredet, wann sie umziehen will.« Sawyer konnte sich vorstellen, dass der Umzug für sie mit den verschiedensten Gefühlen verbunden sein würde, und er hoffte, dass er ihr dabei eine Hilfe sein konnte. Er wandte sich Blue zu. »Danke, dass du Skys Renovierung in die Hände genommen hast, Blue. Ich weiß, dass sie dir wirklich dankbar für alles ist.«

»Nichts zu danken. Sie ist eine gute Freundin.« Blue nahm einen Schluck von seinem Bier. »Und sie wirkt glücklicher als je zuvor.«

»Danke. Das bedeutet mir eine Menge, weil ich weiß, wie viel ihr beide einander bedeutet.« Sawyer bemerkte, dass Sky ihn beobachtete, und lächelte. Sie warf ihm einen Luftkuss zu.

»Okay, genug von diesem rührseligen Mist«, ging Grayson dazwischen. »Lasst uns zu dem interessanten Kram kommen, bevor meine Schwester dich wieder in Beschlag nimmt.«

»Dem interessanten Kram?«, fragte Sawyer.

»Das Boxen«, erklärte Tony.

»Wir haben uns gefragt, ob es dir etwas ausmachen würde, wenn wir mal vorbeikämen, um dir beim Training zuzuschauen«, sagte Grayson mit hoffnungsvollem Blick. »Wir würden uns das gern mal angucken.«

»Ob es mir etwas ausmachen würde? Ich fänd's toll. Vielleicht gleich nächste Woche? Mein Trainer organisiert ein Schwergewicht als Sparringspartner, zur Vorbereitung auf meinen Titelkampf. Ich sage euch Bescheid, wann er kommt.«

»Unbedingt. Was meinst du, Blue?«, fragte Grayson.

»Ich bin dabei. Vielleicht bringen wir sogar Sky dazu, mitzukommen. Wenn wir alle da sind, probiert sie es vielleicht noch einmal.«

»Vielleicht, aber ich möchte sie nicht drängen. Es ist in Ordnung, wenn sie nicht zuschauen will. Das verstehe ich«, sagte Sawyer.

»Sky würde gehen, wenn Jenna und die anderen Mädels auch gehen«, meinte Pete.

»Bella will der Schwester von deinem Freund beim Boxen

zuschauen«, fügte Caden hinzu. »Ich bin mir sicher, sie kann die Mädels überreden.«

»Ich kann es immer noch nicht glauben, dass du meine Schwester datest«, sagte Grayson. »Sie kann Boxen nicht ausstehen, und was macht sie? Sie datet einen Champion.«

»Ich habe verdammtes Glück. Auch weil sie bereit ist, über meinen Beruf hinwegzusehen.« Sawyer beobachtete Sky, die sich wieder zu ihm umdrehte. Die Holzscheite des Lagerfeuers warfen einen orangefarbenen Schein auf ihre Beine, als sie aufstand und mit einem verführerischen Ausdruck in den Augen um das Feuer herumging.

»Ich würde auch gern die Lieder hören, die du geschrieben hast«, sagte Kurt.

»Ich spiele auf Skys Geschäftseröffnung. Wirst du dort sein?« Er griff nach Skys Hand und fragte sich, ob die anderen ihre Emotionen und ihren sehnsuchtsvollen Blick bemerkten.

»Wenn es Leanna gut geht, dann kommen wir«, sagte Kurt, während er zu seiner Frau schaute.

»Alles in Ordnung mit Leanna?«, fragte Sky ihn. »Sie ist heute Abend irgendwie nicht die Alte.«

Kurt zog die Augenbrauen zusammen. »Sie fühlt sich in letzter Zeit nicht richtig fit. Ich glaube, sie arbeitet zu viel. Ich sollte sie auch lieber mal fragen, ob sie ins Bett und zurück in unser anderes Haus will. Sie muss morgen früh raus, um sich um diese großen Bestellungen zu kümmern, die gerade hereingekommen sind.« Er stand auf und streckte Sawyer die Hand entgegen. »Wir sehen uns bei deinem Sparringskampf.«

Sawyer schüttelte seine Hand. »Abgemacht.«

»Sparringskampf?«, fragte Sky.

»Sie wollen mir beim Training zusehen, also habe ich sie eingeladen, zum Sparring zu kommen. Du darfst natürlich auch

---

gern kommen, aber fühl dich nicht dazu gezwungen. Ich weiß, dass du mir nicht gern zusiehst.«

»Gerade habe ich den Mädels erzählt, dass ich dir noch einmal beim Training zusehen will.«

»Sky, das musst du nicht«, versicherte er ihr.

»Ich möchte dich unterstützen. Vielleicht brauche ich ein paar Anläufe bis zu deinem großen Kampf, aber ich möchte dich anfeuern. Und Bella hat mich dazu überredet, mir später im Herbst, nachdem Bella ihr Baby bekommen hat, von Jana ein paar Selbstverteidigungsübungen zeigen zu lassen. Sie denkt anscheinend, dass ich dann besser verstehe, was du machst.« Sie schmiegte sich an ihn. »Ich kann nichts versprechen, aber ich bin bereit, es zu versuchen.«

Ihm ging das Herz auf. »Sky …« Er zog sie fest an sich, schloss die Augen und konnte fast nicht glauben, dass sie ein so großes Zugeständnis für ihn machen würde. »Danke.«

»Hey, Leute, ich geh schlafen«, sagte Caden. Pete stand auch auf und ging zum Grill.

»Komm schon, Blue, lassen wir sie mal lieber etwas allein.« Grayson zog Blue hoch. »Wenn wir jetzt gehen, könnten wir noch im Beachcomber Glück haben.«

»Aah, Grayson!«, schimpfte Sky. »Ich will nichts davon hören, dass du dein Glück versuchen willst.«

Grayson lachte. »Dann hör eben nicht hin. Außerdem ist Hunter schon seit Stunden dort. Wahrscheinlich hat er all die heißen Mädels schon in die Flucht geschlagen.« Er klopfte Sawyer auf den Rücken. »Wir sehen dich bei deinem Sparringskampf, wenn nicht schon früher. Pass gut auf meine Schwester auf.«

»Hey, er bekommt den Rücken getätschelt und mich umarmst du nicht?« Sky zog Grayson in eine Umarmung und tat dann das Gleiche mit Blue. »Es fehlt mir, mit dir abzuhängen. Lass dich von meinem Bruder nicht in einen Möchtegern-Casanova verwandeln.«

»Du fehlst mir auch, und Grayson ist kein Möchtegern-Casanova«, sagte Blue lächelnd. »Er ist einfach nur ein Verfechter der geteilten Liebe.«

Grayson grinste verschlagen. »Und der Lust und der …«

Sky hob die Hand und brachte ihn zum Schweigen. »Kein weiteres Wort! Das will ich gar nicht wissen!«

Sawyer lachte, und als ihr Bruder und Blue gingen, um sich von den anderen zu verabschieden, zog er sie wieder fest an sich. »Hattest du einen schönen Abend?«

»Habe ich doch immer.« Sie schob die Hände in seine Gesäßtaschen. »Aber jetzt habe ich Lust auf einen schönen Sawyer-Abend.«

Ihre Stimme war weich und sinnlich und jagte ihm einen wohligen Schauer über den Rücken.

»Ich sollte den anderen dabei helfen, alle Stühle wegzuräumen, und dann …« Er drückte sie fester an sich. »Dann …« Er spürte, dass er erregt wurde, und beschloss, seine Gedanken lieber für sich zu behalten.

»Dann was?« Sie drückte die Lippen auf seine Brust. »Erzähl mir, was du mit mir vorhast, Sawyer.« Sie packte seinen Hintern und presste ihre Hüften an seine, um ihn noch ein bisschen mehr zu reizen, indem sie mit der Zunge über ihre Unterlippe fuhr.

Er konnte die Worte gar nicht zurückhalten, die er fast knurrend von sich gab. »Ich werde mit deinen köstlichen Lippen anfangen und dich qualvoll langsam küssen, um dich für das hier zahlen zu lassen. Ich werde deinen Hals küssen und jeden Zentimeter deiner wunderschönen Brüste, die ich so liebkosen werde, wie du es gern magst. Ich werde meine Zunge über jeden Zentimeter deines Körpers gleiten lassen.« Er drückte die Hand auf ihren Rücken, hielt sie an sich und spürte, wie sie immer flacher atmete. »Ich werde die Innenseiten deiner Oberschenkel kosten und dich dann lecken, bis du so erregt bist, dass du nicht einmal mehr deinen Namen kennst.«

Sie krallte sich in sein T-Shirt, die dunklen Augen verrieten ihr Verlangen. »Und dann?« Ihre Stimme war zittrig und kaum hörbar.

»Oh, meine Sweet Summer Sky, du bist so sinnlich.«

Sie krallte sich noch fester in sein T-Shirt und drückte ihren Körper unerträglich an ihn. »Erzähle es mir«, drängte sie ihn.

»Dann werde ich mich tief in dir vergraben und dich lieben, bis du so heftig kommst, dass du dich gar nicht mehr bewegen kannst.« *So viel dazu, dass er seine Erregung zügeln wollte.* Er war hart wie Stahl und sie atmete kaum.

»Beeil dich«, drängte sie ihn.

Achtzehn

Sky dachte, sie würde träumen und das gezischte Flüstern wären wirre Stimmen in ihrem Unterbewusstsein. Sawyer hatte seine Versprechen eingehalten und sie geliebt, bis sie beide erschöpft und zufrieden auf die Matratze gesunken waren. Sie war sofort in einen tiefen Schlaf gefallen ... bis jetzt.

»Sky!«

»Jetzt!«

Ihre Augen brauchten eine Weile, um sich an die Dunkelheit zu gewöhnen, und ihr Gehirn brauchte noch einen weiteren Moment, um zu registrieren, dass die Stimmen, die durch das offene Schlafzimmerfenster drangen, zu Bella und Amy gehörten. Lautlos glitt sie aus dem Bett – überrascht, dass ihre Beine sie überhaupt trugen – und spähte am Vorhang vorbei.

»Meine Güte! Wir rufen dich schon seit zehn Minuten!«, zischte Bella. Sie, Amy und Jenna hatten sich jeweils ein Handtuch umgewickelt und die Haare eilig hochgesteckt. Selbst im Dunkeln konnte Sky erkennen, dass Jennas rotes Handtuch zu ihrer Haarspange passte und auch die Flip-Flops farblich abgestimmt waren – *natürlich*.

»Wartet kurz. Gebt mir eine Minute, um mich frisch zu machen und mir ein Handtuch zu schnappen.« Sie ließ den

Vorhang zurückfallen und huschte auf Zehenspitzen ins Badezimmer, wo sie sich rasch den Duft ihres Liebesspiels abwusch, ein Handtuch umlegte und die Haare ebenfalls hochsteckte.

Leise schob sie die Glastür auf und trat hinaus auf die Veranda.

»Ich habe meine Flip-Flops drinnen gelassen.« Sie drehte sich noch einmal zur Tür um.

»Vergiss es.« Bella nahm sie am Arm und zog sie in Richtung Rasen und Pool. »Schade«, flüsterte sie. »Es ist schon zwei Uhr, und Caden muss um vier Uhr zu seiner Schicht aufstehen. Um Mitternacht hat er einen Anruf bekommen und musste noch einmal los. Er ist erst vor Kurzem wieder zurückgekommen. Ich möchte ins Wasser, bevor er aufwacht und merkt, dass ich weg bin.«

»Pete ist um die Zeit etwa auch weggefahren. Er meinte, Graysons Motorrad ist liegengeblieben, also musste er ihn abholen.« Jenna gab Bella den Schlüssel zum Pool-Tor. »Mist, ich sehe überhaupt nichts. Amy, warum hast du das Licht auf deiner Veranda nicht angelassen?«

»Ich dachte, das hätte ich.« Amy hielt sich an Skys Arm fest. »Tut mir leid, Jenna. Aber zumindest habe ich an den veganen Keksteig aus dem Bioladen gedacht!«

»Die kleinen Freuden im Leben«, scherzte Sky.

Die schwere Metallkette knallte gegen das Tor und alle gaben gleichzeitig ein *Psst!* von sich.

»Ich versuch's ja«, zischte Bella. »Das Schloss klemmt. Haltet mal die Kette fest, damit Theresa davon nicht aufwacht. Die hat Fledermausohren.«

Der Pool wurde immer um acht Uhr abends geschlossen und Theresa nahm ihre Aufgabe als Verwalterin der Ferienhaussiedlung sehr ernst. Sie liebte Regeln.

»Wie lange brauchte der fingerfertige Junge, um einzuschlafen?«, fragte Jenna Sky flüsternd.

»Keine Ahnung! Ich war zu nervös, um darauf zu achten. Ich dachte ständig, ihr würdet am Fenster auftauchen, wenn wir gerade ... ihr wisst schon. Und dann hab ich alles um mich herum vergessen.«

Das Schloss sprang auf und sie drängten sich durch das Tor.

»Ich dachte, Caden schläft gar nicht ein«, sagte Bella, als sie das Tor leise hinter ihnen schloss.

Wie immer ließ Jenna ihr Handtuch gleich hier fallen und rannte nackt am Pool entlang zu der Treppe am anderen Ende.

»Echt, irgendwann tackere ich dir das Handtuch um den Körper, damit du damit aufhörst«, sagte Amy. »Du musst entweder deinen Ordnungszwang optimieren, damit du das Handtuch umbehältst, bis du bei der Treppe bist, oder du kletterst am anderen Ende hinein. Du benimmst dich wie ein rebellischer, nackter, schwangerer Teenager, und ich habe immer Angst, dass du hinfällst.«

»Ich werde mich nie ändern!« Kichernd ging Jenna ins Wasser. »Brrr. Beeilt euch und kommt rein. Es ist eiskalt.«

»Ich verstehe immer noch nicht, warum du nackt am ganzen Pool entlangläufst«, sagte Sky, als sie ihr Handtuch über einen Stuhl legte und in den kühlen Pool stieg.

»Darum!« Jenna verdrehte die Augen, als wäre es die dümmste Frage der Welt, und tauchte dann ein, bis die Schultern unter Wasser waren. »Ich habe das von Anfang an so gemacht. Das kann ich jetzt nicht mehr ändern.«

»Das würde mich verrückt machen«, sagte Sky zu Jenna. Bella und Amy gingen Hand in Hand die Stufen hinunter und tauchten ins Wasser ein. »Mit euren Bäuchen seid ihr wirklich noch schöner.«

»Hey, und was ist mit mir?« Jenna bespritzte Sky.

»Du natürlich auch. Aber dein Bauch ist noch klein. Sieh dir die beiden an. Nackte Schwangerschaft ist tatsächlich attraktiv.« Sky schwamm an den Beckenrand, schnappte sich vier Schwimmnudeln und reichte jeder Freundin eine.

»Ich weiß nur, dass es herrlich ist, schwanger zu sein«, sagte Bella. »Ich kann so viel essen, wie ich will, und brauche keine Angst zu haben, dass man es mir ansieht.«

Sie legten die Arme über die Schwimmnudeln, und alle vier kamen zu einem kleinen Kreis zusammen, während sie mit den Füßen strampelten, um flach im Wasser zu liegen.

»Ich kann es noch immer kaum glauben, dass wir Babys haben werden. Wir werden unsere Göttergatten bitten müssen, auf die Kleinen aufzupassen, damit wir weiterhin der Nackten Wahrheit frönen können«, sagte Amy und nahm Jennas Hand.

»Glaubt ihr, dass es dann weniger aufregend wird?«

»Nein«, antwortete Bella. »Solange sie es nicht Theresa erzählen, bleibt es immer noch aufregend.«

»Ich kann auch babysitten«, bot Sky an.

»Babysitten? Du wirst dich mit uns der Nackten Wahrheit stellen«, erinnerte Amy sie.

»Nach meinem Umzug nicht mehr«, erwiderte sie traurig. Es würde ihr fehlen, so nah bei ihren Freundinnen zu wohnen, mit ihnen zu frühstücken und sie zu spontanen Grillabenden zu treffen.

»Wir schreiben dir rechtzeitig, damit du zum Nacktbaden herkommen kannst.« Jenna stupste aufmunternd an Skys Nudel.

»Klar, als ob das Autogeräusch nicht Theresa wecken würde. Aber du kannst an der Straße parken und dann in die Siedlung laufen.« Bella stieß sich von den anderen weg. »Ich habe Hunger.«

»Wir sind doch gerade erst gekommen«, sagte Jenna.

»Tja, das Baby muss essen, wenn das Baby essen muss.« Bella schwamm zur Treppe und verließ zitternd den Pool. Sie schnappte sich den Keksteig und eilte wieder zurück ins Wasser, wobei sie die Packung über den Kopf hielt.

»Das wird ein Fünf-Kilo-Baby«, scherzte Amy.

»Na und?« Bella riss die Verpackung auf und all ihre Freundinnen streckten die Hand aus. »Seht ihr? Ihr hattet die gleichen Gelüste.« Sie nahm sich einen Brocken von dem Teig und gab dann Amy die Packung. »Sky, fährst du an diesem Wochenende mit Sawyer auf Petes Boot raus?«

Sky lächelte. »Ja, genau. Mein Bruder hat ein Herz für uns. Wir bekommen das Boot über Nacht, und Sawyer hat gesagt, er kann sich zwei Tage vom Training freinehmen, was mich überrascht hat.«

»Ich habe dir doch gesagt, dass Liebe vieles möglich macht.« Amy ließ sich auf dem Rücken treiben, sodass ihr Bauch aus dem Wasser ragte.

»Liebe«, sagte Sky verträumt. Sie legte sich auch auf den Rücken und schaute in den Sternenhimmel hinauf.

»Liebe?« Amy schwamm zu Sky. »Liebe?«

»Sky liebt ihn!« Jenna warf ihre Schwimmnudel in die Luft.

Bella fing sie auf und ermahnte Jenna, leise zu sein.

Sky nahm die Füße wieder unter Wasser und klemmte sich ihre Schwimmnudel wieder vor der Brust unter die Arme. »Ich habe nicht *gesagt*, dass ich ihn liebe. Obwohl Sawyer alles hat, was ich mir von einem Mann wünsche. Im Ernst, er kann gut zuhören und berührt mich wirklich. Er liebt seine Familie, und er ist bei Weitem der beste Liebhaber, den ich je hatte, und …«

»Oh mein Gott! Du liebst ihn wirklich. Unsere kleine Sky liebt ihren Gitarrenhelden!«, sagte Bella so laut, dass alle nun sie ermahnten, leise zu sein.

»Hört auf.« Sky lachte. »Ich habe noch nie jemanden so richtig geliebt. Das überlege ich mir lieber auch noch mal gründlich.«

»Okay, du liebst ihn also noch nicht«, sagte Jenna mit Betonung auf *noch*. »Würdest du es, wenn er kein Boxer wäre?«

Sie zuckte mit den Schultern. »Es geht nicht ums Boxen. Dies ist sein letzter Kampf, und er tritt für seinen Vater an, also muss es für mich in Ordnung sein, oder? Ich habe eben vorher noch nie einen Mann geliebt und das ist so ein überwältigendes Gefühl. Manchmal kommt es mir so vor, als würde mir das Herz aus der Brust springen, oder ich möchte mich mit ihm für Stunden irgendwo verkriechen. Ist das nicht seltsam?«

Die Mädels warfen sich einen Blick zu, der ihr sagte, dass sie alles wussten, was es über die Liebe zu wissen gab, und dass sie die Einzige war, die keine Ahnung hatte.

»Schätzchen«, sagte Amy leise, »kannst du dir eine Zukunft ohne ihn vorstellen?«

Konnte sie? Würde sie es wollen? Schon jetzt hatte sie sich daran gewöhnt, neben ihm einzuschlafen und in seinen Armen aufzuwachen, obwohl es erst ein paar Tage gewesen waren. Sie freute sich auf seine heißen und poetischen Nachrichten, und immer wenn sie ihn sah, spielte ihr Herz verrückt, und sie wollte, dass er einfach nur bei ihr blieb.

»Nicht freiwillig«, gab sie schließlich zu.

Jenna und Amy lächelten und Bella sagte: »Du bist eindeutig dabei, dich zu verlieben. Zehn Dollar, dass du diesen Kerl heiratest.«

»Ich wette nicht auf meine Zukunft.« Sky lachte, aber innerlich erschauderte sie vor Freude allein bei dem Gedanken daran, ihr Leben mit Sawyer verbringen zu können. »Lizzie sagt, das Leben ist so einfach und so kompliziert zugleich. Ich glaube, ich sitze mitten zwischen einfach und kompliziert und habe keine Ahnung, wo ich letztendlich hin soll – aber es fühlt sich absolut so an, als wäre ich am richtigen Ort, egal ob es einfach oder kompliziert ist.«

»Und zwar weil du dich verliebst. So läuft es ab, damit du mitten auf der Kreuzung von Einfach und Kompliziert stolperst«, sagte Amy.

»Und Sawyer fängt dich auf«, fügte Jenna hinzu.

»Mit einem Gedicht noch dazu.« Bella nahm Skys Hand. »Glaub der Frau, die immer gedacht hat, dass sie nie den Richtigen finden würde. Der *einzige* Mann, der für dich richtig ist, ist der, ohne den du nicht leben willst.«

Dieses ganze Gerede über ewige Liebe und Sawyer löste wieder diese freudige Erregung in Sky aus. Sie tauchte unter Wasser, um sich abzukühlen. Als sie wieder an die Oberfläche kam, brach es laut aus ihr heraus: »Mein Herz rast wie verrückt. Leute … ich *liebe* die Liebe! Und ich glaube, ich liebe Sawyer!«

Die Frauen kreischten auf, ermahnten sich unmittelbar, leise zu sein, und lachten.

Sky nahm Bella den Keksteig aus der Hand und brach sich ein großes Stück ab. »Hab ich euch schon erzählt, dass er tatsächlich der P-Town-Poet ist? Er wusste einfach nicht, dass es einen *echten* P-Town-Poeten gibt.«

»Weil es ihn nicht gibt. Du hast ihn dir ausgedacht, wie du sehr wohl weißt«, erinnerte Amy sie.

Sky schaute zu den Sternen hinauf und atmete laut aus. »Was für eine Nacht. Ich empfinde so viel für Sawyer, dass ich ihm neulich fast gesagt hätte, dass ich ihn liebe. Dann hab ich es aber doch lieber gelassen. Danke, dass ihr mir das Gefühl gebt, nicht zu schnell vorzupreschen. Dass es normal ist, sich so schnell so heftig zu verlieben.« Sie ließ sich wieder auf dem Rücken treiben, stellte den Keksteig auf ihren Bauch, während sie in den Himmel schaute und das Gefühl genoss, den Nebel aus ihrem Kopf verscheucht zu haben.

Jenna ließ sich auch auf dem Rücken treiben und Amy sagte: »Ich kann mich nicht wieder auf den Rücken legen. Mein Baby erdrückt mich.«

Alle lachten.

»Vorher schon habe ich mich auf unseren Bootsausflug gefreut, aber jetzt? Jetzt freue ich mich noch viel mehr, einfach weil ich jetzt weiß, dass es in Ordnung ist, nach so kurzer Zeit so viel zu empfinden – und ich werde es genießen.«

»Zwei Tage mit Sawyer allein? Wenn du zurückkommst, wirst du so verliebt sein, dass du dich in den Ring stellst und für ihn boxt.« Jenna streckte die Hand nach dem Keksteig aus.

Bella drehte den Kopf von einer Seite auf die andere. »Psst! Hört ihr das? Was ist das für ein Geräusch?«

»Was meinst du?« Amy hob ihr Kinn und lauschte.

»Psst!«, zischte Bella. »Klingt wie … Zikaden?«

»Ich höre es auch.« Jenna drehte den Kopf von rechts nach links.

»Hört sich für mich nicht nach Zikaden an«, sagte Sky und versuchte auszumachen, woher das Geräusch kam. »Das ist überall um uns herum. Und es klingt anders, gar nicht nach irgendwelchen Insekten.«

Bella ermahnte sie erneut und alle schwammen an den Beckenrand.

»Ich sehe rein gar nichts. Ihr?«, fragte Bella.

»Nein.« Amy trat im Wasser zwischen Bella und Jenna und

hielt sich an ihnen fest.

Bella bedeutete Sky, sich zu beeilen, und hakte sich bei ihr unter.

»Was ist das?«

»Klingt vertraut.« Jenna hielt den Atem an, zeigte zum Zaun und rief: »Da bewegt sich was am Zaun.«

»Psst!«, schimpften die drei anderen.

»Willst du etwa, dass Theresa hier auftaucht?« Bella spähte in die Dunkelheit. »Was ist d…«

Plötzlich leuchtete eine Lichterkette um den Pool herum auf und eine am Zaun befestigte Ansammlung vibrierender Gerätschaften, Handschellen und anderer Sexspielzeuge erstrahlte. Knallgelbe, hellrosa und glänzend blaue Vibratoren zitterten und bibberten. Einige von ihnen blinkten und andere glichen einem stetigen Leuchtfeuer in der Nacht.

»Du meine Güte!«, rief Jenna, gackerte dann laut los und hielt sich an Bella so fest, dass sie sie fast unter Wasser zog.

Amy und Sky prusteten los, während Bella mit ihrem weit geöffneten Mund und aufgerissenen Augen der Schock ins Gesicht geschrieben stand.

»Da! Guckt mal!« Jenna zeigte auf das Tor, wo grinsend und mit verschränkten Armen Theresa stand.

»Oh, das bekommt sie heimgezahlt«, versprach Bella, als auch sie schließlich herzlich lachte. »Das bekommt sie volle Kanne heimgezahlt!«

Jenna verschränkte die Arme über ihren Brüsten und tauchte bis zum Kinn ins Wasser ein. »Runter mit euch!«

Alle tauchten bis zum Kinn ein und klammerten sich lachend aneinander.

»Der Keksteig!«, rief Amy, woraufhin sie noch mehr lachten.

»Können wir die Spielzeuge behalten?«, brüllte Jenna zwischen zwei Lachanfällen.

Sky lachte wieder lauthals los, verlor das Gleichgewicht und ging unter. Als sie wieder an die Oberfläche kam, streckte sie einen Finger in die Höhe und rief: »Ich will den blauen!«

»Hast du das gehört, Sawyer?« Tonys tiefe Stimme durchbrach ihr Gelächter. Pete und Caden standen von den Liegestühlen auf, die sie auf dem Rasen aufgestellt hatten, und klatschten und pfiffen. Sawyer stand daneben mit der Hand auf dem Mund, und Sky wusste, dass er zu gern gelacht hätte, aber nicht wusste, ob er es sollte.

»Omeingott!«, sagte Amy. »Haben unsere Männer ihr geholfen?«

»Die kriegen was zu hören!«, empörte sich Jenna und marschierte Richtung Treppe.

Alle drei hechteten hinter ihr her und hielten sie im Pool.

»Du bist nackt!«, rief Bella.

»Das wird Pete mir büßen, aber so was von!«, sagte Jenna mit finsterer Miene. »Nackt hin oder her, er ist ein Verräter und der kommt mir nicht so einfach davon.« Sie spähte zu einem Paar grüner Plüschhandschellen, die am Zaun hingen. »Ich muss nur irgendwie an diese Handschellen herankommen!«

Als Tony bei Skys Ferienhaus vorbeigekommen war und Sawyer mit dem Hinweis *Zeit für deinen Einstand* aufgeweckt hatte, hatte Sawyer keine Ahnung gehabt, was ihn erwartete – und er war überrascht gewesen, allein in Skys Bett zu liegen. Er hatte das Kichern der jungen Frauen vernommen, als er und die anderen zum Pool geschlichen waren, aber sie hatten ihm immer noch nicht verraten, was hier vor sich ging. Als die

Mädels jetzt den Männern zuriefen, dass sie sich gefälligst umdrehen sollten, und Theresa kichernd zu ihrem Haus zurückging, konnte er sein Lachen kaum zurückhalten. Doch als er dann mit dem Rücken zum Pool stand, um Sky und ihren Freundinnen die Möglichkeit zu geben, sich zu bedecken, hörte er im Geiste wieder und wieder, was er vernommen hatte, als er im Dunkeln gesessen hatte – Skys von Glück erfüllte Stimme: *Ich liebe die Liebe! Und ich glaube, ich liebe Sawyer!*

Sein ganzes Erwachsenenleben hatte er damit verbracht, sich auf Kämpfe vorzubereiten, aber nichts hätte ihn darauf vorbereiten können, wie sein Herz in seiner Brust fast platzte, als er Sky diese Worte sagen hörte, auch wenn es nur zu ihren Freundinnen war.

»Hey«, sagte Sky, als sie sich eingehüllt in ein Handtuch zitternd zu ihm stellte. Ihre Haare waren nass, die Wangen rosa, und ein entzückendes Lächeln umspielte ihre Lippen.

Er legte die Arme um sie und zog sie fest an sich, während ein paar Meter weiter Bella und Jenna ihren Männern die Hölle heiß machten, weil sie Theresa geholfen hatten.

»Und was passiert jetzt?«, fragte er.

Sie zuckte leise lachend mit den Schultern. »Bella zufolge hat Theresa die Latte gerade noch einmal höher gelegt. Ich nehme an, nächsten Sommer erleben wir ein ganz neues Level an Streichen.«

Amy und Tony gingen leise redend an Sawyer und Sky vorbei.

Tony nickte ihm zu. Sein Lächeln spiegelte sich in seinen Augen wider, und als Amy zu ihrem Mann aufschaute, war ihr Lächeln ebenso strahlend. »Willkommen in Seaside.«

Sawyer blickte zu Sky. »Ich wüsste nicht, wo ich lieber wäre.«

Neunzehn

Sawyer trainierte in der nächsten Woche härter denn je. Er lief mehr, steigerte die Sparring-Zeiten, und Roach organisierte für ihn schrittweise immer stärkere Partner, um ihn auf den Sparringskampf gegen das Schwergewicht in der darauffolgenden Woche vorzubereiten, den sich auch Skys Freunde anschauen wollten.

Die Nächte hatte er in Skys Ferienhaus verbracht, seit Theresa den Mädels den Streich mit dem Sexspielzeug am Pool gespielt hatte, worüber sie alle immer noch lachten – während Bella immer noch wütend war. Je mehr Zeit er mit Sky und ihren Freunden verbrachte, umso mehr fühlte er sich als Mitglied ihrer Gruppe. Er und die Jungs waren mehrere Male morgens zusammen gejoggt und er hatte Tony, Pete und Caden schon gut kennengelernt. Sie liebten alle ihre Frauen so sehr, dass sie sogar während ihrer Joggingrunde über sie redeten. Dadurch fühlte Sawyer sich sogar noch wohler, da auch er in Gedanken ständig bei Sky war und es für ihn eine Tortur gewesen wäre, das zu überspielen.

Heute Nachmittag war er zurück in sein Haus gekommen, um die Fertigstellung der Malerarbeiten im Inneren zu beaufsichtigen und um für die Übernachtung auf Petes Boot zu packen. Endlich war auch die Rollstuhlrampe in der Mitte des Hauses fertiggestellt. Sie führte zu einem Flur im Obergeschoss, wo es ausreichend Platz zum sicheren Wenden eines Rollstuhls gab, und dann hinauf zum Himmelszelt. Die Maler waren vor einer Stunde gegangen, und wenn die Farbe erst einmal getrocknet war, wäre das Haus vorzeigbar, noch bevor sein Vater nach Sawyers Titelkampf zurückkehren würde – um Sawyers Sieg zu feiern. Er hegte keinerlei Zweifel daran, dass er gewinnen würde. Er war bereit.

Sawyer ging hoch ins Schlafzimmer und packte ausreichend Sachen für die Woche in eine Reisetasche, da er wusste, dass er und Sky eher mehr Zeit in Seaside als hier verbringen würden – und die Frage, *ob* sie zusammenbleiben würden, bestand nicht mehr. Sie beide als Paar waren jetzt eine Tatsache, und das wiederum war etwas, das er bisher weder erlebt hatte, noch hatte er sich vorstellen können, das zu wollen. Und jetzt konnte er sich ein Leben ohne Sky nicht mehr vorstellen.

Er stellte die Reisetasche in den Flur und ging noch ein letztes Mal hinauf ins Himmelszelt, bevor er losfuhr, um Sky abzuholen. Es war ein klarer Nachmittag und vom zweiten Geschoss aus hatte er einen herrlichen Blick auf Provincetown, das sich wie ein beschützender Arm am Meer um die Bucht legte. Er erinnerte sich an die Geschichten, die sein Vater ihm über die Spaziergänge mit Sawyers Urgroßvater erzählt hatte, und an die Fahrradwege, die sie zusammen erkundet hatten. Wenn sie dann zurückgekehrt waren, hatten sie vom Himmelszelt aus mit einem Eistee in der Hand die Entfernung bestaunt, die sie zurückgelegt hatten. Sawyer hatte mit seinem Vater zahlreiche Spaziergänge unternommen, bevor sie das Haus verkauft hatten. Während er über das Grundstück schaute, das seine Familie über so viele Generationen hinweg das ihre genannt hatte, dachte er daran, dass er diese Spaziergänge eines Tages mit seinem eigenen Sohn oder seiner Tochter machen würde. Dieser Gedanke erstaunte ihn, denn auch so etwas war ihm noch nie durch den Kopf gegangen. Es hatte immer nur Sawyer gegeben, dann waren seine Gedanken um seine Sorge für seinen Vater gekreist und in der Folge auch um das Wohlergehen seiner Mutter.

Jetzt gab es Sky.

Jetzt gab es ein Wir.

Er schaute zu den Kissen auf dem Boden, wo er und Sky sich das erste Mal geliebt hatten – in dem Zimmer, das sein Urgroßvater gebaut hatte –, und ihm wurde bewusst, dass sie die erste und einzige Frau war, mit der er je in dem Haus Sex gehabt hatte. Er schaute hoch zu den Dachsparren, betrachtete lächelnd die Initialen seiner Eltern, und als er hinüberschaute zu den Initialen seiner Großeltern, erfüllte ihn eine ganz neue Art von Wärme. Er wollte diese Beständigkeit. Er wollte in dreißig Jahren dort hinaufschauen, die Initialen von sich und Sky sehen und sich daran erinnern, wie sie sich das allererste Mal geliebt hatten.

Er nahm sein Handy heraus und las eine Nachricht von Sky, die irgendwann zuvor eingegangen sein musste. *Kann es gar nicht abwarten!*

Sie hatten noch immer nicht diese drei Worte ausgesprochen, die sie beide seit der Nacht am Pool wie unter Verschluss gehalten hatten. Er wartete auf den richtigen Moment, um Sky zu sagen, was er empfand.

Er tippte eine Antwort. *Jede Sekunde, die wir getrennt sind, fühlt sich lebenslänglich an. Achtundvierzig gemeinsame Stunden werden sich wie eine Ewigkeit anfühlen. Von der ich möchte, dass sie nie aufhört.* Er schickte sie ab, ließ sich dann auf den Kissen nieder und dachte über die Worte nach, die er gerade abgeschickt hatte.

Ein ganzes Leben mit Sky war genau das, was er wollte, aber das war nicht der einzige Gedanke, der ihm im Kopf herumspukte, als er im Himmelszelt seines Hauses saß und an die Zukunft dachte. Die Fertigstellung der Rampe setzte all die Dinge frei, die er weit hinten in seinem Hirn verstaut hatte. Wie viele Jahre hatte sein Vater vor sich, abhängig von einem Rollator oder einem Rollstuhl, mit vermindertem Sprechvermögen und Zittern? Hatte sich sein Vater je eine solche Zukunft ausgemalt? Als er im Krieg gekämpft hatte, ständig gebetet hatte, lebend da herauszukommen, hatte er sich da je vorgestellt, dass ein Lebensabend mit dieser schrecklichen Krankheit sein Schicksal sein würde? Sawyers Brust zog sich bei dem Gedanken schmerzhaft zusammen.

Was für Hoffnungen und Träume hatten seine Eltern gehabt, die sich nicht verwirklicht hatten? Sawyer standen noch einige Wochen bevor, ehe er seine Sportkarriere beenden würde, und dann hatte er die Ewigkeit mit Sky vor sich, zumindest hoffte er das. Aber hatten seine Eltern nicht das Gleiche vorgehabt?

Worte machten sich in seinem Kopf selbstständig – *Mondschein, Sonnenlicht, Wolkentage* – und wandelten sich schnell von hell zu dunkel. *Kluft der Liebe. Kampf und Zeit.* Er versuchte, ihre Hartnäckigkeit zu ignorieren, doch sie kamen weiter. *Bindungen, die sich lösen. Jahre, die enden.* Wie an dem Abend, an dem er Sky das erste Mal gesehen hatte, wusste er, dass in den flüchtigen Gedanken irgendwo ein Lied verborgen lag. Er hob einen Stift vom Boden auf, und da er keinen Zettel parat hatte, kritzelte er die Worte auf seinen Unterarm. *Stille. Flehen.*

Stärke. Vergebung.
Mehr. Immer mehr.
Dürftige Tage. Herbes Ende.
Er atmete tief ein, schluckte den Kloß in seiner Kehle herunter. Er stand auf, ging auf dem Parkett auf und ab und kämpfte gegen den Song an, den er nicht schreiben wollte. Es war eine Sache, sich so darauf zu konzentrieren, den Kampf zu gewinnen, dass er die Konsequenz der Krankheit seines Vaters ausblendete. Doch diese Wahrheit starrte ihn nun direkt an – und alles Boxen auf der Welt konnte ihn nicht davor schützen. Er gab ein gequältes Stöhnen von sich, während ihm noch mehr Worte durch den Kopf schwirrten.

Wie Wind in der Nacht, verändernd, raubend, wegbereitend.
Ein Tag wird kommen, ein Tag.
Der Stift fiel ihm aus der Hand.

Sawyer hob den Blick zum Fenster. Er dachte an die Geschichte und die Familie, an all die Dinge, die wichtig waren. Liebe und Ehre, Vertrauen und Verpflichtung. Diese Dinge konnten ihm nie genommen werden, egal wie viel die Krankheit von seinem Vater raubte. Erinnerungen. Sein Vater würde nie die Gelegenheit haben, die gleichen Erinnerungen mit Sawyers Kindern zu schaffen, wie Sawyer sie mit seinem Großvater hatte, aber das hieß nicht, dass Sawyer und sein Vater nicht eine andere Art von Erinnerungen schaffen konnten, die weitergetragen und den zukünftigen Generationen vermittelt werden konnten.

Mit geballten Fäusten und schwer atmend schob er den Drang, die Zukunft der Krankheit seines Vaters zu ignorieren, beiseite und hielt sich am *Jetzt* fest.

Er zog das Handy heraus und rief seine Eltern an.

»Hallo, mein Schatz.« Seine Mutter antwortete schon nach

dem zweiten Klingeln und das Lächeln in ihrer Stimme war unüberhörbar. »Ich hatte nicht damit gerechnet, von dir zu hören. Bist du nicht mit Sky unterwegs?«

»Hi, Mom. Doch, ja, wir brechen bald auf. Ich wollte hören, wie es dir und Dad geht, bevor wir losfahren.« Er hatte es diese Woche nicht geschafft, sie zu besuchen, da der Einbau der Rampe Vorrang gehabt hatte, und obwohl er zwei Mal angerufen hatte, hatte er ein schlechtes Gewissen.

»Uns geht es gut, Schatz. Genieß die Zeit, die du endlich mal frei hast. Wenn du zurück bist, kannst du ja vielleicht mal mit Sky vorbeikommen, damit wir uns kennenlernen?«

Er lächelte, als er die Hoffnung in ihrer Stimme vernahm. »Das mache ich. Ich weiß, dass es ihr gefallen würde. Sie ist einer von Dads größten Fans. Eigentlich wollte ich ihn etwas fragen. Ist er in der Nähe?«

»Direkt neben mir. Warte kurz.«

Er hörte, wie seine Mutter versuchte, seinem Vater das Telefon zu geben.

»Augenblick, Schatz«, meldete sich seine Mutter wieder. »Ich schalte den Lautsprecher ein und halte das Telefon, das ist leichter für deinen Vater.«

»In Ordnung«, antwortete Sawyer und hoffte, dass sie nicht spürte, wie sehr es ihm das Herz zerriss.

»Junge«, sagte sein Vater mit seiner schleppenden Stimme.

»Hallo, Dad. Rate mal, wo ich bin?« Das Schweigen zog sich so lange hin, dass Sawyer sich fragte, ob sein Vater ihn gehört hatte. Er war langes Schweigen gewohnt, aber dieses fühlte sich unendlich an – gleichzeitig war ihm klar, dass es sich wahrscheinlich so anfühlte, weil er voller Ungeduld darauf wartete, ihm seine Gedanken mitzuteilen.

»Boxhalle?«, antwortete sein Vater schließlich.

»Nein, Dad. Im Himmelszelt. Die Rampe ist fertig. Es ist schön geworden, und ich kann es nicht abwarten, dich herzubringen, damit du aufs Wasser hinausschauen kannst. Ich dachte daran, wie du mir früher hier von den Spaziergängen erzählt hast, die du mit deinem Vater und Großvater unternommen hast.«

»Schöne ... Zeiten.«

Sawyer lächelte. »Ja.« Ein Kloß in der Kehle entstand mit der Erkenntnis, dass diese Telefonate eines Tages vielleicht auch nicht mehr möglich waren. »Dad, ich sitze hier, schaue auf die Bucht hinaus und denke an die Zukunft – und die Vergangenheit. Ich möchte etwas mit dir machen, Dad. Etwas, das uns beiden gehört.«

»Was ... du ... willst, Junge.«

Er fasste sich an den Nasenrücken und kniff die Augen zu, um die Tränen zurückzuhalten. »Danke, Dad.« Seine Stimme war so von Emotionen erfüllt, dass sie ihm fremd vorkam. Er räusperte sich, um seine Gefühle unter Kontrolle zu bekommen, und sprach weiter. »Ich möchte mit dir schreiben, Dad. Ich weiß, dass du seit Jahren nicht geschrieben hast, und ich weiß auch, dass du nicht schreiben willst und dass ich nicht so gut im Umgang mit Worten bin wie du. Aber, Dad, ich möchte unser beider Stimmen in einem Gedicht oder einem Lied oder in beidem zusammenbringen. Was immer du möchtest, ich will es zusammen mit dir machen. Ich möchte etwas, das wir für immer haben, dass ich meinen Kindern weitergeben kann und ...« Ihm wurde bewusst, dass er ohne Punkt und Komma redete, und so schwieg er noch einmal kurz, um sich zu sammeln. »Dad, es würde mir unglaublich viel bedeuten, wenn du darüber nachdenken würdest, das mit mir zu machen. *Für* mich zu machen.«

Sein Vater sagte so lange nichts, dass Sawyer sich fragte, ob er ihn verärgert hatte. Nach einer ganzen Minute oder auch zwei hörte er, dass der Lautsprecher ausgeschaltet wurde, bevor die aufgewühlte Stimme seiner Mutter zu ihm drang.

»Schatz?«

»Mom, habe ich ihn zu sehr gedrängt? Ist er sauer auf mich?«

»Nein, Schatz. Er ist nur zu überwältigt, als dass er etwas sagen könnte.«

Sawyer schloss die Augen, um neue Tränen zurückzuhalten, die sich ihren Weg bahnen wollten.

»Sawyer?«

»Ja, Mom?«

Leise sprach sie weiter. »Danke. Vielen, vielen Dank.«

Zwanzig

Als die Sonne den Horizont küsste und die letzten warmen pfirsichfarbenen Strahlen über das dunkle Meer glitten, schlang Sky die Arme um Sawyers Taille und legte den Kopf an seine Brust. Die kühle Abendluft wehte um ihre Beine, als sie Richtung Monomoy Island segelten.

»Zwei ganze Tage allein, Sawyer. Keine Kunden, kein Anstreichen, keine Rampen, keine Tätowiermaschine, kein Sparring.« Sie hatten beschlossen, über Nacht vor Monomoy vor Anker zu gehen, damit sie sich nicht um anderen Bootsverkehr Sorgen machen mussten.

Er hob ihr Kinn an und der Wind blies ihr die Haare ins Gesicht. Sie lachten, als er seine Lippen mitten durch die Haarsträhnen hindurch auf ihre drückte. »Keine blinkenden Vibratoren, keine Nackten Wahrheiten.«

»Wer braucht denn Vibratoren, wenn ich dich habe?« Sie zog den Reißverschluss ihrer Kapuzenjacke hoch.

»Genau das wollte ich hören.« Er küsste sie erneut und stöhnte kurz lustvoll auf, als er sie enger an sich zog. »Ich kann immer noch nicht glauben, dass ich dich zwei Tage lang ganz für mich allein habe. Was stelle ich nur mit dir an?«

Sie zuckte vielsagend mit den Augenbrauen. »Da sich nichts

zwischen mich und meinen Mann drängen kann, würde ich sagen: Alles, was du willst.« Sky gefiel es, wie es sich anfühlte, wenn sie *mein Mann* sagte. Er war der Mann, an den sie dachte, wenn sie morgens aufwachte, und der Mann, von dem sie träumte, wenn sie getrennt waren. Er war der Mann, mit dem sie all die letzten Nächte ihr Bett geteilt hatte, und der Mann, neben dem sie hoffte, fortan jeden Tag aufzuwachen.

Sawyers gefühlvoller Blick lag auf ihr. »Das klingt wunderbar in meinen Ohren.«

Sie beobachtete, wie er das Boot näher an die Insel heransteuerte. Seine Bewegungen waren elegant und entschlossen zugleich, fließend und männlich. Seine muskulösen Oberarme spannten sich aufreizend an, als er den Anker setzte und die Segel einholte. Das Boot schaukelte mit der Strömung – eine sanfte, beruhigende Bewegung, bei der wohltuende Geräusche entstanden, wenn das Wasser gegen die Bootsseiten schlug, während der Kranz der Sonne hinter dem Horizont verschwand und dem dämmerigen Schimmer der Nacht den Platz überließ.

»Ich vergesse immer, wie dunkel es auf dem Meer wird.« Skys Augen gewöhnten sich an das schummerige Licht.

»Keine Sorge, meine Süße. Der Mondschein wird reichen.« Er setzte sich auf die gepolsterte Bank und zog Sky auf seinen Schoß. Als er ihr die Haare hinter das Ohr strich, glitt sein Blick zärtlich über ihr Gesicht.

»Ich kann es kaum glauben, dass du wirklich mit deinem Dad zusammen etwas schreiben wirst. Ich bin so gespannt, was sich mein Lieblingsdichter und mein Lieblingsmensch gemeinsam ausdenken werden.«

»Dein Lieblingsmensch?« Ein ernster Ausdruck lag in seinen Augen.

»Ja, natürlich.« Sie drückte ihre Lippen auf seine und er

lächelte. »Ich dachte, du wolltest deine Songs nur als Hobby ansehen und dein Vater hätte mit dem Schreiben aufgehört. Was hat deine Meinung geändert? Was hat seine geändert?«

»Sky, in den ganzen letzten Jahren habe ich mir nie die Zeit genommen, um über irgendetwas anderes als das Boxen nachzudenken. Mein Leben war ein einziger Kreislauf aus trainieren, boxen, gewinnen.« Er schwieg kurz und fuhr mit dem Daumen über ihre Wange. »Und dann kamst du.«

»Habe ich dich aus dem Konzept gebracht?«

Er lachte leise. »Das ist eines der Dinge, die ich an dir liebe. Du hast so viel um die Ohren, mit der Renovierung deines Studios, deiner Wohnung, der Eröffnungsfeier, und trotzdem machst du dir auch noch Sorgen, ob du mich aus dem Konzept gebracht hast. Nein, Sky, du hast mir nur gezeigt, dass ich die falschen Prioritäten hatte. Du hast mir die Augen geöffnet.«

Skys Herz schlug immer schneller.

»Als ich heute Nachmittag im Haus war, wurde mir plötzlich alles klar. Ich sah die Rampe, und das hat mir das Schicksal meines Vaters noch einmal deutlich gemacht und die Notwendigkeit bestätigt, dass ich den Titelkampf gewinnen muss. Aber es hat mir auch bewusst gemacht, dass wir damit beschäftigt sind, es über den Tag zu schaffen und die Zukunft zu planen, während irgendeine höhere Macht, wie auch immer man das nennen möchte, vielleicht gerade etwas anderes plant und damit unsere Pläne durchkreuzt.«

»Ich kann dir nicht mehr folgen. Was meinst du?«

»Ich meine, dass ich nicht mein ganzes Leben auf den Tag hoffen will, an dem sich vielleicht alles etwas beruhigt oder sich die Zeit richtig anfühlt, um etwas Neues anzugehen und mir mein Leben aufzubauen. Ich liebe dich, Sky, und ich will keine einzige Sekunde mehr damit warten, es dir zu sagen. Es ist mir egal, dass alles so schnell geht. Ich habe schon eine Verbindung zu dir gespürt, als ich dich das erste Mal auf der anderen Seite des Raumes gesehen habe. Ich liebe es, mit dir zusammen zu sein, mit dir zu reden, dich zu lieben. Ich will keinen Moment mit dir verpassen, Sky. Ich will nicht das machen, was mein Vater getan hat, der sein ganzes Leben lang gearbeitet und sich auf die Pensionierung gefreut hat, um dann mehr Zeit mit meiner Mom verbringen zu können – nur damit dann etwas schiefläuft.«

»Saw...« Ihr versagte die Stimme.

Er legte einen Finger auf ihre Lippen. »Lass mich ausreden«, flüsterte er. »Ich sage nicht, dass wir heiraten sollen, aber ich hoffe, dass wir eines Tages dazu bereit sind. Sky, ich möchte unsere Initialen in die Dachsparren einritzen. Ich möchte im Himmelszelt stehen und mit dir an meiner Seite auf die Landschaft hinausschauen – und eines Tages, wenn du es möchtest, mit unseren Kindern – und unsere eigene Geschichte schreiben. Ich möchte mir dir in meinen Armen aufwachen und wissen, dass du am Ende des Tages auch bei mir bist, dass wir unsere Sorgen teilen und die schönen Momente in unserem Leben gemeinsam feiern. Ich will mit dir alt werden, dir beim Tätowieren zusehen und auch dabei, wie du in deinen langen, fließenden Kleidern mit vom Wind zerzausten Haaren und diesem Funkeln in den Augen malst, während ich Gitarre spiele und Lieder singe, die ich für dich und unsere Familie geschrieben habe.«

»Oh, Sawyer.« Sky konnte mit dem Kloß in ihrem Hals kaum sprechen. Sie schlang die Arme um ihn und drückte ihre Lippen auf seine. »Ich liebe dich auch. Ich will all diese Dinge ebenso sehr.«

Mit einem langen, zufriedenen Seufzer atmete er aus. »Dies

ist mein letzter Kampf, Sky. Wenn ich gewonnen habe, ist die finanzielle Zukunft meiner Eltern gesichert, und dann höre ich auf. Keine Kämpfe mehr. Ich werde als Trainer arbeiten, damit du dir keine Sorgen machen musst.«

»Ich will nicht, dass du für mich mit dem Boxen aufhörst. Für mich ist es jetzt in Ordnung, und ich will nicht, dass du es mir irgendwann übel nimmst.« Sie konnte kaum glauben, wie sehr ihre Gefühle für ihn gewachsen waren, und dazu gehörte auch, dass sie seinen Beruf akzeptierte.

»Ich könnte dir nie etwas übel nehmen. Das Boxen bringt Risiken mit sich, und das hat vielleicht vorher keine Rolle gespielt, aber jetzt haben wir uns. Ich will unsere Zukunft nicht dem Zufall überlassen.«

»Das würdest du für uns tun?« Ihr traten Tränen in die Augen. »Sawyer ...«

»Sky, ich würde alles für dich tun – und damit auch für uns.«

Sky spürte, wie ihre Welten sich miteinander verwoben, ohne Zögern und Zweifel, und als er sie enger an sich zog und ihr seine Liebe zuflüsterte, legte sie ihren Mund auf seinen und unterbrach ihn mitten im Satz, weil sie fühlen wollte, wie seine Worte durch ihren Körper strömten und ihre Seele erfüllten.

»Du hast meine Welt auf den Kopf gestellt, Sky«, sagte er, als er sie auf die Kissen legte. »Ich will alles mit dir. Ich will all deine Träume wahr werden lassen, dabei weiß ich noch gar nicht, was es für Träume sind. Was erwartest du vom Leben?«

Sie küsste ihn erneut. »Ich erwarte nichts Großes, Sawyer. Ich will dich und ich will glücklich sein. Ich will deine Familie kennenlernen und möchte, dass du meine kennenlernst. Ich will ein einfaches Leben führen, in dem wir die Welt für einen Nachmittag aussperren können, wenn wir es wollen, ohne dass um uns herum gleich alles einstürzt. Ich will dich lieben und von dir geliebt werden.«

Es gab keine Worte für die Emotionen, die Sawyer erfassten. Liebe, Glück und Begehren waren dabei, aber sie waren eingehüllt in etwas Bedeutenderes, Größeres. Sie waren eingehüllt in die Freude auf eine Zukunft mit der Frau, die er liebte.

Er schaute Sky in die Augen und konnte ihre Liebe spüren. »Ich werde dich immer lieben. Ich werde dich ehren und den Rest meines Lebens dafür sorgen, dass du dich sicher genug fühlst, um stark zu sein oder weinerlich oder albern oder was immer du sein willst oder musst. Denn ich liebe dich, weil du du bist, Sky, und ich will alles von dir.«

Ihre Münder fanden sich zu einem Kuss voller Verheißung und Hoffnung, während seine Hände die weichen Kurven ihrer Taille, ihrer Hüften und ihrer Rippen erforschten. Er zog den Reißverschluss ihrer Kapuzenjacke auf und half ihr, sie auszuziehen, bevor er die Jacke auf das Deck warf. Ihr T-Shirt folgte kurz darauf. Unter seiner Berührung richteten sich ihre Nippel sofort fest auf, und ein leises Seufzen entwich ihr, als er seinen Mund auf ihre Brust legte.

»Sawyer, ich fühle mich so gut mit dir.«

Er zog sich sein T-Shirt über den Kopf und warf es auf das Deck. »Ich muss deine Haut an meiner spüren.«

Seine Hände glitten über sie, und er spürte ihren schnellen Herzschlag, als er seinen Mund wieder auf ihren senkte.

»Berühr mich«, flüsterte sie an seinen Lippen. »Ich will

deine Liebe überall spüren.«

Er streichelte ihre Brüste, küsste, saugte, liebkoste ihre Nippel, so wie sie es mochte, tastete sich an ihrem Körper abwärts und kostete jeden Zentimeter ihrer warmen Haut.

»Du hast ja keine Ahnung, was du mit mir anstellst«, sagte er, als er ihre Shorts aufknöpfte und den Reißverschluss aufzog. »Wenn du mir sagst, was du willst, wird mir am ganzen Körper heiß.«

»Dann sage ich es dir öfter«, verkündete sie mit einem aufreizenden Lächeln.

Er schob die Finger in den Bund ihrer Shorts, die er mit einer geschickten Bewegung herunterzog, sodass sie nackt vor ihm lag. Rasch stand er auf, legte den Rest seiner Kleidung ab und kam wieder zu ihr hinunter. Hart prallten ihre Münder aufeinander, ihre Zungen stießen vor, suchten, eroberten, während sie ihre Hüften aneinander rieben.

»Sky …«, knurrte er an ihrem Mund. »Ich will dich, so sehr.«

Er wandte sich direkt ihrer Mitte zu, konnte keine Sekunde länger warten, und drückte ihre Oberschenkel in die Kissen. Sein Mund traf auf ihre heiße Zone und seine Zunge glitt über ihre Nässe.

»So süß«, stieß er hervor. Er leckte und reizte sie, rieb mit dem Daumen über ihre Perle und drang mit zwei Fingern in sie ein.

»Oh!« Ihre Hüfte schoss aufwärts, während sie sich an seinen Haaren festkrallte. »Oh ja! Genau so … Ja … Sawyer …«

Mit jedem Wort wurde er härter, ungeduldiger, denn er wollte sie zerbersten fühlen. Er leckte und liebkoste und nahm ihre sensible, geschwollene Perle zwischen die Zähne.

»Ja! Oh … Omeingott!« Ihr Rücken löste sich vom Kissen,

als der Höhepunkt sie erfasste. »Sawyer!«

Das Verlangen in ihm stieg mit jedem lieblichen Wort, das über ihre Lippen kam, mit jedem fieberhaften Stoß ihrer Hüften. Er wanderte an ihrem Körper nach oben, bereitete ihr mit der Hand weiterhin Lust, schenkte ihr einen gierigen Kuss und atmete Luft in ihre Lunge, während sie keuchend die letzten Wogen ihrer Erlösung durchlebte.

Sie schob eine Hand zwischen sie beide und strich über seine ungeduldige Härte. »Ich will dich … kosten.«

Ihr fordernder Tonfall und der hungrige Ausdruck in ihren Augen brachten ihn fast zum Bersten. Noch bevor er sich regen konnte, drückte sie ihn auf den Rücken und nahm seine pulsierende Erektion in den Mund.

»Ah! Sky!« Er biss die Zähne aufeinander, und sie umspielte die Spitze, um ihn dann ganz in ihren heißen, nassen Mund zu nehmen und seine noch übrig gebliebenen Hirnzellen zur Explosion zu bringen. Er ließ den Kopf zurück ins Kissen fallen, während sie langsamer wurde, ihn über den ganzen Schaft bis zur Spitze leckte, nur um ihn dann immer wieder zu reizen. Er ballte die Hände zu Fäusten und widerstand dem Drang zu kommen.

»Lass los«, sagte sie mit dieser verführerischen Stimme, die ihn in ihre Augen schauen ließ. »Ich möchte dich kosten, so wie du mich gekostet hast.«

»Sky, ich möchte dich lieben.«

Ohne ein weiteres Wort legte sie die Finger um seine harte Länge und streichelte ihn, während sie mit der Zunge über die Spitze glitt und ihm aus seinem tiefsten Inneren ein Stöhnen entlockte.

»Sky!«, warnte er.

Sie streichelte und saugte, schneller, drückte fester, bis ihm schwindelig war und jeder Muskel vor Hitze pulsierte. Ein eisiger Schauer schoss ihm über den Rücken und er packte sie an den Schultern. Eine Warnung, die sie nicht beachtete. Sie nahm mehr von seinem Schaft in den Mund, und ein elektrischer Schock brannte sich durch seinen ganzen Körper, als er mit zusammengekniffenen Augen und zuckenden Gliedern ins Unendliche schleuderte. Seine Gedanken zersprangen, als sie ihn mit ihren Händen und ihrem Mund weiter hungrig verschlang.

Als der letzte Schauder durch ihn hindurchfuhr, legte sie sich auf ihn und küsste ihn wild. Ihre Münder lösten sich voneinander, und sie schaute mit einem ungehemmten inneren Feuer auf ihn hinab.

»Das habe ich noch nie gemacht«, flüsterte sie.

Er streichelte ihr über die Wange. »Du musst das mit mir nicht machen, Sky.«

»Ich wollte dir so nah sein, wie es uns nur möglich ist. Ich gehöre dir, Sawyer. Voll und ganz, und ich wollte dich, voll und ganz.«

Er zog sie eng an sich und küsste sie erneut, ignorierte den Geschmack nach sich selbst in ihrem Mund und genoss einfach nur die Nähe ihrer Körper und die Verbindung ihrer Liebe. Schließlich beruhigte sich ihre Atmung, sie gaben ihrer Erschöpfung nach und drifteten unter dem Sternenhimmel in den Schlaf.

Einundzwanzig

Nach einem Morgen, der ausgefüllt gewesen war mit Nacktbaden, Liebesspielen und der scherzhaften Überlegung, wer von ihnen nackt vom Hai gefressen werden würde, duschten Sawyer und Sky in der Kabine und segelten dann gemütlich nach Nantucket. Es war ein sonniger Vormittag und eine leichte Brise wehte über den Hafen.

»Ich kann es immer noch nicht glauben, dass keiner von uns bisher auf Nantucket gewesen ist«, sagte Sawyer, als er mit dem Boot im Yachthafen anlegte.

»Wahrscheinlich liegt es daran, dass wir hier aufgewachsen sind«, sagte Sky. »Als ich ein Kind war, war mein Vater an den Wochenenden im Geschäft und meine Brüder hatten ihren Sport. Viel freie Zeit, um einen ganzen Nachmittag mal etwas zu unternehmen, gab es nicht.«

Er vertäute das Boot und trat auf den Anlegesteg, um dann Sky vom Boot herunterzuhelfen. »Mein Dad ist ein sehr zurückhaltender Mensch. Für Signierstunden ist er herumgereist, aber neue Orte zu erkunden war nicht so sein Ding. Als ich klein war, haben wir die Nachmittage am Strand verbracht oder im Strandhaus, aber nachdem sie das verkauft hatten, sind wir die meiste Zeit zu Hause geblieben. Und dann habe ich mit dem Boxen angefangen und alles andere war egal.«

Er ließ den Blick über den Yachthafen gleiten. »Sieht aus wie zu Hause.«

Sky schlang die Arme um seine Taille. »Nur besser. Wir haben den ganzen Tag Zeit, bis wir Petes Boot zurückbringen müssen.«

Hand in Hand schlenderten sie durch den Hafen. Sky fühlte sich, als wäre ihr neues Leben eingehaucht worden. Die Luft schien leichter zu sein. Sie selbst schien leichter zu sein. Es lag nicht am süßlichen Blütenduft, der von einem kleinen Blumenladen beim Parkplatz zu ihnen herüberwehte, und auch nicht an dem Sommerkleid, das sie trug. Es lag nicht daran, wie die Sonne das glückliche Funkeln in Sawyers Augen betonte, oder an der starken Hand, mit der er ihre hielt. Es lag an der Liebe. Pure, unverfälschte Liebe, die in sie gesickert war und sie verjüngt hatte. Sie konnte sich nicht vorstellen, jemals glücklicher zu sein als in diesem Moment.

»Übrigens …« Sawyer blieb mitten auf der Straße stehen, um ihr in die Augen zu schauen. »Ich liebe dich.«

Sie lächelte, ging auf Zehenspitzen und küsste ihn. »Ich liebe dich auch.«

»Es fühlt sich so gut an, dir das zu sagen. Ich habe das Gefühl, ich werde es viel zu oft sagen, aber ich kann nicht anders.« Er zog sie an sich und küsste sie. »Ich liebe deine süße kleine Nase« – er küsste sie auf die Nase – »und deine wunderschönen Lippen« – er küsste sie auf die Lippen – »und wie du die Augenbrauen zusammenziehst, wenn du nachdenkst.« Er küsste sie auf die Stirn. »Ich liebe es, wie deine Hand sich in meiner anfühlt, und« – er flüsterte weiter – »diesen verführerischen Ausdruck in deinen Augen, bevor unsere Lippen aufeinandertreffen.«

Wieder küsste er sie, und sie schmiegte sich an ihn, genoss einfach nur seine Worte, seine Berührung, seine Liebe. Sie war immer noch ganz in ihr Glück vertieft, als er sie zu einem Holzhaus zog, vor dem Motorroller zum Verleih angeboten wurden.

»Komm«, sagte er. »Das macht Spaß.«

Sie liehen sich einen zweisitzigen Roller aus und fuhren mit ihren schicken blauen Helmen im Ort herum. Sie schlenderten durch die Einkaufsstraße und aßen in einem kleinen Restaurant mit Blick aufs Meer. Die Gegend erinnerte Sky an viele kleine Orte am Cape mit ihren schnuckeligen Läden und den altmodischen Laternen. Fahrräder standen entlang der gepflasterten Gehwege und verliehen dem Ort eine noch idyllischere Atmosphäre. Fahnen und Pflanzen verschönerten viele der Geschäfte und bunte Blumen blühten in Kübeln unter den großen Schaufenstern.

Einer der Geschäftsinhaber erzählte ihnen von einem Musikfestival, das am späten Nachmittag und Abend stattfinden würde. Sie nahmen sich aus einem Diner auf dem Weg etwas zu Essen mit und fuhren mit dem Roller zum Festivalgelände. Als sie über die Wiese gingen, die schon mit auf Decken sitzenden Familien und spielenden Kindern prall gefüllt war, klingelte Sawyers Handy.

Er zog es aus der Hosentasche und schaute auf das Display. »Meine Eltern.«

Sorgenfalten traten auf seine Stirn, als er den Anruf entgegennahm.

»Hallo?« Er lauschte und blieb dann stehen. »Wann?« Er drückte Skys Hand – fest. »Bin unterwegs.« Nachdem er das Gespräch beendet hatte, drehte er um Richtung Parkplatz. »Mein Vater ist gestürzt. Wir müssen zurück.«

Zweiundzwanzig

Sawyer stürmte durch die Tür zur Notaufnahme hinein und auf den Tresen der Anmeldung zu. Sie hatten den Bootsmotor genutzt und waren durch den Hafen gerast, um so schnell wie möglich ins Krankenhaus zu kommen, und obwohl seine Mutter ihm versichert hatte, dass es seinem Vater gut ging, befürchtete er das Schlimmste. Die Vorstellung, dass sein Vater auf dem Weg ins Badezimmer gefallen war, war unerträglich für ihn.

Nach gefühlt einer Stunde – was in Wirklichkeit nur wenige Minuten gewesen waren – durften er und Sky das Zimmer betreten, in dem seine Eltern waren. Seine Mutter stand von einem Stuhl neben dem Bett seines Vaters auf und umarmte Sawyer.

»Es geht ihm gut, Sawyer. Er wurde geröntgt und es ist alles in Ordnung. Es ist nichts gebrochen.«

»Mom, geht es dir gut?« Sein Blick ruhte auf seinem Vater, selbst als er seine Mutter noch einmal umarmte – um sie ebenso wie sich selbst zu beruhigen.

»Ja. Ich bin etwas aufgewühlt, aber es geht mir gut.«

Sawyer schaute kurz zu Sky, doch sie bedeutete ihm, zu seinem Vater zu gehen und sich nicht um sie zu sorgen.

Dennoch war er dankbar dafür, dass sie mitgekommen war. Sein Vater lag auf dem weißen Laken und wirkte zerbrechlich und perplex. Dieses verdammte Parkinson! Was hätte Sawyer dafür gegeben, das Grinsen seines Vaters zu sehen und zu hören, wie er grummelnd kundtat, dass ihm so ein kleiner Sturz nichts anhaben könnte. Sein Gesichtsausdruck blieb jedoch unverändert, als Sawyer an ihn herantrat. Er berührte seinen Arm und spürte das leichte Zittern, sah die bläuliche Schwellung auf der Wange und fast hätte es ihn in die Knie gezwungen.

»Dad.« Er konnte ihn nicht fragen, ob es ihm gut ginge – natürlich ging es ihm verdammt noch mal nicht gut. Es würde ihm nie wieder gut gehen. Nur vage nahm er wahr, dass seine Mutter Sky begrüßte, weil er zu sehr auf seinen Vater konzentriert war.

»Junge.« Sein Vater sah ihn fest an.

Sawyer wäre am liebsten in den Kopf seines Vaters gekrochen, um dessen Stimme zu finden. Er wollte genau wissen, was sein Vater dachte, was er fühlte. Diesen Teil von ihm vermisste er so sehr, dass es wie ein Feuer in ihm brannte.

»Was kann ich tun? Was haben die Ärzte gesagt? Behalten sie dich über Nacht hier?« Sawyer schaute zu seiner Mutter, die sich leise mit Sky unterhielt. Erst dann bemerkte er Skys sorgenvolles Gesicht und sah, dass sie und seine Mutter sich an den Händen hielten und gegenseitig Trost spendeten.

»Wir warten darauf, dass der Arzt die Entlassungspapiere unterschreibt«, sagte seine Mutter.

Sky trat an seine Seite und legte ihm eine Hand auf den Rücken, während seine Mutter die Hand ihres Mannes ergriff. Der stoische Blick seines Vaters wanderte zu Sky. Sawyer wusste nicht, ob es seinen Vater aufregen würde, jemanden im Zimmer zu haben, den er nicht kannte. Es ärgerte ihn, dass er nicht früher daran gedacht hatte, aber Sky war nun ein Teil von ihm, und es hätte sich nicht richtig angefühlt, sie nicht an seiner Seite zu haben.

Als Sky seinen Vater liebevoll anlächelte, spürte er, wie dieser Riss in seinem Herzen verheilte.

»Hallo, Mr. Bass. Ich bin Sky, und es tut mir so leid, dass Sie gestürzt sind und wir so lange gebraucht haben, um herzukommen.« Sie legte sanft die Hand auf die seines Vaters, als wäre es das Natürlichste auf der Welt. Sie schaute nicht weg und schien von seinem stoischen Blick nicht unangenehm berührt zu sein. »Ich bin froh, dass Sie schon bald entlassen werden.«

Er sah zu Sawyer, dann wieder zu Sky. »Danke, … dass … Sie …« Er machte eine Pause, und Sawyer hoffte, Sky würde verstehen, dass er noch mehr zu sagen hatte. Sky wartete geduldig. Sie drängte seinen Vater nicht und schien auch nicht verunsichert zu sein, weil sie darauf warten musste, dass er weiterredete. Das bedeutete Sawyer mehr als alles andere.

Als sein Vater weitersprach, bemerkte Sawyer trotz der langsam hervorgebrachten Worte, dass er bewegt war. »… meinem Sohn zeigen, dass es im Leben noch mehr als das Boxen gibt.«

Sky lächelte Sawyer an. »Wir haben wohl beide viel über das Leben gelernt.«

Er gab Sky einen Kuss auf die Wange und flüsterte: »Kommst du kurz allein klar, während ich mit meiner Mom rede?«

Sie nickte und er führte seine Mutter zum anderen Ende des Zimmers.

»Schatz, sie ist so liebenswert«, sagte seine Mutter.

»Ich weiß. Ich bin ein Glückspilz.« Er schaute zu Sky und sah, dass sie wieder mit seinem Vater redete. »Mom, der Kampf ist erst in einem Monat, und dann dauert es eine Zeit lang, bis ich das Geld bekomme. Aber ich habe ein paar Ersparnisse und möchte eine Krankenschwester anstellen, um euch unter die Arme zu greifen.«

»Sawyer, du brauchst das Geld zum Leben. Wir kommen zurecht.« Sie schaute zu seinem Vater und die Sorge war in ihren Augen zu lesen. »Ich werde ihn nicht noch einmal alleinlassen. Du weißt, wie dickköpfig er ist. Ich habe gehört, wie er aufgestanden ist, als ich abgewaschen habe, und da habe ich ihm gesagt, dass ich mir nur noch die Hände abtrockne und dann komme. Sekunden später habe ich schon gehört, wie er gefallen ist.« Tränen traten ihr in die Augen.

Sawyer nahm sie in den Arm. »Alles in Ordnung, Mom. Dad geht es gut. Es ist nicht deine Schuld, aber er braucht eine Vollzeitpflege. Das ist jetzt der richtige Zeitpunkt.« *Und ich werde doppelt so hart trainieren, um sicherzugehen, dass ich gewinne.*

»Ich werde Mrs. Petzhold und ein paar der Nachbarn bitten, mir zu helfen, bis wir uns etwas überlegt haben. Wir können auch noch mehr von unseren Pensionsgeldern abzweigen. Wir kommen zurecht. Ich werde besser auf ihn aufpassen.« Sie atmete tief ein und legte die Hand auf seine Wange. »Schatz, es tut mir leid, dass ich dich aus deinem romantischen Wochenende mit Sky wegrufen musste.«

»Mach dir deswegen keine Gedanken«, beruhigte er sie. »Es tut mir leid, dass wir so lange gebraucht haben.«

Er schaute zu Sky, die auf der Bettkante saß, die Hand seines Vaters hielt und eines seiner Gedichte zitierte. Ihr Blick war sanft, die Stimme voller Emotionen, und in diesem Moment verschmolz die Liebe zu seiner Familie mit seiner Liebe zu Sky.

Bevor er durch das Zimmer zu Sky ging, stand er noch mit

seiner Mutter an der Tür und sagte leise: »Eines Tages werde ich sie heiraten, Mom.«

Seine Mutter nahm seine Hand. »Warte nicht damit, Sawyer. Das Leben ist zu kurz für *eines Tages*.«

Dreiundzwanzig

Nach der Entlassung seines Vaters aus dem Krankenhaus fuhren Sawyer und Sky zum Haus seiner Eltern. Bis Sawyer und seine Mutter seinen Vater ins Bett gebracht hatten, war es schon weit nach Mitternacht, und Sawyer und Sky waren beide erschöpft. Sie beschlossen, die Nacht über dort zu bleiben und am Morgen zurückzufahren, anstatt das Boot spät in der Nacht noch zurückzugeben.

Sawyer versicherte Sky, dass es kein Problem darstellte, in seinem Kinderzimmer zu übernachten, auch wenn er zugeben musste, dass er noch nie eine Frau über Nacht im Haus seiner Eltern beherbergt hatte. Das erfreute und beunruhigte sie zugleich. Sie wollte nicht, dass seine Eltern schlecht von ihr dachten. Aber seine Mutter war so freundlich und zuvorkommend gewesen, als sie ihnen frische Handtücher ins Badezimmer gelegt und ihr und Sawyer ein zusätzliches Kissen angeboten hatte. Ihr schien es nichts auszumachen, dass sie die Nacht im selben Schlafzimmer verbracht hatten.

Sky stand besonders früh auf und duschte kurz, bevor sie auf der Suche nach Koffein in die Küche ging.

»Guten Morgen, Sky.« Sawyers Mutter stand im Bademantel an der Kaffeemaschine und füllte Pulver hinein. »Sie sind ja früh auf. Es ist doch erst halb sieben.«

»Guten Morgen. Ich dachte mir, ich stehe früh auf und guck mal, ob ich bei irgendetwas helfen kann.«

»Danke.« Sie deutete auf einen Schrank, als sie die Kaffeemaschine anstellte. »Sie können schon mal ein paar Tassen herausholen.«

»Gern. Sie sind auch früh aufgestanden.« Sky stellte vier Tassen auf die Arbeitsfläche und nahm sich einen Moment, um sich umzuschauen. Vom ersten Moment an, in dem sie gestern im Krankenhaus angekommen war, hatte sie sich willkommen gefühlt. Sie wusste durch den Umgang mit der Alkoholkrankheit ihres Vaters, dass sie Sawyer vor allem damit helfen konnte, dass sie sich normal verhielt. Wenn sie wegen des Sturzes seines Vaters oder wegen der schrecklichen Hämatome in Panik geraten wäre, hätte es alles für Sawyer nur noch schwerer zu ertragen gemacht. Das Merkwürdige war, dass in den Augen seines Vaters auch etwas Tröstliches gelegen hatte – zu einem Zeitpunkt, an dem er es am meisten gebraucht hatte.

»Ich will kein Risiko eingehen«, sagte seine Mutter. »Tad schläft noch, aber er wacht jeden Morgen um sieben Uhr auf. Ich dachte mir, ich stelle den Kaffee an, dann mache ich mich fertig und lese im Schlafzimmer, bis er aufwacht.« Sie fasste sich an die dunklen Haare und lächelte Sky an. »Nach dem gestrigen Abend sehe ich bestimmt ganz schön schlimm aus.«

»Sie sehen wunderbar aus«, versicherte Sky ihr.

»Es tut mir leid, dass wir uns unter so aufreibenden Umständen getroffen haben, aber ich freue mich, Sie endlich kennenzulernen.«

»Danke. Ich auch«, sagte Sky. »Ich habe von Sawyer viel über Sie beide gehört.«

»Er ist ein guter Junge ... Mann«, korrigierte sie sich lächelnd. Sie holte ein Adressbuch hervor und blätterte darin herum. »Ich muss mich daran machen, ein paar Freunde und Nachbarn anzurufen, um für die nächsten Wochen meine Rückendeckung zu organisieren.«

»Rückendeckung?«, fragte Sky nach.

»Leute, die bei Tad bleiben, wenn ich einkaufen gehe oder seine Medikamente abhole.«

»Ah, verstehe.« Sky überlegte, wie sie helfen konnte. »Möchten Sie, dass ich das Frühstück für Sie und Mr. Bass zubereite?«

»Ach, Liebes, nennen Sie uns doch Lisa und Tad, bitte. Und am besten duzen wir uns auch gleich.« Sie zog den Gürtel ihres Bademantels enger und sprach leiser weiter. »Ging es Sawyer gut, nachdem er ins Bett gegangen ist? Ich mache mir wirklich Sorgen um ihn.«

Sawyer war wirklich aufgewühlt gewesen und hatte lange mit Roach am Telefon überlegt, wie sie sein Training steigern und zusätzliche Trainingseinheiten einplanen konnten und er trotzdem versuchen konnte, mehr Zeit mit seinen Eltern zu verbringen. Und dann hatte er sich über ihr abgebrochenes Date den Kopf zerbrochen, auch wenn sie ihm tausend Mal versichert hatte, dass es überhaupt kein Problem für sie war. Damit hätte er sich in einem solchen Moment wirklich nicht beschäftigen sollen – doch er wollte mit seinem großen Herz einfach alle zufriedenstellen.

Sie hatten die halbe Nacht geredet – Sawyer, der sein Training plante, und Sky, die seiner Trauer lauschte und wünschte, sie könnte ihm irgendwie helfen. Irgendwann waren sie schließlich eng umschlungen eingeschlafen, und als Sky heute Morgen aufgewacht war, hatte Sawyer sie ganz fest gehalten und versucht, sie zu überzeugen, noch im Bett zu bleiben. So gern sie weiter in seinen Armen gelegen hätte, so dachte sie doch auch, dass seine Mutter vielleicht Hilfe oder auch Trost gebrauchen konnte. Nichts von all dem erzählte sie ihr jedoch jetzt. Sie musste sich nicht noch mehr Sorgen machen als ohnehin schon.

»Es ging ihm gut, er war nur müde. Lass mich doch das Frühstück machen, während du duschst, dann brauchst du dir keine Sorgen darum zu machen, ob du fertig bist, wenn Mr. … wenn Tad aufwacht.«

»Danke, Sky. Das ist wirklich sehr nett von dir.«

»Sie ist einfach eine erstaunlich nette Frau«, sagte Sawyer, als er in die Küche kam, bekleidet nur mit der Jeans von gestern und ohne T-Shirt. Er umarmte seine Mutter und gab ihr einen Kuss auf den Kopf. »Morgen, Ma. Ist Dad schon wach?«

»Ich wollte gerade nach ihm sehen.«

Sawyer küsste Sky. »Guten Morgen, meine Schöne.«

»Guten Morgen. Ich wollte gerade Frühstück machen. Hast du Hunger?« Im Geiste ging sie die nächsten Tage durch und überlegte, was sie beitragen konnte. Sie musste arbeiten, und wegen des anstehenden Festes hatte sie nicht viel freie Zeit, aber heute hatte sie sich freigenommen, also konnte sie vielleicht jetzt helfen und ihnen später ab und zu etwas unter die Arme greifen.

Sawyer zog sie in seine Arme und drückte sie fest an sich, nachdem seine Mutter ins Bad gegangen war. »Hunger auf dich«, sagte er. »Es tut mir so leid wegen unseres Dates, Sky.«

»Hörst du jetzt mal auf damit? Das ist in Ordnung. Ich dachte eigentlich gerade, dass du Pete das Boot zurückbringen könntest, während ich hierbleibe und deiner Mom ein paar Stunden zur Hand gehe.«

»Du willst bleiben und helfen?« Er zog die Augenbrauen zusammen.

»Ja. Deine Mom kann Hilfe gebrauchen und wahrscheinlich

auch Gesellschaft. Wir hätten wahrscheinlich ohnehin den ganzen Tag nur damit verbracht, uns anzuschmachten, also warum nicht? Außerdem muss sie einige Telefonate erledigen und ich kann deinen Dad besser kennenlernen.«

»Sky, bist du sicher?«

Sie berührte seine Wange und er lehnte sich in ihre Handfläche. Himmel, sie liebte diesen Mann. »Mehr als sicher. Ich würde dir ja anbieten, das Boot zurückzubringen, damit du Zeit mit deinen Eltern verbringen kannst, aber ich habe keine Ahnung, wie ich es zurück nach Wellfleet segeln kann.«

Noch einmal küsste er sie. »Womit habe ich dich verdient?«

»Mit allem.«

Vierundzwanzig

Drei Tage waren seit dem Sturz seines Vaters vergangen, drei Tage, seit Sky seine Eltern kennengelernt hatte, drei Tage, seit er das letzte Mal gut geschlafen hatte. Die Nachbarn seiner Eltern hatten Unterstützung angeboten und das war eine große Hilfe. Trotz aller Einwände seiner Mutter hatte Sawyer eine Krankenschwester eingestellt, die tagsüber kam und sich bereits gut eingearbeitet hatte. Das beruhigte ihn schon ein wenig, aber alles zusammen – der Sturz seines Vaters und die harte Realität, die sich damit schonungslos offenbart hatte – vergrößerten den Druck, den Titelkampf gewinnen zu müssen.

Heute kamen Sky und all ihre Freunde, um ihm beim Sparringskampf gegen das Schwergewicht, den Roach organisiert hatte, zuzuschauen.

Sky. Die süße, wunderschöne Sky, voller betörender Verheißungen, voller Selbstvertrauen und Zärtlichkeit. Die Frau, die bei seinen Eltern geblieben war, ohne darum gebeten worden zu sein. Die Frau, die ihm gerade gesagt hatte, dass sie sich über die Krankheit seines Vaters informiert hatte, nachdem sie ihn erst wenige Tage kannte, damit sie ihm und seiner Familie helfen konnte. Die Frau, um deren Hand er anhalten würde, nachdem er seinen letzten Kampf gewonnen hatte. Jetzt, mit dem Kampf und der Zukunft seines Vaters im Nacken, war nicht der richtige Zeitpunkt, aber bald ... Sie war sein Ein und Alles geworden, und seine Eltern hatten ihm beide gesagt, wie gern sie sie hatten. Nicht, dass er ihren Segen gebraucht hätte, aber er war doch verdammt froh, ihn zu haben.

Er beobachtete, wie sie ihren Lieblingsgedichtband von C. J. Moon in ihre Patchworktasche steckte und mit ihren zierlichen Füßen in die Sandalen schlüpfte, um vor seinem Sparring für ein paar Stunden ins Tattoo-Studio zu gehen. Blue hatte die Regale im hinteren Teil des Geschäfts eingebaut, die wollte sie sich anschauen. Außerdem musste sie noch ihren Arbeitsbereich, in dem Blue Fächer für ihre Materialien fertiggestellt hatte, mit ein paar letzten Handgriffen in Ordnung bringen. Aber er kannte Sky schon gut genug, um zu verstehen, dass sie sich beschäftigen musste und nicht einfach nur im Ferienhaus herumhängen und daran denken konnte, was er später am Nachmittag tat. Sie hatte eine vollkommene Kehrtwendung gemacht und unterstützte seinen Beruf nun, wofür er ihr umso dankbarer war und sie noch mehr liebte. Aber er wusste, dass es nicht leicht für sie war.

Ihr fließender weißer Rock wehte ihr um die Füße, als sie durch das Wohnzimmer ging und im Vorbeigehen den Korb mit den Bruchstücken seiner Gedichte geraderückte. Sie trug ein hautenges hellrosa Tanktop, das ihre Kurven betonte und ihre festen Nippel nicht versteckte. Dazu hatte sie wie gewöhnlich eine Reihe von Armreifen angelegt und goldene Ohrringe funkelten an ihren kastanienbraunen Haaren. Sie sah umwerfend aus. Er zog sie auf seinen Schoß.

»Es ist seltsam, dass du vor mir gehst.« Er kuschelte sich an ihren Hals. »Gott, du riechst so gut, dass ich dich vernaschen könnte.«

Sie lehnte sich zurück, damit er ihren Hals noch besser liebkosen konnte. »Ich dachte, du hattest heute Morgen schon genug von mir.«

»Ich werde nie genug von dir haben«, sagte er in aller Offenheit.

»Du solltest deinen Sparringskampf heute lieber gewinnen, sonst bekommst du heute Abend keine leckere Sky.«

Er lachte. »Ach, tatsächlich nicht?« Er umfasste ihre Brust und fuhr mit der Zunge über ihr Schlüsselbein, denn er wusste, wie sehr sie das liebte, und er wurde auch prompt mit einem lustvollen Stöhnen belohnt.

»All meine Freunde werden heute dort sein, und ich möchte, dass sie meinen Herkules-Freund sehen.« Ihre Augen funkelten schelmisch.

»Zumindest hast du nicht *süßer* Freund gesagt.«

Sie küsste ihn auf die Brust und dann auf die Lippen, während sie mit dem Hintern an seinem harten Schaft wackelte. »Süß ist schon lange passé, Mr. Groß-Stark-Alpha-Sexy Boxerboy.«

Knurrend legte er sie mit einer raschen Bewegung auf den Rücken und hielt ihre Hände über dem Kopf fest, während sie unter ihm kicherte und sich wand. Er knabberte an ihrer Unterlippe, rieb seinen Dreitagebart über ihre Wange und wurde wieder mit einem sexy Stöhnen belohnt.

»Du weißt, wie sehr ich das liebe«, hauchte sie.

»Ich will, dass du den ganzen Tag an mich denkst, sodass du es kaum noch abwarten kannst, bis wir heute Abend wieder zusammenkommen.«

»Uuh, du bist aber herrisch.« Sie hob den Oberkörper an, um ihn zu küssen, doch er zog sich zurück, damit sie nicht an ihn herankam. »Du willst mich ärgern!«

»Reiner Selbstschutz. Ich bin jetzt schon übel dran.« Er drückte seine Härte an ihr Bein. »Noch mehr und du gehst nicht zur Arbeit.«

»Alles leere Versprechungen.«

Er drückte seine Lippen auf ihre und schob eine Hand unter ihren Rock, um sie durch ihren Slip hindurch zu streicheln. Sekunden später war sie feucht, und als sie an seinen Lippen seinen Namen stöhnte, konnte er gar nicht anders, als einen Finger unter den feuchten Stoff und in ihre samtene Hitze gleiten zu lassen.

»Sky«, flüsterte er. »Ich sehne mich jede einzelne Minute des Tages nach dir. Ich kann dir gar nicht nah genug sein, und ich werde nie, niemals genug davon haben, dich zu lieben. Du solltest lieber gehen, sonst ...«

»Liebe mich, Sawyer. Liebe mich jetzt. Koste mich, damit ich bleibe.«

Er schob ihren Slip zur Seite und senkte seinen Mund auf ihre süße Mitte.

»Oh Gott ...« Sie krallte die Hand in seine Haare, hielt ihn an sich gedrückt und bewegte die Hüften in seinem Rhythmus. »Hör nicht auf. Oh Gott! Ich werde gleich noch mal duschen müssen.«

Er hob den Kopf. »Soll ich aufhören?«

»Nein, nein, nein.« Sie drückte seinen Kopf wieder nach unten, und er trieb sie höher und höher, bis er kurz davor war, durch die Lust, die er ihr bereitete, selbst zu kommen.

Er nahm sie in den Arm und drückte die Lippen auf ihre, während er sie ins Schlafzimmer trug.

»Beeil dich«, sagte sie kichernd, entledigte sich rasch ihres Slips und ihres Rocks und schnappte sich ein Kondom vom Nachttisch.

Er zog seine Hose aus und sah zu, wie sie ihm das Kondom überstreifte, wobei er noch härter wurde, nur weil sie sich über die Lippen leckte, während sie ihn streichelte. Er hob sie hoch, legte ihre Beine um seine Taille und senkte sie auf seine pulsierende Härte hinab. Beide genossen stöhnend ihre intensive Liebe.

»Sky, ich explodiere gleich. Himmel, was machst du nur mit mir? Willst du es schnell oder …«

»Schnell und hart«, sagte sie küssend. »Später feiern wir deinen Sieg und lieben uns den ganzen Abend.«

Er spreizte die Finger auf ihren Hüften, hob sie mit schnellen, entschlossenen Bewegungen auf seinem harten Schaft auf und ab, während sie sich an seinen Schultern festkrallte. Mit Stolz trug er ihre Kratzspuren.

Ihre Oberschenkel legten sich fester um ihn, als ihre Münder aufeinanderprallten und sie wenige Augenblicke später gemeinsam in andere Sphären taumelten.

»Echt jetzt, ich bin zu einer Sexsüchtigen geworden«, sagte Sky, als sie mit Bella, Jenna, Leanna und Amy über den Parkplatz zur Trainingshalle ging, um Sawyer bei seinem Kampf zuzuschauen. »Ich hab's heute Morgen nicht einmal ins Studio geschafft, weil wir die Finger nicht voneinander lassen konnten.«

»Und wo ist das Problem?«, scherzte Bella. »Sieh dir meinen Mann da vorne an, diese ganze sexy Polizistenpower samt Handschellen. Ich kann die Finger noch immer nicht von ihm lassen.«

»Geht mir genauso. Sieh dir Kurt an.« Leanna lächelte ihren

gut aussehenden Ehemann an, der ihnen die Tür zur Trainingshalle aufhielt. Er beugte sich vor, küsste sie und gab ihr einen
Klaps auf den Hintern, als sie hineingingen.

Sie versammelten sich mit ihren Ehemännern am Emp-
fangstresen und warteten auf Brock, der aus dem hinteren
Bereich der Halle auf sie zukam, wo Sawyer und Roach in einer
Ecke die Köpfe zusammensteckten und ein kräftig gebauter
Boxer mit zwei weiteren Typen auf der anderen Seite stand.

»Ich war nicht bei der Arbeit«, flüsterte Sky. »Wegen Sex!«

Pete drehte sich mit wütendem Blick zu ihr um und zischte:
»Das will ich echt nicht hören.«

»Du meine Güte!« Sky spürte die Röte in die Wangen
schießen und alle anderen brachen in Gelächter aus.

Brock kam lächelnd auf sie zu. »Hallo, Sky. Ihr seid also alle
hier, um Sawyer zuzuschauen. Das wird ein heftiger Sparringskampf.« Er stemmte die Hände in die Hüften und wurde ernst.
»Es wird folgendermaßen ablaufen: Ihr könnt zusehen, aber ihr
müsst hinter den schwarzen Linien bleiben, die ihr auf dem
Boden seht. Keine Obszönitäten, keine Beleidigungen. Das hier
ist ein Freundschaftskampf.«

»Okay«, kam es einstimmig zurück.

»Sky, Jana ist auch hier«, sagte Brock. »Sie hat trainiert und
zieht sich gerade um, aber sie freut sich, dich wiederzusehen.«

»Wer ist Jana?«, fragte Hunter und legte einen Arm um Skys
Schulter.

»Sie ist Brocks Schwester. Finger weg!«, ermahnte Sky ihren
Bruder, als gerade Blue und Grayson zur Tür hereinkamen.

»Brock, du solltest Jana vielleicht sagen, dass sie nicht aus
der Umkleide herauskommen soll«, scherzte Sky.

Brock zog die Augenbrauen zusammen und sah Hunter mit
finsterem Blick an. Dann verzog sich sein Mund zu einem

breiten Grinsen. »Die verpasst euch allen einen heftigen Arschtritt. Kommt mit.«

Skys Brüder lachten herzlich. Dann folgten sie Brock durch die Halle zum Boxring, an dem Sawyer und sein Gegner sich auf den Kampf vorbereiteten.

»Deine Truppe ist hier«, sagte Brock.

Sawyers Blick fand Sky in dem Bruchteil einer Sekunde, und während er alle lächelnd begrüßte und sich für ihr Kommen bedankte, ging er direkt auf Sky zu.

»Bist du sicher, dass du hier sein willst?«, fragte er leise.

»Ja. Ich liebe dich und will dich unterstützen.«

Blue stellte sich neben sie. »Wir kümmern uns um sie, Sawyer. Du zeigst uns einfach nur, wie man einen Boxkampf gewinnt.«

»Danke, Blue.« Er küsste Sky. »Ich liebe dich, Süße.«

»Uuuh, Süße«, säuselte Jana hinter ihnen. Sie schlang die Arme um Sawyer. »Los, zeig's ihnen!« Dann drehte sie sich mit einem herzlichen Lächeln zu Sky um und umarmte auch sie. »Ich bin froh, dass du hier bist. Du wirst sehen, so schlimm ist es nicht.«

»Das hoffe ich. Ich habe ein ganzes Heer an Unterstützung, falls ich schreiend aus der Halle rennen will«, sagte Sky nur halb im Scherz.

Jana lachte und ihr Blick wanderte über Skys Schulter. »Das gibt's doch nicht! Oh nein, sag nicht, dass du den da kennst.« Sie deutete auf Hunter.

»Das ist mein Bruder Hunter.« Der verärgerte Ausdruck in Janas Augen beunruhigte Sky.

Hunter drehte sich um, und als sein Blick auf Janas traf, stand ihm das Entsetzen ins Gesicht geschrieben. »Heilige Sch… ande.« Er fuhr sich mit der Hand über die Stirn.

»Du kennst ihn?« Natürlich kannte sie ihn. Hunter sah aus, als wäre er mit heruntergelassener Hose ertappt worden, und Sky hatte so eine Ahnung, dass das nicht weit von der Wahrheit entfernt war.

»Sagen wir einfach, wir sind uns mal begegnet.« Sie grinste Hunter an.

»Muss ich mir Sorgen machen?«, fragte Sky.

»Nee. Zu viel Tequila vor langer Zeit«, sagte Jana.

Hunter gab nur ein tonloses »Tschuldigung« von sich und Jana wandte sich ab.

Brock trat an den Ring und hob die Hände, um die Aufmerksamkeit aller zu erlangen. »Sawyer, Crane, seid ihr bereit?«

Sawyer und sein Gegner Crane nickten und gingen in zwei gegenüberliegende Ecken des Rings.

Skys Herz raste schon jetzt wie verrückt. Sie griff nach Blues Hand und drückte sie. Amy und die anderen Mädels gruppierten sich um sie.

»Alles in Ordnung?«, flüsterte Amy.

»Im Moment noch«, sagte Sky. Sie legte ihre Hand auf Amys Bauch. »Das Baby wird mich beruhigen.«

»Das Surferbaby schläft heute. Und drückt mir auf die Blase.«

Brock stieg in den Ring und ging die Regeln mit Sawyer und Crane durch.

»Der ist gut und gern fünfzehn Kilo schwerer als Sawyer«, sagte Grayson zu Pete.

»Das packt Sawyer«, sagte Jana. »Er ist geschmeidig wie Butter. Der Typ ist kräftig, aber langsam.« Leiser fügte sie hinzu: »Außerdem ist er ein richtiges Arschloch. Ein echt schlechter Verlierer.«

Es ging los. Sky umklammerte Blues Hand noch fester und

war dankbar, als sie Graysons Hand auf ihrer Schulter spürte.

Crane kam schnell nach vorne, führte einen wirkungslosen Schlag nach dem anderen aus. Sawyer wich mit fließenden Bewegungen aus und kam kaum ins Schwitzen. Cranes Füße trippelten vor und zurück, die breiten Schultern waren vorgezogen. Bei jedem Schlag atmeten die Jungs scharf ein und Sky musste jedes Mal die Augen schließen. Sie wollte es gar nicht, aber wie sollte sie hinschauen? Was, wenn die Faust in Sawyers hübschem Gesicht landete? Sie machte die Augen auf, denn sie musste doch hinschauen, um sicher zu sein, dass es ihm gut ging.

Sawyer bewegte sich schnell wie der Blitz und fließend wie Wasser, setzte mehrere Körpertreffer, einen rechten Haken auf das Kinn und einen weiteren Schlag von unten, der Crane zu Boden schickte. Die Jungs johlten begeistert, doch als Crane sich auf seine gewaltigen Knie abstützte und dann aufstand, grinste er sie höhnisch durch die Seile an und brachte sie mit wütendem Knurren zum Schweigen.

Sky hielt den Atem an, als eine Runde zu Ende ging und die nächste auch schon wieder startete. Mit jeder Runde stieg die Anspannung, und in der vierten fühlte sich ihr gesamter Körper wie ein einziger dicker Knoten an. Die Männer feuerten Sawyer unterdessen begeistert an und auch Jana, Bella, Leanna und Jenna brüllten. Amy umklammerte Skys Hand, während Blue mit den anderen Jungs immer näher an den Ring heranrückte.

Den Boxern tropfte der Schweiß herunter. Crane atmete schwer und wurde müde. In jedem Schlag verdichteten sich Kraft und Ermüdung, während seine kräftigen Fäuste immer an Sawyers Abwehr scheiterten. Cranes Gesicht versteinerte geradezu, sein Blick wurde mit jedem abgeblockten Versuch finsterer. Wenn aus den Ohren eines Menschen Rauch heraustreten könnte, würde er nur so dampfen. Am Ende der Runde verkündete Brock, dass die nächste die letzte sein würde, und Sky überkam pure Erleichterung. Während der nächsten Runde trat Brock zweimal zwischen die Kontrahenten und sagte etwas zu Crane, das Sky nicht hören konnte, doch beim Anblick des höhnischen Grinsens in Cranes Gesicht stellten sich Sky die Nackenhaare auf.

Sawyer bewegte sich geschmeidig vor, setzte einen Treffer nach dem anderen und traf Crane von unten am Kinn. Schweißtropfen flogen durch die Luft, als Crane nach hinten fiel und mit den breiten Schultern in den Seilen landete. Er sprang sofort wieder hoch, schlug und verfehlte, immer wieder, und gab gequälte, brachiale Laute von sich, die Sky das Blut in den Adern gefrieren ließen.

Sie schloss die Augen und drückte Amys Hand.

»Es ist fast vorbei«, beruhigte Amy sie.

Sky konnte nicht antworten. Sie konnte sich nicht bewegen. Sie zwang sich, die Augen zu öffnen, weil sie sich an ihr Versprechen erinnerte, Sawyer zu unterstützen. Crane jagte ihr eine Höllenangst ein. Noch nie hatte sie jemanden gesehen, der so wütend war, und dieser ganze Zorn war in dem größten, muskulösesten Mann angestaut, den sie je gesehen hatte. Doch am meisten machte ihr der Blick Angst, mit dem er Sawyer ansah – als wollte er ihn umbringen und nicht nur den Kampf gewinnen. Sie fragte sich, wie jemand diesen Sport ansehen konnte, ohne einen Herzinfarkt zu bekommen. Sie hatte das Gefühl, ihres würde gleich explodieren. Ihr Magen war derart verkrampft, dass ihr schlecht wurde, doch immer wieder erinnerte sie sich daran, dass Sawyer für seinen Vater kämpfte. So schaffte sie es, aufrecht stehenzubleiben und insgeheim zu beten, dass der Kampf zu Ende ging, ohne dass irgendjemand verletzt wurde.

Als Brock das Ende der letzten Runde verkündete und die Hände beider Boxer in die Höhe hielt, atmete Sky endlich aus. Sawyers Blick fand ihren, voller Stolz und voller Liebe. Er ging einen Schritt auf sie zu, und Amy legte eine Hand auf Skys Rücken, um sie zum Ring zu schieben, als Crane sich abrupt herumdrehte und Sawyer einen Hieb auf den Schädel versetzte.

»Nein!«, schrie Sky, als Sawyer die Augen verdrehte und zusammenbrach.

Fünfundzwanzig

Sky hielt Sawyers Hand und flehte die höheren Mächte an, dass ihm nichts passiert war. Sie konnte nicht aufhören zu zittern, auch wenn Sawyer mittlerweile das Bewusstsein wiedererlangt hatte. Doch das hatte dem Arzt zufolge länger gedauert, als es ihm lieb gewesen wäre. Sawyer hatte auch mehrere Minuten gebraucht, um grundlegende Informationen mitteilen zu können – zum Beispiel, was er zum Frühstück gegessen hatte und was er am Tag zuvor getan hatte. Sky hatte keine Erfahrung damit, wie es war, k. o. geschlagen zu werden, aber durch das, was der Arzt gesagt hatte, und angesichts seines sorgenvollen Ausdrucks wusste sie, dass das hier nicht normal und alles andere als ein gutes Zeichen war. Alle möglichen Untersuchungen waren durchgeführt worden und nun warteten sie auf die Ergebnisse. Roach stand neben ihr mit einer Hand auf ihrer Schulter – eine beruhigende Kraft inmitten eines stürmischen Meeres der Angst – und reichte ihr alle paar Minuten ein trockenes Taschentuch. Die Ärzte ließen niemand anderen in das Zimmer, und sie wusste, dass ihre Freunde wahrscheinlich verrückt vor Sorge wurden, aber auf keinen Fall würde sie jetzt von Sawyers Seite weichen.

Die rechte Seite von Sawyers Kopf war geschwollen und

bereits blau gefärbt.

»Sky«, brachte er heiser hervor. »Mir geht es gut. Nicht weinen.«

»Nicht weinen? Du wurdest k. o. geschlagen und der Arzt hat befürchtet, dass du nicht aufwachst.« Sie wischte sich über die Augen und beugte sich über ihn, um ihn auf die unverletzte Seite seines Gesichts zu küssen, und auch auf die Stirn, auf den Mund und überallhin, wo sie nur konnte. »Du hast mir eine solche Angst eingejagt, Sawyer. Ich habe mich geirrt. Ich kann dir nicht noch einmal beim Boxen zusehen. Ich kann das einfach nicht.«

Sawyer legte die Arme um sie. »Das ist in Ordnung. Alles ist gut. Ich habe nur noch einen Kampf und du musst nicht zuschauen.«

Der Arzt kam zurück ins Zimmer. Er war ein großer, älterer Mann mit grau meliertem Haar und ernst dreinblickenden Augen hinter einer Drahtbrille.

»Ich habe gerade mit Ihrem Arzt telefoniert.« Er sah Sawyer an. »Er sagt, er hätte Ihnen bereits geraten, nicht zu boxen.«

Geraten, nicht zu boxen?

Sawyer hielt dem Blick des Arztes stand. »Dr. Malen hat die Warnung ausgesprochen, die jeder Arzt jedem Boxer mitgibt.«

»Sawyer.« Roach klang heiser.

Sky schaute zu ihm auf. Sawyer ließ sie los und erwiderte mit zusammengekniffenen Augen: »Das ist *mein* Kampf, Roach.«

Noch nie hatte Sky seine Stimme so kalt gehört.

»Vielleicht hat es irgendein Missverständnis gegeben«, überlegte der Arzt laut. Er verschränkte die Hände. »Obwohl ich Dr. Malen sehr gut kenne und weiß, dass er überaus präzise ist.«

Sawyer presste die Zähne zusammen.

»Kann er boxen oder nicht?«, fragte Roach.

Kann er boxen?

»Ist er körperlich dazu in der Lage? Ja«, sagte der Arzt. »Ist es ratsam? Nein. Ich würde meinen eigenen Sohn nicht in den Ring steigen lassen, nachdem er sich so eine Gehirnerschütterung zugezogen hat. Ebenso wenig hätte ich ihn in den Ring steigen lassen, nachdem er vorher schon so viele Gehirnerschütterungen hatte.« Ernst schaute er Sawyer an. »Es hat zu lange gedauert, bis Sie wieder zu Bewusstsein gekommen sind, Sawyer. Dieses Mal hatten Sie Glück, aber Sie spielen mit dem Feuer. Wie Dr. Malen Ihnen bereits erklärt hat, hatten Sie zahlreiche Gehirnerschütterungen und die nächste könnte einen bleibenden Hirnschaden oder Schlimmeres verursachen.«

»Augenblick mal! Was?« Sky sah Sawyer an. »Du hattest schon mehrere Gehirnerschütterungen? Dein Arzt hat dir das gesagt und du hast trotzdem noch geboxt?«

»Sky, alle Boxer haben mal Gehirnerschütterungen. So schlimm, wie es sich anhört, ist es nicht. Das sagen sie schon, solange ich denken kann.«

Das Herz hämmerte ihr in der Kehle, und sie musste all ihre Beherrschung aufbringen, um nicht loszuschreien, als sie sich dem Arzt zuwandte und so ruhig wie möglich – und das war überhaupt nicht ruhig – fragte: »Wollen Sie damit sagen, dass sein Arzt ihm schon gesagt hat, dass er Hirnschäden oder Schlimmeres davontragen könnte, wenn er noch einmal bewusstlos geschlagen wird?«

»Nein«, antwortete der Arzt.

Erleichtert atmete Sky auf.

»Ich will damit sagen, dass Dr. Malen gesagt hat, Sawyer könnte Hirnschäden oder Schlimmeres erleiden, *ohne* das Bewusstsein zu verlieren. Ein einfacher Schlag auf den Kopf könnte ausreichen.«

Ein einfacher Schlag auf den Kopf. Ein *einfacher* Schlag. Was sollte das zum Henker noch mal überhaupt sein? Ihre Beine drohten einzuknicken, und sie hielt sich am Bett fest. Sie zitterte am ganzen Körper, ihr Kopf schwirrte.

»Sky?« Sawyers Stimme klang durch das Rauschen in ihren Ohren ganz weit entfernt.

»Könnten Sie uns einen Augenblick alleinlassen?«, fragte Sawyer den Arzt und setzte sich auf.

Der Arzt legte ihm eine Hand auf die Schulter. »Stehen Sie nicht auf. Vermeiden Sie jegliche Aufregung. Ich bin in ein paar Minuten wieder da.«

Der Arzt ging hinaus und Sawyer sah zu Roach. »Würde es dir etwas ausmachen …?«

»Denk an das, was ich gesagt habe, Sawyer. Ich werde dieses Telefonat nicht mit deiner Mutter führen.« Roach legte Sky noch einmal aufmunternd die Hand auf die Schulter und ging dann hinaus.

»Sky.« Er streckte die Hand nach ihr aus, aber sie zitterte zu sehr, in ihrem Kopf herrschte ein zu großes Chaos, als dass sie sich anfassen lassen konnte. Sie wandte sich ab.

In Sawyers Kopf hämmerte der Schmerz und sein Körper tat ihm von dem Sturz auf den Boden weh, aber nichts kam der Tortur gleich, den niedergeschmetterten Ausdruck in Skys Augen zu sehen.

»Sky, hör mir zu. Ich muss boxen. Ich muss es für meinen Vater tun. Es geht ihm nicht gut. Ich habe nicht mehr viel

Zeit.«

Tränen liefen über ihre Wangen. »Wenn du boxt, hast du vielleicht absolut recht, Sawyer, was die Zeit angeht, die du nicht mehr hast. Wie kannst du überhaupt noch daran denken, wieder in den Ring zu steigen, nach dem, was der Arzt gerade gesagt hat?«

Er lehnte sich gegen ihre Worte auf, wie er es gegenüber Roach in der Vergangenheit so oft getan hatte. »Meine Eltern brauchen diesen Sieg, Sky.«

Ihre Stimme zitterte, als sie seine Hand ergriff. »Und ich brauche dich. Wir haben uns gerade gefunden, Sawyer. Du hättest heute lebenslange Schäden davontragen können, und das noch Schlimmere ist, dass du wusstest, welches Risiko du eingehst. Warum hast du es mir nicht gesagt?«

»Weil es der gleiche Mist ist, den die Ärzte seit Jahren von sich geben, Sky. Das erzählen sie jedem.«

»So hat sich das mit Sicherheit nicht angehört, Sawyer.« Ihre Stimme überschlug sich fast. »Nicht einmal Roach will, dass du boxt. Das sehe ich in seinen Augen.«

»Ich werde boxen, Sky.«

»Sind wir dir vollkommen egal? Ist dir deine Familie egal? Was ist mit diesem ganzen Gerede über die Zukunft? War das alles gelogen? Du hast gerade beschlossen, zusammen mit deinem Vater etwas zu schreiben, damit du etwas Gemeinsames mit ihm für die Zukunft hast. Die *Zukunft*, Sawyer! Weißt du noch, wie sehr du das wolltest?« Sie stieß sich vom Bett ab und ging im Zimmer hin und her, die Arme vor der Brust verschränkt und mit tränennassem Gesicht.

»Natürlich will ich eine Zukunft mit dir. Aber ich bin Boxer, Sky.«

Abrupt blieb sie stehen und schaute ihn aus verweinten

Augen kalt an. »Du hast mir gesagt, dass das Boxen das ist, was du tust, aber nicht das ausmacht, wer du bist.«

»Ich habe mich geirrt. Es gibt genau eine Sache, die ich meinen Eltern geben kann. Und das ist dieser Kampf.«

»Dann musst du dich entscheiden, Sawyer, denn ich liebe dich zu sehr, als dass ich mich zurücklehnen und dabei zusehen könnte, wie du einen Hirnschaden erleidest, weil dir irgendein Mistkerl auf dem Weg aus dem Ring eine verpasst – oder schlimmer noch, dass ich zusehen muss, wie du stirbst.«

»Wie kannst du von mir verlangen, mich zwischen der Liebe zu dir und dem Wohlergehen meines Vaters zu entscheiden? Der Zukunft meiner Eltern?« Wut brodelte in ihm, Wut auf die brutale Krankheit seines Vaters und den ungerechten Streit, den er und Sky austrugen.

»Ich verlange nicht von dir, dich zwischen mir und deinem Vater zu entscheiden. Ich verlange von dir, dass du dich selbst genug liebst, um ein gesundes Leben führen zu wollen, mit allen kognitiven Fähigkeiten intakt.« Sie atmete unter Tränen hörbar ein. »Und darauf zu vertrauen, dass wir gemeinsam einen anderen Weg finden, um für die Pflegekosten deines Vaters aufzukommen.«

»Sky, du hast dein Leben aufgegeben, um deinem Vater durch die Entziehungskur zu helfen. Du hast deine Freunde, deinen Job, deine Wohnung aufgegeben, um hierher zurückzuziehen und sein Geschäft zu führen. Gerade du müsstest es doch verstehen!«

»Das ist etwas anderes! Ich hätte nicht sterben können, weil ich ihm geholfen habe.«

Sie zitterte so sehr, dass er sie am liebsten in den Arm genommen und all den Schmerz verscheucht hätte – die nötigen Entscheidungen verscheucht hätte. Er hätte gern die Uhr zurückgedreht, zu dem Zeitpunkt, bevor er den Schlag auf den Kopf bekommen hatte, um dann so zu tun, als wäre alles gut und als gäbe es die Warnung des Arztes nicht.

So lange hatte er so gut einfach so getan, als ob.

»Sky.« Seine Stimme war hauchdünn, während er versuchte, seinen Zorn zu zügeln.

»Nein. Keine Ausflüchte mehr, Sawyer. Dafür liebe ich dich zu sehr. Ich habe meine Mutter an etwas verloren, über das sie keine Kontrolle hatte. Du verlierst deinen Vater an ein Schicksal, das er nicht ändern kann. *Dein* Schicksal – *unser* Schicksal – liegt in deinen Händen. Du hast einmal gesagt, dass du unsere Zukunft nicht dem Zufall überlassen willst. Tja, Sawyer, genau das machst du gerade. Wenn du dich, oder uns, nicht genug liebst, um das Nötige zu tun und dich zu schützen, dann gibt es zwischen uns nichts mehr zu bereden.« Sie machte auf dem Absatz kehrt und ging zur Tür hinaus.

»Sky!«, rief er hinter ihr her und stand auf, um ihr zu folgen, doch um ihn herum drehte sich alles. Er hielt sich am Bett fest und versuchte, zu begreifen, was gerade passiert war. Er schaute zur Tür, doch es drehte sich weiter alles um ihn herum. Mit dem nächsten Schritt verlor er das Gleichgewicht und er ging auf dem kalten Boden auf die Knie. Sein Kopf und seine Brust schmerzten wie nie zuvor. Der Schmerz eines gebrochenen Herzens war, wie er feststellen musste, zerstörerisch und um ein Zehnfaches schlimmer, als jeder Boxschlag es je sein konnte.

Sechsundzwanzig

»Sky, es ist jetzt zwei Tage her. Du musst etwas tun«, drängte Bella sie. »Ruf ihn an. Geh zu ihm. Rede zumindest mit ihm.«

Sie saßen auf Bellas Terrasse beim Frühstück, wie schon den ganzen Sommer – nur dass es sich nicht mehr so wunderbar anfühlte wie noch vor wenigen Tagen, als Sky gewusst hatte, dass Sawyer jeden Moment mit Tony, Pete oder Caden um die Kurve gejoggt kam. In den letzten zwei Tagen hatte Sawyer sie mehrere Male angerufen und darum gebeten, sie zu sehen, aber wenn sie ihn gefragt hatte, ob er immer noch vorhatte, zu dem Kampf anzutreten, war seine Antwort, dass er es tun musste. Sie waren in einer Sackgasse. Sie weigerte sich, ihn zu sehen, und hatte sogar ihr Handy weggelegt, denn wenn sie sein Bild hätte sehen müssen, wenn er anrief, oder ihm in die Augen und seine Liebe zu ihr darin hätte sehen müssen, dann hätte sie nachgegeben. Und ein Nachgeben wäre gleichbedeutend damit, die Tür zu der Möglichkeit aufzustoßen, dass er unwiderruflich verletzt wurde – und das konnte sie weder ihm noch sich selbst antun.

»Das kann ich nicht«, sagte Sky leise. »Ich habe darüber nachgedacht, und es ist nicht fair, mich zwischen ihn und die Zukunft seiner Eltern zu stellen. Damit hatte Sawyer recht, aber verdammt ...« Der Kloß in ihrem Hals, der gar nicht mehr verschwinden wollte, seit sie aus der Klinik gestürmt war, machte sich bemerkbar. »Er hat gesagt, dass er eine Zukunft mit mir aufbauen will, aber er ist nicht bereit, diese Zukunft zu beschützen. Ich kann es einfach nicht. Ich habe keine Ahnung, was ich tun soll.«

Amy lehnte sich zu ihr und umarmte sie. »Schätzchen, bist du sicher, dass du den Arzt richtig verstanden hast?«

Sky sah Amy wütend an. Hunderte Male hatten sie ihr diese Frage schon gestellt. Sie war ja nicht blöd. Sie hatte den Arzt laut und deutlich gehört. »Das Problem ist nicht, was der Arzt gesagt hat, Amy. Das Problem ist das, was Sawyer *nicht* gesagt hat.«

»Du sitzt wirklich zwischen zwei Stühlen.« Jenna hielt zwei Hände vor sich, als würde sie etwas abwiegen. »Auf der einen Seite ist da sein Bedürfnis, diesen Kampf für seinen Vater zu gewinnen.« Sie hob die andere Hand höher. »Und hier ist eure Beziehung. Wie soll er sich da entscheiden? Könntest du dich entscheiden?«

Sky drückte sich vom Tisch ab. »Ich weiß es doch auch nicht! Ich weiß nur, dass ich ihn liebe. Ich liebe ihn mit jeder Faser meines Selbst – und wenn man jemanden so sehr liebt, macht man doch nicht etwas, das dich von dem anderen fortreißt. Aber genau das tut er, und das bedeutet, er liebt mich nicht so, wie ich ihn liebe.«

»Sky.« Bella wurde ernst. »Machst du nicht genau das Gleiche, indem du ihm den Rücken zukehrst?«

Sie wischte sich die Tränen weg. »Auf wessen Seite bist du eigentlich?«

»Ich sage nur, dass es keine richtige Antwort gibt. Es geht um seinen *Vater*. Er liebt ihn, und er liebt dich. Wie soll der Mann sich da entscheiden können?«

»Ich! Weiß! Es! Nicht! Mir ist klar, dass es egoistisch von mir ist, von ihm zu verlangen, dass er sich in diesem Fall schützt. Das verstehe ich. Ich bin ein egoistisches Miststück, ja und? Ich liebe ihn, Bella, und mein Herz sagt mir, dass es irgendeinen anderen Weg gibt, um an dieses Geld zu kommen. Es muss einen anderen Weg geben. Er denkt nicht einmal über die Möglichkeit anderer Wege nach. Dabei gibt es andere Optionen. Muss es einfach geben. Darlehen, Jobs, irgendetwas.« Sie stürmte von der Terrasse. »Es tut mir leid. Ich bin vollkommen durcheinander und bringe keinen vernünftigen Gedanken zustande. Ich will euch nicht anschreien, also gehe ich lieber ins Studio, wo ich meinen Frust ins Putzen oder Streichen stecken oder mein Herz in einem Tattoo vergraben kann.«

»Warum nimmst du dir nicht einen Tag frei?«, schlug Amy vor. »Wir können uns an den Pool legen und entspannen.«

Sky schaute zum Pool und die Erinnerung an ihren sinnlichen Abend mit Sawyer vor dem Nacktbaden mit den Mädels kam in ihr hoch.

»Ich glaube, ich muss allein sein, aber danke für das Angebot.«

Als die Hälfte des Nachmittags vorbei war, hatte Sky ihr Studio umgeräumt, drei Kunden tätowiert und in jeder einzelnen Sekunde an Sawyer gedacht. Sie konnte das Gefühl nicht abschütteln, dass Bella recht hatte. Indem sie gegangen war, hatte sie das Gleiche getan wie er. Sie hatte ihnen beiden den Rücken gekehrt. Ihre Beziehung beendet. Sie auseinandergerissen. Aber war das ihre Schuld? Hatte sie irgendeine andere Wahl? Vielleicht sollte sie es aussitzen? So tun, als würde er nicht zu diesem einen letzten Kampf antreten, und dann zu ihm gehen, wenn es vorbei war.

Wenn er keine Hirnschäden – oder Schlimmeres – davongetra-

gen hätte.

Keine einzige Minute schaffte sie es, nicht an ihn zu denken. Wie konnte sie so tun, als würde er in diesem Kampf nicht sein Leben riskieren? Und warum sollte sie es überhaupt? Sollte er sie – ebenso wie sich selbst und seine Familie – nicht so sehr lieben, dass er geistig und körperlich gesund bleiben wollte?

Er liebt seine Familie. Deshalb boxt er.

Sogar ihre eigenen Gedanken trieben sie in den Wahnsinn. Sie ging nach draußen und atmete die frische Luft ein, in der Hoffnung, einen klaren Kopf zu bekommen. Menschen unterschiedlichsten Alters strömten durch die Straßen, lachten, redeten, trugen Einkaufstaschen, aßen Eis und hielten Händchen. Vor einem Monat hatte es ihr noch gereicht, sich einfach kurz mit den Leuten zu unterhalten, die am Studio vorbeischlenderten, aber jetzt? Jetzt hätte sie beim Anblick der Menschen, die das genossen, was sie und Sawyer nie haben würden, am liebsten geweint.

Sie versuchte, sich von dem Schmerz abzulenken, indem sie im Geiste aufzählte, was sie noch alles hatte.

Ich bin endlich Inhaberin meines eigenen Tattoo-Studios.

Ich habe eine großartige Wohnung.

Großartige Freunde.

Eine wunderbare, liebevolle Familie.

Sie warf einen Blick ins Schaufenster von Lizzies Geschäft und sah sie mit Blue plaudern. Bisher hatte sie gehofft, dass die beiden sich vielleicht daten würden, aber jetzt wünschte sie fast, dass sie es nicht taten. Sie wollte nicht, dass ihre Freunde je diesen Schmerz aushalten mussten, den sie gerade durchmachte.

»Wie geht's meiner Lieblingstätowiererin?«

Sky drehte sich zu der fröhlichen Stimme um. Marcus war heute nicht als Maxine unterwegs, sondern trug dunkle

Cargoshorts und ein gelbes Tanktop, hatte die Haare aus dem Gesicht gekämmt, das vollkommen ungeschminkt und glatt rasiert war. Er schaute sie an und sofort wurde sein Lächeln zu einer finsteren Miene.

»Oje, meine Süße.« Er breitete die Arme aus und zog sie an sich. »Du siehst aus, als hätte dir jemand deine Tätowiermaschine weggenommen. Lass Marcus alles wieder gut machen.« Er tätschelte ihren Rücken, und als er sich zurücklehnte und ihr prüfend in die Augen schaute, konnte sie die Tränen kaum noch zurückhalten. »Komm her.« Er zog sie auf eine Stufe vor ihrem Studio, setzte sich mit einem Arm um ihre Schultern mit ihr hin und nahm ihre Hand in seine. »Erzähl mir mal alles.«

»Alles in Ordnung«, log sie.

»Das kannst du deiner Großmutter erzählen. Aber das hier …« Mit dem Zeigefinger kreiste er vor ihrem Gesicht herum. »Das ist nicht in Ordnung. Da steht: *Ich versuche nicht einmal mehr, in Ordnung auszusehen.* Ich rieche Ärger mit Mr. Sawyer.«

Sky atmete aus und senkte den Blick. Sie konnte nicht über Sawyer reden, denn wenn sie das tat, würden die Tränen, die sie zurückhielt, sich ihren Weg bahnen, und das war das Letzte, was sie gebrauchen konnte.

»Marcus, darf ich dir eine wirklich unfaire Frage stellen?«

Er zog die Augenbrauen zusammen und legte den Kopf zur Seite. »Macht das nicht jeder?«

Sie wusste, dass Marcus und vielen der Dragqueens in Provincetown von neugierigen Touristen oft taktlose Fragen gestellt wurden.

»Es ist *wirklich* unfair, und du musst mir nicht antworten, aber ich weiß sonst nicht, wie ich einen Weg aus meinem Chaos finden soll.« Sie sah ihm in die Augen und atmete noch einmal zittrig durch. »Wenn Howie sich entschieden hätte, seinen Krebs nicht behandeln zu lassen, wie hättest du dich dann gefühlt?«

Marcus wandte den Blick ab, und jetzt war er derjenige, der tief durchatmete. »Du bist auch nicht gerade zimperlich, oder, Süße?«

»Es tut mir leid. Du musst nicht antworten.«

»Schon gut. Wenn es dir hilft, erzähle ich es dir. Howie und ich haben tatsächlich viel darüber geredet. Als wir mittendrin in seiner Krankheit steckten, konnte ich mir die Option, sich nicht behandeln zu lassen, überhaupt nicht vorstellen. Wir haben uns deswegen gestritten, denn er hatte recherchiert, und er wusste, dass selbst mit Behandlung sein Leben nicht gerade groß und frei sein würde. Er wusste, dass es auf die Zeit zwischen den Behandlungen hinauslief, und davon war viel mit Schlafen, Hautinfektionen wegen der Bestrahlung oder Übelkeit gefüllt.« Marcus musste schlucken. »Ich weiß, dass er die Behandlung auf sich genommen hat, weil ich es brauchte.«

»Bereust du, dass du es von ihm verlangt hast?«, fragte sie, weil sie sich Klärung für ihren eigenen Konflikt erhoffte.

»Diese Behandlungen haben mir weitere zwei Jahre mit Howie geschenkt, und auch wenn diese zwei Jahre nicht unsere besten waren, so waren es doch Jahre, in denen ich ihn halten durfte, küssen durfte, mich um ihn kümmern durfte. Ihn lieben durfte, während er noch bei mir war.«

»Aber? Ich höre ein Aber.«

»Aber ich wusste von Anfang an, dass er eigentlich nicht auf diese Art von dieser Welt gehen wollte, und ich lebe noch immer mit der Schuld dieser Entscheidung.« Seine Augen wurden feucht und er legte den Kopf auf Skys Schulter. »Vielleicht wäre es besser oder freundlicher gewesen, ihn zu seinen eigenen Bedingungen sterben zu lassen. Ihn mich früher verlassen zu lassen. Ich habe ihn einfach zu sehr geliebt, um das zu respektieren, was er wirklich wollte. Ich bin nicht sicher, ob es überhaupt eine richtige Antwort gibt. So oder so habe ich den einzigen Mann verloren, den ich je geliebt habe, aber eines weiß ich: Unabhängig davon, ob er nach einem Monat gestorben wäre oder nach zwei Jahren, ich habe alles in meiner Macht Stehende getan, um jede einzelne Sekunde unserer gemeinsamen Zeit wertzuschätzen. Und ich bin froh, dass ich das getan habe, denn ich habe die Liebe kennengelernt, Sky, und zwar dank des bemerkenswertesten Mannes, der je auf Erden war. Er hat mir in diesen Tagen genug Liebe gezeigt, um meine Seele bis ans Lebensende zu füllen. Ich war einfach nur unersättlich. Ich wollte mehr.«

Er hob den Kopf von ihrer Schulter und sah sie an. »Worum geht es dir, Sky?«

Sie schüttelte den Kopf, konnte nicht antworten. Liebte sie Sawyer zu sehr? Sollte sie einfach glücklich über die Zeit sein, die sie zusammen hatten, und sich keine Sorgen um die Zukunft machen? Sie kannte den Schmerz, den der Verlust eines geliebten Menschen auslöste. Ihre Mutter hatte ein Loch hinterlassen, das so groß war, dass sie dachte, sie würde ihr ganzes Leben darum herumnavigieren. Sie schaute über die Straße hinweg in die Gasse gegenüber und erinnerte sich an den ersten Abend, an dem sie und Sawyer ausgegangen waren, wie er gewinkt hatte und zurückgerannt war, um ihre Telefonnummer zu bekommen. Von dem Zeitpunkt an hatte sich alles verändert – der Schmerz über den Verlust ihrer Mutter hatte nachgelassen. Sawyer hatte angefangen, diesen ungeheuren Abgrund zu füllen.

Was war mit dem riesigen Loch, das er zurücklassen würde?

Könnte sie es überleben, Sawyer zu verlieren?
Im Bruchteil einer Sekunde traf sie die Erkenntnis.
Ich verliere ihn bereits.

Siebenundzwanzig

Sky drückte schon zum dritten Mal auf die Kurzwahltaste für Sawyer, während sie mit hämmerndem Herzen die Route 6 zu seinem Haus fuhr. Wieder sprang der Anrufbeantworter an und sie hinterließ noch eine Nachricht.

»Ich bin es. Tut mir leid, dass ich gegangen bin und deine Anrufe nicht entgegengenommen habe. Ich möchte reden. Rufst du mich an?« Sie beendete das Gespräch über die Freisprechanlage. Sawyer hatte ihr fünf Nachrichten hinterlassen, in denen er sich entschuldigt hatte und sie bat, ihn zurückzurufen. Die sechste Nachricht hatte Sky mitten ins Herz getroffen. *Sky, wie soll ich uns einfach den Rücken kehren? Ich weiß gar nicht mehr, wie ich ohne dich ich selbst sein kann.*

In Truro nahm sie die Ausfahrt und fuhr durch die engen Straßen zu dem privaten Sandweg, der zu seinem Haus auf den Dünen führte. Über den Baumspitzen wurde das Haus sichtbar und ihr Puls raste gleich noch schneller. Sie wusste nicht, ob es richtig oder falsch war, was sie tat. Sie wusste nur, dass die zwei Tage ohne Sawyer die Hölle gewesen waren, und der Gedanke, nie wieder mit ihm zusammen zu sein, war unvorstellbar. Sie musste ihn sehen, mit ihm reden, wenn er nicht im Krankenhaus lag, nachdem er gerade bewusstlos geschlagen worden war.

Wenn sie nicht am Rande eines Nervenzusammenbruchs stand, weil sie glaubte, ihn gerade fast für immer verloren zu haben. Sie hatten bisher so gut miteinander kommuniziert. Ihre Herzen bestanden aus Worten, Liebe und allem dazwischen. Sie mussten einfach in der Lage sein, gemeinsam eine Lösung zu finden.

Sie bog in die leere Auffahrt ein und ihr Magen zog sich zusammen, als sie mitten auf dem Rasen vor dem Haus das Schild »Zu verkaufen« sah. Entsetzt starrte sie auf das Schild. Er zog um? Nach zwei Tagen? Tränen schossen ihr in die Augen. Hektisch manövrierte sie zurück auf die Straße. Sie musste ihn finden. Sie musste mit ihm reden und herausfinden, was los war. So schnell es ging fuhr sie zu dem einen Ort, von dem sie sicher war, ihn zu finden – der Trainingshalle.

Auf der Route 6 versuchte sie erneut, ihn anzurufen, und hinterließ ihm eine hektische Nachricht. »Du ziehst um? Wohin? Zieh nicht fort, Sawyer. Rufst du mich bitte zurück?« Ihre Finger schwebten schon über dem Display, doch sie fügte noch hinzu: »Ich liebe dich.« Erst dann legte sie auf und hoffte, er würde sich melden.

Wenige Sekunden später klingelte ihr Handy, während sie noch gegen die Tränen ankämpfte. Amys Name erschien auf dem Display. Sky drückte sie weg. Sie konnte weder mit Amy noch mit sonst jemandem sprechen, bevor sie mit Sawyer geredet hatte. Sie raste die Straße entlang, verwirrt, aufgewühlt und mit dem Gefühl, als würde ihr Herz in tausend Stücke zerrissen werden. Hatte sie ihn endgültig verloren?

Zehn Minuten später fuhr sie auf den Parkplatz, doch Sawyers Pick-up war nicht zu sehen. Sie trat auf die Bremse und starrte die Halle an. *Die müssen doch wissen, wo er ist.* Sie stieg aus und rannte hinein. Brock stand hinter dem Empfangstresen und schaute erstaunt zu ihr auf. Seine Miene wurde ernst, als sie auf ihn zueilte.

»Hallo, Sky.« Er sah sie prüfend an.

Sie wusste, dass sie mitgenommen aussah, aber es war ihr egal. Sie musste Sawyer finden und mit ihm reden. »Weißt du, wo ich Sawyer finden kann?« Sie atmete so heftig, als wäre sie gerade eine Meile gerannt.

Brock senkte den Blick. Seine Kiefermuskeln zuckten. »Hab ihn seit dem Kampf nicht gesehen. Er hat sich gestern Abend mit Roach getroffen, aber Roach ist noch nicht hier.«

»Ging es ihm gut?« Sie fragte sich, ob die Gehirnerschütterung schlimmer gewesen war, als der Arzt anfangs gedacht hatte.

Brock zuckte mit den Schultern. »Wenn ich ihn sehe, sage ich ihm, dass du hier warst. Geht es dir gut?«

»Weiß ich ehrlich gesagt nicht mehr.« Sie eilte zurück zu ihrem Auto und ließ den Motor an. Wohin jetzt? Sie hatte keine Ahnung, wo sie als Nächstes suchen sollte. Vielleicht war er zu seinen Eltern gegangen, aber dort konnte sie in ihrer jetzigen Verfassung nicht aufschlagen. Sie schaute auf ihr Handy. Sie hatte noch einen Anruf von Amy verpasst, aber keinen von Sawyer.

Sie umklammerte das Steuer so fest, dass ihre Fingerknöchel weiß hervortraten, und ließ den Tränen freien Lauf. Schluchzer sammelten sich in ihrer Brust, stiegen in ihr auf und platzten laut und gequält aus ihr heraus. Sie hatte alles vermasselt. Er hatte alles vermasselt.

Sie fuhr zurück nach Seaside, vollkommen erschöpft und verwirrt. Als sie am Pool vorbeikam, sah sie die Mädels in der Sonne liegen. Vielleicht musste sie sich doch in deren Gesellschaft verkriechen. Sie würde diesem Sturm mit Sicherheit nicht allein standhalten.

Sawyer hörte Reifen auf dem Kies, noch bevor er Skys Auto von der Straße kommen sah. Er umklammerte das lederne Notizbuch, das er mitgenommen hatte, noch fester und hoffte, dass seine Traurigkeit ihn nicht davon abhalten würde, sinnvolle Sätze von sich zu geben, wenn er mit ihr sprach.

Er wusste, dass sie Zeit brauchte und dass sie Abstand brauchten, um ihre Gedanken zu sortieren. Sie mussten mit klarem Kopf reden, aber der klare Kopf war sofort von dannen, als sie tränenüberströmt und mit Verzweiflung in ihrem schönen Gesicht aus dem Auto stieg. Ihr T-Shirt und die Shorts waren zerknittert, und sie trug weder Armreifen noch Ketten um den Hals. Ihre Haare waren zerzaust, ihre Nase rot. Sawyer stand auf und ging auf sie zu.

»Sky.« Er breitete die Arme aus, und einen kurzen Moment lang starrte sie ihn nur an, mit offenem Mund, bis die Mundwinkel nach oben zuckten und Schluchzer aus ihrer Lunge platzten – und ihn gleichermaßen verwirrten und schmerzten, als er sie in die Arme schloss.

»Es tut mir so leid, Sky.« Er hatte sich ohne sie in den vergangenen zwei Tagen so leer gefühlt, dass es ihm nun die Tränen in die Augen trieb, als er sie an sich drückte. »Ich habe die Warnung des Arztes ausgeblendet. Ich habe nicht versucht, es vor dir zu verbergen. Sondern vor mir selbst. Aber weil du ein Teil von mir warst, bist du mitten ins Kreuzfeuer geraten. Es tut mir so leid.«

Sie lehnte sich zurück, öffnete den Mund, doch ihre Stimme wurde von den Schluchzern erstickt. Der Schmerz in seinem Herzen war kaum zu ertragen, und so zog er sie wieder an sich, bis sie sich beide so weit beruhigt hatten, dass sie sich anschauen konnten, ohne zusammenzubrechen. Sie trat einen Schritt zurück und verschränkte die Arme – eine Barriere, die er am liebsten durchbrechen wollte. Aber er wusste, dass es kein Durchbrechen gab. Zwischen ihnen war noch ein riesiger Graben und sie mussten reden.

»Was machst du hier?« Sie wischte sich die Tränen aus dem Gesicht. »Du verkaufst dein Haus.«

»Ja. Woher weißt du das?«

»Ich habe dort gerade nach dir gesucht.« Neue Tränen liefen ihr über die Wangen. »Mein Gott, Sawyer, guckst du nie auf dein Handy?«

Wenn man bedachte, auf wie viele Anrufe von ihm sie nicht reagiert hatte, hätte er *Und du?* erwidern können. Aber was hätte das gebracht? »Mein Handy ist im Auto drüben beim Waschhaus.«

Sie schaute über den Platz zu dem kleinen Häuschen.

»Sky, ich habe nicht das Recht, irgendetwas von dir zu verlangen, aber wenn es etwas gibt, das ich in unserer Beziehung gelernt habe, dann dass es immer richtig war, meinem Herzen zu folgen.« Er trat an sie heran und gab ihr das Notizbuch. Sie sah es an, nahm es aber nicht.

»Viel habe ich nicht mehr. Und egal, was jetzt mit uns passiert, ich möchte, dass du dies bekommst.« Er legte das Notizbuch in ihre Hände. »Das sind meine Lieder. Alle, auch das, das ich für dich geschrieben habe. Du hast an mich geglaubt, und an sie, und ich möchte, dass du sie bekommst.«

»Sawyer …«

»Sie gehören dir. Was ich brauche, habe ich hier.« Er legte die Hand auf sein Herz. »Ich bin nicht mehr der Mann, der in dein Studio kam und ein Tattoo haben wollte. Ich habe keine berufliche Zukunft, und mein Haus hat schon einen potenziellen Käufer, und damit bin ich obdachlos, zumindest im Moment. Was ich jetzt mache, ist ungewiss. Ich kann bei Brock trainieren, mit meinem Vater schreiben oder wegziehen und neu anfangen.«

Ihre Unterlippe zitterte, während ihr weitere Tränen über die Wangen liefen.

»Ich kann dir nicht viel bieten, aber wenn du diesem gebrochenen Ex-Boxer noch eine Chance geben willst, alles richtig zu machen, dann verspreche ich dir, dass ich dich nicht enttäuschen werde.«

»Du ...« Sie ließ die Arme fallen. »Du bist kein Boxer mehr? Das verstehe ich nicht.«

»Ich höre auf. Ich boxe nicht mehr. Ich möchte gesund bleiben, Sky, für uns. Ich möchte eine Zukunft mit dir. Eine Familie. Ein Leben.«

»Aber dein Dad?« Sie ergriff seine Hand, und er war so dankbar für ihre Berührung, dass auch seine Augen sich wieder mit Tränen füllten.

»Der Verkauf des Hauses wird seine Pflegekosten bis in alle Ewigkeit decken. Wer hätte gedacht, dass der Wert einer Immobilie an der Bucht sich in den letzten Jahren verdoppelt hat?«

»Aber das ist das Erbe deiner Familie.« Ihre Stimme stockte, als sie näher an ihn herantrat.

»Ja, es war ihr Erbe. Aber es ist nicht meines. Ohne dich an meiner Seite hat es keine Bedeutung. Ich kann nie wieder dieses Haus betrachten, ohne dich im Himmelszelt zu sehen. Unter mir auf den Kissen. Oder lachend mit mir auf den Dünen. Ich weiß, dass ich dir nichts bieten kann und dass du einen Mann kennenlernen kannst, der einen Job hat, ein Haus und so viel mehr als das, was ich dir bieten könnte.« Die Wahrheit traf ihn schmerzhafter als eine Kugel.

»Du irrst dich, Sawyer. Ich habe dich *trotz* deines Berufes geliebt, nicht deswegen. Du hast das eine, was ich will – dein Herz.«

»Meinst du das wirklich ernst? Nimmst du mich zurück, obwohl ich obdachlos ...«

»Ich habe eine Wohnung.« Jetzt trat sie ganz dicht an ihn heran, sodass sich ihre Schenkel berührten.

»Arbeitslos ...?«

»Ich habe Arbeit.« Sie legte die Arme um seinen Hals und sein Herz setzte kurz aus.

»Und ein Idiot bin, weil ich zwei Tage gebraucht habe, um alles zu kapieren?«

Er schloss sie in die Arme und sie flüsterte an seinen Lippen. »Du bist mein Idiot.«

»Sky.« Mehr brachte er nicht heraus, weil die Emotionen ihn einfach übermannten.

»Küss mich, Sawyer.«

Sie musste ihn nicht zweimal bitten. Ihre Tränen vermischten sich auf ihren Wangen, und als sie flüsterte: »Trag mich hinein. Wenn ich deine Sugar Mama sein soll, werde ich alle möglichen Gefälligkeiten dafür einfordern«, war er sicher, im Himmel gelandet zu sein.

Epilog

Sechs Wochen später ...

Sky schaute von dem Tattoo, das sie gerade auf Crees Schulter zauberte, zu ihrem Bruder Matt und ihrem Vater auf, die ihre Kunst bewunderten. Sie hatte beide sehr vermisst und war froh, dass sie zu ihrer Eröffnungsfeier gekommen waren. Matt nahm ihren Gedichtband und setzte sich, um darin zu lesen. Es überraschte sie nicht, dass er die Musik und die herumschlendernden Leute ignorierte, um stattdessen die Nase in ein Buch zu stecken. Sky wollte ihn gerade herbeirufen, als Lizzie und eine dunkelhaarige junge Frau das Studio betraten. Lizzie umarmte Skys Vater, und die Frau, die mit ihr gekommen war, fing ein Gespräch mit Matt an.

Sie wandte sich wieder dem Tätowieren zu, warf aber vorher noch einen kurzen Blick zu Sawyer, der auf den Eingangsstufen neben Marcus, Amy und Tony saß, während er eines der Lieder sang, die er geschrieben hatte, seit sie zusammen in die Wohnung über dem Studio gezogen waren. An dem Abend, an dem Sawyer zu Skys Haus in Seaside gefahren war, hatte er ihr nicht gesagt, dass Tony und Amy diejenigen gewesen waren, die ein Angebot für sein Strandhaus abgegeben hatten. Am Morgen desselben Tages war er nach dem Treffen mit dem Makler nach

Seaside gekommen, um Sky zu suchen. Der Makler hatte ihm später telefonisch von dem Angebot erzählt. Anscheinend hatte er zunächst nicht erwähnen wollen, dass es sich um Amy und Tony handelte, weil er durch die Verbindung keinen Druck auf sie ausüben wollte. Doch Sky freute sich für ihre Freunde, und sie wusste, dass sie ihre eigenen Familientraditionen in dem schönen Haus schaffen würden. Sawyer hatte durch den Verkauf genug Geld zur Verfügung, um die Zukunft seines Vaters sicherzustellen und auch um irgendwo ein kleines Häuschen zu kaufen. Doch weder Sky noch Sawyer hatten es eilig, aus ihrer kleinen gemütlichen Wohnung auszuziehen. Sie hatten mit dem Gedanken gespielt, Amys und Tonys zweites Seaside-Häuschen zu kaufen, und vielleicht würden sie es eines Tages tun, aber im Moment wollten sie ihr eigenes kleines Reich genießen.

Sawyer arbeitete bei Brock im Boxclub als Trainer, und er und sein Vater hatten angefangen, gemeinsam zu schreiben. Der Verleger seines Vaters war so von der Zusammenarbeit angetan, dass er ihnen schon ein sechsstelliges Angebot gemacht hatte. Dies war Skys drittes Zeichen dafür, dass das Universum in diesem Sommer an ihrer Seite war und ihr und Sawyer den Weg wies. Das erste Zeichen war natürlich, dass sie sich überhaupt begegnet waren, das zweite, dass sie wieder zueinandergefunden hatten.

Sky wandte ihre Aufmerksamkeit den letzten Strichen von Crees Tattoo zu, als Sawyers Eltern in Begleitung der Krankenschwester, die Sawyer angestellt hatte, das Studio betraten. Mira war Mitte zwanzig und sie und Sky hatten sich schon angefreundet. Gewandt schob Mira den Rollstuhl von Sawyers Vater durch den Raum. Sie winkte Sky zu, die lächelnd zu ihnen herüberrief: »Schön, dass ihr da seid. Ich bin hier gleich fertig.«

»Ich habe in letzter Zeit keines dieser Gedichte mehr gefunden«, sagte Cree, während Sky das Tattoo fertigstellte.

»Der P-Town-Poet hat anscheinend im Moment anderes zu tun.« Sie schaute wieder zu Sawyer, der die Gitarre beiseitelegte und Hannah, das zwei Wochen alte Baby von Amy und Tony, auf den Arm nahm. Bella hatte zwei Tage zuvor ihr Baby Summer auf die Welt gebracht und konnte nicht zur Eröffnung kommen.

Sawyers Blick traf auf Skys und er lächelte. Er hob das Baby etwas hoch und fragte lautlos: *Willst du auch?* Sie lachte und gab ebenso lautlos zurück: *Noch nicht.* Sie hatten viel zu viel Spaß beim Üben, als dass sie selbst schon ein Baby haben wollten.

Grayson kam mit Kurt und Jamie herein. Jamie und Jessica sowie Jamies Großmutter Vera waren letzte Woche endlich gekommen. Die Seaside-Clique hatte das mit einem Grillabend gefeiert, wobei es am Ende noch viel mehr als Jamies, Jessicas und Veras Rückkehr ans Cape zu feiern gegeben hatte. Sowohl Jessica als auch Leanna hatten an dem Abend ihre Schwangerschaft verkündet. Beide Frauen hatten gedacht, dass sie einfach von der vielen Arbeit erschöpft waren, doch bei beiden hatte sich herausgestellt, dass sie schwanger waren. Und wieder hatte das Universum seine Finger im Spiel gehabt – in diesem Sommer, den Sky immer als den Sommer voller Wunder in Erinnerung behalten würde.

Matt stand auf und umarmte die Jungs, sagte dann etwas zu Lizzie und ihrer Freundin, bevor er mit den beiden Frauen hinausging. Grayson und die anderen Männer kamen durch das Studio zu Sky.

»Matt geht kurz rüber in Lizzies Laden, um da mit der heißen Braut was zu gucken«, sagte Grayson.

»Ich bin mir sicher, dass die auch einen Namen hat«, stichelte Sky.

Cree stand auf und Graysons Blick glitt langsam an ihrem Körper hinab. Sky stupste ihn warnend an, ehe sie zur Kasse ging.

»Hallo, Kurt! Hallo, Jamie! Amüsiert ihr euch?«, fragte sie, als sie Crees Tattoo abrechnete. Aus dem Augenwinkel sah sie, wie Grayson Hunter anstieß, der Jana und Harper beäugte. Sky hatte nie nachgefragt, was zwischen den beiden vorgefallen war, aber irgendetwas war zweifellos passiert, denn immer wenn Hunter Janas Blick auf sich zog, grinste sie ihn an. Doch das würde sie lieber auch dem Universum überlassen.

»Ja«, sagte Jamie. »Es ist wirklich schön hier. Es ist so gut, endlich wieder am Cape zu sein. Vera, Jess und Leanna sind zu einem Schaufensterbummel aufgebrochen.«

»Und schauen wahrscheinlich nach Babysachen«, sagte Sky. Dann umarmte sie Cree zum Abschied und wandte sich Kurt zu. »Bereit für ein neues Tattoo?«

Kurt hob abwehrend die Hände. »Ich habe genug, danke.«

Sky begrüßte gerade Sawyers Eltern und Mira, als Sawyer zu ihnen kam und Sky in seine Arme zog.

»Hast du noch Zeit für ein Tattoo?«, fragte Sawyer.

»Was schwebt dir vor?« Sie liebte es, wie nah sie sich gekommen waren. Sie hatte gedacht, sie wären einander nah, bevor sie zusammengezogen waren, aber wenn man in einer Fünfundvierzig-Quadratmeter-Wohnung wohnte, bekam *nah* eine ganz andere Bedeutung. Sawyer hatte überall in der Wohnung Kissenbetten für Merlin aufgebaut, und er hatte den Balkon über dem Studio zu seiner neuen Schreibecke erkoren. Manchmal, so wusste Sky, schrieb er dort an einem Lied, nachdem sie eingeschlafen war. Wenn sie dann morgens aufwachte, fand sie Papierschnipsel im Korb neben dem Bett –

Verse von Liedern, die Sawyer nur für sie geschrieben hatte.

Er gab ihr einen Zettel, auf dem *S.B. + S.L.* stand.

Ihr Herz tat einen Sprung. »Was ist das?«

»Meine Vorfahren haben ihre Initialen in Dachsparren geritzt, aber Häuser kommen und gehen und die Haut bleibt ewig.«

»Sawyer …« Sie ging auf Zehenspitzen und küsste ihn. »Ich will das Tattoo auch auf mir haben.«

»Wir könnten daraus die Initialen S. B. + S. B. machen, wenn du mich heiratest.«

Sky sah ihm forschend in die Augen und ihr Puls raste. Hatte sie sich verhört oder machte er einen Scherz? Er ging vor ihr auf die Knie – in Gegenwart ihrer Familie, Freunde und einer Handvoll Kunden – und lächelte voller Liebe zu ihr auf.

»Du bist mein Wind, ich dein Regen. Du bist meine Sonne, ich deine Erde. Ich habe mit deinen Dämonen gekämpft, Sweet Summer Sky, und du hast meine Wahrheiten entlarvt und mir den Weg in unsere Zukunft gezeigt. Wir sind keine wilden Herzen mehr auf einer treibenden Wolke. Lass uns eins werden, verbunden auf ewig. Heirate mich, Sky, und ich verspreche dir, immer das zu sein, was du brauchst.«

Skys Beine gaben nach, also ging sie ebenfalls auf die Knie und tat das Einzige, wozu sie imstande war: Sie nickte.

Sawyer nahm einen Ring aus seiner Tasche und hielt ihre zitternde Hand, als er ihn ihr auf ihren linken Ringfinger schob. »Dies war der Ring meiner Großmutter. Sie hat mir einmal geraten, in den Himmel zu schauen, wenn ich mich verloren fühlen sollte, dann würde ich meinen Weg finden. Ich glaube, sie wusste, dass du dort draußen auf mich gewartet hast.«

Als sie sich küssten und ihre Freunde johlten und klatschten, schloss Sky die Augen und schickte ein stilles Danke ins

Universum hinaus, weil es sich noch einmal für sie ins Zeug gelegt hatte. Vielleicht war das Leben tatsächlich so einfach – und so kompliziert.

Lust auf mehr Geschichten aus Seaside?

Lesen Sie hier eine Vorschau auf *Herzklopfen in Seaside*, die Liebesgeschichte von Jana und Hunter, und blättern Sie danach weiter zu *Von der Liebe bestimmt*, der Geschichte von Blue Ryder und Lizzie Barber.

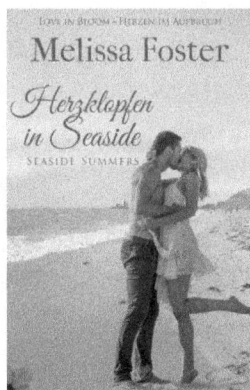

Nach einem Tag voll harter Arbeit an seinen exquisiten Metallskulpturen entspannt sich Hunter gerne mal in den Armen einer hübschen Frau – oder auch zwei. Aber nach ein paar heißen Nächten mit der verführerischen, wunderschönen Jana Garner will Hunter mehr, denn diese Frau fordert ihn zu jeder sich bietenden Gelegenheit heraus.

Als Tänzerin, Boxerin, Schauspielerin und Kellnerin ist Jana tough, engagiert und gut organisiert, aber vor allem ist sie eine starke Frau, die durchzieht, was sie sich in den Kopf setzt. Das muss sie auch, um ihren zahlreichen Verpflichtungen nachzukommen. Was Männer angeht, hat sie allerdings nach einer

Reihe von üblen Ex-Freunden eine klare Linie: Verpflichtungen geht sie erst gar nicht ein.

Wenn Jana und Hunter zusammen sind, brennt die Leidenschaft lichterloh, doch je näher Hunter ihr kommt, desto mehr hält Jana ihn auf Abstand. Als er schließlich eine Charmeoffensive startet, konfrontiert Jana ihn mit einer Herausforderung, der er sicher nicht gewachsen ist. Doch Hunter überrascht sie, und so ist sie gezwungen, sich entweder mit ihrer schmerzhaften Vergangenheit auseinanderzusetzen oder ihn für immer gehen zu lassen.

Wenn Ihnen die Vorschau gefallen hat, können Sie *Herzklopfen in Seaside* gleich bei Ihrem Online-Buchhändler bestellen!

Bereit für die sündhaft sexy Ryders?

Während Blue Lizzies Küche renoviert, ist der Ofen nicht das Einzige, das schon mal anheizt. Doch sie hat ein Geheimnis – ob er damit umgehen kann?

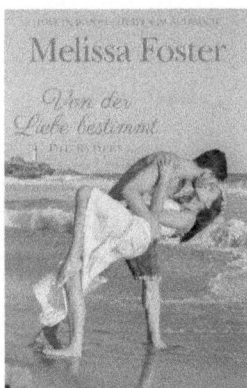

Lizzie Barber führt tagsüber einen Blumenladen, doch nachts schlüpft sie als »Naked Baker« in ihrem Webcast in eine sexy Rolle, um ihrer jüngeren Schwester das College zu finanzieren. Damit Freunde und Familie nicht hinter ihr Geheimnis kommen, hat sie ihr Privatleben auf Eis gelegt, bis die Studiengebühren abbezahlt sind und sie die Videos nicht mehr aufnehmen muss.

Blue Ryder hat sich Hals über Kopf in Lizzie Barber verliebt, als er sie vor einem Jahr kennengelernt hat, und muss seither ununterbrochen an sie denken. Alles an der temperamentvollen Brünetten berührt sein Herz, von ihrem wunderschönen Körper bis hin zu ihrem verführerischen

Lächeln. Obwohl Lizzie bisher jede seiner Einladungen abgelehnt hat, ist Blue weit davon entfernt aufzugeben.

Während der Renovierung von Lizzies Küche lernen die beiden sich besser kennen, und der Ofen ist nicht das Einzige, das schon mal vorheizt. Eines Abends verändert ein spektakulärer Kuss alles. Aber als Lizzies geheimes Leben aufgedeckt wird und die schützende Blase, in der sie sich versteckt hat, platzt, ist nicht sicher, ob wahre Liebe ausreicht, um die Scherben wieder zusammenzusetzen.

Bestellen Sie *Von der Liebe bestimmt* bei Ihrem Online-Buchhändler!

Neu bei »Love in Bloom – Herzen im Aufbruch«?

Ich hoffe, Ihnen hat es genauso viel Vergnügen bereitet, die Freunde aus Seaside kennenzulernen, wie mir, über sie zu schreiben. Falls dieser Band Ihr erstes Buch aus der Reihe »Love in Bloom – Herzen im Aufbruch« ist, warten noch jede Menge Geschichten über unsere sexy, selbstbewussten und loyalen Heldinnen und Helden auf Sie.

Seaside Summers ist nur eine der Serien aus meiner großen Sammlung von Liebesromanen mit Tiefgang, Humor und Happy-End-Garantie. In allen Büchern finden Sie eine abgeschlossene Geschichte, die auch für sich allein gelesen werden kann. Figuren aus den einzelnen Serien und Büchern der weitverzweigten »Love in Bloom – Herzen im Aufbruch«-Familien tauchen immer wieder auch in den anderen Bänden auf. So verpassen Sie nie eine Verlobung, eine Hochzeit oder eine Geburt. Wenn Sie mögen, lernen Sie doch auch die anderen Serien der Reihe kennen! Eine vollständige Liste aller auf Deutsch erschienenen und geplanten Bücher gibt es am Ende des Buches und unter dem folgenden Link finden Sie weitere Informationen:

www.MelissaFoster.com/Herzen-im-Aufbruch

Moon-Shine Jelly
Ergibt etwa 7 Gläser à 250 ml.

1 Apfel

250 ml Wasser

40 g Pektinpulver

1 Flasche deines Lieblings-Chardonnays

130 g brauner Zucker

½ TL Zimt

¼ TL Muskat

650 g Zucker

Den Apfel schneiden und in einem Mixer zerkleinern. In einem großen Topf das Wasser mit dem Pektin zum Kochen bringen, langsam rühren. Den zerkleinerten Apfel und den Wein hinzugeben, einmal aufkochen. Weiter rühren, damit es nicht anbrennt. Braunen Zucker und Muskat hinzugeben, dabei stetig weiter rühren, bis der Zucker sich auflöst. Eine Minute lang sprudelnd kochen lassen. Von der Hitze nehmen, Schaum abschöpfen und heiß abfüllen.

Luscious Leanna's Sweet Treats sind auf
www.alsbackwoodsberrie.com erhältlich!

Danksagung

Wenn ich schreibe, lasse ich mich von Familie, Freunden, Fans und dem Leben im Allgemeinen inspirieren. Ich bedanke mich bei meinen treuen Unterstützern, die mir in den Sozialen Medien folgen und sich die Zeit nehmen, mir zu schreiben und meine Arbeit mit ihren Freunden zu teilen. Ihr inspiriert mich täglich aufs Neue.

Wenn Sie mir auf Facebook folgen, dann wissen Sie wahrscheinlich, wie gern ich über Cape Cod schreibe, und das macht die Geschichten über die Seaside-Clique für mich zu einem besonderen Vergnügen. Sie wissen wahrscheinlich auch, dass ich mich oft an Fans wende, wenn ich Ideen für Namen von Figuren, Läden oder auch Straßen brauche. Nicht ganz unbekannt ist auch, dass ich schon mal einen Handlungsstrang oder zwei auf der Geschichte von Fans aufbaue, was mir jedes Mal unglaublichen Spaß macht. Ich möchte mich bei Ihnen allen bedanken, denn auch wenn ich Ihren Vorschlag vielleicht nicht heute aufgreife, so wissen wir doch nie, was die Zukunft bereithält. Ich hoffe, dass Sie weiterhin Freude an unseren witzigen Chats, sexy Fotos und ulkigen Kommentaren haben.

www.Facebook.com/groups/MelissaFosterFans
www.Facebook.com/MelissaFosterAuthor

Ein besonderes Dankeschön geht an Nina Lane für unsere Brainstorming-Aktionen. Ich bin dir für unsere kreativen

Plauderstunden sehr dankbar.

Ich danke meinem Redaktionsteam für Sorgfalt und Geduld. Meine Arbeit kann glänzen, weil sie euch ein Anliegen ist. Kristen Weber, Penina Lopez, Jenna Bagnini, Juliette Hill, Marlene Engel, Lynn Mullan sowie Janet König, Stephanie Schottenhamel, Judith Zimmer – danke euch für alles, was ihr für mich und unsere Leser tut. Und wie immer gilt mein größter Dank meiner Familie, ihr seid meine größten Fans, meine Freunde und oft meine tollsten Cheerleader. Ich danke euch, Leute! Ohne eure Unterstützung könnte ich nicht solch wunderbare Welten erschaffen.

DIE VOLLSTÄNDIGE REIHE

Love in Bloom – Herzen im Aufbruch
Für noch mehr Vergnügen lesen Sie die Bücher der Reihe nach.
Sie werden in jedem Band bekannte Figuren wiederfinden!

Die Snow-Schwestern
Schwestern im Aufbruch
Schwestern im Glück
Schwestern in Weiß

Die Bradens (Weston, Colorado)
Im Herzen eins – neu erzählt
Für die Liebe bestimmt
Freundschaft in Flammen
Wogen der Liebe
Liebe voller Abenteuer
Verspielte Herzen
Ein Fest für die Liebe (Hochzeits-Geschichte)
Nachwuchs für die Liebe (Savannahs & Jacks Baby)
Happy End für die Liebe (Hochzeits-Geschichte)
Weihnachten mit den Bradens (Kurzgeschichte)
Liebe ungebremst (Kurzroman)

Die Bradens (Trusty, Colorado)
Bei Heimkehr Liebe
Bei Ankunft Liebe
Im Zweifel Liebe
Bei Rückkehr Liebe
Trotz allem Liebe
Bei Aufprall Liebe

Die Bradens (Peaceful Harbor)

Geheilte Herzen
Voller Einsatz für die Liebe
Liebe gegen den Strom
Vereinte Herzen
Melodie der Liebe
Sieg für die Liebe
Endlich Liebe – ein Braden-Flirt

Die Remingtons

Spiel der Herzen
Im Dschungel der Liebe
Herzen in Flammen
Herzen im Schnee
Liebe zwischen den Zeilen
Von der Liebe berührt

Die Bradens & Montgomerys (Pleasant Hill – Oak Falls)

Von der Liebe umarmt
Alles für die Liebe
Pfade der Liebe
Wilde Herzen
Schenk mir dein Herz
Der Liebe auf der Spur
Verrückt nach Liebe
Liebe süß und sündig
Und dann kam die Liebe
Eine unerwartete Liebe

Die Whiskeys: Dark Knights aus Peaceful Harbor

Tru Blue – Im Herzen stark

Truly, Madly, Whiskey – Für immer und ganz
Driving Whiskey Wild – Herz über Kopf
Wicked Whiskey Love – Ganz und gar Liebe
Mad About Moon – Verrückt nach dir
Taming My Whiskey – Im Herzen wild
The Gritty Truth – Kein Blick zurück
In For A Penny – Süßes Glück
Running on Diesel – Harte Zeiten für die Liebe

Die Whiskeys: Dark Knights von der Redemption Ranch

Immer Ärger mit Whiskey
Um Whiskeys willen

Seaside Summers

Träume in Seaside
Herzen in Seaside
Hoffnung in Seaside
Geheimnisse in Seaside
Nächte in Seaside
Herzklopfen in Seaside
Sehnsucht in Seaside
Geflüster in Seaside
Sternenhimmel über Seaside

Die Ryders

Von der Liebe bestimmt
Von der Liebe erobert
Von der Liebe verführt
Von der Liebe gerettet
Von der Liebe gefunden

Entdecken Sie Melissa Fosters Bücher auch auf:
www.MelissaFoster.com/Herzen-im-Aufbruch

Lightning Source UK Ltd.
Milton Keynes UK
UKHW010906030223
416423UK00004B/396

9 781948 004367